AF397607

Katja L. Schlegel

Andreas Heßelmann

Saya – Auf der Suche nach dem Leben

Band 2

Unwägbarkeiten

Bibliografische Information der Deutschen Nationalbibliothek: Die Deutsche Nationalbibliothek verzeichnet diese Publikation in der Deutschen Nationalbibliografie; detaillierte bibliografische Daten sind im Internet über dnb.dnb.de abrufbar.

Die automatisierte Analyse des Werkes, um daraus Informationen insbesondere über Muster, Trends und Korrelationen gemäß §44b UrhG („Text und Data Mining") zu gewinnen, ist untersagt.

© 2024 Katja L. Schlegel und Andreas Heßelmann

https://andreas-hesselmann.de

Lektorat und Korrektur: Brigitte Bausch

Verlag: BoD • Books on Demand GmbH, In de Tarpen 42, 22848 Norderstedt
Druck: Libri Plureos GmbH, Friedensallee 273, 22763 Hamburg

ISBN: 978-3-7597-9412-3

Wenn nur das Leben nicht wäre.

(Fabian Hotz)

Neuanfang

D as Leben liebt insbesondere Schicksale. Sind sie doch einer der Bausteine, aus dem es unter anderem Liebe und Glück, Werden und Sein, Drama und Tragik kreiert. Und dies in jeder Kombination und ohne jegliches Zutun. Denn das Leben selbst kann im Prinzip nichts. Das Leben erwartet im Prinzip nichts. Das Leben kann nicht lieben und liebt dennoch Schicksale. Das Einzige, was dem Leben bekannt ist: Es endet irgendwann mit dem Tod. Sie hoffte hingegen, ihres noch lange nicht. Es gab für sie noch mindestens eine Aufgabe zu erfüllen. Für dieses eine Leben ist man zwar nicht nur selbst verantwortlich, aber das Schicksal wollte es in seiner Konsequenz und ihrem Fall anders.

Die Wolken über ihr rasten. Doch vorne über dem Strand hatte der Wind Mühe, die Fahnen zum Wehen zu bringen. Langsam ging sie die Straße bis zur Seebrücke vor. Die Saison hatte noch nicht angefangen, die Leute strömten dennoch. Rentnertreffen und Windelmeeting nannten die früheren Nachbarn die Zeit. Die Saison vor der Saison. Genau das spielte sich auch vor ihren Augen ab. Man hätte es auch E-Bike-Rallye und Bollerwagen-Messe nennen können. Die E-Biker meist ältere Leute, die nicht wussten, dass ihre Räder Bremsen hatten und dass man daher mit diesen langsam fahren konnte. Die Skipper der Bollerwagen-Armada hingegen harmlos, allenfalls ein Zeh oder Fuß protestierte, wenn so ein voll beladenes Ding mit weichen Gummireifen einem über die Füße fuhr. Eine frische Bö fuhr ihr unter das Kleid und kühlte ihre Beine. Die waren inzwischen etwas dicker als sonst. *Nichts Dramatisches,* meinte die Ärztin, *völlig normal in Ihrer Situation.*

Am Ende der Seebrücke setzte sie sich schnaufend auf eine Stufe und streckte die Beine aus. Kramte eine Flasche aus ihrer Tasche und trank einen Schluck Wasser. Seit Wochen war sie selbst bei diesen noch gar nicht so warmen Temperaturen dauernd durstig. Auch normal. Na denn. Sie sah in den Himmel und sah dem Wolkenspiel zu. Wattekugeln wie aus einem geplatzten Wattepadschlauch stoben über ihr wild durcheinander und übereinander umher. Tief einatmend schloss sie die Augen und genoss die frische, salzige Luft. In den letzten Wochen war auch das kaum möglich gewesen. Angekommen musste sie sich hier erst wieder zurechtfinden. Dabei dachte sie, sich auszukennen. Auf der Suche nach dem früheren Haus ihrer Eltern war sie allerdings schon in die falsche Straße eingebogen. Nun, mit ihrem Kopf war sie damals auch woanders gewesen.

Als sie die Flasche wieder absetzte, bemerkte sie die beiden. Etwa zwanzig Meter rechts vor ihr im Sand. In der Sonne liegend und Händchen haltend. Er in derselben Badeshorts wie damals, aber nicht mehr so schmächtig, sondern etwas männlicher geworden, also breitere Schultern – irgendwie. Sein Gesicht inzwischen weniger markant als herb, einfach nur interessant und schön. Dreitagebart. Er sah nicht in ihre Richtung, aber sie kannte seinen Blick, nicht neugierig, sondern forschend. Wenn er sie mit seinen blauen Augen ansah, schien er in diesen Momenten immer schon mehr zu wissen, als sie dachte. Seine Haare fast schwarz, immer noch kurz und etwas lockig. An seinem linken, angewinkelten Bein sah sie in den dunklen Härchen die lange, inzwischen blasse Narbe.

Sie, wie in einem ihrer Insta-Posts im orangefarbenen Bikini, war nichts anderes als hübsch. Ihre schwarzen Haare glänzten wie frisch polierte Schuhe. Dazu eine Figur zum Dahinschmelzen. Die hatte sie nicht mehr. Logischerweise. Sie kannte seine Hände, wenn er sie berührte, immer sanft, zaghaft, fast ein wenig schüchtern. Sie seufzte und ging hinter ihnen mit Abstand vorbei zum Meer. Dort wollte sie überlegen, was sie als Nächstes machte, ob sie nach rechts zu den Prielen oder doch zurückgehen würde, um sie zu begrüßen. Noch war sie dafür nicht in Stimmung. Ihr verheultes Gesicht wäre auch schlecht in so einem Fall. Warum sie so heulte, wusste sie allerdings nicht. Was sie gesehen hatte, war doch zu erwarten gewesen. Händchenhalten. Die zwei. Nach so langer Zeit. Vor noch viel längerer hatte sie es ohnehin schon versaubeutelt. Wenn, waren es Tränen wegen dieser Einsicht. *Glück ist das Maß für die kleinste Zeiteinheit im Leben eines Menschen*, hatte sie mal gelesen. Demnach gab es für ihr eigenes Glück noch kleinere Zeiteinheiten, als sie in der Schule gelernt hatte. Sie beschloss weder nach rechts noch zurückzugehen, sondern sich genau hier, wo sie gerade stand, hundert Meter von den beiden entfernt, in den Sand zu setzen und nicht nach hinten zu schauen. Generell nicht mehr. Solche Blicke halfen in der Regel wenig. Man wurde eher noch trauriger, verharrte, lernte nichts daraus. Das kannte sie aus der Schule, und ihr bisheriges Leben war ein grandioses Paradebeispiel dafür.

Auf Instagram hatte sie so lange hartnäckig gesucht, bis sie ihren Account gefunden hatte. Vierhundertdreiundsiebzig Einträge, dreihundertelf Follower. Sie schien auch auf den neuen Bildern jünger als sie. Manche ihrer Follower klickte sie an. Alles lachende, manchmal feixende Girls-Gesichter. Die Texte darunter verstand sie nicht. Sie ließ sie sich auch nicht übersetzen. Die Fotos von ihr wie ein Sprint durch ihr Leben der letzten sechs, sieben Jahre. Von einem Mädchen zu einer jungen Frau.

Kein Foto mit verrückten Öhrchen, komischen Schnuten oder riesigen Lippen verunstaltet. In jeder Hinsicht war sie in allem das absolute Gegenteil von ihr. Klein, schwarzhaarig, ein wenig exotisch und auch ein wenig europäisch. Im Internet hatte sie gelesen, dass viele Familien dort spanische Vorfahren hatten. Sie glaubte, es auf den Fotos in ihrem Gesicht zu erkennen. Die letzten mehr als einhundert Bilder alle irgendwo hier entstanden. Manchen Ort erkannte sie wieder.

Auf nur fünf Bildern auch er. Sie hatte in den wenigen Tagen damals nur ein-, zweimal ein solch glückliches Gesicht bei ihm gesehen. Wie auch anders? Ihr letztes Treffen musste ein Schock für ihn gewesen sein. Sie konnte es ihm also nicht verdenken. Wenn sie ehrlich war, hatte sie die Erinnerungen an ihn, wenn sie aufkamen, immer erfolgreich nach wenigen Sekunden zur Seite drängen können, damit sie ihm später, wenn es ein Später überhaupt gegeben hätte, nichts erklären müsste. Eine Verbindung zu dem dann Geschehenen und ihm sollte nicht zustande kommen, sollte eher widersinnig und gar nicht passend sein. Zum Beispiel, als Steve sie im Pool küsste und sich dabei zwischen ihre Schenkel lümmelte und es keine fünf Minuten später, nass, wie sie war, mit ihr in seinem Zimmer machte. Oder sie mit Brian auf einer bescheuerten Party. Als er begann sie auszuziehen und sie ihm dabei half, oder auch mit Noah, weil sie Steve beweisen wollte, dass sie nicht ihm gehörte, was er wohl zu viele Wochen in ihrem Leben dachte. Und mit Joseph, als sie sich beide und den Dodge Minnie Winnie auf einer kleinen Tour an einem Wochenende von San Francisco über Sacramento, Portland, Seattle und wieder zurück, meist an der Küste entlang, morgens wie abends *testeten*. Dass genau das, das mit Joseph, so ausgehen würde, ahnte sie da noch nicht. Dazu kam Tim aus Kiel irgendwann vor ein paar Jahren, der sie eine verwöhnte, gut bezahlte Tochter aus gutem Hause nannte. Mit allen hatte sie *es* schon nach wenigen Augenblicken getan. Mit Guido nie. Heute könnte sie nicht sagen, warum mit denen, aber mit ihm nicht. Sicher wäre alles anders gekommen. Guido hatte es doch zu ihr gesagt.

So wie das mit uns angefangen hat, muss das doch für was gut sein, oder?

Seine Worte.

Vorbei. Sie hatte sie missachtet. Sie hatte nicht auf ihre innere Stimme gehört, sondern auf die ihrer Eltern. *Mein Gott, das ist doch nichts Halbes und nichts Ganzes. Nur weil er einen Unfall wegen dir gebaut hat, muss das ja nicht die große Liebe sein. Komm endlich zur Besinnung und übernimm Verantwortung. Genau dafür hätten wir ein paar Ideen.* Gut gebrüllt. Der anschließende Vorschlag als Au-pair in die USA zu gehen, kam einem Befehl gleich, zumindest einer Erwartung. Sie hatte sich zu fügen. Wäre sie hiergeblieben, hätte sie keine Unterstützung erwarten können. Dass sie die auch drüben in den USA nicht bekam, das stand nach allem dann nicht mal mehr auf dem Papier. Ihr zukünftiges Leben war jedenfalls vorgeplant. Nur nicht so von ihr. Ihr blieb also nichts anderes übrig, als auszubrechen. Danach musste sie die Verantwortung dafür übernehmen.

Sie legte sich auf den Rücken und streckte wieder die Beine. Mit der rechten Hand glitt sie über ihren Bauch, mit der linken über den Sand neben ihr, als würde sie ihn streicheln. Sie fühlte ein paar kleinere Steine, etwas Scharfkantiges, vielleicht Scherben einer Muschel, kleine, abgebrochene Halme von herangewehtem Gras. Am Strand westlich von Tampa gab es Ähnliches im Sand. Nur war der dort strahlend weiß, wie Zähne nach einer Bleachingaktion beim Zahnarzt. Das Rascheln der Palmen von dort fehlte hier auch. Ihr Bauch spannte ein wenig, verhielt sich aber ruhig. Also grub sie mit den Fingerspitzen weiter im Sand, wie damals, als sie neben ihm lag und eine Hand von ihm sich traute, unter ihrem Slip auf Forschungsreise zu gehen. Weiter als ihre Härchen traute er sich jedoch nicht. Und sie war zu blöd, ihn zu mehr zu bewegen. Kein Wunder, ihr Vater hatte sich ja schon alles fein ausgedacht. Sie aber in diesem Moment noch nicht den Mut gefunden, es zu sagen. Also besser seine Hand missachten, ihr nicht entgegenkommen, sie verhinderte lieber das Gefühlschaos, das durch solche Zärtlichkeiten entstehen konnte, und hätte es am liebsten ausgenutzt, um ihrem Vater den berühmten Finger zu zeigen.

Eine Möwe zischte über sie hinweg und zerteilte auf diese Weise für einen Moment den Himmel. Als diese vorbei war, tat es der Kondensstreifen eines Fliegers. Knapp an ihren Füßen vorbei rannte eine Horde krakeelender Kinder Richtung Wasser. Der Sand spritzte dabei von deren Füßen auf sie und die Flasche. Es klang wie feiner Hagel. Das Bild von ihr und ihm verschwand mit deren Gerenne und die nächste Erinnerung kam hoch. Keine, die es wert gewesen wäre, so benannt zu werden. Aber sie war wie vieles in ihrem Leben nicht rückgängig zu machen. Die abgeschnittenen Haare und ihre blöde Verkleidung, als sie sich damals von ihm verabschiedete. Sie schnaufte und setzte sich auf. Warum musste ihr das ausgerechnet jetzt einfallen?

In ihrem Rucksack kruschtelnd zog sie ihr Handy heraus, machte es an und öffnete die Galerie. Abwechselnd starrte sie auf das Meer weit vor sich und auf die Bilder im Display ihres Handys. Nach ein paar Minuten zog sie das Kleid aus, weil es zwackte. Ihr Bikini nicht.

Was das Leben betraf, wusste dieser schon ihre bevorstehende Aufgabe zu meistern. Im Gegensatz zu ihr. Sie hatte schlicht Angst davor. Im Display nach den Fotos vom Death Valley, den Rockys und Sage Creek, nun welche aus dem Badlands Nationalpark in Süd-Dakota. Das erste der Pinnacles-Aussichtspunkt, das zweite vom Burns Basin. Um sie herum damals nichts anderes als eine endlos gebirgige Stein- und Felswüste. Mit dieser sparsamen, zugleich üppigen und endlos erscheinenden Landschaft konnte sie nichts anfangen. In ihrer Seele begann sich Tage zuvor schon eine Art Leere auszubreiten. Auf einem der nächsten Bilder Josephs Camper auf einem Parkplatz neben der Piste. Sie drückte bei jedem Bild auf Löschen. Auch bei den nächsten vier. Schneller als man den Inhalt hätte erfassen können. Sie wusste nicht, dass sie *solche* Aufnahmen gemacht hatte. Er von ihr in den ersten beiden Wochen dutzende. Aber sie von ihm? Fluchend drückte sie das Symbol für zurück und löschte mit einem Tippen das Album. 2854 Fotos. Somit vier Monate, zwei Wochen und drei Tage.

In den danach folgenden vierundvierzig Tagen hatte sie kein einziges Bild mehr gemacht. Auch nicht von der Platzwunde über ihrem Auge, die sie erst kurz vor dem Telefonat mit Tessa entdeckt hatte, nachdem sie in Panik und großer Hast geflohen war. Die kleine Narbe, inzwischen unauffällig, aber nach wie vor zu sehen. Die andere auf ihrem Rücken, Wochen zuvor durch ein zerbrochenes Glas entstanden, als er ihr mitten im Camper die Kleider vom Leib riss, sie im engen Gang auf den Boden quetschte und sich an ihr verging, blutete da schon nicht mehr. In Tampa war sie daher lediglich in einen Drugstore gegangen und hatte Pflaster gekauft. Einen Arzt wollte sie nicht aufsuchen. So wie sie ausgesehen hatte, hätte man im Krankenhaus oder in einer

Praxis mit Sicherheit nachgefragt und die Polizei verständigt und sie hätte festgesessen. Vielleicht wäre sie für viele Tage nicht losgekommen und hätte deshalb alles widerrufen. Also beließ sie es bei einem Pflaster. Prompt entzündete sich die Wunde und sie klebte nur das nächste drauf. Erst nach vierzehn Tagen war die Wunde endlich zu. Wie die auf dem Rücken.

Drei Tage lief, vielmehr irrte sie durch die Stadt. Klaute in Supermärkten was zu essen, ohne erwischt zu werden, und füllte die Wasserflasche in irgendwelchen Kundentoiletten. Zweimal gönnte sie sich ein Essen in einem McDonalds. Dann fuhr sie mit einem Bus zum Flughafen. In einer Halle, deren Dach wie die Innenseite des Deckels der „Pampered Chef"-Brotbackform ihrer Mutter aussah, ging sie in einem weniger frequentierten Teil auf eine Frauentoilette. Dort zog sie sich bis auf die Unterwäsche aus und wusch sich so gut es ging. Als eine Frau hereinkam, stehen blieb und verwundert nachfragte, meinte sie:

„Was a mug of hot soup. It slipped out of my hand."
Die Frau nickte zweifelnd mit gerunzelter Stirn und ging zögernd mit einem ungläubigen Blick an ihr vorbei. Ihre ungewaschenen, inzwischen wieder länger gewordenen roten Haare, nur mühsam von ein paar Haargummis in einen Zopf gebändigt, und der Gestank ihrer Wäsche sprachen Bände. Mit dem Unterhemd, das von allen Wäscheteilen noch am saubersten war, trocknete sie sich ab. Dann warf sie den stinkenden Haufen in einen Mülleimer, ging in eine der Kabinen, zog sich ganz aus und schaute, was in ihrem Rucksack an Wäsche noch war. Statt etwas davon anzuziehen, setzte sie sich auf die Klobrille und fing an zu weinen. Wohl zu laut. Denn wahrscheinlich dieselbe Frau wie vorher klopfte nach ein paar Minuten an ihre Tür.

„Are you okay?" In einem sorgenvollen Tonfall, den sie von ihrer Mutter noch nie gehört hatte.

„Yes. Yesterday my father died."

Unter der Tür sah sie die Frau noch für ein paar Sekunden stehen und hörte sie etwas bruddeln, bis sie mit einem wenig überzeugten *Okay* den Raum verließ. Scarlett lehnte sich an die Wand, löste damit die Wasserspülung aus, und musste anschließend wohl eingeschlafen sein. Irgendwann klapperten die Türen links und rechts neben ihr laut auf und zu und sie hörte ein Scharren und etwas über den Boden rollen. Sie brauchte ein paar Sekunden, um zu sich zu kommen. Entweder Koffer oder die Putzkolonne, schoss ihr durch den Kopf. Aus dem Rucksack kramte sie die hineingestopfte Unterwäsche, die Jeans und eine inzwischen vollkommen verknitterte Bluse. Ganz unten sah sie das grüne Trikotkleid. Warum hatte sie es mitgenommen?

Erst dann schaute sie auf ihre völlig zerkratzte Uhr. Später Nachmittag. Sie musste mehr als fünf Stunden geschlafen haben. Als sie nichts mehr hörte, stand sie auf, zog sich einen bunten Mix an und verließ den Toilettenraum. Im Vorraum hielt sie ihr Gesicht unter den Wasserhahn und trank mehrere Schlucke Wasser. Erst in der Halle sah sie ihr Spiegelbild und die Haare in einer Scheibe, hinter der drei ebenso rote Plakate hingen, auf denen in großen Buchstaben *Sale!* stand. Prustend schüttelte sie den Kopf. Der Ausverkauf in ihrem Leben hatte bereits begonnen, aber ein Blumentopf wäre nicht zu gewinnen. Dennoch entschlossen ging sie an den Schalter ihrer Bank und erfuhr mit einem skeptischen Blick auf ihre Haare, die Bluse, das Pflaster neben ihrer Braue und den Pass, dass sie 1311 Dollar und ein paar Cents auf ihrem Konto hatte. Sie quittierte es mit einem geringschätzigen Lächeln und setzte sich an einem der riesigen Fenster auf eine Bank. In einem der Läden neben ihr lief ein Radio und beschallte leise den Eingangsbereich. Eine Werbeeinblendung verriet den Sender Q105. Es folgte eine alte Kamelle von Kid Rock. ... *she was seventeen and she was far from in-between ...*

Als sie selbst siebzehn war, gab es viel zu intensive, viel zu ehrliche und vor allem viel zu kurze Tage mit Guido ... *and we were trying different things and we were smoking funny things, making love out by the lake to our favorite song ...* Ihre eigene Liebe hatte jedoch mehr Schwierigkeiten als in den meisten Songs im Radio. In denen versprach und prophezeite sie Ewigkeit. Nichts davon war auch nur im Ansatz passiert. Leider. Schräg vor ihr die Anzeige der abgehenden Flüge. New York wurde kurz nach zwanzig Uhr noch mal angeflogen.

Mit einem Mal war ihr Kopf klar und sie wusste, was sie tun wollte, vielleicht sogar zu tun hatte. Sie kramte ihre Sachen zusammen, stand auf und hastete zu dem entsprechenden Schalter.

„*Is there still a free place to New York?*"

Wieder ein skeptischer Blick.

„Ist irgendwas falsch an mir?", wollte sie wissen und wusste gleichzeitig, dass ihr Äußeres dem Bild einer gepflegten Frau widersprach. „Oh! Ich verstehe. Ich bin seit eineinhalb Tagen unterwegs und ausgerechnet gestern Morgen ist im Hotel die bescheuerte Dusche kaputtgegangen. Um elf war der Check-out. Ich hatte also leider keine Zeit zu warten. Wenn Sie im Flieger eine haben, wäre das natürlich ... toll", lachte sie gekünstelt und fügte hinzu: „Wissen Sie, ob es in New York noch einen Anschlussflug nach Deutschland gibt?"

Der Typ schaute immer wieder abwechselnd von ihr auf seinen Bildschirm. Sein Blick signalisierte, dass er davon ausging, sich umsonst zu bemühen. Die da hatte nicht genug Geld. Er sah wieder hoch und an ihr vorbei. Hinter ihr stand niemand, der wartete. Die zwei Minuten waren also drin.

„Sie wären allerdings einen ganzen Tag unterwegs. Denn das hier ist alles andere als ein Direktflug", entgegnete der Mann hinter dem Schalter mit Blick auf den Schirm.

„Macht nichts. Ich habe kurzfristig Urlaub bekommen. Jetzt kann ich meine Eltern überraschen."

„Ja dann. Via Istanbul nach Frankfurt. Würde allerdings 648 Dollar kosten. – Wie zahlen Sie?"

Scarlett schüttelte den Kopf. Ihre Haare sahen vielleicht ein wenig … derangiert aus und das Pflaster nicht besonders fachmännisch auf die Narbe geklebt, aber ihr Kopf war in Ordnung. Der Typ hielt sie wohl für minderbemittelt. *Wie würde sie wohl zahlen?! Ja, wie zahlte man solche Summen in Amerika?* Sie gab ihm mit einem leichten Kopfschütteln und hochgezogenen Brauen ihre Visa. Sie funktionierte auf Anhieb. Nun sah sie den Typen etwas strafend an.

Eine Stunde später war das Boarding. Zum ersten Mal seit ihrem Anruf bei Tessa suchte sie in dem Durcheinander des Rucksacks nach ihrem Handy. Es war ausgeschaltet oder der Akku leer. Sie schnaufte frustriert auf, stampfte mit einem Fuß auf und hoffte, es ließe sich anschalten. Keine Minute später machte es allerlei Geräusche. Eingegangene Anrufe, WhatsApp-Nachrichten und Mails. Sie war sowohl bei Walmart als auch Burger-King fristlos entlassen. Logisch. Hatte man einen oder zwei Tag unentschuldigt gefehlt, hatte man Platz gemacht für den Nächsten. *American way of life.* Sie zuckte mit den Achseln. *Fuck yourself!* Ferner fünf Anrufversuche von Joseph, fünfmal auf die Mailbox gesprochen. Das letzte Mal vor zwei Tagen. In der ganzen

Zeit Dutzende von WhatsApp geschrieben, Dutzende Male, dass es ihm leidtue, wie er sich benommen hätte. Dutzende Male, dass er sie liebte und keine andere. Sie solle doch wieder zurückkommen. Ohne „Bitte". Ohne Kuss-Emoji. Befehlston mit Alkoholgestank. Vor allem seine gelallten Hinterlassenschaften auf dem AB. Sie tippte *Fuck you* und drückte auf Senden.

Dann öffnete sie die App für den Taschenrechner und wusste eine Sekunde später, dass sie nun noch 598 Dollar und ein paar Cents auf dem Konto haben würde. Also etwas mehr als 550 Euro. Nicht besonders viel. Sie würde in Deutschland sparen müssen. Als sie aufstand, den Rucksack auf ihren Rücken warf und zum Gate gehen wollte, stampfte sie noch mal mit einem Fuß auf. *Tim, du wirst unrecht haben*, sagte sie zu sich selbst. *Ich bin vielleicht eine verwöhnte Tochter aus gutem Hause, aber ich kann auch für mich selbst zuständig sein ... und für noch vieles mehr.*

***

Die Fotos der letzten Monate hatte sie gelöscht. Aber die damit verbundenen dumpfen Gefühle, Bilder und Erinnerungen im Kopf ließen sich nicht so einfach löschen. Erst recht nicht all die Enttäuschungen, Lügen und Schmerzen. Dieses Leben hatte sie in einen Rucksack gepackt, der sich nicht wie der neben ihr abschnallen ließ. Nur wenn sie endlich anfangen würde, wacher zu leben – sie lachte auf, weil sie bei *wacher* an die dusseligen Heiteitei-Yoga-Freundinnen ihrer Mutter denken musste – statt sich dauernd impulsiv mitreißen zu lassen, könnte sie auch ein weiteres Leben neben sich begleiten. Während sie sich über ihren Bauch strich, tippte sie wohl aus Versehen ein anderes Album an.

Ausgerechnet Tim grinste sie grinsend und halb nackt an. Gerade hatten sie miteinander geschlafen. In seinem Blick zugleich etwas Süffisantes, als auch Zärtliches, was sie seinerzeit als Liebe interpretierte und *es* mit ihm hatte machen lassen. Bevor die Seele und der Geist einen anderen Menschen kennenlernten, taten es meist ihre Körper. Manchmal war nach der ersten Nacht deshalb Schluss, manchmal wäre vorher die erste schon zu viel gewesen. Auch das wollte sie bei Guido ausschließen. Aber das war nichts anderes als eine Ausrede. Denn mit Tim folgten trotz seiner Sprüche noch mindestens eine Handvoll. Aber keine davon reichte für ein gemeinsames Leben. Wenn sie ehrlich war, änderte sich daran auch bei den nächsten ... Ficks nichts. Egal mit wem. Jetzt in ihrer Situation an Guido zu denken, war die nächste Unmöglichkeit.

Bevor sie auch das Foto mit Tim löschte, schaute sie sein Gesicht noch einmal an und runzelte die Stirn. Sie hatte ihn anders in Erinnerung und erschrak, weil er Joseph so verdammt ähnlichsah. Schon ploppte das nächste auf. Sie stutzte und brauchte Sekunden, bis sie es zuordnen konnte. Malte. Der Junge aus dem Nachbarhaus, nachdem ihre Eltern von der Stadt hierhin aufs Land umgezogen waren. Ihn hatte sie nicht mehr auf der Rechnung. Sie dachte, in den ersten Wochen allein gewesen zu sein und dann mit Guido. Aber das konnte nicht sein. Von den ganzen Zusammenhängen hatte sie ja erst Tage nach dem Unfall erfahren und bis zu ihrem ersten Besuch lag er schon drei Wochen im Krankenhaus und sie zwei Tage vorher noch bei Malte im Bett. Bei ihm hätten ihre Eltern recht gehabt, es war nicht Halbes und nichts Ganzes, aber von ihm hatten sie nie etwas erfahren. Sie glaubten, sie wäre mit dem Fahrrad die neue Heimat erkunden. Doch keine zwei Wochen nach dem Einzug schob sie es schon nahezu jeden späten Nachmittag neben Maltes Haus. Es war tatsächlich nichts Halbes und Ganzes, sie glaubte, nichts anderes als ein Strich auf der Wand neben seinem Bett zu sein. Ein langweiliger Nachmittag weniger. Aber solche Striche sammelte sie wohl auch. Tim, Malte, Steve, Brian, Noah und Joseph. Sie hoffte, die Liste wäre nun vollständig. Guido fehlte. Ihr Körper liebte schneller, als sie es hätte zulassen sollen. Aber auf der Suche nach Liebe glaubte sie ihrem Verlangen statt dem Gefühl.

Der nackte Malte verschwand und Guido erschien. Er hockte auf den Planken der Seebrücke und sah zu ihr hoch. Die Knie angezogen. Seinem etwas müden Lächeln sah man an, dass die Verletzungen ihren Tribut verlangten und er sie gleichzeitig ungläubig verliebt anschaute. Nur wenige Tage lagen zwischen dem Foto von Malte und dem von Guido. Fliegender Wechsel. Für wenige Tage durfte sie mit ihm etwas anderes spüren. Allein der Auftakt mit dem Unfall war ungewöhnlich genug. In seinem Blick das, was sie immer suchte. Eine kaum zu erklärende Zärtlichkeit.

„Paps will nächstes Jahr mit mir in den Osterferien nach Tokio. Verrückt, oder? Er hat meine ganzen Mangas gelesen. Na ja, einige viele. Weil er dachte, er fände einen Grund. – Magst du mitkommen? Er hat nichts dagegen. Ich hab' ihn schon gefragt."

„Bis dahin hast du mich vergessen."

„Das denkst aber auch nur du. Im Krankenhaus hatte ich ja kaum etwas zu tun. In den ersten drei Wochen lag ich die meiste Zeit rum und hab' an dich gedacht. So einfach ist das …"

Alles nur zwei Wochen bevor ihr Vater ihr mitteilte, dass er für sie einen Au-pair-Job in Amerika organisiert hatte, den sie kurz darauf antreten musste.

Den Rest erklärten die gelöschten Bilder und das inzwischen zu enge Kleid. Das Foto mit Guido und die anderen vier von ihm kopierte sie in ein anderes Album und löschte bis auf diese fünf alle anderen. Dann zog sie sich etwas umständlich das Kleid wieder an, schulterte den kleinen Rucksack und ging vor zu den Prielen, um nach zwei-, dreihundert Metern auf den Weg durch die Salzwiesen zwischen Strand und Ording abzubiegen. Dort schlüpfte sie in ihre Sandalen. Nach ein paar weiteren hundert Metern, vorne an der Ecke, an der einst die Kabinen standen, setzte sie sich auf eine Bank und schnaufte durch. Ein Neuanfang, wie auch immer, stand an. Das Schicksal wollte es in seiner Konsequenz und ihrem Fall nicht anders. Sie streichelte sich wieder über den Bauch. Wie konnte dieser Neuanfang besser beginnen als mit einem neuen Leben.

Oskar zieht um

D er Hahn krähte. Sofort schaute ich auf die Uhr. Die Zeit passte nicht. Absolut nicht. Noch nicht. Ich verzog das Gesicht, sah auf das Display des Handys und den Eingang der neuen Nachricht. Ich zog diese herunter und las seinen Namen. Mit einem glücklichen Aufseufzen schaute ich aus dem Fenster und schob nach einer Handvoll Sekunden mit einer leisen Ahnung die Nachricht weg, ohne etwas gelesen zu haben. In zwei Stunden hätte ich genug Zeit dafür. Ich ließ mich auf die Couch fallen und warf das Handy neben mich. Von dort aus betrachtete ich die beiden Koffer im Hausflur und die Hundebox. Oskar schaute mich aus ihr heraus traurig an. Er schien zu ahnen, dass seine Zeit bei mir nun vorbei war. Damit auch die Zeit in dem schönen Garten hinter dem Haus, in dem ich wohnte. Peter würde ab nächster Woche in Nürnberg seinen neuen Job beginnen. Das war zu weit entfernt, fast sechshundert Kilometer, um eine funktionierende Wochenendbeziehung zu führen. Egal, wie die letzten vier Jahre verlaufen waren. Das ging vielleicht ein Jahr gut. Dann käme die Erwartung, ihm nachzufolgen. Genau das passte aber nicht in die – wie soll ich sagen? – entstandene Situation. Und das ist nichts anderes als eine Ausrede. Ich wartete auf die Tränen, die eigentlich hätten kommen müssen.

Liebe gleicht manchmal einem Spiel, obwohl sie in meinen Augen mehr Ernstes als Spielerisches hat. Sie hat nichts mit Lego, Schach oder Skat zu tun. Wenn schon dann tatsächlich mit *Mensch ärgere dich nicht*. Man würfelt eine Sechs und darf mitmachen, zieht ein paar Runden seine Bahnen und kurz bevor man das

Haus, das Ziel erreicht hat, kommt jemand anderes und wirft einen hinaus. So ungefähr war es mit Bernard und Peter. Und nun wieder umgekehrt.

So trocken es klingen mag, aber ich kann deshalb nicht nach Nürnberg, kann die Beziehung mit Peter nicht weiterführen. Auch wenn Oskar sich in diesen Jahren, er war ein total verängstigter Straßenhund, hier gut eingelebt, Schritt für Schritt den Garten, seine Welt, erobert hatte. Diesen liebte er. In ihm ist er mutig geworden und aufgeweckt. Ihm das hier alles wegzunehmen, ihn damit zu einem Umzug zu zwingen, tut mir leid. Aber wenn ich es vorher mit *Mensch ärgere dich nicht* verglichen habe, so spielt man dieses Spiel selten nur zu zweit. Es reicht schon eine Person mehr, um den Lauf des Spiels, das Ziel, das man einst selbst damit verbunden hatte, zu ändern. Um Oskar ein anderes Leben zu ermöglichen, hätte ich vielleicht besser nicht Bernard und Peter mitspielen lassen sollen.

Bis weit nach Mitternacht hatten wir an irgendeinem Abend in den letzten Wochen darüber gesprochen. *Nürnberg wäre eine Chance für uns und keine Fantasie.* Peter hatte auf seine Art natürlich recht. Bis kurz vor Mitternacht hatte ich für das, was ich ihm darauf entgegnen wollte, einen wochenlangen Anlauf genommen. Mein Mut reichte trotzdem nur für drei Sätze. Diese wiederholte ich zuvor in Gedanken immer wieder, als hätte ich wie bei Spotify eine Art Repeat-Taste in meinem Kopf gedrückt.

„Es tut mir leid. Ich werde nicht dort hinziehen. Lass es uns gut gewesen sein.“

Drei im Grunde genommen emotionslose Sätze, die ihm eine Zukunft ohne mich aufzeigen sollten. Drei Sätze, die nichts erklärten. Drei Sätze, die mich die restliche Nacht nur heulen ließen.

Ich hatte mich mit meinem wirren Leben an sich schon vor vielen Jahren angefreundet. Gezwungenermaßen, redete ich mir ein. Zumindest an den meisten Tagen. Es hat mir trotz eines Durcheinanders von Berufen, vieler Wohnorte und einer verqueren Kindheit viel ermöglicht. Ich war raus aus der spannenden, aber aufreibenden Hotellerie, da ich monatelang auf einem Kreuzfahrtschiff tätig war. Eine deshalb folgende Umschulung zur Bürokauffrau lag hinter mir. Ebenso ein anschließendes Studium und der dadurch gut bezahlte, aber wieder aufreibende Job in einer Pharmafirma.

Meine Intuition wusste dies alles seinerzeit von der ersten Sekunde an. Aber die so wichtige innere Stimme hatte alle Zweifel einfach weggewischt, bis sie nicht mehr zu überhören war. Sehe ich jetzt, was in wenigen Stunden folgen würde, hätte ich es viel einfacher haben können. Aber Intuition hat leider nichts mit Liebe zu tun. Intuition führt zwar manchmal dazu, das Falsche zu unterlassen, aber nicht unbedingt dazu, das einstmals Richtige zu tun.

Jetzt hatte ich endlich den richtigen Weg eingeschlagen, zumindest einen anderen, eigentlich in jeglicher Hinsicht, als mit all den Wechseln vor vielen Jahren. Entscheidungen zu treffen, zwingt zu einem Innehalten, bringt plötzlich Zeit, die man sich sonst nicht nimmt, dann aber nehmen muss. Bernards raue, rauchige und warme Stimme, vor ein paar Wochen nach all den Jahren zu hören, weckte zu viele Bilder, Erinnerungen und Sehnsüchte. Es war Zeit für eine Bestandsaufnahme und Reflexion über die letzten Jahre. Ich beschloss, aus seinen Worten eine Chance zu machen. Ich weiß, das alles klingt nicht besonders gefühlvoll, sondern technisch, zu einer Pharmatante passend, die im Management tätig ist. Und letztendlich traf ja eigentlich auch nicht ich die Entscheidung, sondern Peter. Er hatte es nie gesagt, aber vielleicht tat er sich mit seinem Weg nach Nürnberg sogar leicht, weil er alles von mir und Bernard schon lange vorher ahnte, bevor ich etwas davon wissen wollte.

Hier oben, zwischen Kiel und Sankt Peter-Ording gibt es immer sehr schöne Herbsttage. Die Vögel sammeln sich. Vor allem meine geliebten Wildgänse fliegen dann in Scharen gen Süden. Das ist nichts anderes als spektakulär, so wie im Grunde genommen auch die Landschaft hier. Die Mentalität der Einheimischen ist zwar eher reserviert, aber darunter liegt auch ein weicher Kern. In Nürnberg wäre das sicherlich alles ganz anders.

Nein, ich komme nicht hier aus dieser Gegend. Ich, Leni Meischke, inzwischen dreiunddreißig, blond, glatte, schulterlange Haare, helle graue Augen, eins zweiundsiebzig groß, ich könnte behaupten, man würde sagen mit Idealmaßen, aber zu klein für ein Model, bin in der Nähe von Hattingen geboren. Auch eine wunderschöne, nicht allzu große Stadt. Dort wurde ich als Baby adoptiert und wohnte mit meinen neuen Eltern dann in Hamburg. Dort habe ich trotz der später umtriebigen Zeiten die meiste Zeit gelebt. Und im Moment überlege ich dorthin zurückzuziehen. Hier oben, fast an der Küste, Anschluss zu finden, ist schwierig bis unmöglich, und das alles fällt mir jetzt, wo mein Freund, besser mein Ex-Freund, bald in Nürnberg lebt, erst richtig ein und auf. Eine Zeit lang hatte ich mit Kiel geliebäugelt, aber eine Hamburger Freundin, die aus Kiel kommt, hatte mir abgeraten. *Das sind alles Holsteiner Sturköppe, egal wo du bist,* meinte sie. Sie muss es wissen, sie ist dort aufgewachsen und heilfroh, dort nicht mehr leben zu müssen. Kiel wäre allerdings mein Traum gewesen.

Dort gibt es viele junge Menschen. Was quasi für mich einem Paradies gleicht. Das ist, was mich die letzten Monate umtrieb, und somit wurde ich immer fahriger und konnte mich schlecht auf die Projekte konzentrieren, die meine Arbeit bestimmten.

Irgendwann war ich im letzten Jahr mit Peter in Nürnberg gewesen. Für einen Tag. Vielleicht, um zu retten, was nicht mehr zu retten war. Die Stadt sehr schön, voller Historie und mit einem ganz anderen Flair. Fast schon südländisch. Auch die Menschen begegnen einen dort ungewöhnlich freundlich und offen. Vielleicht aber auch nur deshalb, weil meine Freundin das Gegenteil von den Norddeutschen behauptet hatte. Peter hatte ein paar Termine und ich erkundete die Stadt. Trotz meiner Bedenken war ich doch fasziniert. Ich glaube, meine, dort schon heimlich entstehende Entscheidung begann zu schwanken.

So lenkte ich mich im modernen Germanischen Nationalmuseum, in der Frauenkirche, natürlich auch auf der Burg von allem ab. Im etwas versteckten und märchenhaften Bürgermeistergarten mit Figuren, Töpfen voller Blumen und Ranken und steinernen Toren versuchte ich auf einer Bank auf andere Gedanken zu kommen. Doch Bernard schien neben mir zu sitzen und mir eine Hand auf einen Schenkel zu legen. Erst im sogenannten Handwerkerhof, mitten in der Stadt, gelang es mir ein wenig seine Hand beiseitezuschieben. Ich ging nur ein paar Schritte um die Ecke und schon umfing mich der Duft einer anderen Welt, die mich doch wieder an ihn erinnerte.

Diese ... andere Geschichte, diese mit ihm, war längst dazwischengekommen. Hartnäckig zärtlich, gleichzeitig wild und immer intensiver. Sie hatte vor etwas mehr als zwanzig Jahren begonnen und mich, das muss ich nun zugeben, nie ganz losgelassen. In meinen Träumen verbringe ich schon lange, eigentlich seit damals, immer wieder Zeit mit Bernard. Auch der endlose Briefwechsel zwischen uns war zu intensiv, zu intim, zu … mir fällt kein weiteres passendes Wort dazu ein. Ich konnte ihn also nie ganz vergessen, auch wenn ich die Briefe vor Jahren entsorgt hatte. Er, Bernard, ein weltgereister Franzose könnte man sagen, einige Jahre älter als ich, unverschämt grüne Augen, mit zwei tiefen Lachfalten neben seinen, für einen Mann auffallend schön geschwungenen Lippen, dichtem schwarzen Haar, solange ich ihn kannte höchstens einen Zentimeter lang, mit einem scheinbar durchtrainierten Körper, ohne je Sport getrieben zu haben, mit einem dichten schwarzen Pelz auf der Brust und überall dort, wo bei einem Mann Härchen wachsen können, die ich all unsere Abende süchtig durchkämmte. Bernard studierte zunächst in seiner Heimat Paris an der Sorbonne, dann in Spanien an der Universität von Barcelona und später zwei Jahre in Mexico-Stadt. Dort blieb er für ein paar Jahre hängen. Ich besuchte ihn dort dummerweise leider nur zweimal. Viel zu selten. Zu selten, um eine andere Zukunft zu ermöglichen. Meine Berufe forderten andere Dinge von mir –, bildete ich mir ein.

Er ging von anderen Dingen aus und heiratete eine wild schöne, sehr selbstbewusste Mexikanerin. Feurig, hätte ich auch sagen können. Er hatte mit ihr eine Tochter und lebte bis vor Kurzem in Monterrey. Als damals die Einladung zu seiner Hochzeit kam, konnte ich es nicht glauben und nicht aufhören zu heulen. Dabei war ich an allem selbst schuld. Viel zu spät fiel mir auf, dass ich unsere Beziehung im Grunde genommen nur mit Briefen gepflegt hatte und mit einer unausgesprochenen Sehnsucht.

Dazu kam, wenn er mal in Hamburg war und mich besuchen wollte, dass ich in dieser Zeit allzu oft unterwegs war. Monatelang auf diesem Kreuzfahrtschiff, später in einem Hotel in England. Nur in den wenigen Jahren zwischen den Hotels und dem Ende meiner Ausbildung, nicht mehr als drei oder vier Jahre, trafen wir uns in meiner Wohnung in Hamburg. Und dies auch nur ein-, zweimal im Jahr. So sahen wir uns in all den Jahren insgesamt doch selten, liebten uns aber in diesen wenigen Nächten umso heftiger. – Und vergaßen bis zum heutigen Tag nie, uns zum Geburtstag zu gratulieren. Wie eben auch jetzt vor ein paar Wochen zu meinem dreiunddreißigsten. *In ein paar Wochen werde ich dich besuchen und dir etwas zu berichten haben. Es wird hoffentlich eine … positive Überraschung sein.*

Bernards Nachricht von gerade eben muss ich nicht lesen, auch wenn ich einen unstillbaren Hunger auf seine Worte habe, auf das, was nun folgen würde. Stattdessen tippe ich auf seinen Insta-Account. Durch diesen ergaben sich bislang genug Einblicke in sein Leben. Seit Monaten bin ich informiert, denn zwischen den Zeilen lese ich die Gründe für seine Rückkehr nach Hamburg, die dieses Mal nicht nur ein paar Tage währen würde. Und ich sehe Bilder von Mexico Stadt. Zugleich imposant und wild. Dennoch unvorstellbar für mich, dort zu leben. – Es ist nun auch nicht mehr notwendig.

In Hamburg gibt es einen Bäcker, der auch Baguettes backt. Bernard und ich hatten ihn seinerzeit einmal entdeckt. Scheiben davon, ganz frisch mit Butter, sind ein Traum. Nachher würde ich eines kaufen. Die Butter liegt bereits im Kühlschrank. Wenn Peter gleich gegangen ist, hole ich sie heraus. Deshalb lächelnd hebe ich eine Hand und winke Oskar. Traurig kläfft er mich leise an und lässt seinen Kopf auf die Pfoten sinken.

Strandgeflüster

Wer in den Himmel schaute, sah, dass das Wetter demnächst umschlagen würde. Gerade noch trieb der Wind Wattebollenwolken unter dem Blau vor sich her, nun blies er über den Sand und schob eine Wolkenwand vor die Sonne. Das große Handtuch, das sie über sich gelegt hatten, half nun auch nichts mehr. Guido wühlte sich unter ihm durch, vor zu Sayas Bauch und prustete in ihren Nabel. Es kitzelte, sie musste lachen, strampelte wie ein Baby und zupfte sich den Kopfhörer runter. Zack Tabudlo sang *Gusto* auf ihrem Bauch weiter. *Hanggang sa pagbaba ng araw, Pag tayo na lang dalawa …* Bis die Sonne untergeht, wenn wir nur zu zweit sind … Daraus würde hier leider nichts werden. Mit einer Hand glitt Guido von den Knien an langsam über ihren Körper und gab ihr einen nassen Kuss. Dann zog er ihr das Handtuch vom Leib.

„Fortsetzung folgt zu Hause", grinste er sie an.

„Ich hoffe doch", erwiderte Saya, summte die Melodie noch für ein paar Sekunden mit und umarmte ihn.

„Also …?"

„Bis die Sonne untergeht, wenn wir nur zu zweit sind …" Die deutsche Übersetzung passte nicht zur Melodie des Liedes, aber zu ihrer Stimmung. Er schüttelte verwundert den Kopf, weil er das Lied nicht kannte und schon gar nicht so schräg. Sie lachte wieder und stand auf. Seit vielen Wochen war zwischen ihnen wieder alles normal. Ihre Gedanken machten keine Ausrutscher mehr. Und die Träume auch nicht. Das Wochenende mit ihm, Mommy und Paps in Hamburg war nichts anderes als cool gewesen. Eine Großstadt zu schnuppern hatte ihr tatsächlich gefehlt.

Manchmal schmiegte sie sich an diesem Wochenende an Mommy wie ein junges Mädchen und legte einen Arm um Mommys Schulter, als hätte sie mit ihr statt Yana, Claire oder Angela einen erfolgreichen Deal in einer Mall gemacht. Paps und Guido verstanden kein Wort, was die beiden währenddessen tuschelten. Nur ab und zu hörten sie ihre Namen verbunden mit einem Lachen. Saya schielte dann verschmitzt nach hinten und zwinkerte Guido zu. „Was lästert ihr beiden da vorne", grinste Guido und Paps drohte: „Wer lästert, bekommt kein Eis". Das Eis gab es und an den Landungsbrücken sprang sie Paps auf den Rücken und der trug sie ein paar Meter hüpfend huckepack. Auf den Füßen zurück drückte sie ihn an sich, um ihm gleich darauf einen dicken Kuss zu verpassen. Und mit Guido hielt sie von da an nahezu ununterbrochen Händchen.

Guido schloss seine Jeans und betrachtete sie. Saya war mit Abstand das schönste Mädchen am Strand. Augenblicke vorher noch leuchtete ihr oranger Bikini auf ihrer immer etwas braun gebrannt wirkenden Haut wie eine Leuchtreklame, wie die orangen JBL-Kopfhörer, die sie bis zu diesem Moment über ihre schwarzen Haare gestülpt hatte oder wie die leeren Fanta-Dosen auf seinem langweilig braunen Handtuch. Langsam faltete er es zusammen und stopfte es sorgfältig in seinen Rucksack. Saya warf ihres hingegen nur zusammengeknuddelt in eine Tasche. Dann zogen sie los.

Mindestens zwei, wenn nicht sogar drei Stunden waren seitdem vergangen, als Scarlett in ihrem grünen Trikotkleid an ihnen vorbeigegangen war. Irgendwann hatten sie nicht mehr auf sie achtgegeben. Vielleicht saß sie sogar schon seit diesen ganzen Stunden hier auf der Bank und wartete. Guido blieb sofort wie angewurzelt stehen, als er sie sah. Saya hingegen schaute mit einem ungläubigen Lächeln erst ihn, dann Scarlett und dann wieder ihn an. Dann ging sie auf Scarlett zu. Die stand auf und Saya umarmte sie. Sofort liefen bei Scarlett die Tränen. Nur unwesentlich kleiner als Guido überragte sie Saya fast um einen halben Kopf. Es sah komisch aus. Er konnte darüber nur nicht lachen. Scarlett löste sich von Saya und sah Guido an. Ihr war das kaum sichtbare Nachziehen des linken Beins trotzdem aufgefallen. Sie wusste ja davon. Mit einem Schniefen und Nase-Hochziehen deutete sie darauf und wischte sich mit einem Handrücken unter der Nase entlang.

„Was für ein blödes Andenken an mich."

Guido hob mit versteinerter Miene die Achseln und nickte stumm. Saya deutete auf den nicht zu übersehenden Bauch von Scarlett.

„Wann?"

„In sieben bis neun Wochen, meint der Arzt. Genauer gehts nicht. Ich hab' vergessen, wann es genau passiert sein könnte. – War so nicht geplant", erwiderte sie ebenso achselzuckend und kaute auf ihrer Unterlippe, ohne Guido aus den Augen zu lassen.

„Freut ihr euch trotzdem?"

„Ich weiß es noch nicht."

Saya zog die Brauen hoch. In den fünf Worten steckten mehr Nachrichten und Antworten, als Scarlett vielleicht mitteilen wollte. Ein Wunschkind war es jedenfalls nicht und *euch* mindestens einer zu viel. Dennoch hakte sie nach:

„Mädchen oder Junge?"

„Ein Mädchen. – Ich sag Gott sei Dank." Es klang tatsächlich erleichtert.

Saya nickte. Sie schien mit den halben Sätzen mehr erklärt zu bekommen, als Guido wahrnahm oder wahrnehmen wollte.

„Aber … du kennst den Vater und ihr werdet heiraten.“ Saya wollte Klarheit.

„Ja. – Nein. Ja. – Nein. Natürlich kenn ich den Vater, aber … aber der Rest ist kompliziert. – Vielleicht … Ach, ist auch egal.“

„Und jetzt?“

„Ich bin für zwei Tage noch bei einer … Bekannten von früher. Dann geht’s nach Hamburg. Lea hat über das Diakonische Werk kurzfristig in Wilhelmsburg einen Platz für mich bekommen, dann seh ich weiter. Von ihrem Vater …“ Scarlett legte eine Hand reibend auf ihren Bauch. „… kann ich nun mal nichts erwarten. – Ist eine wirklich lange und blöde Geschichte.“

Scarlett rieb weiter ihren Bauch, ging dann den halben Schritt zur Bank zurück und setzte sich.

„Entschuldigt bitte! Aber …“ Sie schaute auf ihre völlig verkratzte Uhr. Auch das Armband sah mitgenommen aus. Guido verfolgte ihren Blick und sah beides. Er wollte nach den Gründen fragen, aber Scarlett unterbrach seinen Gedankengang.

„Vielleicht habt ihr ja noch ’ne Stunde Zeit für mich. Dann könnten wir uns drüben im Café noch ein wenig unterhalten. Es gibt sicherlich viel zu erzählen?! Ich lad euch ein.“ Ihr Lächeln war mehr als bemüht. Saya sah zu Guido hoch, der langsam nickte. Schon antwortete sie wieder für ihn:

„Kommt gar nicht infrage. Wir haben Zeit und laden natürlich *dich* ein.“

Scarletts Café hatte nur noch für eine halbe Stunde auf und die meisten anderen bereits geschlossen. „Lass uns in die *Strandbude* gehen“, meinte Guido, als sie vor der nächsten verschlossenen Tür standen: „Da gibts wenigstens was Anständiges.“ Es waren seine ersten Worte, seit sie Scarlett getroffen hatten.

In der *Strandbude* legten sie ihre Jacken über die Lehnen und saßen einige Sekunden, gefühlte Ewigkeiten, ohne ein Wort zu sagen. Saya drehte ihr Glas Saft zwischen den Händen auf der Tischplatte hin und her und kaute wie so oft auf ihren Lippen herum. Ihr waren Scarletts Blicke nicht entgangen. Sie saß zwar etwas zusammengesunken auf ihrem Stuhl, nutzte aber jede Sekunde, in Guidos Gesicht zu schauen, um seine Gefühle darin zu suchen. Immer mit einem verschämt bemühten und gleichzeitig melancholisch warmen Lächeln. Sah Saya von ihrem Glas hoch, ließ Scarlett ihren Blick im Raum umherschweifen. Guido hingegen schien unablässig den Kopf zu schütteln und immer wieder einen Anfang für ein Gespräch zu suchen. Dabei betrachtete er sie, ihre Haare, das Feder-Tattoo auf ihrem Oberarm und der Schulter, das bis unter den Träger ihres Kleides reichte, und wusste nicht, ob er alles noch so schön wie damals fand. Wobei er dieses Tattoo ja noch nicht einmal kannte. Das war beim letzten Mal unter dem Vulkan an Kleidung versteckt. Vielleicht gab es sogar noch mehr davon. Aber die eine Frage blockierte jeden Versuch, einen anderen Satz auszusprechen. Blockierte unter Umständen auch die alten Gefühle. Ob die Gewissheit irgendetwas ändern würde, wusste er auch nicht. Aber die Gewissheit wollte er. Seinen Kopf auf beide Hände gestützt fragte er:

„Steve?“

Scarletts Antwort ein Kopfschütteln. Gleichzeitig begannen wieder die Tränen zu fließen. Sie holte tief Luft und fing an zu erzählen. Wie alles angefangen hatte, von Tim seinerzeit in Kiel und seinen Sprüchen, wie sie sich gegen alles zu wehren versuchte, weil ihre Eltern sie nicht in Ruhe ließen und sie tatsächlich viel zu lethargisch war, welche Rolle dabei der Umzug und die verschwiegenen Pläne ihres Vaters spielten, was ihr Job als Au-pair in diesem Fall genau bedeutete, dann die Sache mit Steve.

„Ich saß in L.A., in einem Käfig, aus dem ich ausbrechen wollte. An dich hab' ich dabei eindeutig immer zu spät gedacht. Ich weiß. Alles, was folgte, war dann kein Ausbruch, sondern nur ein Abklatsch von Steve."

Es folgten Brian und Noah, weil ja ohnehin alles zu spät und scheiße war, die Tattoos und die zunächst wenigen, sehr schönen Monate mit Joseph. Danach folgten die immer schwerer auszuhaltenden Wochen mit ihm. Das mit dem Alkohol, die Schläge und die Vergewaltigung am Schluss schilderte sie, weil sie den Schmerz noch viel zu sehr spürte, nur oberflächlich.

„Das Tattoo find ich trotzdem gut und wir zwei werden …" Mit einer Hand rieb sie kreisend und sanft über ihren Bauch. „… sicher gut miteinander auskommen. – Hoffe ich doch."

Guido nickte, hätte aber am liebsten noch die Sache mit Malte hinzugefügt, schluckte es aber hinunter. Saya schob eine Hand auf einen seiner Oberschenkel, um ihn zu beruhigen, weil sie seine Erregung und wohl auch Enttäuschung spürte. Manchmal hielt er ihre Hand fest, manchmal ließ er sie streicheln, manchmal glaubte sie, dass es ihn nervte. Manchmal merkte sie, dass sie selbst nervös wurde, weil manches Detail ihr fürchterlich bekannt vorkam. Sie ließen Scarlett weiter erzählen. Unzählige kurze Sätze sprudelten aus ihr heraus, als wäre in ihr ein Damm gebrochen. Nach etwas mehr als einer Stunde war wohl alles berichtet.

„Und nun bin ich hier. Ich habe da drüben nach allem keine Zukunft mehr. So einfach ist das. Die angeblichen Tellerwäscherkarrieren sind ein Mythos, nichts weiter. Jetzt weiß ich aber auch, wen ich in der ganzen

Zeit noch beschissen hab' außer mich selbst. Das Baby ist jedenfalls leider nicht mit Liebe entstanden. Aber ich habe nichts anderes vor, als es zu lieben."

Mit aufeinandergepressten Lippen sah sie Guido an, dann zur Seite, ihre Augen glänzten tränenfeucht, sie räusperte sich, wischte sich nervös mit der einen Hand übers Gesicht und mit der anderen eine nicht vorhandene Strähne weg und mit Blick aus einem der Fenster auf die kaum genutzte Außenterrasse und die große Treppe davor, fragte sie:

„Habt ihr eine Ahnung, wie ich sie nennen soll?"

Wie Scarlett immer nervöser werdend hatte Saya zugehört und dabei gleichzeitig Guido und Scarlett beobachtet. Sein Blick ähnelte dem von damals, als sie selbst ihm Teile ihrer Geschichte erzählte. Gleich würde er sich sicher um Scarlett kümmern wollen und sie genauso trösten wollen, spätestens morgen. Gleichzeitig fühlte sie bei jedem Satz, den Scarlett über die letzten Wochen mit Joseph erzählte, Celsos Hände, die am Ende nicht nur ihren Po und die Schenkel tätschelten, sondern sich ihrem Schoß näherten. Es schüttelte sie, als sie sich in ihren Gedanken unter den Slip schoben.

Scarlett hatte Joseph wenigstens eine verpassen und abhauen können. Sie beides nicht. Sie fühlte sich betrogen und belogen, wurde nur stocksteif, als es passierte. Als Scarlett den letzten Tag in Tampa mit Tränen in den Augen schilderte, fühlte sie diesen einen Tag in Makati. Okay, so wie Scarlett erzählte, mit der Wunde, erging es ihr nicht, glaubte sie. Obwohl … Sie hoffte, wie auch immer, sich richtig zu erinnern. Guidos Blick machte sie nämlich gerade mehr verrückt. Der hatte sicher andere Erinnerungen. Somit war auch das Problem ein anderes geworden und saß ihr genau gegenüber und fragte: *Habt ihr eine Ahnung, wie ich sie nennen soll?*

Es war der Tag des Seufzens, Schnaufens und Prustens. Zumindest bei Saya. *Jetzt weiß ich aber auch, wen ich in der ganzen Zeit noch beschissen hab' außer mich selbst.* Logisch, dass Scarlett Guido meinte. Deshalb war auch klar, warum sie hier war. Und nun sollten sie auch noch den Namen finden?! Sayas Hand wurde vom Reiben auf seinem Oberschenkel heiß. Er hielt sie fest, hatte keine Ahnung, was in ihr vorging, grunzte irgendwas Unverständliches und nach einer Handvoll Sekunden meinte er milde lächelnd:

„Hannah fände ich nicht schlecht."

Sayas Hand auf seinem Oberschenkel krampfte sich zusammen und sie hörte auf zu atmen. *Fuck!* Was kümmerte Guido, wie Scarletts Kind heißen würde? Wahrscheinlich fände die den Namen sogar noch toll. Sie spürte, wie ihr das Blut ins Gesicht schoss und im nächsten Moment im wahrsten Sinne des Wortes wieder hinausstürzte. Obwohl sie nichts getrunken und schon gar nichts gegessen hatte, verschluckte sie sich und musste husten, gerade wollte sie aufstehen, um auf der Toilette abzuhusten, als Scarlett sagte:

„Hannah. Natürlich vorne und hinten mit H. Geil! Ich danke dir."

Keinen Augenblick später stand Saya in der Toilette vor dem Spiegel. Ihr war kotzübel, aber sie spuckte lediglich den widerlichen Geschmack aus, der sich im Mund breitmachte. Vornübergebeugt drehte sie den Hahn auf, spülte ihren Mund aus, schlug sich kaltes Wasser ins Gesicht, spürte eine Hand auf ihrem Hintern, die sich langsam zwischen ihre Beine schob. Sie sah hoch in den Spiegel, aber niemand war da. In ihrem Kopf machte dafür etwas anderes Klick und ließ ihre Gedanken hämmern. *Hannah. Geil!* Scarlett war doch eine blöde Tussi. Wie die Guido dabei angeguckt hatte!

Und er sie! Sie trocknete ihr Gesicht ab, zog aus einer der Hosentaschen ein Haarband heraus und richtete damit ihre durcheinandergeratene Frisur. Draußen blieb sie neben dem Tisch stehen und schaute abwechselnd Guido und Scarlett an.

„Gehen wir?", fragte sie kalt und tippte Guido auf die Schulter, gleichzeitig drehte sie sich Richtung Ausgang. Nix wie raus! Er nickte und meinte zu Scarlett:

„Ja, vielleicht morgen."

Dann stand er auf und zahlte an der Theke bei einem viel zu hübschen Mädchen. So alt wie Saya, aber nicht so dünn. Vor allem mit mehr Oberweite. Die langen blonden Haare als dicken Zopf geflochten. Auf ihrem rosafarbenen T-Shirt stand, *Point of no return*. Ein BH fehlte. Ihre Brüste daher bestens zu sehen. Saya sah seinen musternden Blick und verdrehte die Augen. *Fuck!* Nun auch das noch! Zu ihr schielend beugte er sich zu Scarlett rüber, gab ihr einen Kuss auf die Wange und die Hand. Zwischen den Fingern versteckt ein Fünfziger. Scarlett spürte das Papier, ahnte, was es war, und hätte am liebsten losgeheult.

„Wir haben natürlich für alle gezahlt", sagte er noch.

Sie nickte, hatte es ja gesehen und fragte Saya:

„Und du fühlst dich wohl hier?"

Saya runzelte die Stirn. *Hä? Sollte ich etwa nicht?*

„Ja, warum nicht?" Es klang nicht nur genervt, sie war genervt.

Wieder Scarletts doofer Blick zu Guido. Was sollte das? Ein bisschen viel … Wehmütigkeit.

„Ich hab' ein paar Bilder von Manila gesehen. Das ist ja immerhin eine große Stadt. Obwohl … das will ja nichts heißen. Du kannst auf was aufbauen. Ich bin nicht mal zwanzig und hab' in meiner Dummheit schon alles abgerissen."

„Du hast nur eine andere Zukunft wie vielleicht gedacht", hielt Saya ihr trocken entgegen.

„Da hast du recht. In ein paar Wochen denke ich sicher anders darüber. Wir …" Wieder sah Scarlett Guido so komisch sentimental an. „… Hannah und ich werden uns schon durchbeißen."

Sie nahm erst Saya kurz in den Arm, dann umarmte sie Guido, als wollte sie ihn nicht mehr loslassen. Natürlich gab sie ihm einen Kuss. Mit geschlossenen Augen auf die Lippen!

„Dann vielleicht bis morgen", und zu Saya, „Ich wünsch euch viel Spaß in deiner Heimat. Ist ja schon in einer Woche."

Saya nickte mit einem gequälten Lächeln, rannte los und quetschte auf dem Weg zum Auto seine Hand und begann noch schneller zu rennen.

„Was ist los?", raunzte Guido sie an.

Saya spuckte nur ein „Hannah also" aus, um sich von den anderen Bildern im Kopf abzulenken. Er schüttelte verwundert den Kopf, hielt ihre Hand genauso fest und bremste ihr Tempo. „Ja und?" Sie grunzte was und schlüpfte unter seinen Arm, wollte seine Wärme und ihn nur für sich haben und nicht mit irgendeiner Tussi teilen müssen. Er blieb stehen, nahm sie in den Arm und wollte sie hochheben. Ihr Kuss und Kuschelversuch ging jedoch daneben. Sie war zu aufgeregt und wusste nicht warum. Sie spürte seine krabbelnde Hand auf dem Po und wusste es dann doch. Im Auto musste sie unbedingt runterkommen. Guido war nicht Celso. Nie gewesen. Diese Scarlett war schuld. Ganz bestimmt. Denn trotz ihres Bauches war sie immer noch hübsch. Diese Tussi war nie was anderes und deren Kuss?! Voll auf den Mund. Eine halbe Ewigkeit. Saya fühlte die Eifersucht. Sie fühlte die Hand und sich zum Kotzen.

Gestern Morgen hatte sie sich auf die Waage gestellt. Über achtundvierzig Kilo. Eigentlich neunundvierzig. Also fast elf Kilo mehr, seit sie hier war. Ganz schön viel. Die vier Zentimeter, die sie in den letzten fast zwei Jahren noch gewachsen war, spielten keine Rolle und ihre größer gewordenen Brüste auch nicht. Kleines Mädchen wird zur dicken Frau. Kein Wunder, dass Guido andere Mädchen anglotzte. Kaum saß sie auf dem Beifahrersitz, rieb sie ihre linke Hand wieder auf seinem Oberschenkel heiß. Dann schnaufte sie.

„Sorry! Ich bin doof! Ich glaub, ich seh überall Gespenster."

„Vielleicht", entgegnete er nur, hob ihre Hand an seinen Mund und küsste sie. „Ich hab' *dich* lieb, okay?"

Saya nickte, schnallte sich ab, ein Alarm begann zu piepen. Kurz zuckte sie zusammen. Eine doofe Erinnerung kam hoch. Dann drehte sie sich umständlich auf den Rücken. Unter ihr steckte sie den Gurt wieder ein, das Piepen erstarb, die Erinnerung verblasste und sie legte den Kopf in seinen Schoß. Eingeklemmt zwischen seinem Bauch und Lenkrad. Die Beine überm Bauch im Zickzack angewinkelt, die Füße gegen die Scheibe. Sie schniefte und schnaufte. Er lachte, griff unter seinen Sitz und ließ diesen etwas nach hinten rutschen.

„Sonst kann ich nicht lenken."

„Ich würd gern mal mit dir unanständig sein und es mit dir im Auto machen", platzte es aus ihr raus.

Was war nun schon wieder los? Was ging heute nur in ihrem Kopf vor? Sie hopste von einem Extrem ins andere. Gerade noch wühlten Celsos Hände in ihrem Kopf da unten rum. Gleichzeitig war sie mordsmäßig eifersüchtig auf Scarlett und wollte deshalb mit Guido unanständig sein. Vielleicht hatte Scarlett recht, ohne es zu wissen, obwohl sie es so nicht gesagt hat. Sie war nicht nur eifersüchtig hoch drei, sondern auch irgendwie unglücklich und unzufrieden. *Und du fühlst dich wohl hier?* Eigentlich schon, aber wohl nicht immer, daher vielleicht doch zu selten. Dabei hatte dafür sie eigentlich gar keinen Grund, oder? Vielleicht musste sie sich tatsächlich nur mal mit Guido austoben, um auf andere Gedanken zu kommen, um ihren Kopf neu zu starten.

Gerade war er über die Kreuzung nach Welt und Vollerwiek Richtung Tönning gefahren. Fünfzig Meter später bog er nach rechts ab. Hinter einer Scheune oder Garage mit einem Tonnendach hielt er eingequetscht von einer riesigen Zugmaschine, einem Anhänger voll abgedecktem Heu und einem Durcheinander von Geräten an. Vor ihnen eine hohe Wand aus Siloballen. Nach hinten sah man nur große Büsche und vor diesen einen alten Lieferwagen. Bis auf einen schmalen Spalt fast perfekter Sichtschutz also. Guido machte den Motor aus, schnallte sich ab und grinste Saya an.

„Hier? In einer halben Stunde ists auch dunkel."

Mühsam richtete sie sich auf und schaute sich um.

„Nun ja, vielleicht nicht heute und vielleicht gibt es noch romantischere Stellen." Sie sah nach hinten. „Und wenn einer kommt, sieht der ja alles." Sehen würde der so gut wie nichts. Sie war wirklich blöd.

Guido seufzte. Saya war heute wirklich etwas komisch. Er grinste dennoch, beugte sich zu ihr und gab ihr mit einer neugierig streichelnden Hand unter ihrem Shirt einen Kuss. Sekunden später fuhr er wieder auf die Hauptstraße. Keine zehn Minuten drauf stellte er den Wagen hinterm Haus ab. Mittlerweile war es dunkel geworden und es hatte angefangen zu regnen.

Karussell

Sie konnte nicht richtig schlafen. Zweimal glaubte sie das Klingeln ihres Handys zu hören. Das *alte* Klingeln ihres *alten* Handys. Als sie deshalb aufwachte, wusste sie, dass es nicht das Handy, sondern der Alarm des Gurtschlosses war, der sich in einen kurzen, total bescheuerten Traum eingeschlichen hatte. Bereits im Auto merkte sie auf, als sie das Piepen hörte. Früher kündigte genau so ein Piepen den Eingang einer Nachricht an. *Ich hab' heute Nachmittag Zeit, ich kann kommen und dich später zur Turnstunde bringen.* Zum Beispiel. Dann war es leider keine Nachricht von Claire, Yana oder aktuell Marvin, sondern von Celso. Anfangs fand sie es toll, so etwas wie einen Fan zu haben, gar eine Art Vater, der sich kümmerte. Oder wenn er neben ihr saß und ihr über die Schulter schaute, wenn sie Hausaufgaben machte. Anfangs fand sie es auch schön, wie er sie dabei umarmte und sie ein wenig zu streicheln begann. Aber Monate später begann das Piepen nun mal etwas anderes zu verkünden.

Deswegen war sie wie blockiert. Erst Scarlett, dann dieses bescheuerte Piepen und die ganzen Erinnerungen daran und ihre Reaktion. Überhaupt Scarlett! Die war real, war da gewesen. Und genau das mit Absicht. Schon deren Blicke verrieten doch alles. Mir ihr wäre er sicher unanständig gewesen. Wieder spürte sie Tränen kommen. Wenn sie jetzt nichts unternehmen würde, hätte sie sicher verloren. Nämlich ihn. Vielleicht hatte sie es auch schon. Vielleicht hatte sie sich auch nur verrannt. Einbildung ist auch 'ne Bildung. Blöder Spruch, könnte aber stimmen. Scarlett hatte von einem Rucksack gesprochen, den sie mit sich herumschleppte. So einen hatte sie auch. Vollgepackt mit diesem ganzen Scheiß, der sie nicht losließ, zumindest nicht selten genug. Was in dem versteckt war, konnte ja auch nur Angst machen. Immerhin hatte sie aber kein Kind am Hals wie Mommy damals oder wie nun Scarlett.

In ihrem kurzen Pyjama stand sie kurz vor Mitternacht im dunklen Flur vor seiner Tür. Letzte Chance, alles wiedergutzumachen, nach ihren Reaktionen in der *Strandbude* und später im Auto. Unanständig wollte sie mit ihm sein. Gute Idee. Aber nicht umgesetzt. In dem Moment nicht weiter schlimm, aber zu Hause redete sie sich heraus, als er sie in den Arm nehmen wollte, und ging in ihr Zimmer. Allein! Nun lauschte sie sekundenlang. Nichts zu hören. Keine Musik, kein Gespräch. Zumindest telefonierte er also nicht. Vielleicht hatte er es auch schon getan oder schrieb die ganze Zeit stattdessen WhatsApp-Nachrichten. *Erst will sie, dann wieder nicht. Manchmal ist sie komisch und sagt nix, wenn ich frage. Vielleicht kann ich morgen mich mit dir allein treffen. Wär' doch schön, oder? Dann sehen wir weiter.* Saya prustete leise, hob eine Hand, zögerte und klopfte dann doch. Zaghaft und kaum hörbar. Er antwortete sofort.

„Komm ruhig rein.“

Saya öffnete die Tür. Sein Zimmer dunkel. Aber die Rollläden hochgezogen und die Vorhänge zur Seite geschoben. Die Straßenlampe vor dem Fenster erzeugte deshalb ein ungewohnt helles und seltsames Licht im Zimmer. Unter dem Fenster stand bereits sein kleiner Koffer. Wahrscheinlich schon so gut wie gepackt. Das bunte, neue Kofferband war schon umgeschnallt. *Damit ich ihn gleich erkenne.* Eigentlich für ihre Reise nach Manila in einer Woche. Aber auf seinem kleinen Sessel neben dem Bett lagen noch Stapel fein säuberlich zusammengefalteter Wäsche übereinander. Immer etwas verdreht und daher getrennt voneinander. Ein bisschen Unterwäsche, drei Shirts, zwei kurze Hosen und ein paar Socken. Obenauf der kleine Beutel für alles Wichtige im Bad, den sie vor ein paar Tagen bei Rossmann gekauft hatten. Viel bräuchten sie nicht. In Manila war es immer warm, schwül und häufig regnerisch.

Manchmal war Guido fürchterlich pragmatisch und in ihren Augen übertrieben ordentlich. Genau das regte sie mitunter auf. Dieses Hin und Her zwischen extremen Gefühlen und einer fast schon kühl anmutenden Nüchternheit. Wenn sie miteinander schliefen, in den letzten Wochen nicht mehr so oft – warum eigentlich? –, drehte sie wegen dieser Gefühle und seiner Zärtlichkeiten fast durch. Aber am nächsten Tag hatte selbst Mathematik im Vergleich zu ihm etwas unbeherrscht Erotisches. Kein Blick von ihm erzählte dann auch nur ansatzweise, wie schön es gewesen war. Genau dann fehlte ihr etwas Unanständiges, Wildes, Unbeherrschtes und … Männliches, obwohl sie all dies nie kennengelernt hatte. Oder doch? Natürlich. Viel zu sehr sogar. Sie log sich selbst an, wollte es nur krampfhaft verdrängen. Ungeschehen machen. Marvin, Nils, Celso und … die Sache mit Karthik. *Das* waren die bescheuertsten Dinge in *ihrem* Rucksack. Von Guido alles andere als wiedergutzumachen. Dafür war sie selbst zuständig. Mit einer Faust schlug sie sich ein paar Mal gegen die Stirn. Genau daran, an Celso und Karthik und die Sachen mit ihm auf der Baustelle damals in diesem Hochhaus, durfte und sollte sie nicht mehr denken.

Heute Abend, vor wenigen Stunden bog Guido auf der Fahrt nach Hause sogar ab – wollte sie da nicht unanständig sein? –, um ihren Wunsch zu erfüllen. Er hatte eine Idee und sie war es, die plötzlich kniff. Zu Hause erst recht alles vorbei. Im Flur hielt sie ihn auf

Abstand, weil sie keine Lust hatte und verschwand in ihrem Zimmer. Ihm blieb nichts anderes übrig, als sie in Ruhe zu lassen. *Fuck!* Sie hätte die halbe Stunde nutzen sollen, um trotz des Mists im Kopf in Stimmung zu kommen, bis es richtig dunkel gewesen wäre. Vorspiel nannte man sowas. Was ging nur in ihr vor?

Jetzt sah dieser Koffer dort wie für eine falsche Abreise aus und schien sie anzuschauen, ja mit diesem blöden bunten Band sogar anzugrinsen. *Ätsch! Ich fliege nicht nach Manila, ich fahr nach Wilhelmsburg.* Sie betrachtete Guidos Körper, während er, seine Hände hinterm Kopf verschränkt, zum Fenster hinausstarrte. Er lag nur in Unterwäsche auf dem Bett. Diese schimmerte in dem Licht eigentümlich gelb. Ähnelte so dem Licht auf dem Flughafen, als sie damals nach Deutschland kam und somit wieder dem auf der Baustelle.

Eine Sekunde später ruckte er zur Seite und klopfte neben sich. Unschlüssig sah sie auf die Stelle, setzte sich jedoch auf den Stuhl vor seinem Schreibtisch. Hier im Dunkeln sähe er vielleicht nicht ihr seit Stunden gärendes Gefühlschaos. Das einfach nicht weniger werden wollte. Sie dachte immer, alles zu wissen. Alles, was zwischen ihm und Scarlett gewesen war. Zudem sie damals ja gelauscht und zumindest das Ende mitbekommen hatte. Ab und zu checkte sie sogar die Chats auf seinem Handy. Von Scarlett war nie etwas zu finden. Sie glaubte, heute Nachmittag am Strand sogar einen gewissen Unmut bei ihm zu spüren. Aber in der *Strandbude* war dieser wohl verflogen. Das Lächeln der beiden war eindeutig. Und die verschämten Blicke hatte sie auch mitbekommen. Gefühlt Tausende. Guido schüttelte allenfalls ungläubig den Kopf, während sie ihre Geschichte erzählte, wahrscheinlich dachte er, *wärst du mal hiergeblieben.*

Die ganze Zeit hörte er still zu. Ab und zu nickte er lächelnd oder brummte leise vor sich hin. Scarlett war diejenige, die erzählte. Zugegeben eine am Ende traurige Geschichte. Eine, die Saya an die letzten Tage mit Celso erinnerte. Doch zum Schluss kam die Killerfrage. *Und wie ist es dir in der Zwischenzeit ergangen?* Allein die Formulierung, *in der Zwischenzeit*, machte sie schon sauer. Als wenn etwas nur unterbrochen gewesen wäre, pausiert hätte und nun wieder neu anfangen könnte. Der Bauch machte Scarlett ja nicht hässlich. Sie sah sogar verflucht gut aus. Fast wie damals. Nicht nur durch die Schwangerschaft provozierend fraulich geworden. Und diese Tattoos auf ihrer Schulter und dem Oberarm machten sie noch aufregender. Saya platzte schon in diesem Moment schier vor Eifersucht und hätte sich auf dem Klo fast übergeben. Der blöde Spruch von Scarlett bei der Begrüßung hatte schon gereicht. Als sei sie erschüttert und betroffen. „Ist ja echt ein scheiß Andenken, oder? Behindert dich das irgendwie?" Hätte sie in dem Moment neben ihm gesessen, hätte sie sicher eine Hand auf seinen Schenkel gelegt und den entsprechend zärtlich gestreichelt.

„Nein." Tatsächlich schien er sinnierend seine Finger aneinanderzulegen, als suche er nach Worten für eine Antwort. Sowas wie, *weißt du, du bist bei jedem Schritt in meinem Leben dabei, das ist ein komisch schönes Gefühl.* Aber er beließ es bei:

„Alles gut."

Und als die Gläser längst leer waren, gegessen hatten sie dann doch nichts, hakte Scarlett nach:

„Nach Manila also?"

Guido nickte nur unbestimmt, als wüsste er nicht, was auf ihn zukäme.

„Das wird sicher ein großes Abenteuer für dich."

Saya stutzte ein weiteres Mal. Der Tonfall fürchterlich erwachsen, als wenn Scarlett sich wie eine Mutter um ihn sorgte oder glaubte vor etwas warnen zu müssen. *Weißt du das nicht? Da laufen jede Menge Taschendiebe herum.* Und dann dieses … *sicher ein großes Abenteuer für dich.* … für dich!! Seit ein paar Minuten spielte sie schon keine Rolle mehr. Saya war nicht vorhanden, saß nicht mit am Tisch. Sie sah Scarlett mürrisch an und antwortete für ihn.

„Ich bin ja dabei."

Sie wusste es sofort. Was für ein bescheuerter Satz. Da war es dann Scarlett, die lediglich nickte, Saya angrinste und fragte:

„Sehen wir uns vorher noch?" Schon beim Wir sah sie ihn wieder an. Okay, sie war ja auch nicht gemeint. Als sie hinausgingen, schob sich Saya zwischen die beiden und ergriff eine Hand von Guido, um ihn wegzuziehen. Scheiß Eifersucht! Sie kam sich kindisch und blöd vor. Aber das Karussell hörte nicht auf, sich zu drehen. Auch als er abgebogen war. Scarlett war zwar weg, aber der Scheiß mit Celso wieder da, weil es gepiept hatte. Seine Hand auf ihrem Oberschenkel, seine Hand unter dem Bund ihrer Hose, seine Hand unter ihrem Shirt. Sie ein Brett in seinen Händen, weil er Wochen vor ihrem Abflug nach Deutschland noch ganz anderes machte. Mit diesen Bildern im Kopf war sie wie blockiert und ihr Unanständig-sein-Wollen mit einem Mal verschwunden. Ohnehin hätte Guido *dabei* sicher die Augen geschlossen gehabt, weil er an Scarlett dachte.

Zu Hause war diese schöne Lust vollkommen verflogen und sie versuchte sich nichts anmerken zu lassen. Küsschen auf die Wange und ab in ihr Zimmer. Allein! „Gleich gibt es ja Abendessen." Guido tat, als würde er nichts ahnen. Und sie traute sich mit der falschen Hand im Kopf nicht, etwas zu sagen oder zu fragen, sie hatte Angst vor jeder Antwort. Beim Abendessen erstattete er nur grob Bericht, als Paps nachfragte und sich wunderte. Er kannte ja Scarlett. „Sie muss damit zurechtkommen", meinte Guido schulterzuckend, eine Hand dabei auf Sayas Rücken. Meinte er das etwa ernst?

Saya sah vom Koffer zu ihm und sah seinen Blick. Viel zu ernst. Auch das noch! Sie rollte ihre Lippen ein. Das Karussell drehte sich immer noch. Sogar schneller. Gleich wäre Schluss, sie wieder allein und gleichzeitig dazu verurteilt, hier, vielmehr da zu leben, wo es dann unmöglich wäre. Hier konnte sie niemand herausholen und Mommy nicht retten. In einer Gondel des Karussells saß ein misstrauisches Wort und sie schleuderte es heraus. Sie ahnte, dass es giftig klang.

„Und?"

Guido verzog sein Gesicht und zuckte wie am Strand nur mit der Schulter. Saya biss sich abwechselnd auf die Unter- und Oberlippe. Sein ernster Blick tat ihrem Gefühl nicht gut. Nun würde er es ihr offenbaren. *Tut mir leid. Du kannst es dir sicher denken, aber ich kann nicht anders, auch wenn sie schwanger ist. Morgen gehe ich ins Reisebüro und übermorgen bring ich sie nach Wilhelmsburg.* Sie schluckte und kaute immer noch auf ihren Lippen herum. *Jetzt oder nie,* ging ihr durch den Kopf. Baute einen Satz zusammen mit Liebe, dich, Zufall, Bestimmung, Freundin sein wollen und anderen Worten und strich eines nach dem anderen durch. Mit einer kleinen Verzögerung meinte sie dann leise:

„Ich freu mich auf Samstag."

Für sie viel zu langsam wendete er sich ihr mit gerunzelter Stirn zu. Sein Blick immer noch viel zu ernst für eine gute Antwort, glaubte sie. Ganz langsam atmete er tief ein und hielt für einen Moment die Luft an.

„Am meisten freu ich mich für dich“, erwiderte er, „ich hoffe nämlich, dass *du* dich freust. Endlich siehst du deine Freundinnen wieder und ... Nana und Tata. Egal wie das Jahr ohne Mommy bei ihnen war. Ich weiß ja im Grunde viel zu wenig über alles. – Und natürlich freue ich mich auch ... *mit* dir und ... *auf* dich. Den Koffer habe ich schon fast fertig. Deshalb liege ich nur in Unterwäsche hier.“ Er grinste sie an, es sollte witzig klingen, aber sie seufzte nur. Immerhin wurde das Karussell langsamer. Die falsche Hand verschwand aus ihrem Slip. Guido schnaufte durch und eh sie was erwidern konnte, grübelte er mit einem Mal laut.

„Manchmal versuche ich mich daran zu erinnern, was vor dem Unfall war. Dann stell ich mir ganz ulkige Fragen. Wer waren meine Freunde? Hatte ich überhaupt welche? Mir fallen dann keine Namen und Bilder dazu ein. Nichts. Da tut sich nur eine große weiße Fläche auf. Die ersten beiden Wochen nach den Ferien saß ich in der Schule und hatte das Gefühl, nie dort gewesen zu sein. Alle und alles waren fremd für mich. Und keiner von denen wollte großartig etwas von mir wissen. Die Einzige, die ich wiedererkannt habe, war – außer Paps natürlich – Wochen später nun mal Scarlett. Jedes Mal, wenn ich sie sah, hörte ich wieder den Bums von meinem Helm. Ich weiß, es klingt bescheuert, aber ich dachte, dieser Bums und sie hingen irgendwie zusammen. Also musste sie wohl etwas mit meinem Leben zu tun haben. Sie hatte ja auch diesen Brief geschrieben. Über all das hab’ ich mit Paps gesprochen, also über die Mangas, Scarlett, den Unfall und die Schule, in der nichts mehr lief. Er kam auf die Idee mit der Ausbildung. Und dann kam der Abend nach der Physio, Mommy und Paps standen im Flur und ich fand, *das* musste so sein, *das* gehörte so, *das* war irgendwie wie immer.

Da war wieder etwas komplett. Als wenn es nie anders gewesen wäre. Den Rest kennst du. Der Rest bist du. Dieser Rest ist mein Leben. Ich erinnere mich an jede Sekunde. Und jetzt versteh ich nicht, warum sie wieder hier ist. Auch wenn sie viel erzählt hat. Was will sie? Womöglich von mir? Sich entschuldigen? Die Zeit zurückdrehen? Alles ungeschehen machen? Das hätte sie damals alles leichter haben können."

Saya schluckte. Vieles von dem, was er sagte, war neu für sie. Über seinen Unfall und das danach hatte er bisher nur sporadisch berichtet. Eher emotionslos. Als sei es belanglos. Ja, verdammt, warum war Scarlett zurückgekommen? Warum?? Scarlett hatte kein Anrecht mehr auf ihn. Sie wollte es ihm beweisen, stand auf, wollte sich eigentlich neben ihn auf die Matratze setzen oder ihn zu Seite schieben, sich wie an den einen Nachmittag neben ihn legen, hockte sich aber dann doch breitbeinig auf seine Schenkel. Gleichzeitig schob sie ihre Hände unter sein Unterhemd, es hoch und streichelte seine Brust. Unanständig sein konnte man auch hier und damit falsche Hände im Kopf ganz verjagen.

„Mit dir war sie glücklich. – Und … und nun rätselst du, ob du sie vielleicht doch noch liebst!?"

Halb Frage, halb Feststellung. Sofort schüttelte er den Kopf und hielt dennoch ihre Hände fest.

„Nein! – Quatsch. – Saya! Wie kommst du darauf? Du und deine Eifersucht. Schon lang nicht mehr. Nur in den ersten Tagen danach hab' ich an sie gedacht. An das, was vielleicht gewesen wäre, wenn … Aber …"

Er streckte seine Arme aus, zog Saya zu sich herunter, um sie zu umarmen.

„… sie hat im Übrigen auch nicht alles erzählt. Denn Malte und sie waren in den Wochen, als ich im Krankenhaus lag und wohl auch in den ersten Tagen danach, zusammen. Auch sie haben miteinander gepennt. Er hat es mir unabsichtlich erzählt, als ich meinen Unfall schilderte und Scarlett beschrieb. Er stutzte und meinte, das könnte glatt seine Freundin sein. Verrückt, oder? Mir schreibt sie so 'nen Brief und mit ihm macht sie … aber mit Steve ist sie ja auch schon bald in die Kiste, nachdem sie drüben war. So ernst kann es mit mir also dann doch nicht gewesen sein.“

Mit einem Schnaufen ließ Saya sich in den schmalen Spalt zwischen ihn und die Wand rollen. *Oh, fuck!* Er rückte zur Seite, sie rutschte dicht neben ihn und blies die Wangen auf. Plötzlich war alles auf den Kopf gestellt. Warum hatte er ihr davon nicht erzählt? Ausgerechnet Malte. Aber Guido war wieder mal der Stille geblieben. Bloß nix sagen. Wie immer. Vielleicht …

„Vielleicht hat Malte vor diesem Liebesbrief Schluss gemacht? Und sie ist dann mit ihrem Liebeskummer, oder wie das heißt, an den Strand und hat dich kennengelernt. Ich glaub, die ist immer noch verknallt in dich.“

„Nein, das damals war zu kurz, sie ist ja ganz schnell weg. Ich weiß nicht mal, ob das ein Liebesbrief ist. – Du kannst ihn gerne lesen?“

„Du hast die Briefe noch?“

„Nein. Nur noch diesen. Alle anderen habe ich weggeschmissen und ihre ganzen Mails und Nachrichten gelöscht. – Das weißt du doch!? Was ist los?“

Saya seufzte abermals. Nein, sie brauchte den Brief nicht zu lesen. Sie kannte genau diesen in- und auswendig. Damals hatte sie ihn neben ihm liegen sehen, als sie zu ihm ins Zimmer kam und sich zu ihm legte, und gesehen, wo er ihn deponierte. Schon durch das Wiedersehen seinerzeit mit Scarlett eifersüchtig, schlich sie irgendwann in sein Zimmer und las ihn. Vor allem das PS. In ihren Augen waren die ganzen Seiten genau das, nämlich ein Liebesbrief. Was sonst? Vielleicht kein – wie hieß das? – so heißer oder gefühlsduseliger. Aber *Ich schiebe dich gerne durch die Gegend! Oder bin gerne dein Stock. Versprochen!* schreibt man doch nur, wenn man für jemanden zumindest schwärmt, oder? Und da spielte es keine Rolle, warum es mit Malte auseinandergegangen war. Vielleicht war sie es sogar, die Schluss gemacht hatte, wegen Guido am Strand.

Guido sah ihren nachdenklichen Blick und ahnte, was los war. Er drehte sich etwas auf die Seite und streichelte ihr Gesicht. Aber sie wollte wissen:

„Und? Trefft ihr euch morgen?"

„Wenn überhaupt bist du dabei. Ich hab' *dich* lieb und nicht sie. Ich hoffe, ihr Kind lässt sie zur Ruhe kommen und zu sich selbst finden. Die Jungsgeschichten haben es nicht geschafft. Vielleicht wollte sie mit ihnen auch nur fliehen. Weg von den Eltern, was weiß ich. Mit Joseph hat sie es dann wohl getan und sozusagen Schiffbruch erlitten. Sex war nie ein Thema bei uns. Und solche ... Zärtlichkeiten gab es eigentlich auch nicht. Ein paar Küsse. Schluss. Keine Ahnung, warum. Ich bin vielleicht nicht besonders sexy. Weißt du, wenn ich die Stunden zusammenzähle, waren wir keine drei Tage zusammen. Vielleicht hätten wir in diesen mehr miteinander sprechen müssen, statt nur die Zeit totzuschlagen. Ich denke, sie hat die Zeit auf diese Weise rumkriegen wollen, weil sie eigentlich schon alles wusste. Das mit Amerika und so. Es gibt da einen Spruch. Drei Dinge kommen nicht zurück, das gesprochene Wort, das vergangene Leben, die versäumte Zeit. Deshalb hoffe ich, dass wir beide, du und ich, genug miteinander reden. Aber wenn ich deinen Blick sehe, zweifle ich daran. Irgendwie gleicht dein Leben ein wenig ihrem, wenn ich bedenke, was du alles ... erlebt hast."

Sie schnaufte auf. Ja, miteinander reden wäre wichtig. Über alles. Über das Piepen, ihre Reaktionen, Scarlett, Marvin, das Karussell in ihrem Kopf und über das in Manila. Aber erst … nach Manila. Bevor sie es sagen konnte, fuhr Guido bereits fort.

„Du hast so vieles aufgeben und zurücklassen müssen. Deine Schulkameradinnen, Freundinnen und deine Heimat, auch Nana und hast wahrscheinlich noch mehr Zeugs erlebt, von dem ich nichts weiß und das dich belastet. Alles hat sich für dich geändert, und nun hängst du hier in der Einöde und mit mir herum. Es kann nur langweilig sein. Und weil es so ist, gibst du Nachhilfe- und Turnstunden, hilfst an zwei, drei Nachmittagen im Aldi Ware einräumen und lernst für die Schule wie eine Besessene. Hauptsache, du kommst raus aus dem Bau, oder? Inzwischen sprichst du fließend Deutsch. Du bist unfassbar ehrgeizig und fleißig. Bist bald achtzehn und viel erwachsener als ich oder manche Dreißigjährige. Morgens bin ich zudem früh aus dem Haus. Allzu oft können wir uns also nicht sehen. Aber ich will mich nicht beschweren. Aber unter Umständen du. Vielleicht hast du auch schon ganz andere Pläne als ich und hast auch die nicht erzählt."

Das Karussell blieb abrupt stehen.

„Du spinnst total! Weißt du das?"

Sie knuffte und boxte ihn daraufhin still in die Seite. Mit einem Mal schien ein Damm gebrochen zu sein. Sie schniefte, die Tränen liefen und sie boxte wortlos weiter. Immer fester. Nichts anderes als wütend. Sie war froh, dass zwischen Mommy und Paps und seinem Zimmer das Bad war. Guido genoss regelrecht ihre Hiebe und hielt erst viele Sekunden später ihre Hände fest. In ihm mit einem Mal das Gefühl, dass ihre Beziehung, Freundschaft, Liebe etwas Lebendiges hatte. Etwas, was über ihren Alltag hinausging und mit ganz anderen Gefühlen zu tun hatte, als mit denen, von denen er glaubte, dass sie auch Saya übermannten, wenn sie miteinander schliefen. War es das, was sie manchmal scheute? Die Fingerspitzen ihrer nun eingeklemmten Hände kratzten über die Haut seiner Brust und plötzlich biss sie fest in seine Schulter. Guido wusste nicht, ob er lachen oder weinen sollte, weil es wehgetan hatte. Er zog Saya noch dichter an seinen Körper und presste sie so fest an sich, dass sie aufhören musste zu boxen.

Eine gefühlte Ewigkeit später kam sie zur Ruhe und blieb still auf ihm liegen. Er lockerte den Griff und rieb vorsichtig ihren Rücken.

„Ist doch wahr", flüsterte er leise.

„Gar nicht, du Spinner." Ohne Schluchzen. „Du bist alles andere als langweilig. Manchmal vielleicht nur ein wenig sehr still. Dann bist du so weit weg."

Er schob seine Hände unter ihre Pyjamahose und streichelte ihren Po. Kleiner und fester als Scarletts. Es spielte keine Rolle mehr. Der Liebe waren Eigenschaften egal, wenn sie liebte. Scarlett hatte ihre Liebe verloren. Sie hatte mit ihrem Aussehen ihr Wesen manipuliert, vielleicht ohne es zu wollen, und mit diesem ihre Seele verkauft. Sie hatte alle verzaubert und sich selbst verhext. Aber nun hatte sie sich nicht gegen, sondern für ein Leben entschieden. Im Grunde genommen für zwei. Das rechnete er ihr hoch an.

„Ich hab' dich lieb. Wir werden sehen, wie lange du es mit mir aushältst. Es heißt, der Erste wird nicht der Letzte sein. Es gibt genug, vor allem weniger langweilige Kerle. Fände ich, ehrlich gesagt, allerdings blöd."

Ihr Schnaufen klang nach deutlichem Protest. Sie richtete sich auf und boxte ihn wieder in die Seiten. Ihm blieb kurz die Luft weg und er schaute sie erstaunt an.

In ihrem Kopf für einen Wimpernschlag lang wieder Celsos nahezu wütend fummelnden Hände, die an ihren nackten Beinen rummachten, dann Marvins Finger unter ihrem Rock auf dem Slip und Nils' Zunge versteckt hinter Büschen neben dem Eingang der Disco unanständig in ihrem Mund und seine Hände wie Marvins auf der Suche. Alle hatten dort nichts zu suchen. Von allen hatte sie es jedoch zugelassen. Sie stemmte sich mit ihren Armen etwas hoch. Ihr dunkler Schatten auf seinem Körper und dem hinaufgeschobenen Unterhemd verschluckte das seltsame Gelb von vorher, das sie auch noch an die Sache mit Karthik erinnerte. Leise stieß sie einen Fluch aus. Sie vertrieb die Bilder mit:

„Du bist echt vollkommen doof. Erstens bis du sexy und zweitens hast du ja auch einiges hinter dir. Was der Unfall alles ausgelöst hat, wusste ich auch nicht, nicht mal das mit Malte, sondern nur das mit dem Bein. Und das ist scheißegal! Ich kenn im Übrigen genügend Mädchen, die mindestens so hübsch sind wie ich. Wer weiß, wen *du* plötzlich kennenlernst. Und in Manila, Makati und Pasay laufen Hunderttausende herum. Vielleicht himmelst du dort meine Freundinnen an. Die sind nämlich mindestens so hübsch wie ich. Ich befürchte, sogar hübscher. Denn ich hab' auch noch zugenommen. Guck mich an. Neun Kilo. Und du sagst nichts."

„Ehrlich gesagt, ist es mir nicht aufgefallen", lachte er. „Aber ich finde es sauschön."

Er zog sie wieder zu sich herunter, glitt mit seinen Händen unter ihrem Pyjama auf ihren Po zurück und knetete ihn ein wenig. Das mit dem Stoff war ihm zu blöd und er schob ihre Hose fast bis zu den Knien hinunter. Sie hob dafür sogar ihren Po an. Das vielleicht anfänglich noch vorhandene Mädchenhafte am Flughafen war längst verschwunden. Sie war längst eine junge

Frau. Ihr damals schon wenig mädchenhaftes Gesicht spiegelte alles wider. All die Geheimnisse. Ihr Leben hatte es geprägt. Jetzt schon mehr als bei vielen anderen Frauen, die doppelt so alt waren wie sie.

„Und das Mädchen in der Frittenbude hast du auch angeguckt."

„Mag sein. Das war 'ne Hübsche, oder?" Er grinste und wie er es sagte, klang es ein wenig frech.

„Ich warn dich!" Überraschenderweise lachte sie.

„Magst du heute Nacht bei mir bleiben?"

„Schon wieder eine blöde Frage", stellte sie fest, kuschelte sich an ihn und schob gleichzeitig ihres und sein Shirt so hoch es ging. Ein bisschen mehr Haut auf Haut konnte nicht schaden. Noch fesselte die Hose ihre Knie, aber schon war sie dabei, sie mit ihren Beinen runterzustrampeln und seine auszuziehen. Gleich darauf spürte sie ihn hart an ihrem Bauch. Unanständig sein, was war das überhaupt? Wie ging das? Sie hatte im Grund nur vage Vorstellungen davon. Eine Fantasie, die ihr manchmal weiterhalf, wenn sie allein war.

Die wenigen Mangas von ihm, in denen sie mal geblättert hatte, halfen dann auch nicht weiter. In Ikuto und Enju erkannte sie höchstens Nils wieder. Marvin war anders, Celso am Ende unvergleichlich schlimmer. Grob zu sein konnte es also nicht bedeuten. Sie kniete sich hin, zog sich und Guido aus und schmiss alles mitsamt der Decke auf einen Haufen neben das Bett. Sie lachte leise auf und glitt mit einer Hand in seinen Schoß, was sie fühlte, war schön. Dann rutschte sie mit Küssen auf seinem Bauch hinunter, sah kurz in sein verwundertes Gesicht, machte eine Faust um sein steifes Glied und nahm ihn in den Mund.

Sie musste unbedingt und so schnell wie möglich herausfinden, was und wen sie wirklich wollte.

Grabstein

arald Höhler beugte sich über das Grab und entfernte ein paar Blätter. Dann rückte er das kleine Holzkreuz zurecht, Josef Höhler, 1917 – vermisst 1945, das eigentlich gar nicht schief stand. Er bemerkte es und lächelte müde. Gestern hatte er alle Formulare unterschrieben. Alle Verträge und das neue Testament. Wahrscheinlich schon Ende des Jahres würden Eberhard Bach und Kollberg die Firma weiterführen müssen. Zwei absolut fähige Männer. Die Firma sollte ihren Namen behalten. Eberhard hatte es ihm versprochen. Trotzdem ein komisches Gefühl. Bettina und Martina, seine Töchter, wollten und konnten seinen Part nicht übernehmen. Die eine Lehrerin, die andere Apothekerin in Friedrichstadt. Auch seine Frau nicht. Frieda war Arzthelferin. Der scheiß Krebs fraß sich ungeachtet davon weiter durch seinen Körper.

„Wenn diese Chemo nicht innerhalb von sechs Wochen anschlägt …" Doktor Beerbaum, sein Arzt, verschluckte letzte Woche an dieser Stelle den Rest des Satzes und Harald ergänzte ihn fast automatisch:

„… ist Ende des Jahre Schluss."

Auf dem Grabstein war unter Bernhard Höhler noch genügend Platz. Dann stände dort Harald Höhler, Maschinenbauingenieur, 1957–2017. Man würde sagen: *Alt ist er nicht geworden.*

Seit ein paar Tagen nutzte er Friedas Arbeitszeiten, um sich an diesen Gedanken, ohne irgendwelche Kommentare oder Tränen, zu gewöhnen. Das ging am besten hier auf dem Friedhof. Die Familiengeschichte, die sich hinter den Namen und Jahreszahlen versteckte, tröstete.

Ewald Höhler, Korbmacher, 1884–1928, verheiratet mit Mena Höhler, geb. Hansen, ein Jahr älter als Ewald. Es hieß, er wäre ein stolzer und aufrechter Mann gewesen und Mena eine schöne Frau. Ein altes Schwarz-Weiß-Foto schien es zu beweisen. Auf diesem schaute sein Urgroßvater tatsächlich stolz in die Kamera und Mena ungekünstelt glücklich. Sie beide trugen eine nordfriesische Tracht. Es war das Hochzeitsfoto. Doch starb sie 1913 nur eine Woche nach der Geburt ihres Sohnes Otto. Er wurde viele Jahr später – in schweren Zeiten, wie es in alten Geschichtsbüchern für gewöhnlich stand – Gründer der Firma. Der Erste Weltkrieg dräute bereits im Oktober 1913 als dunkle Wolke und Ahnung über dem Land. Mit neunundzwanzig konnte Urgroßvater Ewald nicht gleichzeitig seinen Sohn größer werden lassen und als Korbmacher weiterarbeiten. Die Zeiten ließen solche Dinge nicht zu. Zumal Ewald über jeden Auftrag froh sein musste. Korbmacher zu werden, um seinem Vater nachzufolgen, war schon zu damaligen Zeiten eine mutige Entscheidung. Körbe wurden immer seltener benutzt und immer öfter maschinell gefertigt.

Ewald heiratete nur wenige Wochen später Anna Mommsen. Schon einen Tag nach Ottos Geburt kümmerte sie sich um ihn als Amme. Menas Tod war abzusehen und die Ehe eine Zweckheirat. Denn Anna hatte ihr Kind verloren, das zudem unehelich auf die Welt gekommen war, er seine Frau. Ein Foto gab es nicht von ihr. Harald ging davon aus, dass sie in keiner Weise Menas Schönheit besaß, obwohl … Liebe begründet sich auch oft in Dankbarkeit, häuslicher Wärme und Harmonie, durch Treue und ein Aneinander-Gewöhnen. Im Frühjahr 1917 kam jedenfalls Josef auf die Welt. Mitten in einem schrecklichen und wirren Krieg.

Etwas mehr als zehn Jahre später, 1928, verloren die beiden Söhne, Otto und Josef, ihren Vater. Auch Ewald starb schon an Krebs, der sich wie diese Zeiten damals nicht nur durch die Seele, sondern seinen Körper fraß. Ewald hatte nicht nur Mena verloren, zwei Jahre nach dem Ersten Weltkrieg auch zu viele Aufträge. Die Inflation kostete ihn sein Vermögen und er versuchte als *Puker* auf einem Kutter die Familie zu ernähren. Vier Jahre pulte und holte er also die Heringe aus dem Netz, dann war seine Kraft zu Ende. Was er an kleinen Maschinen in seiner Korbmacherei behalten hatte, nutzte Otto für seine ersten Aufträge. Er baute Rohre, kleine Silos und metallene Schränke.

1938, als Haralds Vater Bernhard geboren wurde, arbeitete Josef bereits seit vier Jahren in Ottos neuer, kleiner Firma. Seit zwei Jahren bauten sie Pumpengruppen für U-Boote. Sie ahnten, warum, und schwiegen. Geld ernährte die Familien, nicht irgendeinen Verdacht. Genau diese Aufträge hielt die Firma in Gang. Höhler Anlagenbau. Sie wuchs schnell. Ende 1943 gab es bereits neun Angestellte. Im Sommer 1944 wurde Josef eingezogen. Der Hinweis, er sei unentbehrlich für die doch angeblich so wichtige Kriegswirtschaft, blieb unbeachtet. Der Blutzoll an den Fronten war zu groß. Selbst fünfzehn- und sechzehnjährige Kinder standen an der Flak. Viele von ihnen überlebten den Krieg nicht. Familien wurden auf ewig zerstört. Das Letzte, was sie von Josef hörten, war, dass er auf ein U-Boot befehligt wurde. Anna, seine Mutter, hieß den Bürgermeister einen Versager, tobte in seiner Amtsstube herum und starb nur eine Woche nachdem Josef das Haus trotz allem verlassen musste. Irgendwie war ihr klar, dass sie ihr nächstes Kind verlieren würde. Sie sollte recht behalten und konnte es nicht ertragen. Sie erlitt einen schweren Schlaganfall. Vom Tag seines Einzuges an sollte man nie wieder etwas von Josef hören. Seit Ende des Krieges 1945 galt er als vermisst. Drei der ehemaligen Mitarbeiter verloren in den letzten Kriegsmonaten ihr Leben durch völlig sinnlose Einsätze des sogenannten Volkssturms. Die Firma war ausgeblutet. Aber die Maschinen standen noch. Statt Pumpen für U-Boote baute Otto mit den verbliebenen Männern und zwei Frauen Pumpen für Brunnenanlagen.

Mit dem Treck aus dem Osten kam Edmund Bach. Die eine Hälfte seiner Familie starb bei Bombenangriffen durch die Russen, die andere Hälfte machte sich auf nach Westen. Zwei seiner Kinder erkrankten und starben auf dem Weg hierher, weil es in dem langen Zug von Menschen keine geeigneten Medikamente gab. Von einer Familie mit einst zehn Personen waren nur er, seine Frau und Holger, der zwölfjährige Sohn, übrig geblieben. Der begann Anfang der 50er-Jahre seine Lehre bei Otto, schloss sie erfolgreich ab und heiratete eine Handvoll Jahre später Karin. 1961 kam Bernd auf die Welt. Inzwischen Haralds Kompagnon.

Bis vor zehn Jahren half Haralds Vater Bernhard im Unternehmen mit, dann war er sicher, dass es auch ohne ihn gehen würde. Zehn Jahre konnte er seinen Ruhestand genießen. Zehn Jahre war er Bernhards Vorbild und für Bettina und Martina ein fantastischer Opa.

Harald bürstete mit seinen Fingerspitzen über den Grabstein, dort, wo Bernhard Höhler, Anlagenbauer, 1938–2011, stand, hatte sich etwas Schmutz angesammelt. Unter dem Namen seines Vaters war noch genügend Platz. Er würde Frieda sagen, dass sie die Tradition beibehalten sollte.

Harald Höhler, Anlagenbauer, 1959–2018.

Manila

Der Flug nach München war nichts Besonderes. Im Flieger zog es genauso kalt wie am Hamburger Flughafen. Nach etwas mehr als einer Stunde landeten sie bereits. Guido spürte keine Aufregung, obwohl er noch nie in einem Flieger gesessen hatte. Zu reisen bedeutete bisher in Lübeck Oma und Opa zu besuchen oder nach Kiel oder Hamburg zu fahren. Die Aufregung kam erst nach etwas mehr als zwei Stunden auf, als sie in den Flieger nach Bangkok stiegen. In diesem hielten sie die meiste Zeit Händchen und quatschten miteinander. Saya versuchte ihm immer wieder zu erzählen, was ihn erwarten könnte.

„In Guadalupe Nuevo ists noch gut, aber manches sicher ganz anders, als du denkst. Vor allem siehst du ziemlich viel Armut. Und aufgeräumt wie zu Hause oder in deinem Zimmer ist es nirgendwo."

Guido lachte jedes Mal. Er fühlte sich vorbereitet. Mayumi und mancher Bericht im Internet hatten in seinen Augen genug erzählt. Den Rest würde er sehen. Er war neugierig genug.

„Alles gut. Wenn ich Angst habe, bist du ja bei mir."

„Nimm mich nicht auf den Arm!" Sie sah ihn ein wenig vorwurfsvoll an, dachte an Scarletts Spruch mit dem Abenteuer und er gab ihr einen Kuss.

„Entschuldige, Kleines." Fast hätte er Darling, Schatz oder Liebling gesagt. Saya verdrehte deshalb die Augen, prustete und verschränkte die Arme vor der Brust. Sie mochte von ihm nicht so genannt zu werden. Nur Paps durfte es. Und trotzdem fand sie es schön, dass Guido immer wieder nach einem Kosenamen für sie suchte. Er wusste es im Prinzip.

Zwischendurch versuchten sie etwas zu schlafen. Es klappte nur im Halbstundenrhythmus. Fliegen war doch ein seltsames Gefühl. Als säße er in einem Bus und flöge durch die Wolken. Zu sehen gab es nichts. In Bangkok hatte der Flug zwanzig Minuten Verspätung. Die Zeit für den Anschlussflug war daher nicht besonders üppig. In den Hallen liefen Klimaanlagen und gaukelten ein anderes Wetter vor. Keine Stunde später saßen sie in der nächsten Maschine.

Nach insgesamt über zwanzig Stunden begann endlich der Landeanflug auf Manila. Saya stupste ihn an und deutete zu dem Fensterchen neben sich hinaus. Sie hatten die Wolkendecke durchstoßen und Guido beugte sich über Saya, umarmte sie, so gut es ging, und sah zusammen mit ihr hinaus. Direkt unter ihnen das blaugraue Meer und unter dem linken Flügel wurde eine Art Halbinsel sichtbar. Einem gekrümmten Finger ähnlich. An der schmalsten Stelle Mangrovenwälder und große grünliche Wasserbecken, wie man sie andernorts für die Gewinnung von Meersalz brauchte.

„Cavite City, viele sagen auch Kawit, das heißt Haken. Da gibt's auch ganz beschissene Slums. Die Tümpel werden trockengelegt, um Land zu gewinnen.“

Dann folgte wieder Wasser mit einem Durcheinander von Booten, kleinen und größeren Schiffen. Keine Minute später im Hintergrund eine der Skylines mit glitzernden Hochhäusern, die er bereits aus dem Internet kannte. Unter ihnen ein Wald, der eine Lagune umschloss, eine dicht befahrene mehrspurige Straße und ein wildes, chaotisch wirkendes Häusermeer. Vielleicht auch einer der viel zitierten Slums. Alles viel zu schnell vorbei, als dass er etwas hätte erkennen können. Trotz Google hatte er so etwas aus dieser Perspektive noch nicht gesehen. Er räusperte sich leise. Im Internet sah

Sayas Heimat von oben ganz anders aus. Viele der Abbildungen in den Blogs und Portalen schienen nun eher geschönt. Kurz darauf landeten sie zur Mittagszeit endlich auf dem Flughafen in Manila.

Direkt hinter dem Ausstieg zum Rüssel kroch eine schwülwarme Wärme an den Füßen unter seine Jeans und dann die Beine hoch. Mit ihr stieg der Gestank von Kerosin hoch. Durch ein kleines Fenster sahen sie einen eher trüben, etwas gelblich diesigen Himmel und durch die offene Tür daneben wehte ein alles andere als frischer Wind. Nach ein paar Schritten stand Schweiß auf Guidos Stirn und er lachte.

„Ab heute ist kurze Hose angesagt", meinte er nur.

Saya warf sich grinsend den kleinen Rucksack über die Schulter, aus dem Blue herausschaute und Guido zu beobachten schien. Der Flughafen sah nicht viel anders aus als in Hamburg, er war nur riesig und die Luft trotz der laufenden Klimaanlagen irgendwie feucht und stickig. Überall war Security zu sehen. Saya beobachtete Guido die ganze Zeit über und scannte jede Reaktion in seinem Gesicht. Er schien nicht sonderlich erstaunt. Am Band 6 kamen ihre Koffer an.

„Und?", wollte sie neugierig wissen. Sie schien inzwischen aufgeregter als er.

„Alles gut. Ich bin gespannt. Weißt du, dass ich tatsächlich noch nie geflogen bin?"

Saya sah ihn verwundert an.

„Ehrlich? Das hast du nie gesagt. Wieder mal."

Er zuckte nur mit den Schultern.

„Alle meinten, das sei wie Busfahren. – Stimmt auch. In so ’nem Flieger ists genauso eng."

Seinen neuen Reisepass hatte er schon seit ein paar Wochen und sich Tage drauf die üblichen Impfungen gegen Hepatitis, Typhus, Tollwut und Tetanus geben lassen. Somit war die Passkontrolle schon nach wenigen Augenblicken mit einem zugleich freundlichen und ernsten Blick einer Frau mit Atemschutzmaske in der Kabine der Passkontrolle erledigt. *„Maligayang pagdating!"* Herzlich willkommen! Kurz vor dem Ausgang zeigte eine digitale Anzeige 33,8 ℃, acht Knoten Windgeschwindigkeit und *slightly overcast sky.*

„So wie es aussieht, werden wir nicht frieren."

Guido nahm seinen Rucksack ab und stopfte seine Jacke und den Pullover hinein. Saya grinste.

„Deshalb trage ich hier meist kurze Hosen oder Röcke. Die wedeln immer ein wenig Wind an die Beine. Musst du vielleicht auch machen."

„Dann musst du mir einen leihen."

Kurz vor dem Ausgang tauschte er hundert Euro in Pesos. Saya sagte dem Typen hinter der Glasscheibe irgendwas. Der sah sie komisch an, legte zwei Tausender zurück und legte stattdessen Hunderter und Fünfziger auf den kleinen Stapel. Guido wunderte sich.

„Tausend sind zwar nicht viel, grad mal sechzehn Euro. Aber du brauchst eh nur kleine Scheine und große Münzen. Die denken hier sonst, weiß Gott was. "

Draußen angekommen endete die Wirkung der Klimaanlagen schlagartig. Die schwülfeuchte Wärme umfing sie am Ausgang sogleich wie ein feuchtes und zu enges Hemd. Mit den Rollkoffern steuerten sie auf die Taxis zu. Saya lief an den ersten Wagen vorbei, wählte weiter hinten ein Fahrzeug aus und sagte dem Taxifahrer das Ziel. Der verzog das Gesicht. Die Fahrt dauerte weniger als zehn Minuten.

„Die da vorne glauben immer mit den Touris eine teure Stadtrundfahrt machen zu können, bis sie beim Hotel sind. Die Taxis hinten in der Schlange sind jedenfalls nicht so teuer."

Mit Nana hatte sie ausgemacht, mit der U-Bahn, der MRT, bis Guadalupe zu fahren. Das wäre der schnellste und preiswerteste Weg.

„Mit 'nem Taxi oder so braucht man eh viel zu lang", meinte sie zu Guido, „und die Bahn kostet keinen Euro und du siehst gleich mal was von der Stadt."

Im Fond überreichte Guido ihr grinsend seine Geldbörse, während sie im dichten Verkehr durch eine Mischung aus Industriegebiet, Autohäusern und flachen Rohbauten fuhren. Aufgrund der ungewohnten Währung würde sie für die nächsten zwei Wochen die Hoheit über das Geld haben. Er hatte ihr sogar die PIN für seine Kreditkarte genannt. *Wehe, du läufst weg*, lachte er. An der U-Bahn-Station zahlte sie 350 Pesos.

„Das sind fast sechs Euro und Trinkgeld genug."

Die Fahrt mit der U-Bahn, obwohl sie gar nicht unterirdisch fuhr, sondern wie in Hamburg größtenteils wie auf einer Brücke, war für ihn eine Fahrt durch eine andere Welt. Guido klebte im vollen Waggon an der Scheibe der Tür und betrachtete den schnellen Wechsel von Baracken, ideenlosen und kartonähnlichen Industriegebäuden, modernsten Hochhäusern mit spiegelnden Fassaden, breiten Brücken, flachen Gebäuden mit Supermärkten, Fahrradgeschäften, Handwerksbetrieben, Einkaufszentren, handballfeldgroßen Plakat- und Displaywänden, einigen Baustellen und dazwischen gestreuten Wohnhäusern, an deren Balkonen unzählige Satellitenschüsseln und Klimaanlagen klebten.

Vor den Fronten dieser ungewohnten Ansammlung unter Planen und Schirmen immer wieder Marktstände, die Gemüse Obst, Kleider, Schuhe, Elektrogeräte und Streetfood verkauften. Die Gebäude dahinter höchstens zwei Stock hoch, allesamt ziemlich baufällig oder noch nicht fertig gebaut, eher Hütten und dazwischen nicht besonders üppiges Grün. Zwischen der Bahn und dieser Mixtur der häufig stockende Verkehr auf einer parallel verlaufenden Straße, breit wie eine Autobahn, dem die aufgemalten Fahrspuren egal waren. Durch die Scheibe hörte er das ständige Hupen der Busse, Pkws, Jeepneys, Mopeds, Dreiradtaxis und Laster.

„Wahnsinn!", meinte er. Saya stand an seinen Bauch gelehnt, er drückte sie an sich und gab ihr einen Kuss in die Haare. Nach nicht einmal acht Minuten erreichten sie schon Guadalupe Nuevo. Sofort wurden sie vom Lärm des lauten, oft hupenden Verkehrs auf der Straße, einem Durcheinander an Stimmen und dem Geruch nach Abgasen und anderen weniger technisch riechenden Düften eingehüllt. Dann rief Saya laut:

„Lola!!"

Schon lag sie in Omas Armen. Er ließ die beiden nicht besonders schweren Koffer stehen und nickte den Großeltern zu. Doch Saya war wichtiger. Wie damals im Hamburger Flughafen, dauerte es, bis diesmal ihre Oma sie losließ. Seufzend begrüßte Saya viel reservierter mit ausgestrecktem Arm und ernstem Gesicht Tata, ihren Großvater. Erst dann meinte der zu Guido:

„Hello Gyto, nice to see you. We hope you had a good trip. Welcome to Saya's homeland."

Guido schmunzelte, wie ihr Tata seinen Namen aussprach und schaute belustigt auf den Boden. Kurz runzelte er die Stirn, nahm etwas Anlauf und sagte langsam und konzentriert:

„Magandang araw! Maraming salamat po. Masaya ako dito." Guten Tag! Vielen Dank. Ich freue mich hier zu sein. Er versuchte, es nahezu genauso singend klingen zu lassen wie die Stimme zu Hause in seinem Laptop. Saya blickte zu ihm hoch. Verwundert und stolz knuffte sie ihn in die Seite.

„Du alter … Schleimer."

Im selben Augenblick lachte Nana ihn an, ohne ihn dabei zu begutachten, nahm ihn wie Saya in die Arme und drückte ihn für einen Moment schwingend an sich. Sie genauso klein und schlank wie Mommy und Saya.

„*Maligayang pagdating!*" Herzlich willkommen. „*We are really happy that you are visiting the home of our two girls. It's really an honor.*"

Nanas Englisch klang glücklicherweise nicht besser als seines, wenn er sich darin versuchte. Dann nahm Guido die Koffer auf und Saya schulterte ihren Rucksack. Anschließend verließen sie den Bahnsteig über eine tunnelartige Fußgängerbrücke. Unter dieser dichter, andauernd hupender Verkehr, der nur schrittweise vorwärtszukommen schien, während Busse auf einer Extraspur an ihm vorbeirasten.

Auf den Stufen hockten zwei zahnlose, wie gegerbt wirkende Bettler, die ihnen hoffnungslos Plastikbecher entgegenstreckten. Bei jedem winkte Sayas Großvater ab, drehte sich zu Guido und Saya um und wedelte ernst mit einem Zeigefinger. Leise sagte er etwas. Es klang abfällig. Guido wollte Saya lieber nicht fragen. Unten auf der Straße angekommen umgaben sie sofort wieder Trubel und Menschenmassen. Guido stellte die kleinen Rollkoffer ab. Nana und Tata gingen weiter.

„Wir laufen", erklärt ihm Saya grinsend, „du siehst ja den Verkehr. Dauert höchstens 'ne Viertelstunde."

An der Hauptstraße entlang ging es fünfzig Meter bis zu einer Seitenstraße. Ein bunter Jeepney nach dem anderen bog kriechend von der breiten Straße ab und fuhr in diese hinein. Links und rechts von etlichen knatternden Dreiradtaxis begleitet. Hier ging es nur zentimeterweise vorwärts. Gleich zu Beginn der Straße ein McDonald's und auf der anderen Seite ein Jollibee. Fünf

Meter weiter ein Donutstand. Guido sah den Preis, 15 Pesos. Also 25 Cent. Mit einem leisen Auflachen schüttelte er den Kopf, *gibts doch gar nicht.* So etwas wie von *Null auf Hundert* oder *Willkommen im Leben* fiel ihm ein. Gleich hinter dem Stand, dicht an dicht, ein Band bunter Marktstände, eher ein Durcheinander, das alles Mögliche anbot. Lebensmittel, Pyramiden aus Gemüse und Obst. Daneben Handyhüllen, Socken und Eimer, frischgepresste Fruchtsäfte, wieder Berge mit Orangen, Kiwis und rötlich haarigen Früchten. Guido las Rambutan und nahm eine in die Hand. Ein Kilo, 40 Pesos.

„Sind wie Litschis", erklärte Saya, „kannst du also schälen und so essen. Schmecken ganz passabel. Bisschen süß, bisschen säuerlich."

Auf der anderen Straßenseite Sandalen, Shirts, wieder Obst und Gemüse, Hosen, Preis 200 Pesos, etwas mehr als 3 Euro, Haushaltswaren, Bürsten, die nächsten Eimer. Aus einem Laden tönte nicht zu überhören *As it was* von Harry Styles. Zwischen zwei Ständen ein Haufen Mülltüten, die nicht erst seit gestern dort lagen. Es folgte ein Wägelchen, das mit seinem Dach wie ein kleiner Eisstand bei ihnen zu Hause aussah. Dahinter eine lachende, schwergewichtige Frau. Auf einem mit Fettflecken übersäten Tuch lagen nur zwei Bleche voll mit dicken Stangen, die in Alufolie eingewickelt waren. Auf jeweils einem Schild stand *Embutidos Chicken* und *Embutidos Pork.* Stück 10 Pesos, gerade mal 16 Cent. Guido deutete fragend darauf, wieder sein Kopfschütteln.

„Das sind Würstchen aus Hackbraten. Echt voll lecker. Zwei Stück und du bist satt. Na ja, du brauchst vielleicht vier", lachte Saya.

„Die Preise sind ja echt der Hammer hier."

„Ja, Lebensmittel und das Essen von den Garküchen ist echt billig für *unsere* Verhältnisse."

„Demnach ist alles andere teurer.“

„Die meisten können sich keine anständige Wohnung, wie wir sie kennen, leisten.“

„Is there something like this in Germany?“ Nana.

“*No, not like that*”, lachte Guido.

Hinter den Ständen wieder ein Jollibee, etwas weiter vorne an der Ecke ein weiterer McDonald’s. Vor diesem ging’s nach rechts. Zwei Häuser weiter ein Stundenhotel. Zwei Stunden, *clean and fairly*, 250 Pesos. Normale Zimmer wurden auch angeboten. Grinsend sah er Saya an, die zuckte nicht besonders amüsiert nur mit der Schulter, *gibts doch überall.*

Guido drehte sich noch mal um. Hier würde ihnen sicher nicht langweilig werden. Kein Vergleich zu dem, was er jemals gesehen hat. Er sah die Häuser hoch, ein paar sahen auch hier baufällig aus. Das meiste war aber von riesigen Werbetafeln verdeckt.

***

Saya hatte ihn vorgewarnt. Die nächsten zwei Abende galt es zu überstehen.

„Wie heißt das? Die ... buckelige Verwandtschaft und die lieben Nachbarn und Freunde werden dich ... inspizieren wollen.“

Kaum eine Stunde später saß schon der erste Teil der *buckeligen* Verwandtschaft um ein Konstrukt aus Sayas altem Schreibtisch, dem Esstisch und einem wackeligen Klapptisch herum. Die Oberflächen jeweils durch bunte Wachstuchdecken geschützt. Zwei Schwestern von Nana, Elvira und Camelia, und deren Männer, Enrique und John. Daneben Emma, Cousine zweiten Grades von Saya und einige Jahre älter als sie, eine in Guidos Augen typische Filipina.

In den folgenden Stunden trafen zuweilen abwechselnd auch ein paar Nachbarn aus der Straße ein. Saya stellte ihm natürlich alle vor. Dimaisip, Tan, Jao, Bautista, Ramirez, Pualaan und erzählte zu jedem Namen kleine Geschichten. Über die schrullige Ramirez, mit den dicken Schwimmflügeloberarmen aus dem kleinen Shop an der Ecke in der Balagtas Street, die meist auf einem Klappstuhl vor dem Laden saß, mit all den anderen Nachbarn quatschte und bei der sie als Kind zusammen mit ihren Freundinnen immer wieder für ein, zwei Pesos irgendwelche Süßigkeiten kaufte und sich dabei ausfragen lassen musste. *Was macht die Schule? Was macht das Turnen?* Und später: *Was macht deine Mommy in Deutschland?*

Über die Pualaans am anderen Ende der Straße, die so was wie einen Baustoffhandel mit allem möglichen Zeugs und eine riesige Gefriertruhe gleich in der Einfahrt stehen hatten.

„Wahrscheinlich gibt's die immer noch und röchelt nach wie vor wie ein kranker Hund, wegen der andauernd schwülen Wärme. Du glaubst nicht, was in die alles reingestopft war! Echt grauslich aussehende Fische, tote Hühner, loses Gemüse in offenen Plastiktüten und – das war für uns Kids viel wichtiger – ein superleckeres, selbstgemachtes Eis aus Fruchtwasser. *Das* haben wir immer haben wollen. War ganz billig. Tante Pua, so haben wir sie immer genannt, wollte für jede Kugel nur 'nen Peso.“

Spät am Abend gesellte sich noch Sayas beste Freundin Yana dazu, weil Saya ihr eine WhatsApp geschrieben hatte. Nachdem die beiden sich um den Hals gefallen waren, begrüßte Yana Guido lachend mit Küsschen, als würde sie ihn schon lange kennen. Gegenseitig begutachteten sie sich ein wenig. Die Fotos hatten nicht gelogen, ging Guido durch den Kopf. Mit ihr ein wenig zu sprechen, sie konnten beide genug Englisch, gelang allerdings nicht, er hatte von nun an Sendepause. Saya ließ ihn nicht zu Wort kommen.

So sah er Yana nur an und lächelte. Nicht nur optisch, sondern auch in ihrer Art war sie ein ganz anderer Typ als Saya. Die beiden hatte sich viel zu erzählen und telefonierten später mit Claire und Angela minutenlang auf dem kleinen Balkon. Sie würden sich sicher in den nächsten Tagen treffen. Alles wiederholte sich am nächsten Nachmittag wieder bis in den Abend hinein. Allerdings dann doch in kleinerer Besetzung. Dieses Mal kam Angela statt Yana. Auch mit Angela verschwand sie auf den kleinen Balkon. Spät abends war die *Präsentation* beendet und sie gingen die Straße ein wenig entlang.

„Das Gequassel geht einem dann ja doch ganz schön auf die Nerven, oder? Bin ich gar nicht mehr gewöhnt“, meinte Saya und prustete. Im Schein einer fast einsamen Straßenlaterne betrachtete er das Haus, das in der Straße am Hang eines flachen Hügels eines der wenigen *neuen* Häuser war. Auf dem Foto, das Saya ihm damals zugeschickt hatte, war ihm dies nicht aufgefallen. Auch nicht, als er im Internet daraufhin die Straße entlangfuhr. In diesem Moment faszinierte ihn mehr, die Stadt auf diese Weise schon vorher digital erkunden zu können. Atmosphäre und Trubel, schienen auf jedem Bild sichtbar zu sein. All das hatte sich ja sofort nach ihrer Ankunft auch eingestellt. Bei ihnen zu Hause fehlte dieses laute Tohuwabohu, selbst wenn die Touris die Gegend bevölkerten.

Sayas Familie gehörte demnach nicht zu den vielen Hunderttausenden, die unter den Auswirkungen mannigfaltiger Korruption und bestechlichen Politikern im

Land litten. Was hatte er nicht alles über Manila und die Geschichte des Landes gelesen?! Über Willkür, Revolutionen, Kriege und Bürgerkriege. Immerhin eroberte im Laufe der letzten Jahrhunderte die halbe Welt diese Inseln. Seit diesen Zeiten versuchten viele Familien deshalb im Ausland, in der angeblich freieren Welt mit schlecht bezahlten Jobs als Matrosen, Pflegende, in unsäglichen Fabriken, als Reinigungskräfte und Hilfsarbeiter, sogar im sogenannten Gewerbe und mit anderen Dienstleistungen etwas mehr Geld fürs Überleben zu verdienen, als sie es hier hätten können. Angestachelt durch Berichte in Zeitungen und Fernsehen oder angebliche Freunde, die in die USA, nach England, Spanien, Südamerika, Australien oder Korea und Japan ausgewandert waren und ihnen vorgelogen hatten, hier, dort und da sei das Leben besser. Sie glaubten alles, und schon war es zu spät. Die wenigsten kehrten in ihre Heimat zurück. Einerseits, weil sich deren Alltag durch die andauernden Wirren in der Welt nicht änderte, andererseits, weil den meisten am Ende das Geld fehlte, egal, wie hart sie in der Ferne arbeiteten.

Überall das hatte er gelesen und suchte nach Bildern, um noch besser vorbereitet zu sein. Vielleicht war das gelbe Haus eine Fassade, die Räume darin extrem einfach und Sayas Erklärungen nur eine Besänftigung. Er glaubte jedenfalls auf alles vorbereitet zu sein. Doch was das gelbe Haus betraf, schien alles anders, als er sich vorgestellt hatte. Allenfalls die Räume waren anders eingerichtet und kleiner als zu Hause.

Hingegen keine zwanzig Meter links und rechts davon herrschte wohl doch eher Armut. Die meisten Häuser glichen Hütten oder bestenfalls unverputzten Rohbauten. Stimmte es, störte es weder die einen noch die anderen. Weder die Dimaisips, Tans, Jaos und Bautistas noch die schrullige Ramirez oder die Pualaans, die hier wohnten. Sie alle schienen zufrieden. Man verdiente sein Geld wie Nana und Tata in gewöhnlichen Berufen und viele zusätzlich mit dem Verkauf von Getränken, Eis, Telefonkarten oder dem Sammeln von Paketen, die irgendjemand bestellt hatte und dann bei demjenigen abholen wollte. Mit einem kleinen Obolus als Dank dafür hoffte man im Stillen auf bessere Zeiten. Tans vermieteten sogar ein billiges Zimmer an Backpacker oder Arbeiter. Und was in Hamburg vielleicht noch Kiosk genannt wurde, war hier ein kleiner Laden.

Die Wohnung der Großeltern im obersten Stockwerk unterschied sich nicht sehr von Wohnungen, die er kannte. Sie war im Gegensatz zu Mommys und Paps' nur mit dunkleren Möbeln eingerichtet, enger und etwas verschachtelt. Der Schrank im Wohnzimmer groß, modern und doch ein wenig verschnörkelt. Der flache Tisch mit seiner steinernen Platte erinnerte ihn an einen Besuch im Mineralogischen Museum in Hamburg. Unter einer spiegelnden Glasplatte mit einer beschädigten Ecke zu Stein gewordene Muscheln und Fische. Das Sofa unter einer grauen Decke versteckt. An einer Wand ein Seiden-Teppich aus Indien, an der anderen eine Menge angepinnter Fotos. Eine Tür führte auf den kleinen Balkon. Die Küche hochmodern, mit dunkelroten Resopalfronten. Guido stutzte, als er alles sah, nickte aber nur anerkennend. Vor ein paar Tagen rechnete er damit ärmlichere Verhältnisse anzutreffen.

Aus Sayas kleinem Zimmer sah man über das Meer der Häuser auf ein Viertel mit Bürohochhäusern. Viele der Fassaden spiegelten. „Das da ist der JPMC-Tower", erklärte Tata, „sehr modern und umweltfreundlich gebaut. Auch wir wissen, was zu tun ist. Es wird nur viele Jahre dauern. Die Metropole wächst schnell. Jedes Jahr um eine Viertelmillion. So auch der Schmutz. Du siehst, das ist eine nicht ganz so leichte Aufgabe." Sein lächelnder Blick verriet, dass er über deutsche Denkweise wohl einiges wusste. Die nächsten Tage sollten es beweisen. Aber zunächst galt es ja die Besuche zu überstehen.

Der schlug ihm auf die Schulter, lachte, nickte und schüttelte gleichzeitig den Kopf, klatschte sich auf die Schenkel und in die Hände. Guido verstand natürlich kein einziges Wort. Also lachte er mit, nickte, schüttelte den Kopf und Saya musste alles übersetzen. Nebenbei aßen sie – natürlich – *Lumpias* und Guido schmunzelte. Schon nach den ersten wenigen Stunden bekam er nichts mehr mit, saß einfach daneben und lächelte. Ab und zu versuchte er mit seinem Schulenglisch zu antworten. Aber diese Tage zu überstehen, galt wohl eher Saya selbst. Denn diese Tage erst spät in der Nacht ins Bett gekommen schlief sie neben ihm schon nach wenigen Sekunden und einem kurzen, fast vagen Gute-Nacht-Kuss in seinem Arm ein.

Sie durften tatsächlich zusammen in ihrem ehemaligen Zimmer schlafen. Eigentlich getrennt. Sie auf dem alten Bett und er auf einer schmalen Liege, die die Großeltern in das Zimmer gestellt hatten. Damit war dem katholischen Glauben von den beiden wohl Genüge getan. Kontrollieren tat dies weder sie noch er.

„Warum auch?", fragte Guido ein wenig befremdet, „wir sind ja wohl keine kleinen Kinder mehr."

„Die aber tun, als seien sie erzkatholisch."

Zudem hatte Mayumi Guido ein paar Tage zuvor erklärt, sie hätte mit Nana und Tata sehr eindringlich telefoniert. *Tata müssen akzeptieren Sayas Geschichte.* Dennoch legte sich Guido für Minuten auf die Liege, damit sie benutzt aussah, falls einer von den beiden doch ins Zimmer schauen sollte.

Nachdem seine Vorführung gegenüber den Freunden und der buckligen Verwandtschaft – Saya hatte ihr kleines Oktavheftchen natürlich mitgenommen – beendet war, fuhren sie am nächsten Tag zu viert in die Stadt. Opa Carlos Ramos hatte sich freigenommen und wollte ihm die Stadt zeigen.

Erstes Ziel, *du bist ja Anlagenbauer*, deshalb die San Sebastian Church an der Plaza del Carmen.

„Das ist die einzige Kirche, die ich kenne, die vollkommen aus Stahl gebaut ist", erklärte Tata langsam in Englisch und Guido sah, dass er stolz auf das Bauwerk war. „Eine echte Perle unter den Sehenswürdigkeiten in unserer Metropole. Selbst die Säulen und das Kreuzrippengewölbe sind aus Stahl."

Anschließend ging es in die Altstadt, Intramuros, die aus der spanischen Kolonialzeit stammte. Plaza Roma, die Kathedrale von Manila und ein wenig durch die oftmals engen Straßen. Über ihnen ein unaufhörliches Geflecht aus Leitungen. Guido zeigte lächelnd darauf.

„That's pretty difficult to control, isn't it?"

Tata schmunzelte.

„Einfach kann jeder. Aber ja und nein, unsere Leute beherrschen auch das Chaos, auch wenn die Presse immer wieder das Gegenteil behauptet."

Guido lachte und schielte zu Saya. Er beugte sich zu ihr und meinte leise:

„Er ist doch eigentlich ganz nett."

Schlagartig wurde sie ernst und meinte auf Deutsch:

„Aber seinen bekloppten Bruder hat er am Ende nicht bremsen können."

Guido zog die Brauen hoch und wollte nachfragen. Doch schon wurden sie unterbrochen, das nächste Ziel angesteuert und Saya kehrte zu Nana zurück. Neben ihrem Großvater lief sie den ganzen Tag nicht.

„Tomorrow you'll probably explore the city alone, but I would like to show you a few things."

So folgten der Malacanan-Palast, Sitz des Präsidenten, die nahezu weiße Quiapo-Kirche und der Quiapo-Markt. Nichts anderes als ein Straßengewirr mit nicht enden wollenden Marktständen, die in noch größerer Anzahl und enger aufgereiht als an der breiten Straße am Ankunftstag alles Mögliche anboten. Das Obst und Gemüse zu feinen Pyramiden aufgebaut wie einst in der Boqueria in Barcelona. Bananen, Mangos und Auberginen erkannte Guido natürlich. Er nahm zwei Bananen und hob sie in die Höhe. Eine junge Frau lächelte ihn an, sah natürlich, dass er kein Filipino war. „Fifty", sagte sie. Fünfzig Peso. Das schien billig. Er reichte ihr den Geldschein, sagte *Salamat* und ging weiter.

„Fast teurer als in Deutschland", lachte Saya, „aber sie war wohl zu hübsch, oder?"

„Sie ähnelt ein wenig Yana", stellte er fest.

„Mehr Hintern, mehr Busen, mehr Figur", jetzt klang Saya angesäuert. „Mindestens die Hälfte der philippinischen Mädchen ähneln Yana. Das heißt, du magst ... voluminöse Frauen. – Danke!"

Guido prustete, statt etwas zu entgegnen, rechnete er lieber nach, siebzig Cent und zuckte mit den Achseln.

„Ein paar Kilo mehr könnten dir ja wirklich nicht schaden", dann deutete auf all das Obst und Gemüse, das er nicht kannte.

„Durian, Rambutan ...", fing sie an und schien immer noch beleidigt, „... Okra, Wasserspinat, Papaya, Bittermelone und Schlangenbohnen. Manches gibt's bei uns nur in Asia-Läden."

Die Mengen davon waren unglaublich, wer sollte das alles essen? Sie gingen weiter an Garküchen vorbei. Davor improvisierte Theken und Plastikstühle. Jede gut besucht, jede wohl mit einer anderen Spezialität. Obwohl es dahinter Imbisse von KFC und Jollibee gab, machten wohl alle ein gutes Geschäft. Dazwischen hockten ein paar Bettler auf den Randsteinen und in ein paar schmuddeligen Ecken schliefen Obdachlose unter Planen. Durch alles mitten hindurch fuhren stinkende Dreiradtaxis und unzählige Mopeds. Der Duft nach frischem Obst und Gemüse verschwand. Guido sah fassungslos zu, für die anderen war das Gewimmel selbstverständlich.

Zum Abschluss durchquerten sie den Rizal-Park, nach dem Nationalhelden Jose Rizal benannt, und am Abend ging es mit einem Taxi zu einem Restaurant mit leckeren philippinischen Spezialitäten.

***

Mittlerweile lag bereits der vierte Tag hinter ihnen. Der erste, an dem er mit Saya allein Manila erkundet hatte. Langsam realisierte er, in was für einer Stadt, in was für einer Wirklichkeit er war. Die Gegensätze konnten nicht größer sein. Nicht eine Straße, durch die sie bisher mit einem Jeepney gefahren oder zu Fuß gegangen waren, glich irgendeiner, die er kannte. Neben glänzenden Hochhausfassaden, großzügigen Einkaufsstraßen und relativ neuen Häusern wie das gelbe Haus standen in manchen Vierteln dicht nebeneinander Hütten und Baracken, die man in Deutschland nicht einmal Scheunen nennen würde. Armselig zusammengezimmerte Behausungen wechselten sich mit solchen wie das gelbe Haus ab. Vor diesen türmten sich oftmals riesige Müllberge. Oft genug stanken sie, wie es immer so schön hieß, zum Himmel. Durch den letzten Regen schwamm er in zentimeterhohen Pfützen in den oft löchrigen Straßen. In diesen Häuern konnte es unmöglich wohnlich sein. Zwischen allem spielten Kinder so etwas wie Federball, streunten verschreckte, aber alles andere als bissige Hunde herum, gab es Bars, Verkaufsstände, fand ein offensichtlich normales Leben statt. Er hörte Lachen, Musik, Menschen die Gespräche führten und irgendwas reparierten. Links fuhren teure SUVs an ihm vorbei, rechts wurde Schrott und Zeugs am Straßenrand aufgetürmt. Diese Widersprüche glaubte er auch in Sayas Leben zu erkennen. Die Ungereimtheiten, für ihn schrecklich, gehörten hier zu einem normalen Leben. Einem solchen Leben war sie nun sozusagen beraubt.

Manchmal gaukeln Nachrichten, Zeitungen und die sozialen Medien ein glattes Leben vor. *Sei froh mit dem, was du hast.* Eine beschönigende Version des Sprichwortes, das Saya ihm einmal gesagt hatte und das bedeutete, dass man nicht gierig sein soll, weil man nämlich dann das verliert, was man bereits hat. Doch nun ähnelte sein bisheriges Leben einer kleinen heilen Welt. Die Masse der Eindrücke spiegelte nicht das wider, was er zuvor gelesen hatte. Was er sah, war schlicht und ergreifend erschlagend.

Am nächsten Morgen klapperten sie alte Stationen ihres Lebens ab. Zuerst die Schule, zu der sie problemlos hinlaufen konnten. Sie fragte einen Wachmann, ob sie mit Guido hineindürfte, um sie ihm zu zeigen. Es wäre vor ein paar Jahren ihre Schule gewesen. Etwas widerwillig ließ er sie hinein und schaute ihnen hinterher. Sie trafen Yana und Angela und ein paar andere ehemalige Schulkameradinnen und bis auf Nesthy alle früheren Turnfreundinnen. Nesthy ging nicht mehr zur Schule. Keiner wusste warum. Guido stand immer lächelnd daneben und wunderte sich über das quirlige und bunte Treiben, das aber zugleich sehr diszipliniert war. Alle trugen eine Schuluniform, die Mädchen blaue Kleider oder Hosen mit weißen Blusen, auf denen das Emblem der Schule. Die Jungs schwarze Hosen und weiße, kurzärmelige Hemden. Natürlich wollte sie sich mit Yana und Angela in den nächsten Tagen treffen.

Anschließend fuhren sie mit der MRT nach Pasay City zur Mall of Asia. Guido blieb vor dem riesigen Gebäudekomplex stehen, dessen einer Teil einem gestrandeten Schiffsbug glich. Saya hatte recht, innerhalb einer halben Stunde war man wieder in einer anderen Welt. Die Einkaufszentren in Hamburg waren kleine Supermärkte dagegen. Er suchte ihre Hand, folgte ihr wie ein kleiner Junge und sie passierten die nächste Security.

„Ohne die kommst du in keine Mall. Find ich aber gar nicht so schlecht."

Mit Yana, Angela und Claire, die er noch nicht kennengelernt hatte, hatte sie sich über WhatsApp für den Nachmittag im *But First*, einem Coffeeshop im dritten Stock der Mall verabredet. Alle drei verschieden exotisch und allein daher jede auf ihre Weise attraktiv. Alle drei schick. Auch Claire dunkel- und langhaarig wie Saya, aber wie Angela wirkte sie auf ihn nicht wie eine Filipina. Eher, er schmunzelte, vielleicht weil ihr Name so klang, wie eine Französin. Hingegen Angela mit ihren schmalen Augen wie eine Chinesin oder Japanerin. Verlegen schmunzelte er vor allem Claire an und sie antwortete mit einem verschmitzten Lächeln. Guido wurde rot und kramte die Reste seines Schulenglischs heraus, als sie neugierig wissen wollte, ob er Sayas richtiger Freund und nicht nur so eine Art Bruder sei.

„Yes, why not." Verwundert schüttelte er den Kopf und zuckte mit den Schultern.

„And when will you finish your apprenticeship?"

„In two and a half months."

„Oh! So you're probably moving in together?"

„Hmh, maybe in a year or two."

Er biss sich auf die Unterlippe, denn Claire ließ nicht locker und wollte wissen, ob er dann Saya heiraten wolle. Er lächelte Saya an, nickte und fragte:

„Yes, of course! And what do you do after school?"

Claire lachte auf und schien ihn für ein paar Sekunden zu taxieren, um sich dann dem Gekicher und Getuschel der anderen anzuschließen.

Von da an saß er die meiste Zeit still daneben, beobachtete die vier jungen Frauen und versuchte herauszubekommen, worüber sie sich unterhielten. Manchmal war es offensichtlich. Er kannte Saya inzwischen gut genug, um zu wissen, wann es sich um ihn nicht als ihren Bruder drehte. Das amüsierte Grinsen von Claire, Angela und Yana zeigte genug.

„Bruder also, nun ja, glauben wir das also", griente Claire leise in seine Richtung. Oder wenn es um Saya, ihr Leben in Deutschland, die Schule und ihre neue Heimat ging. Das alles konnte im Vergleich zu hier tatsächlich nichts anderes als langweilig sein. Sie behauptete zwar immer das Gegenteil. Aber wenn sie hin und wieder an einem Samstag nach Hamburg oder Kiel fuhren, sah er sie regelrecht aufblühen.

Die Unruhe in Kaufhäusern und Bahnhöfen machte ihn verrückt, aber sie fühlte sich in ihr wohl, als würde sie sich in dem Trubel verstecken können. Gerade deshalb waren sie schon öfter in Hamburg gewesen. Jedes Mal atmete sie auf. Die nächste Flucht war gelungen. Jungfernstieg, Europapassage und die Mönckebergstraße waren Pflichtprogramm. Inzwischen hing ein kleines Vorhängeschloss neben Hunderten anderen am Geländer der Wilhelminen-Brücke. Bei Höhler und Bach mit ihren eingravierten Initialen versehen. *G. S.*

Geprüfte Sicherheit. Er schmunzelte, als er den Bügel um die Eisenstange schloss. Alles mit ihren Handys in den jeweiligen Alben festgehalten. Ob es noch an Ort und Stelle war, wurde beim nächsten Besuch kontrolliert. Anschließend gab es im edlen Tchibo in der Spitalerstraße einen Kaffee.

Er sah sich im *But First* um und wusste warum.

Die vier steckten kichernd die Köpfe zusammen, als müssten sie Geheimnisse austauschen, aber ihre Blicke verrieten, dass sie sich über ihn oder die alten Zeiten unterhielten. Verstohlen schaute er hin und wieder zu Claire. Sie saß ihm fast gegenüber. In seinen Augen die hübscheste der drei Freundinnen. Vielleicht auch wegen ihrer eher knappen Kleidung. Sie blinzelte zurück und kämmte sich ihre dunklen Haare aus dem Gesicht. Er schaute zur Seite, sie machte ein Spiel daraus. Als die anderen drei etwas beratschlagten, stieß Saya ihn unterm Tisch mit dem Knie an und fixierte ihn mit schmalen Augen. Sie wedelte mit einem Zeigefinger:

„Wehe!! Oder habt ihr etwa schon heimlich eure Nummern ausgetauscht?"

„Nein. Aber ich kenne ihren Insta-Account", grinste er zurück. Saya funkelte ihn beleidigt an.

„Sie ist hübsch?!"

Guido überlegte, was er entgegnen konnte.

„Sie sieht nicht wie eine Filipina aus."

Saya schien besänftigt.

„Ihre Mutter ist Französin wie deren ganze Familie. Die hat Claires Vater Hector in Paris kennengelernt und arbeitet seit ihrem Studium hier an der französischen Botschaft. Er ist ein großes Tier – so sagt man doch? – in einem der Gebäude, die du von meinem Zimmer aus sehen kannst. Nach der Schule will Claire in Frankreich zu studieren. Ihre Eltern haben natürlich die nötigen

Beziehungen. – Vielleicht kommt sie dich ja dann besuchen." Wieder klang sie beleidigt, eifersüchtig und ein wenig bissig. Guido grinste.

„Haben die drei keine Geschwister?"

„Claire nicht. Ihre Mutter zog die Karriere vor. Yana hat drei. Zwei Jungs und eine Schwester. Die Schwester, Jola, ist die Älteste und schon aus dem Haus. Jun ist ein Jahr jünger als wir und Angelo ein Jahr älter."

Nur kurz sahen Yana und Claire zu ihnen rüber, als sie die Namen hörten. Dann steckten sie die Köpfe zusammen. Vielleicht heckten sie was aus.

„Und die wohnen noch zuhause?"

„Klar. Logisch. Die ganze Family. Ist hier normal. Mommy und ich haben das ja auch. Also mit Oma und Opa. Auch bei Yana sind es die Eltern von ihrem Vater. Die anderen Großeltern wohnen in Valenzuela, im Norden von Manila. Da ist es auch schön. Deren Haus sieht so ähnlichen aus wie das von Nana und Tata."

Guido nickte.

„Wenn ich andere Häuser sehe, wie das der Dimaisips zum Beispiel, ist das ja nicht selbstverständlich."

Saya schnaufte, weil Guido wahrscheinlich glaubte, solche wie die Dimaisips wären deswegen neidisch.

„Hier ist das nicht wie in Deutschland. Hier neidet keiner einem was. Wenn die Dimaisips oder Tans oder wer auch immer Hilfe brauchen, kriegen sie die. Das ist hier selbstverständlich. Die haben Tata auch schon oft geholfen. Und die Espinos, Yanas Eltern, sind auch voll in Ordnung. – Wir Kids waren jahrelang eine Klicke. Und Claire hatte sogar mal was mit Angelo."

Guido lachte auf, weil Saya in dem Moment Claire fast vorwurfsvoll anguckte. Prompt fragte die:

„*Ano ang?* Was ist los?"

Guido schoss lachend dazwischen.

„Demnach warst *du* ziemlich eifersüchtig."

Saya sah Claire mit unverändertem Blick an, sagte etwas, was er nicht verstand, und Claire meinte zu ihm:

„She was quite jealous."

Dann wedelte sie mit einer Hand und verzog passend dazu das Gesicht.

***

Es war dann doch spät geworden, aber Nana noch wach und neugierig. Sayas Großvater sahen sie seit zwei Tagen höchstens noch beim Abendessen. Seine Arbeit und die damit verbundenen Arbeitszeiten verlangten einen anderen Rhythmus –, hieß es. Saya schien deshalb aufzuatmen. Er war ohnehin der Distanziertere. Schon in den zwei Wochen, als sie über Weihnachten zu Besuch waren, hinterließ er den Eindruck, mehr Zuschauer als Teilnehmer zu sein. Immer freundlich, aber doch zurückhaltend, ja sogar reserviert. Bezüglich der Sache mit Tatas Bruder wusste Guido einfach zu wenig. Aber fragte er Saya, blieb sie im Grunde stumm.

Saya erstattete Nana lachend Bericht. *Oh! Sigurado akong sumasakit na ang ulo niya. Ngayon lang siya nakakita ng ganito. Ako na bahala sa kanya.* Er hatte kein Wort verstanden und sah sie an. Ahnte aber, dass es um ihn und seine Reaktionen ging. Saya grinste.

„Ich hab' gesagt, dass du sicher Kopfschmerzen von allem bekommen hast. Und das mit dir und den ... Mädels habe ich auch gepetzt."

Eine halbe Stunde später lag er nur in Unterhose wieder etwas an die beigefarbene Wand gedrückt und Saya in seinem Arm. Auch nur mit Slip und BH. Selbst dünne Decken waren nicht nötig. Seine lag seit der ersten Nacht unbenutzt unter seiner Liege. Wie die Nächte zuvor war er zwar müde, aber die schwüle Wärme ließ ihn nicht einschlafen. Nachts war es so warm wie daheim an einem Sommertag und jede Nacht hier alles andere als leise. Immer wieder tuckerte irgendein Mofa, Mokick oder laut knatterndes Trike durch die Straße. Zudem tat die Wärme von Sayas Körpers an seinem ihr Übriges. Nachdenklich betrachtete Guido ihr Profil, das zu lächeln schien. Ihre Augen geschlossen. Sie genoss wohl im Stillen noch einmal den Tag. Egal, was alles geschehen sein mochte und dazu geführt hatte, dass sie nun in Deutschland wohnte. Im Trubel der Stadt fühlte sie sich auch hier wie ein Fisch im Wasser. In all den Jahren hatte sie dennoch zu wenig von sich erzählt.

Sie atmete tief ein und er wusste, sie tat nur so, als würde sie nun schlafen. Längst kraulte er deshalb ihren feuchtwarmen Bauch und hatte trotz der Masse an Eindrücken unbändige Lust auf sie, auch weil er sie direkt neben sich spürte. Seit einer Woche hatten sie nicht miteinander geschlafen. Es fehlte ihm ein wenig. Sie fühlte sicher sein steif werdendes Glied an ihrer Seite. Doch eine Frage, die schon seit gestern und erst recht seit heute in seinem Kopf herumgeisterte, war schneller als seine Finger auf dem Weg in ihren Schoß.

„Was ist eigentlich damals noch passiert, dass Mommy von hier wegwollte?"

Sofort hielt sie seine Hand fest. Sein kleiner Finger fuhr schon unter dem Bund ihres Höschens entlang. Ihr Lächeln erstarb. Sie musste nicht fragen, warum Guido es wissen wollte. Die letzten Tage zeigten genug Gründe. Ihre Großeltern lebten, somit auch sie, fünfzehn Jahre lang, trotz der Baracken und Hütten in der Nachbarschaft, trotz der angedeuteten Geschichten, in – so würde man bei ihm zu Hause sagen – gut situierten Verhältnissen. Sie seufzte, atmete ein, roch vielleicht wegen der Frage die allzu bekannte Luft, die an ganz andere Dinge erinnerte, und setzte sich auf. Mit beiden Händen fuhr sie sich über das Gesicht und schnupperte dann an ihrer eigenen Haut. Plötzlich ernst und grübelnd forschte sie in seinem Gesicht.

„Ich möchte, dass du es für dich behältst, ja? Weil ich weiß, dass Mommy dir nichts erzählt hat. Ich sag nur, so wie Tata die letzten Tage ist, war er früher nie. Als es drauf ankam, hat er nämlich nicht geholfen." Mit einem Seufzer sah sie ihn an. „Als Mommy eine Jugendliche war, hat Celso sie … betatscht. Sie hat es erst Jahre später Nana berichtet, als Celso es bei mir auch … versuchte. Sie sagte es Tata logischerweise wütend, aber er reagierte nicht so, wie sie gedacht hatte. Er warf ihr stattdessen das mit Datu vor, und dass sie unverschämt sei und lügen würde, nur um davon abzulenken, dass *sie* sich ja an einen Dahergelaufenen verschenkt hätte. Und es läge daran, wie ich mich gegenüber Celso benehmen würde. Ich sei wie sie und würde anderen Männern dauernd den Kopf verdrehen. Echt der Hammer, totaler Bullshit, wenn ich nur dran denke. Er war natürlich auch dagegen, dass Mommy wegwollte."

Das war die Wahrheit, die Version, die sie erzählen konnte. Die echte Wahrheit wollte sie nicht schildern. Mit dem nächsten Atemzug flammten schon genug Erinnerungen auf. Sie seufzte, schüttelte sacht den Kopf und sah ihn an. Im Dunkel des Zimmers konnte sie seinen Blick nicht ganz deuten. Deshalb fuhr sie fort:

„Sie hatte Angst, dass es wieder passiert und Tata wieder blöd reagiert. Die Zeiten ändern sich zwar, aber eine Frau hat es dennoch ziemlich schwer allein mit einem Kind durchzukommen. Also durfte Mommy nicht in einen der neuen Wohnblocks ziehen. Die sind zwar anonym, aber die, in denen sie sich eine Wohnung hätte leisten können, sind nun mal nicht so sicher. Wie gesagt, Tata hätte es ohnehin verboten. Die Väter sind nun mal die Chefs. Als ich älter war, zog sie aus unserem Zimmer. Die letzten fast drei Jahre schlief sie erst auf der Couch im Wohnzimmer, dann im kleinen Kabuff am Ende vom Flur. Sie wollte, dass ich meine Ruhe hab'. Das gelang nicht immer. Wenn es keiner sehen konnte, nannte mich Celso immer Maliit, also Kleines, oder Darling, und als Mommy in Deutschland war, nahm er mich immer wieder in den Arm und glaubte mich trösten zu müssen. Und manchmal hat er ..."

„... dich doch nicht nur angetatscht", stellte Guido fest und erschrak. Saya seufzte auf, lehnte sich mit einem verzogenen Gesicht an ihn und gab ihm einen flüchtigen Kuss. Wieder schob sie seine Hand von ihrem Bauch. Sie war noch nicht so weit.

„Deshalb kein Darling oder Schätzchen. Tut mir leid. Manches sitzt dann doch tiefer, als man denkt."

***

Am folgenden Tag fuhren sie mit U-Bahn und bunten Jeepneys zum Divisoria-Park. Bereits nach dem zweiten Umsteigen hatte Guido jede Orientierung verloren und Saya grinste. Das übliche abwartende Schlangestehen endete beim Einsteigen. Wenig zimperlich quetschte sie sich lächelnd zwischen die Leute auf die Sitzbank und machte noch Platz für ihn. Erst über eine Stunde später landeten sie im nächsten grandiosen und lauten Chaos. Wieder roch es eher nach Abgasen und anderen Dingen als nach Gewürzen oder Früchten. Ein Durcheinander aus Marktständen, Läden, Straßenküchen und kleinen Restaurants, die allenfalls Imbissbuden mit Inneneinrichtung glichen. Alle paar Meter beschallte ein Radio oder Gettoblaster das Getümmel. Alles rund um die gleichnamige und wieder riesige Mall. Einkaufszentren und Märkte gehörten zusammen. Es war wohl eine Win-win-Situation. Nur ein paar Straßen daneben Chinatown mit einem ähnlich engen Sammelsurium. Über ihnen das ständige Spinnennetz aus unendlich vielen und langen Leitungen, die unmöglich jemand kontrollieren konnte. Guido stellte sich das Durcheinander in Tönning vor und sah im Geist die ungläubigen Gesichter, die in den Kabeln den Fehler finden sollten.

War Saya der Fisch, der durch die Menge flutschte, glaubte er ein Stock zu sein, der bei den anderen für blaue Flecken sorgte. Ihre neue Heimat und vor allem er konnten nur langweilig für sie sein. Die inzwischen wenigen intimen Nächte waren genug Beweis dafür.

Immer wieder machte er Fotos oder kleine Videos. Immer wieder natürlich auch von Saya. Ihre Blicke hier ganz anders als im gelben Haus, wenn sie nachts unerklärlich ernst neben ihm lag. Sie war entspannt, lachte oft und ihre Augen glänzten. Selbst im Vergleich zur Mall mit ihren Freundinnen. Sie schien sogar größer zu sein als daheim in Tönning. Oder lag das an den wie sie meist eher kleineren Menschen um sie herum?

In den nächsten Tagen wieder Intramuros, der touristisch aufgeräumte alte Kolonialdistrikt Manilas, mit dem Fort Santiago, der Kathedrale von Manila und der San-Agustín-Kirche. Der Freizeitpark mit seinem Riesenrad, das Aquarium und am Abend als Abschluss der Manila Baywalk. Am ersten Wochenende holte Sayas Opa sein Auto aus der Garage und sie fuhren aus der Stadt raus, die plötzlich, wie durch eine Wand getrennt, von einem Häusermeer in einen buschigen Wald überging. Erstes Ziel, Little Baguio, ein Aussichtspunkt mit famosem Blick über die im Dunst liegende Metropole.

Zweites Ziel die Bunsuran Falls. Auf einer wenig ausgebauten, eher holprigen Straße ging es meist langsam an ärmlichen Hütten mit oftmals genauso simplen Essensständen vorbei, an denen sich nicht nur Touris versorgten. An den Straßenrändern immer wieder Berge von Müll. Bei den Flusskaskaden angekommen ging es durch einen Wald aus dichtem Gestrüpp, riesigen grünen Bäumen und ein paar dazwischen gestreuten Kokospalmen am hin und wieder reißenden Flusslauf auf schmalem Pfad bergauf.

„Pass auf! Hier gibts Schlangen und Vogelspinnen", lachte Saya und stupste ihn ein wenig, bevor sie meinte: „Aber die einen sind nicht besonders giftig und die anderen nicht besonders groß."

Ab und zu gingen sie durch flachere Stellen im Wasser, kühlten damit eine wenig ihre Füße, bis sie nach ungefähr dreihundert Metern ein blaugrünes Becken in einer steinernen grauen Pfanne erreichten. Eine Handvoll Leute tummelte sich im Schatten des Buschwerks darin. In Sayas Rucksack seine Badeshorts und ihr neuer blauer Badeanzug, der trotz allem nicht so sexy aussah wie ihr oranger Bikini, den sie nicht mitgenommen hatte. *Ehrlich! Geht hier gar nicht.* Unter einem großen Handtuch zogen sie sich um. Anschließend sah er an sich herunter. Im Gegensatz zu allen anderen war er bleich wie ein Blatt Papier.

Das Wasser überraschend reißend, kühl und sauber. Guido ließ sich immer wieder die ungefähr zwanzig Meter auf dem Rücken liegend von dem einen Ende mit einem kleinen Wasserfall zum anderen treiben. Nur einmal glitt Saya dicht an ihm vorbei und eine Hand von ihr kurz über seinen Bauch. Es wurde auch an diesem Tag die einzige Zärtlichkeit. Noch war es ihm egal, die vielen Eindrücke der Tage mit ihr an seiner Seite genügten. Andererseits schien Saya, wenn Opa Carlos dabei war, verschlossen und meilenweit entfernt. Allein deswegen benahmen sie sich automatisch wie Bruder und Schwester. Vielleicht war auch das der Grund, warum Opa Carlos den zwar getrennten Betten, aber in einem Zimmer zugestimmt hatte. Indes packte Nana ein Picknick aus und breitete es auf einer Plastikfolie aus. Die nun offene Box entließ einen Duft, der Saya sofort ans Ufer schwimmen ließ. *Lumpias.* Grinsend krabbelte er hinter ihr an Land. Zehn Minuten später waren sie trocken und schlugen sich den Bauch voll.

„*What do you say about our country?*" Tata sah ihn ernst an.

„*It's very beautiful. But very different from ours.*" Er sah Saya an und sagte den Rest auf Deutsch: „Bei uns ist alles fürchterlich aufgeräumt."

Sie lachte und übersetzte.

„*Sa Alemanya lahat ay napakalinis.*"

Großvater nickte.

„*Living cleanly is easy. But living in chaos is not difficult.*"

Tata lachte nicht. Dann biss er in eine *Lumpia* und bot Guido den Teller mit den restlichen an.

***

Am Sonntag machten sie einen Ausflug in das Naturschutzgebiet La Mesa, eine grüne, dichte Oase am nördlichen Stadtrand mit für Guido unbekannten Baumarten wie Banyan oder Kautschuk, Bambus- und Eukalyptushainen, Wasserflächen und schönen Wanderwegen. Sonntags offenbar für diejenigen aus der Stadt ein Ausflugsparadies, die sich ein Mountainbike leisten konnten. In der Nacht hatte es geregnet, die Natur sah frisch gewaschen aus. In den meist ausgetretenen Wegen schwappten etliche Pfützen. Es gab überdachte Hütten mit Bänken, wohl mehrere Aussichtstürme und verwunschene Pfade mit wackeligen Brücken über Bachläufen. Irgendwo im Norden des Parks gab es angeblich Wasserbüffel.

Saya lief mit Nana hinter Guido und Opa Carlos. Seit gestern nannte Guido ihn gegenüber Saya nicht mehr Tata. Ihm war es in Verbindung mit Nana zu zärtlich. Opa Carlos fühlte sich neutraler an. Anders konnte er es nicht erklären. Ein dumpfes Gefühl in seinem Bauch sagte, er, Guido, wäre ihm nicht wirklich sympathisch. Denn seine Blicke wirkten eher kalt, als sei Guido so etwas wie eine Konkurrenz für ihn. Sayas und Nanas Lachen schallten indes manchmal zu ihnen nach vorne. Manchmal glaubte er an diesem zu erkennen, worüber sie sich unterhielten. Das neue Zuhause, Mommy und Paps, deren Arbeit, Sayas Alltag mit der Schule, über Freundinnen, Zukunft, Pläne und ihn, Guido. In Sayas kleinem, aber prall gefülltem Rucksack dieses Mal alle Zutaten für ein Picknick. Neben ein paar Getränken natürlich auch *Lumpias*.

„Nothing here is like in Germany?“

„Hmh“, machte Guido und: *„Not really. But I like it.“*

„Okay. You're on vacation now.“ Opa Carlos lächelte nicht. Er meinte es ernst.

„Ja. – Ist wohl so.“

„Ich habe manchmal mit deutschen Firmen zu tun. Die sind sehr anspruchsvoll. Manchmal missachten sie aber das Geschehen in der Welt und die vielen verschiedenen Mentalitäten, die es gibt.“

Guido hatte nicht jedes Wort verstanden, aber inzwischen wusste er, dass Carlos Ausländer, vor allem aber Amerikaner – bei denen sagte er es gestern am See ausdrücklich – und vermutlich auch Deutsche für arrogant und überheblich hielt. Aber die moderne Welt verlangte Zusammenarbeit und keine Lehrmeister. Es wäre ein langer Weg, bis die Philippinen wirklich unabhängig wären. Er müsse ja nur auf die Neubauten schauen. Das meiste seien Verwaltungen ausländischer Firmen. Vor allem amerikanischer. *You should never do business without knowing the history of a country.* Er machte eine Pause und klopfte Guido auf eine Schulter.

„Denn auch wir haben gute Ideen. Wir wollen unser Land verändern. Marcos ist nicht der Herr der Welt. Er weiß, dass er gegen die andauernd provozierenden Chinesen nicht allein kämpfen kann. Aber inzwischen gibt es ja gute Kontakte zwischen Deutschland, der EU und unserem Land."

„Ich hab' es ein wenig verfolgt", log Guido.

Dann erreichten sie einen der Rastplätze.

„Habt ihr euch gut unterhalten?" Saya setzte sich neben ihn und forschte in Guidos Blick.

„Mein Englisch ist ja nicht besonders gut. Ich denke, ich entspreche nicht ganz seinen Vorstellungen. Aber er verteidigt eure Heimat und für die setzt er sich ein. Das rechne ich ihm hoch an."

Sie rieb kurz über seinen Rücken, nahm den Rucksack ab und stellte ihn zwischen sich und Guido. Während sie ihn leerte, sagte sie etwas zu Opa Carlos, das ein paar Sekunden dauerte, stellte die Dosen und Flaschen neben sich und er lächelte milde. Mit etwas Verzögerung nickte er Guido zu und meinte:

„*Salamat.*" Danke.

„Wofür?", fragte Guido halb zu Saya und Opa Carlos gewandt.

„Wie heißt das? Für deine Loyalität."

Guido nickte, wusste aber nicht, was er davon hielt.

„*Walang anuman!*“ Bitte, gern geschehen! Als Antwort erhielt er einen hochgestreckten Daumen.

Kaum waren sie am späten Nachmittag auf ihr Zimmer gegangen, begann es draußen wie aus dem Nichts zu schütten. Der Himmel schwarz wie die Nacht. Guido schaute nach unten auf die Straße. Das Wasser schoss nach wenigen Augenblicken die Straße hinunter. Kinder und Jugendliche sprangen herum. Bereits vollkommen nass. Die Jungs in Shorts, zwei pubertierende Mädchen nur in dünnen Kleidchen. Guido grinste.

„Frisch geduscht.“

Saya schmunzelte und deutete auf die Gruppe.

„Haben wir früher auch gemacht. Bei Pualaans im Hof. Der Regen ist hier wie ’ne warme Dusche. Und oft gehen auch die Erwachsenen raus und wringen später ihre Sachen aus. Für viele ist das die Waschmaschine.“

Guido nickte. Die Kids schubsten sich gegenseitig, spielten Fangen und grabschten nach sich. Der nasse dünne Stoff verriet manches Detail. Erste Erfahrungen. Guido zog belustigt die Brauen hoch.

Am nächsten Morgen schien wieder die Sonne. Die Straße wirkte wie geputzt. Die Stadt wartete darauf, erkundet zu werden. Würde es regnen, gäbe es genug Malls. Mit Jeepneys und der Bahn fuhren sie durch Makati, Pasay und Mandaluyong. Die einen Stadtteile ähnelten Vororten von Hamburg, andere Manhattan und wieder andere dem Durcheinander rund um die Divisoria Mall. Abends trafen sie sich mit Yana, Angela und Claire. Er versuchte sich an den Gesprächen zu beteiligen, sah aber die Mädels, wie er sie nannte, meist nur an und bewunderte ihre ungezwungene Art, ähnlich die der Kids im Regen. Vor allem Claires. Wahrscheinlich deshalb war sie so etwas wie der Kopf dieser Girlgroup. Ab und zu zwinkerte sie ihm zu.

Natürlich zogen sich die Treffen hin und endeten jeden Abend in einer Bar an der Promenade zwischen der Mall und dem Meer. Oft kamen sie erst kurz vor Mitternacht ins gelbe Haus. Im Bett rekapitulierten sie den Tag. Wie immer er dicht an ihrer Seite. Aber wie in den Nächten zuvor, stoppte sie seine Hand, wenn er mit ihr auf Forschungsreise ging. Das Zimmer mit seinem Geruch, den kahlen Wänden und den stillen Geräuschen ihrer Erinnerungen war für Zärtlichkeiten einfach nicht geeignet. Auch in diesen Nächten schliefen sie somit nicht miteinander. Er knurrte, nahm es aber hin.

In der Nacht auf Mittwoch und Donnerstag stieg er vorsichtig über sie hinweg, schaute minutenlang zum Fenster hinaus, betrachtete die alles andere als dunkle Stadt, das in der Wärme flackernde Lichtermeer und lauschte dem Geknatter auf der Straße. Alles vollkommen anders als zuhause, aber man könnte sich daran gewöhnen. Letzten Endes hatte er es schon ein wenig getan. Vielleicht aus der Überraschung heraus, hier nicht das angetroffen zu haben, was die Bilder im Internet oder seine Fantasie ihm vorgegaukelt hatten.

Natürlich müsste er einiges lernen. Sprache, Verhaltens- und andere Arbeitsweisen. Das Leben hier wäre alles andere als einfach. Er hatte genug Armut gesehen. In manchen Straßen war sie unvorstellbar. Andernorts gab es wiederum schöne Wohnungen. Einige deutsche Firmen hatten hier Niederlassungen. Vielleicht bräuchten die einen Anlagenbauer. Gleichzeitig zweifelte er daran, ob dies langfristig ihre ... Beziehung retten würde. Insofern war der Gedanke wahrscheinlich eher nur eine fixe Idee, auch wenn er glaubte, dass Saya sich hier, trotz der unbekannten Geschichte mit Celso und dem Drumherum, von dem er zu wenig wusste, und trotz zu erwartender Schwierigkeiten wohler fühlte.

Die Tage zeigten oft genug eine andere Saya, als er
sie von zu Hause her kannte. Waren sie in der Stadt, in
diesem unglaublichen Trubel unterwegs, schien sie sich
genau darin einzulullen. Manchmal schlüpfte sie dennoch unter seinen Arm wie sonst nur in Hamburg oder
Kiel und suchte seine Wärme. Im gelben Haus zurück
fehlten mit einem Mal aber jede Nähe und Zärtlichkeit,
erst recht, wenn er sich in der Nacht neben sie kuschelte. Gleich darauf wurde sie steif und schob seine
Hände weg. Er wusste von einem Missbrauch, schlimm
genug, aber zu wenig über das, was seinerzeit alles passiert war und sie hier aushalten musste. Er ahnte
schlimmes. Vielleicht sollte er ihr seine Idee trotzdem
schildern. Am besten auf dem Flug nach Hause.

Donnerstag. Noch einmal das moderne Makati mit
seinen Hochhäusern, bevor sie mittags mit knallbunten
Jeepneys ein weiteres Mal in die Chinatown fuhren.
Aus dem Internet wusste er, nicht weit davon entfernt
gab es zwischen ihnen und den Häfen eine weitere, un-
vorstellbare Welt aus Armut. Tondo.

„Du ernährst dich einseitig“, foppte er sie, als sie an
einer Garküche ein paar Lumpias kaufte und in eine
biss. Sie rollte nur mit den Augen.

Am Nachmittag ging es wieder zurück. Für eine
Stunde saßen sie auf einer Balustrade in der Altstadt
und sahen auf die andere Seite des Pasigs. Nachdem sie
immer häufiger nervöser werdend auf ihre Uhr ge-
schaut hatte, sah sie ihn ernst an.

„Ich möchte dir was zeigen.“

„Großes Geheimnis.“ Verwundert lachte er sie an.

„Eher große Vergangenheit.“

In einem besonders bunten Jeepney zwängten sie
sich durch eine Straße, die links und rechts wieder eher
einem nicht enden wollenden Markt glich. An beiden

Seiten dicht beieinander reihte sich ein Stand nach dem anderen. Trotz der Abgase duftete und roch es dennoch jeden Meter nach etwas anderem. An einem Platz voller Rikschas stoppte der Jeepney. Die meisten Rikschas motorisierte Dreiradtaxis, mit einem überdachten Beiwagen und Soziussitz. Warfen sie ihre Motoren an, qualmte es wie ein nassgewordenes Lagerfeuer. Dementsprechend stank es nun wieder um sie herum.

„Jetzt gehts nur noch zu Fuß oder mit Trikes weiter." Ihr Schmunzeln wirkte nicht ganz echt. Was für eine Vergangenheit würde ihn erwarten? Saya verhandelte mit dem Fahrer und gab ihm eine Zwanzig-Peso-Münze. Nicht mal vierzig Cent. Doch der Fahrer schien zufrieden zu sein. Sie quetschten sich nebeneinander in den Beiwagen. In die Abgase schummelte sich der ein oder andere unangenehme Gestank nach faulendem Müll und Abwasser und Fäkalien.

Die Straße wurde schmaler, die Marktstände dennoch nicht weniger. Wer sollte all das kaufen? Das Getümmel war jedoch riesengroß. Als würde ein Ausverkauf stattfinden und nach diesem gäbe es nichts mehr. Über ihnen, schlimmer als irgendwo anders in der Stadt, das Sammelsurium an Leitungen. Wild an Masten und Hauswänden aufgehängt. Manche schienen angezapft, waren es wohl auch, wenn er die Anschlüsse richtig deutete. Hinter den Marktständen eher ein Nebeneinander von Baracken, halb fertigen Häusern und Hütten. Nur ab und zu stand ein neues Haus wie ein Fremdkörper dazwischen. Nach nicht einmal fünf Minuten blieb das Trike stehen. Der Asphalt endete, vor ihnen begann eine schmale löchrige Piste mit vielen Wasserpfützen, höchstens mit Mopeds, Fahrrädern und zu Fuß zu passieren. Neben ihnen ein gemauertes Haus, das nächste eher ein Verschlag an dessen Dachkante

Wäsche lüftete oder trocknete. Er dachte an den Regenguss vor zwei Tagen und die nassen Kleider der Kinder, die ausgewrungen wurden. Auch an den nächsten Baracken und Bretterbuden hingen Shirts, Hosen, Unterwäsche, Röcke und allerlei anderes. Alte Tücher spannten sich zwischen diesen und sorgten für Schatten.

„Sa ganitong paraan!" Der Fahrer deutete mit einer Hand nach vorne. Saya dankte und ging mit Guido ein paar Schritte weiter. Dann blieb auch sie stehen und sah in mit feuchten Augen an.

„Mommy behauptet, ich bin 'ne Meerjungfrau. Aber was du ab jetzt zu sehen bekommst, ist kein Märchen. Tut mir leid. Ich hoffe ... ach, scheiße ... egal. Aber die drei ... Mädels treffen wir nachher auch wieder. Zum Trost." Sie versuchte zu lachen. Aber es klang alles andere als witzig.

Die bunten Marktstände waren mit einem Mal verschwunden. Stattdessen nun Wellblechwände links und rechts. Verrostete Garagentore neben morschen, zerfransten Holzplatten, die Türen ersetzten. Dahinter provisorisch zusammengenagelte Hütten. In der Luft an manchen Stellen ein fast beißender Geruch nach Urin. Überall lagen leere, mit irgendwas gefüllte Tüten, Papierfetzen und leere Plastikflaschen herum. Hunde bellten und knurrten. Ärmlich gekleidete Kinder lugten lachend zwischen Holzplanken zu ihnen oder spielten im Matsch des Weges. Aus einer Gasse tönte das Gegacker von unzähligen Hühnern. Was für ein Widerspruch. Ein Hund mit vollkommen verfilztem Fell humpelte auf drei Beinen heran, schnupperte mit eingeklemmtem Schwanz kurz an einem Bein von Guido und lief, wie er manchmal etwas humpelnd, wieder davon. Vielleicht gab es irgendwo anders etwas Anständiges zu beißen. Ab und zu eine ärmliche Palme mit Überlebenswillen oder der verzweifelte Versuch eines Busches, groß zu werden. Vor fast jeder zweiten Hütte stand ein Tisch. Mal wurden Wasserflaschen verkauft, mal irgendwelche Kleinigkeiten zum Essen, mal Gemüse, Obst und ein paar Lebensmittel. Die löchrige Piste, für die es in daheim keine Bezeichnung geben würde, endete an einem Berg aus Müll und Schutt. Ein paar Büsche starteten ausgerechnet mitten in diesem Überlebensversuche. Dahinter der Strand und das graugrüne Meer.

Baseco Beach.

Er nickte, als würde er etwas wiedererkennen.

Aber in Google hatte es anders ausgesehen.

Tröstlicher.

So eine Meerjungfrau also. Er zog Saya an sich. Wie damals Paps bei Mayumi im Flur, als er von der Reha kam, gab er ihr einen Kuss in die Haare. Das gelbe Haus war der eine Teil ihrer Vergangenheit, dies hier angeblich der andere. Beide Teile waren fester in ihrer Seele verankert, als er dachte. Diese verletzter, als sie zugab.

„Schlimm, oder?" Sie sah ihn mit schmalen Lippen an und wendete sich dann nach rechts. Auf einer stark ausgefahrenen, schmalen Piste mit noch schlammigeren Pfützen ging sie ein paar Meter weiter. An einem vergammelten Tor gab sie einem kleinen Mädchen, das sie ernst taxierte, eine Zehn-Peso-Münze.

„Muss ich eigentlich nicht, aber … man würde sagen, es gehört zum guten Ton. Fremde sollten am besten hier nicht hin, aber wie du siehst, bist du nicht allein. Da vorne suchen andere auch den Strand. Und so ein paar Pesos bedeuten hier fast einen halben Tag mehr Leben."

Sie gingen hindurch und nach weiteren fünfzig Meter später standen sie an einer schäumenden Wasserkante. Es sah aus, als hätte jemand Spülmittel hineingeleert. Er schaute sich um. Nicht ein Meter des Strandes glich dem bei Ording. Rechts von ihm lagen ein paar schmale, heruntergekommene Auslegerboote mit verschlissenen Fischnetzen auf dem Strand. Guido sah zum Meer. Sicher kein gutes und ergiebiges Fanggebiet. Hinter ihnen log eine Wand aus hohen Büschen eine grüne Oase. Aber mit grauen Palisadenwänden aus verrottenden Bambusrohren verhinderten sie lediglich den Blick auf die immense Armut. Der Geruch nach moderndem Unrat und brackigem Wasser, das sicher nicht sauber genug zum Baden war, zeigte, was die Stadt hier ins Meer entließ. Weiter hinten die Spitzen der Skyline der Stadt und an der Mündung des Pasigs die unzähligen Kräne der Hafenanlage. Es wirkte wie aus einer anderen Welt oder dieser Ort war sie bereits.

„Inzwischen säubern manchmal Schulklassen den Strand. Dann sammeln sie Tonnen von Müll zusammen. Plastikflaschen, Gesichtsmasken, zerborstene Kisten, Plastiktüten aus aller Welt und was weiß ich. Japaner haben hier mal für eine Weltmeisterschaft im Müllsammeln trainiert. Jedenfalls sah es hier, als ich noch ein kleines Kind war, noch schlimmer aus. Aber es ist trotzdem alles andere als sauber und die Warnschilder beachtet niemand. Deshalb sind oft Tausende am Strand und tummeln sich im Wasser."

Guido bückte sich und griff in den Sand. Der war eher grau und eigentlich recht fein. Aber schon in der ersten Handvoll lagen Kippen und Kronkorken in seiner Hand und darunter ein Stück eines Fischernetzes. Links und rechts von ihm sah es nicht besser aus. Dicht an dicht Fetzen von Tüten, Kisten, Plastikflaschen. Die letzte Säuberung musste schon länger her sein. Kinder tollten hier herum, als sei es das Paradies und spielten Ball oder suchten sich aus dem Müll Sachen, mit denen sie etwas zusammenbauen konnten.

Er hielt die Luft an. In den letzten Tagen hatte er zwar schon einiges gesehen, auch daheim im Internet, aber diese Heftigkeit an Armut überwältigte ihn und machte ihn sprachlos. Saya stupste ihn an.

„Da vorne sind die drei." Er hörte sie erleichtert aufatmen. „Ich wusste nicht, wie du reagieren würdest, wenn du das hier siehst, deshalb hab' ich mich gestern mit ihnen verabredet. Weißt du, jede von ihnen hat auch ihre ... Erfahrungen gemacht."

Claire, Angela und Yana hatten bunte Badeanzüge an. Der totale Widerspruch zu dem, was er hier sah. Alle drei umarmten ihn kurz und gaben ihm zur Begrüßung links und rechts einen Kuss. Verstohlen musterte er sie. In den letzten Tagen war ihm aufgefallen, dass die jüngeren Frauen eher schlank und die älteren eher ... fest waren.

Oma in Lübeck sprach immer von Kummerspeck, wenn sie jemanden mit Bauch sah, den sie selbst nicht hatte. Kummer sorgte allerdings nicht für volle Bäuche, eher Junkfood und schlechtes Essen und die Sorge, wie man am nächsten Tag Kinder und Familie satt bekam. Sayas Freundinnen gehörten zur ersten Kategorie, auch wenn Yana eine frauliche Variante war. Claire allerdings die Hübscheste in seinen Augen, obwohl ... Sie umarmte ihn noch mal und sah ihn prüfend an. Ihr Badeanzug eigentlich nicht geeignet für diesen Strand. Vielleicht nicht einmal für das katholische Manila. Stahlblau an den Seiten mit so hohen Beinausschnitten, dass ihr Po fast nackt war. Ein paar Härchen lugten unter dem Stoff hervor.

„I think it's great that you want to understand Saya's past", flüsterte Claire ihm ins Ohr.

„Ist doch selbstverständlich", gab er zurück. Saya begrüßte die anderen Girls und Claire flüsterte:

„Scheinbar nicht für jeden. Mein Ex interessierte sich nicht für meine Vergangenheit. Mit jetzt achtzehn ist mir das zu wenig Gemeinsamkeit. Ich will mich nicht nur zum Spaß bumsen und ficken lassen. Deshalb hab' ich mit ihm Schluss gemacht. Aber so schnell lassen die Jungs einen hier nicht los. *That sucks!*"

Guido war verblüfft von ihrer Offenheit.

„Solche … Jungs sind also eure Vergangenheit?"

„Nun", Claire schaute kontrollierend nach den anderen, „es gibt welche, die glauben, Besitzansprüche zu haben. Machen Vorschriften, verbieten alles Mögliche und wehe, ich rede auch nur eine Sekunde mit einem anderen Kerl. Der erste hat mir eine gescheuert und als ich mich gewehrt hab', hat er mich verprügelt. Der zweite war neidisch auf meine Familie und das Haus, in dem wir wohnen, also fing er an Scheiße über mich zu verbreiten. Ich hab' ihn zum Teufel gejagt. Angela neiden sie die japanischen Vorfahren und Yana tatschten sie schon paarmal an. Mich hat einer sogar versucht …, aber der hat jetzt 'ne gebrochene Nase. – Und deshalb war *ich* ein wenig neidisch, als Saya erzählte, dass sie mit ihrem *Freund* zu Besuch kommt. So einen hatte ich noch nie. – Dieser Freund scheint sogar ziemlich lieb zu sein und sieht auch noch süß aus. Ich bin jedenfalls ziemlich neidisch. Und … ja … mein Leben hat auch ein bisschen mit ihrem und hier zu tun." Jetzt lachte sie und tätschelte seinen Arm. Ihre Augen funkelten.

In dem Moment kam Saya und sah Guido forschend mit schmalen Augen fast beleidigt an. Was hatte er mit Claire so komisch lächelnd zu bereden? Wahrscheinlich fand er nicht nur den Badeanzug toll. Figurbetont, hoher Beinausschnitt und der fast nackte … Arsch. Auf Claires Hintern war sie ohnehin eifersüchtig.

„Flirtest du etwa mit ihr?" Sie klang aufgeregt.

„Sabi ko mabait siya", meinte Claire, das Wort flirten hatte sie verstanden. Sie lächelte erst Saya, dann ihn an.

„Das weiß ich auch", erwiderte sie ziemlich beleidigt auf Englisch. Und zu ihm auf Deutsch: „Ich sag dir, ihren nackten Arsch zeigt sie nur, weil du da bist. Das Ding kann sie hier nirgendwo tragen. – Jedenfalls nicht am Baseco. Schon gar nicht, wenn sie allein ist!"

Claire hörte ihren angespannten Tonfall, ahnte, was los war, und umarmte sie, zog sie zur Seite und sagte etwas, was er natürlich nicht verstand. Saya machte einen Flunsch, zog die Augenbrauen hoch und nickte.

„Was sag ich? Sie findet dich nett", erwiderte sie mit einem genervten Blick über die Schulter und ging zu Yana und Angela zurück. Claire blieb hingegen noch für einen Moment bei ihm stehen, zog etwas ernst geworden die Brauen hoch und meinte flüsternd:

„Sie meint es nicht so. Du kennst ja sicher ihre Geschichte?!"

„Ehrlich gesagt viel zu wenig."

„Ist leider den anderen Geschichten ähnlich. Manila ist trotz allem meine Heimat. Leider kenn ich das Leben … *noch* nicht anders." Sie knuffte ihn ein bisschen. „Aber wie findest du es hier?"

Saya beobachtend antwortete er:

„Ich kenn im Grunde nur Hamburg und dort eigentlich nur die Innenstadt. Eine Straße, wie die, in der Saya gelebt hat, gibts dort nicht oder besser, kenne ich nicht. Ich seh also 'ne ganze Menge Unbekanntes und viele Widersprüche. Bei uns ist das nicht *so* sichtbar. Aber die Stadt ist … nun ja, bunt und … interessant. Und ihr drei seid echt cool und lieb." Er seufzte. „Ich befürchte, Saya verschweigt verdammt viel, wenn sie von früher erzählt. Bislang dachte ich, sie wäre froh weg zu sein, aber euch vermisst sie doch ganz schön heftig."

„Ihre Geschichte ist wirklich nur blöd. Irgendwann wird sie mit allem herausrücken. Ich weiß, dass sie bis jetzt vieles verdrängt hat. Und ich weiß, dass sie glücklich mit dir ist."

Mit schmalen Lippen strich sie über einen Arm von ihm, drehte sich plötzlich lachend von ihm weg und rief zu den anderen Mädels:

„Was haben wir noch vor?"

Yana schrie was und Claire ging lachend zu ihrer Tasche zurück. Sie holte aus der Tasche ein paar Sachen heraus, streckte ihm dabei ihren fast nackten Po entgegen, schlüpfte in einen langen dunklen Faltenrock und zog sich eine leichte Jacke über. Fertig war das Outfit. Züchtig und zugleich schick. Guido schaute ihr fasziniert zu, während Saya ihn an den Oberarm boxte.

„Die ist doch irre, oder? *Ich* sag dir, eines Tages verdreht sie dir den Kopf. Dann ist ihr alles egal, wenn sie dich im Bett haben will. Dann ist das mit mir unwichtig. Sie frisst nämlich Männer. – Schon immer. Yanas Bruder Angelo war nur einer von denen."

„Sa-ya!" Auch wenn sie höchstens den Namen verstanden hatte, war Claires Tonfall unmissverständlich und Saya zuckte tatsächlich zusammen, wackelte mit dem Kopf und schimpfte auf Deutsch weiter:

„Ja ja, Sa-ya", äffte Claire sie nach, „ist ja schon gut! Ich bin wieder lieb. Liegt alles nur an diesem verdammten Ort, Datu, Celso und … deren Hintern."

Dann zog sie Guido wie ein kleines Kind weg und hinter sich her. Anschließend fuhren sie mit Trikes zurück zum Plaza España. Wie vorher zu zweit in die Beiwagen gequetscht. Saya schien die Fahrt über beleidigt und Guido hatte keine Ahnung warum. Am Platz der ehemaligen Santo-Domingo-Kirche kehrten sie noch kurz auf einen Kaffee ein, dann trennten sich ihre Wege.

Wie bei der Begrüßung am Strand nahm Claire Guido kurz in den Arm und flüsterte ihm bei den beiden Küssen auf die Wangen ins Ohr:

„Take care of her!" Und: *„I'll write to you!* Vielleicht schreib ich dir dann mal mehr."

Guido nickte mit eingesogenen Lippen und erwiderte vorsichtig ihre Wangenküsse.

„Ja, mach das. Würd mich freuen."

Wieder zog Saya ihn weg und nahm Claire und die anderen Mädchen, wenn auch kurz, noch mal in die Arme. Angela sagte wohl etwas Lustiges, denn Saya lachte endlich einmal auf.

***

Am Freitagnachmittag vor dem Rückflug zeigte Saya ihm noch einmal die Straße. Die Häuser der Dimaisips, Tans, Jaos und Bautistas. Alle vier nicht in dem Zustand wie das gelbe Haus. Auf Guido wirkte es befremdlich. Er und seine früheren Schulkameraden wohnten immer schon in Wohnungen und Häusern, wie sie in Deutschland normal waren. Mit denen hier jedenfalls kaum zu vergleichen. Auch der kleine Kiosk der Familie Ramirez an der Ecke in der Balagtas Street wirkte schmuddelig und chaotisch. Und der Baustoffhandel der Pualaans am Ende der Straße nichts anderes als ein Sammelsurium von Gerümpel. Die alte, tobende Kühltruhe stand nicht mehr in der Einfahrt, sondern in einem kleinen Verschlag im Schatten. Ihr Lärm dadurch gedämpft. In der letzten Woche war ihm all das nicht aufgefallen.

Der Abend war Nana und Opa Carlos vorbehalten. Er kam bereits am Nachmittag nach Hause und schien sich sogar zu freuen, mit ihnen zusammen sein zu können. Zusammen fuhren sie mit der U-Bahn in die Stadt und gingen in einem chinesischen Restaurant essen. Am nächsten Tag, dem Samstag, hieß es Koffer packen und abends zurück nach Hamburg fliegen.

Saya tat sich schwer vor allem ihrem Großvater gegenüber nach Hause zu sagen. Ihr war anzusehen, dass sie sich auch mit allem anderen schwertat. Hier gelebt zu haben, nicht mehr hier zu leben, Guido vieles gezeigt zu haben und vieles nicht. Ihm vieles, aber viel zu wenig erzählt und gezeigt zu haben. Spätestens seit dem Baseco Beach und wegen Claires Andeutungen ahnte er, dass es wohl noch andere Wahrheiten gab, vielleicht sogar gänzlich andere, als sie bisher erzählt hatte. Ihre Vergangenheit war sicher vielschichtiger und vor allem dramatischer gewesen. Und Großvaters Bruder spielte bei allem eine größere Rolle, als ihm natürlich lieb sein konnte. Guido wollte es zum Thema machen, nachfragen, aber jedes Mal, wenn er anfing, unterbrach sie ihn mit einem lächelnden, aber scharfen „Sei ruhig!". Er blieb nach dem dritten Mal still und hoffte, Saya würde ihm tatsächlich zu Hause endlich erzählen, was passiert war, und betete gleichzeitig im Stillen, dass manche Befürchtung nicht wahr wurde.

Abschiednehmen bedeutete auch, für lange Zeit sich nicht mehr mit den Mädels, ihren Freundinnen, treffen zu können. Sie würde sie in den nächsten Wochen und Monaten sicher vermissen. Die ganze Zeit blinkte neben ihrem Teller das Handy mit Nachrichten von Yana, Angela und Claire auf. Nach langen Minuten drehte sie es um. Bei den Pualaans hatten sie sich am Morgen noch mal getroffen, lachend Mangoeis geschleckt, aber die Stimmung war trotzdem traurig genug.

In den letzten nahezu vierzehn Tagen chatteten sie mehrmals täglich mit Mommy und Paps und posteten etwas in ihren Status. Alles eher kurz und ohne große

Worte, dafür jede Nachricht und jeder Status mit Dutzenden von Bildern. Sie erhielten rote Herzen, ein zwinkerndes oder lachendes Emoji oder eine Faust mit dem hochgestreckten Daumen.

Am Abend zuvor, bevor sie im Restaurant Platz nahmen, blinkte ein Kuss-Emoji von Marvin als Kommentar auf ein Bild von ihr auf. *Siehst gut aus! Meldeste dich, wenn du zurück bist?* Sie nahm schnell das Handy vom Tisch, kontrollierte Guidos Blick, doch er schaute wohl woanders hin. *Mal sehen, weiß noch nicht, vielleicht,* ihre Antwort. Auch mit Kuss-Emoji. Davor eine Nachricht von Mommy. Sie und Paps planten im Herbst zu kommen. Paps sei neugierig. Wahrscheinlich würden sie aber ein Hotel in der Nähe nehmen. Es gäbe ja ganz in der Nähe zwei preiswerte Unterkünfte. Saya fragte, ob sie etwas verraten dürfte. Nein, nicht verraten, aber andeuten. Aber ihr Gesicht verriet zu viel und Nana machte mit Tränen in den Augen nur *pschpsch.*

Der Abend ging schnell zu Ende, weil es dennoch viel zu erzählen gab. Vor allem mit Nana, als müsste ein Album mit ausreichend Erinnerungen gefüllt werden, in dem man später herumblättern konnte.

Im gelben Haus zurück gab es zur Feier des Tages Fruchtsaft mit einem Schuss Rum und sie ließen die letzten Tage noch mal ein wenig Revue passieren. Erst kurz nach Mitternacht gingen sie zu Bett. Wie in all den Nächten davor lag Saya in Guidos Arm, und er schob eine Hand auf ihren Bauch, die sie sofort festhielt. Die Luft im Zimmer war leider für keine Liebe mehr geeignet. Auch nicht für Guidos. Für Saya stank sie nach Celso und Vergangenheit und legte sich wie Blei um ihren Körper. Guido knurrte zwar, verzog aber mit einer Ahnung nur das Gesicht und stieg irgendwann über sie weg und ging zu seiner Liege.

Als sie zwischenrein mal aufwachte, sah sie einen Schatten und ihn am Fenster stehen. Das Licht der Stadt illuminierte seinen so gut wie nackten Körper und auch sein zuvor steif gewordenes Glied unter dem Stoff des Slips – eigentlich erregend genug. Sie betrachtete ihn, aber ihre Lust auf ihn war wie blockiert. Stattdessen lauschte sie wie in den ganzen Tagen zuvor in die Geräusche der Wohnung, die nicht zu hören waren. Zumal das Geknatter vor dem Fenster alles wie damals übertönte. Trotzdem lauschte sie, ob sich nicht doch wieder die allzu bekannten Schritte näherten und somit Celso plötzlich die Tür öffnete. Was für ein Quatsch! Guido war bei ihr und würde sie beschützen. Zu allem kam die WhatsApp von Marvin mit dem Kuss-Emoji. Plötzlich spürte sie dessen Lippen und Finger. Obwohl sie nicht da waren, verfolgte sie die auf ihrer Haut.

Nebenbei beobachtete sie Guido und war fest davon überzeugt, dass er über sie beide und all das nachdachte und versuchte, sich auf alles einen Reim zu machen, was ihm nicht gelingen konnte. Es war zum verrückt werden. In Tönning wollte sie vor Wochen noch unanständig mit ihm sein und hier schien sie sich vor ihm sogar ein wenig zu ekeln. Sie schluckte leise und überlegte, ob sie sich vielleicht zwingen sollte, mit ihm zu schlafen. Sie würde ihn sonst sicher bald verlieren. Und was dann? Doch Marvin? Sie seufzte. In diesem Moment drehte er sich um, sah nur kurz zu ihr rüber und wollte sich auf die Liege legen. Leise flüsterte sie:

„Komm her!"

Kurz blieb er stehen, sah auf sie herunter und legte sich dann doch neben sie. Sie rückte dicht an ihn heran, und lag dann doch steif wie ein Stock im Arm von ihm. Er spürte es, sah sie an, forschte in der Dunkelheit so gut es ging, ein wenig in ihrem Blick und gab ihr einen

Kuss auf die Lippen. Mit jedem Kuss, der folgte, versteifte sie allerdings noch mehr. Er nahm es wahr. Egal! Er hatte zu viel Lust auf sie. Eine Hand von ihm glitt über ihr Gesicht, hooverte über eine Schulter hinunter zum BH, während er mit seinem Unterleib dicht an sie heranrutschte. Sofort spürte sie sein längst hartes Glied. Schon flutschte er mit einer Hand unter den BH und sie hielt die Luft an, wartete darauf, dass die Lust doch noch kommen, sie feucht würde und daher bereit wäre. Nichts dergleichen geschah. An ihrem Körper zwar die richtigen Hände. In ihrem Kopf jedoch die falschen. Die von Celso, die von Marvin, die von Nils. Guido schob derweil den BH hoch, küsste ihre Spitzen und tanzte mit seinen Fingerspitzen hinunter zu ihrem Schoß. Als sie unter dem Slip verschwanden, hörte sie ein Geräusch, das es nicht gab, fühlte sie eine Hand, die nicht da sein konnte, tauchte Marvins Kuss-Emoji vor ihren Augen auf, spürte sie Guidos nacktes und feuchtes Glied an ihrer Seite und seine zärtliche und forschende Hand wurde zur der von Celso oder bestenfalls zu Marvins an diesem einen Tag. Als würde sie erschrecken, hielt sie Guidos Hand fest.

„Fuck! Tut mir leid! Aber hier kann ich nicht.“

Es war mehr Ausrede als Erklärung. Ihr Kopf war doof und Celso ein Arschloch. Spätestens jetzt hätte sie es erklären müssen, spätestens jetzt hatte sie Guidos Urlaub vermasselt. Mit einem Grunzen zog er seine Hand zurück, blieb für ein, zwei Sekunden bewegungslos neben ihr liegen, stand auf und ging zu seiner Liege.

„Ich hatte dich wohl falsch verstanden.“

Augenblicke später machte er es sich selbst.

***

Kein Aufbruch oder Aufatmen, wie sie es ihm vor drei Jahren geschildert hatte, als sie nach Deutschland kam, dieses Mal eher ein Abschied. Einer auf unbestimmte Zeit. Guido glaubte all dies zu sehen, vor allem, dass es Saya wehtat und besonders schwerfiel. Die letzten Tage hatten wohl doch zu viele Emotionen in ihr aufgewühlt. Kurz bevor sie das gelbe Haus verließen, stand sie am Fenster in *ihrem* Zimmer und sah hinaus. Er wusste nicht, dass sie hinüber zu den Hochhäusern schaute. Er wusste nicht, dass sie dabei an eine der nicht erzählten Geschichten dachte. Er konnte nicht wissen, dass er mit all seinen Vermutungen falsch lag. Gerade deswegen wusste er nicht, wie es nun weitergehen würde.

Im Herbst wollten Mommy und Paps hierherkommen, in der wohl zweitbesten Reisezeit, aber wann Saya alle wiedersehen würde, vor allem die Mädels, stand in den Sternen. Auf dem Flughafen war sie deswegen traurig, vermutete Guido und versuchte sie zu trösten, während sie sich verabschiedeten. Nach Minuten klopfte er dann doch etwas nervös auf seine Armbanduhr. Das Boarding wäre schon in zwanzig Minuten und sie waren noch nicht einmal durch die Pass- und Gepäckkontrolle. Kurz bevor sie auseinandergingen, kam Nana auf ihn zu und nahm ihn in die Arme.

„*Alagaan mo siya!*" Mit ihren Augen deutete sie auf Saya. Guido glaubte zu verstehen, nickte und drückte Nana ebenfalls kurz an sich.

„*I know. I try my best.*"

Tata hingegen schlug ihm lediglich auf die Schulter und nickte still, als sie sich voneinander verabschiedeten. Sein Lächeln sollte genügen. Am Abend zuvor hätte er ihn gern auf seinen Bruder angesprochen, Saya bremste ihn, aber wie spricht man auch darüber, wenn man sich am nächsten Tag zu verabschieden hatte.

Langsam zog er sie zum Flieger. Nach den Kontrollen ahnte er, dass er sie in Ruhe lassen musste. Der Weg zum Gate, das Schlange-Stehen, die Enge im Zugang und im Flieger, bis sie ihren Platz einnehmen konnten, ließ auch nichts anderes zu. Fortwährend zog sie die Nase hoch, seufzte und schniefte sie.

„Ich dachte, es fällt mir leichter", weinte sie. Er gab ihr ein Tempo und sie verzog das Gesicht. „Fuck! Dauernd bist du auf alles vorbereitet, oder?"

Nun tastete er nach einer Hand von ihr und drückte sie. Blue schaute sie währenddessen zerknautscht und skeptisch aus dem Rucksack zwischen ihren Beinen an. Auch er schien sich nicht sicher, wie es weitergehen würde. Die Maschine hob ab, flog steil und in einem weiten Bogen über die in der Dunkelheit scheinbar glühende Metropole und war nur wenige Minuten später über dem Meer angelangt. Saya hob leicht eine Hand, als würde sie winken wollen.

„Vielleicht können wir nächstes Jahr ja wiederkommen?!", schlug Guido vor.

„Weiß nicht. Vielleicht. Die Mädels können uns auch besuchen", ihre überraschende Antwort. Dann drehte sie ihren Sitz nach hinten. „Ich bin total müde."

Erste Station Bangkok. Der Flug dauerte nur dreieinhalb stille Stunden. Dort schlenderten sie ziellos zwischen den Regalen der Duty-free-Läden herum, ohne etwas zu kaufen. Es war nicht allzu viel los. Guido hätte Saya gern ein Andenken gekauft, fand aber nichts, was es wert gewesen wäre. Er beobachtete sie, fragte ab und zu etwas, erhielt aber nur ein Schulterzucken oder einsilbige, fast giftige Antworten über die kaum schulterhohen Regale hinweg. *Nee. Das? Wieso? Ist mir nicht wichtig. Warum fragst du dauernd?* Ihre Laune übertrieben grenzwertig, ging ihm durch den Kopf.

Irgendwann setzten sie sich auf einen leeren Platz, bis ihr Weiterflug aufgerufen wurde, und Saya rutschte in ihrem Sessel runter und tat, als würde sie wieder vor sich hindösen. Doch daran war nicht zu denken. Er war hellwach. Zu Hause angekommen würde er sicher bis zum nächsten Tag durchschlafen wollen. Dann hieß es allerdings schon wieder arbeiten und für Saya die letzte Runde vor dem Abi einzuschlagen. In drei Wochen würde sie zudem achtzehn werden. Alles ging rasend schnell. Er sah zu ihr hinüber, ihre Augen geschlossen, er wollte sie ablenken, machte vielleicht deshalb ein grunzendes Geräusch und Saya reagierte mit einem geknurrten *Hmh*. Guido zuckte zusammen.

„Mir fiel gerade nur ein, in drei Wochen bist du achtzehn und das Abi hast du dann auch hinter dir. Dann steht dir die Welt offen. Ist doch toll, oder?!“

Saya zuckte mit den Schultern, sah an ihm vorbei und zischte leise:

„Echt jetzt? Die ganze Zeit nur blöde Fragen stellen oder gar nix sagen und dann fällt dir das als Erstes ein. Dann weiß ich ja, dass der Urlaub scheiße war.“

Guido sah sie verdattert an und wurde sauer.

„Red keinen Quatsch!“, zischte er zurück. „Was soll das? Spinnste jetzt? Der Urlaub war klasse. Zugegeben ist eine wilde Stadt. Und … ja, okay, deshalb auch ungewöhnlich für mich, aber es war schön. – Ehrlich! Und ’nen bisschen hab’ ich von deinem früheren Leben nun sehen und hören dürfen. Aber ich befürchte mal wieder nicht alles. Auch das muss ich erst mal verarbeiten. Red’ also keinen Mist. Aber vielleicht hilft es uns allen, wenn Mommy und Paps im Herbst hierherkommen?“

Saya schluckte. Ihre Reaktion wieder mal bescheuert. Wie gestern Nacht, als er sich auf seiner Liege selbst befriedigte, weil sie schon in den letzten Tagen keine

Lust auf ihn hatte oder statt ihm andere Kerle in ihrem Kopf herumtobten. Wieder einmal wusste sie nicht, was mit ihr los war. Nicht er war still, sondern sie hatte in den letzten Stunden auf keine einzige Frage von ihm geantwortet. Nicht einmal bedankt hatte sie sich. Guido hatte immerhin bis auf ein paar Euros die ganze Reise bezahlt. Stattdessen schrieb sie Marvin vorhin sogar noch eine WhatsApp, als Guido auf dem Klo war, dass sie gleich im nächsten Flieger säße und sie sich auf ein Wiedersehen freuen würde. Doch zu Hause hieß es zuvor sich wieder einzuleben, das Abi hinzubiegen und in den Alltag zu finden. Allerdings mit all den nicht erzählten Geschichten, die es noch gab.

Sie atmete ein paar Mal tief durch, um sich zu beruhigen. Weil es nicht klappte, ergriff sie eine Hand von Guido und drückte sie fest. Dann beugte sie sich zu ihm und gab ihm einen flüchtigen Kuss.

„Entschuldige! Ich bin blöd! Ohne dich hätte ich gar nicht reisen können. Jetzt durfte ich mal alle wiedersehen. Das war … schön."

Nach einer kleinen Pause fuhr sie leise fort.

„Tata mag dich. Er ist von deiner Ruhe beeindruckt, davon, dass du dir immer alles überlegst, bevor du was sagst. Er rechnet *dir* hoch an, dass du ihm zugehört und nicht gleich widersprochen hast, wenn er über die Amis und den Westen geschimpft hat. Natürlich weiß er auch, dass du mehr als ein Bruder bist. Er bräuchte nur deine Blicke sehen. Er fand's aber sehr anständig, dass du dich bei den Ausflügen zurückgehalten hast."

Guido grunzte. Nicht nur *hast*, sondern *musste. Und das nicht nur bei den Ausflügen,* ging ihm durch den Kopf. Das musste doch alles einen Grund haben. Vielleicht sollte sie ihm endlich erzählen, was wirklich im gelben Haus passiert ist.

„Nun ja. Seine Rolle ist mir nicht ganz klar. Vielleicht hätte ich ihn doch auf deinen ... Onkel ansprechen sollen. – Und wie war es für dich?"

Eine gefühlte Ewigkeit schaute sie sich um und hielt die Luft an. Sekunden verstrichen. In einer der großen spiegelnden Scheiben vor ihnen tauchten wieder falsche Hände, das Kuss-Emoji und Marvins neugieriges Gesicht über ihren Lippen auf. Die Drahtgitterlehne eines anderen Wartesessels wurde zum Hochhaus, das sie jeden Tag bei einem Blick aus dem Fenster im gelben Haus sah. Sie schloss für einen Moment die Augen und sah sich, wie am Morgen noch, dort an vielen Abenden im zwölften Stock, in einem engen fast lichtlosen Raum aus Beton. Allerdings nicht allein. Auf dem Boden eine Decke und einige Kleider. Spätestens jetzt war ihr Zögern schon Antwort genug. Sie biss sich auf die Unterlippe, sah Guido an und wich aus.

„Ich hab' mal gesagt, alles, seit ich bei euch und bei Mommy bin, wäre wie ein lang gezogener Urlaub. Jetzt weiß ich immerhin, glaub ich, woher ich wohl wirklich ... komme. Im Grunde genommen will ich deshalb nicht mehr dort wohnen."

„Bis vor zwei Wochen wäre es aber schön gewesen, oder?" Sein Räuspern nicht zu überhören. Er nahm ihre Hand und küsste sie. „Allein wegen deiner Freundinnen. Solche hast du nun mal nicht ... bei uns. Deshalb dachte ich ein paar Mal nämlich daran, deine Heimat zu meiner werden zu lassen. Anlagenbauer braucht man vielleicht auch in Manila."

„Scheiße!", war alles, was sie erwidern konnte, dann liefen die Tränen. Sie wusste sofort, ihren Gefühlsausbruch würde sie wieder nicht erklären können.

Zwischenbericht

Mittagspause. Guido öffnete die Lunch-Box. In dieser wie immer ein belegtes Brot und Apfelspalten. In diesem Moment brummte vor ihm sein Handy auf dem Tisch. Saya, ging ihm durch den Kopf, er lächelte und zog es zu sich. Seit ihrer Reise nach Manila war zwischen ihnen zwar einiges anders geworden, sie vor allem stiller, aber er schob es auf den Stress in der Schule. Das Abi war im Gange. Sie verkroch sich in ihr Zimmer, büffelte und war im Prinzip nicht ansprechbar. Nur zweimal hatten sie seitdem zusammen etwas unternommen. Selbst ihre Turnstunden pausierten. Lina, eine gleichaltrige Turn- und Schulkameradin, hatte ihm schon eine WhatsApp geschickt und gefragt, was los sei. Er schrieb zurück: *Hast du etwa kein Abi-Stress?* Es vergingen ein paar Sekunden, dann kam zurück: *Nee, ich mach mich doch nich verrückt, ich weiß nich mal, ob ich studieren will, vielleicht werd ich Konditorin.* Wie Scarlett einst, dachte er. Seine Antwort ein Lachsmiley. Ihre ein Kuss-Emoji. Er tippte auf ihr Profil, zoomte ihr Bild größer und schmunzelte. Lina machte mit ihrer dunklen Mähne einen Handstand und gleichzeitig Spagat. Er zoomte es größer. Auch 'ne tolle Figur, ging ihm durch den Kopf und nichts anderes als hübsch sah sie aus. Sayas Profilbild zeigte sie ein Rad schlagen, die Turnerinnen verrieten, was sie konnten.

Er tippte das Display an. *Claire hat dir eine Nachricht gesendet.* Guido stutzte und rief sie auf. *Hello Guido, I hope you are doing well?! Sorry but I just wanted to know how Saya is doing. I don't hear anything from her. Please let me hear from you.* Dahinter ein lächelndes Gesicht und ebenfalls ein Kuss-Emoji.

Er biss in sein Brot und überlegte, was er antworten könnte. Nach dem dritten Bissen zog er eine alte Zeitung heran, riss ein Fetzen ab und kramte die Reste seines Schulenglischs heraus. Sprechen ging einfacher. In Manila war er verblüfft, wie gut es manchmal funktioniert hatte. Selbst Sayas Freundinnen verstanden jedes Mal, was er sagen wollte. Schreiben war schwieriger und jetzt sollte es einigermaßen stimmen. Er schrieb den ersten Satz, schlug mit dem Handy im Internet ein Wörterbuch auf, strich einiges wieder durch und schrieb den Rest.

Dann tippte er auf Claires Account. Mehr als vierhundert Follower. Jedoch nur drei Bilder. Alle drei von ihr. Einmal nur ihr Gesicht, ernst lächelnd, als sei es ein Passfoto, die langen Haare nach hinten gekämmt. Die Brauen akkurat gezupft. Die Augen etwas geschminkt. Sie glänzten selbst im Display wie bei den Treffen. Er bildete sich ein, sie wirkte tatsächlich wie eine Französin, obwohl er keine Ahnung hatte, wie Französinnen aussahen. Das Bild war relativ neu, wenn das Datum darunter stimmte. Das nächste ein halbes Jahr älter. Kein Selfie. Vielleicht von ihrem damaligen Freund aufgenommen. Sie hatte nicht genau erzählt, was passiert war, ahnte nur, warum sie Schluss gemacht hatte. Er wollte Saya nicht fragen, sie war schon eifersüchtig genug gewesen. Und seit ihrem Urlaub war sie merkwürdigerweise eher auf Distanz.

Claire trug den langen Faltenrock, eine weiße Bluse und die dünne dunkelblaue Jacke. Sie drehte sich mit ausgestreckten Armen und das Bild hielt sie genau in dem Moment fest, als sie über ihre linke Schulter lachend nach hinten in die Kamera schaute und Jacke und Rock um sie herum wehten. Das dritte Foto zeigte sie im gleichen Badeanzug, den sie auch am Baseco Beach anhatte. Er dachte an ihren fast nackten Po und grinste. Auf dem Foto saß sie allerdings an einem Strand, der ihn an Fotos aus der Karibik erinnerte. Die Beine angezogen. Die Knie von den Armen umschlossen. Den Kopf auf diesen etwas auf die Seite gelegt. Sie schien über etwas nachzudenken. Er klickte alle mit einem Like an. Anschließend las er sich das, was er geschrieben hatte, noch mal durch. Es klang nicht besonders falsch.

I think she's in high school stress right now. Unfortunately we don't have much time for each other right now. But she is glad and happy to have been with you.

Dass er die Fotos schön fand, schrieb er lieber nicht. Auch fragte er nicht, wo dieser Strand war. Er setzte nur noch das lachende und das Kuss-Emoji dahinter. Dann tippte er auf seinen eigenen Account. Seit ewigen Zeiten nur vierzig Follower, viele kannte er nicht, mit Saya und Claire nun zwei mehr. Ein Dutzend Fotos. Alle über zwei Jahre alt. Alle eher albern. Er löschte ein paar und suchte nach Bildern aus Manila und zwei von sich und machte sie zu Beiträgen. Schaute auf die Uhr, schob das Handy ein und ging wieder arbeiten. Gegen halb fünf am Nachmittag wäre Schluss. Vielleicht könnte er am Abend endlich mal was mit Saya unternehmen, irgendwo einkehren oder mit dem Rad nach Ording fahren. Das Wetter war gut genug dafür.

Nach Feierabend sah er wieder eine Nachricht von Claire und wunderte sich. Kurz vor elf am Abend bei ihr. Sie schlief noch nicht.

„*I took nicer pics of you.*"

Angeheftet zwei Bilder von ihm und Saya. Er lächelt sie an und sie spricht in diesem Moment wohl mit einem der Mädels. Er schmunzelte. Unter dem letzten Bild stand:

„*It can be seen that you are in love with her.*"

Guido seufzte und verzog das Gesicht. Was sollte er antworten? Nach ein paar Sekunden schrieb er zurück.

„I think she doesn't always."

Claire schlief tatsächlich noch nicht. Im Abstand von Sekunden zwei nachdenkliche Emojis und …

„That means, she doesn't sleep with you anymore."

Guido wunderte sich. Schon in Manila war Claire direkt und hatte zudem hellseherische Fähigkeiten, seine kurze Antwort war zudem verräterisch genug. Er zögerte, doch dann schrieb er:

„Yes. Unfortunately. Okay, it's not the most important thing in the world. How do you know? But I think it's actually because of school and some things in Manila I don't know about."

Das Display blieb länger dunkel als zuvor. Ihre Antwort dann vier Emojis hintereinander. Das erstaunte, das nachdenkliche, das zwinkernde und das Kuss-Emoji. Den Text dazu musste er in den Translator kopieren und sich übersetzen lassen.

„Nun, es gibt Kerle, die das anders sehen. Ich hab' ja von meinem idiotischen Freund erzählt. Das mit der Schule kann sein. Aber ich befürchte, dass ein paar Sachen hochgekommen sind, von denen wir beide nichts oder nicht genug wissen. Sie hat mal gemeint, sie bekäme allmählich Angst vor der Zukunft."

„Einer Zukunft mit mir? Was kann ich tun?"

Nun dauerte es doch mehrere Minuten.

„Mit dir hat es nichts zu tun. Sondern, ich denke, tatsächlich mit hier. Keine von uns vier Girls kennt die richtige Story der anderen. Versuch, ihr nicht böse zu sein, wenn wieder *sowas* passiert."

Something like that. Claire schien über die Sache mit Marvin Bescheid zu wissen. Dass Saya ihr etwas darüber erzählt haben musste, wunderte ihn. Denn Claire

spielte angeblich in all ihren Freundschaften nicht eine
so wichtige Rolle wie Yana, mit er sie doch durch dick
und dünn gegangen war.

„Du weißt davon?“

„Ja, wir kamen zufällig drauf, weil sie nach meinem
aktuellen Freund fragte. Aber ich bin aus all den Gründen, die ich dir gesagt hab’, nicht mehr besonders treu.
Ich wechsle inzwischen dauernd durch.“

„Du? Na ja, kann ich mir gar nicht vorstellen.“

„Ich kenn keinen, der so ist wie du.“ Dahinter drei
lachende Emoji. Er antwortete nur mit einem lachenden
Emoji und, *ich war nicht böse, nachdem es … passiert ist.*

„Ich weiß. Ich meine ja auch, *wenn* mal wieder so
etwas passieren sollte.“

Sie wusste mehr als er. Folglich musste Saya Claire
tatsächlich ihr Herz ausgeschüttet haben. Dazu kam,
schon in den Wochen vor Manila ähnelte Sayas Leben
einer Achterbahnfahrt. Es ging steil aufwärts, gleich danach wieder runter, vielleicht sogar in einen Looping,
nach dem kamen die spannendsten und verrücktesten
Kurven, die einen kreischen ließen. Die restliche Fahrt
nur ein langweiliges Auslaufen. – Mit und neben ihm.
Manche Achterbahnfahrten sind zudem ziemlich kurz
und der ein oder andere steigt schneller aus als gedacht.

„So I’m not her great love“, schrieb er zurück und
wartete. Doch nun war Claire wohl schlafen gegangen.

Auf dem Weg nach Hause überlegte er, was alles
noch passieren könnte, und was seine Mangas früher
dazu gesagt hätten. Empfehlungen gab es nie. Das einzige Problem in diesen Mangas schien zu sein, dass
Ikuto Hana immer wieder betrog. Und Hana bekam es
jedes Mal heraus. Die zwei stritten danach häufig,
trennten sich für einige Seiten und waren im nächsten
Band doch wieder zusammen. Bei Saya und ihm schien

es ähnlich zu sein, nur andersherum. Auf Streiten hatte er jedoch nach wie vor keine Lust. Und zornig sein hatte ihm damals seine Mutter auch nicht wieder gebracht, als Paps ihm nach Wochen erzählte, dass Sybille, seine Mutti, wohl nicht mehr kommen würde. Das Schicksal hatte mit Mommy inzwischen ohnehin anders entschieden und er fand es prima.

Er wollte sich nicht drücken, beschloss aber, alles auf sich zukommen zu lassen. Vielleicht schaffte er es tatsächlich, dann Saya nicht böse zu sein, auch wenn sie in diesem Fall mit ihm Schluss machen sollte. Nach allem, was sie miteinander erlebt hatten, könnte er nur nicht verstehen, warum.

Mitten in der Nacht tönte sein Handy. Er hatte vergessen es leise zu stellen.

Claire.

„She loves you more than you think. But sometimes life is not as friendly as she thinks herself. Then she escapes every now and then."

„I know. So far I've been able to endure it."

Er war sich unsicher, ob er die richtigen Wörter gefunden hatte. Ja, er wollte ihre eventuellen … Ausrutscher aushalten.

„Please stay the way you are", schrieb Claire nur Sekunden später. *„And I really hope that we will see each other again."*

Er sandte ihr drei Kuss Emojis.

Scheiße! Mit einem Mal war ihm klar, dass Saya Claire gegenüber tatsächlich etwas zugegeben haben musste. Er befürchtete sogar mehr, als er bislang nur geahnt und deshalb nicht für wahr erachtet hatte.

Abschlussfeier

Kopfschmerzen bis zum Abwinken. Sie drückte mit ihren Fingerspitzen links und rechts gegen ihre Schläfen und versuchte die Augen zu öffnen. Vergeblich. Die Lider klebten aneinander fest, als hätte sie Pattex hineingerieben. Statt ihrer Schläfen rieb sie deshalb nun ihre Augen. Obwohl sie nichts sah, glaubte sie sich permanent in einem Lichtermeer zu drehen. Mit einem Mal war ihr kalt und sie fror. Daumen und Mittelfinger der einen Hand massierten weiter ihre Augenlider, mit den Fingern der anderen Hand fuhr sie über ihren Körper. Der war nackt. Vollkommen. Kein Wunder, dass sie fror. Schweißnass war sie auch. Mann! Der Kopf ratterte. Wo war sie? Mit wem hatte sie geschlafen? Die Decke musste dabei runtergerutscht sein und war nicht zu finden. Nix mit wärmen. Ihr Kopf pochte weiterhin. Plötzlich glaubte sie eine Bewegung und eine Berührung zu spüren. Wo waren ihre Arme? Und die Hände? Sie hatte sich doch gerade noch die Augen gerieben und bekam sie dennoch nicht auf.

Okay, sie lag also wohl doch in Guidos oder ihrem Bett. Auch schön. Erinnern konnte sie sich beim besten Willen nicht und versuchte es noch einmal mit Reiben ihrer Augen. Endlich blitzte Licht unter den Lidern durch. Sie öffnete sie vorsichtig. Erkennen konnte sie allerdings trotzdem nichts. Irgendein Licht blendete. Gelb und fahl. Ihre Lippen schmeckten nach nasser Zunge, vielleicht sabberte sie auch und prompt spürte sie eine nasse Bahn von ihrer Schulter bis zum Nabel. Die kitzelte und sie musste leise kichern. Die nasse Bahn schien langsam weiterzukriechen, landete in der Leiste neben ihrem Schoß und verschwand zwischen den Schenkeln. Sofort spreizte sie ihre Beine. Liebe am Morgen. Schon seit Wochen nicht gehabt. Die Kopfschmerzen wie weggeblasen. Was für ein wohliges Gefühl. Längst hatte sie aufgehört ihre Lider zu massieren. So etwas konnte man nur mit geschlossenen Augen genießen. Mit der einen Hand, die wohl funktionierte, suchte sie seine Haare, um sich in ihnen festzukrallen. Es konnte nicht anders sein, sie spürte eine Zunge. Seine. Da unten waren Haare. Strubbelig fühlten sie sich an. Sie waren wohl die ganze Zeit über wilder als sonst zugange. Seit Manila hatten sie nicht mehr miteinander geschlafen. Warum, wusste sie nicht. Sie musste zugeben, meistens hatte sie keine Lust – auf ihn. Doch nun zog sie die Beine an und krümmte ihre Finger. Gleich würde sie kommen. Sie wollte es sehen. Sie versuchte die Augen aufzumachen. Das Licht blendete auf einen Schlag, als hielte ihr jemand einen Taschenlampenstrahl ins Gesicht. Sie schielte nach unten. Alles hell. Genau in dem Moment, als sie kam. So heftig wie schon lange nicht mehr. *Shit! Shit! Shit!* Ihr Leib zuckte und sie musste die andere Hand auf ihren Mund pressen. In ihrem Kopf tauchte gleichzeitig ein Gesicht auf, das sich ihrem näherte. Sie wollte es heranziehen und küssen. Öffnete die Lippen, streckte die Zunge raus, reckte die Arme. Doch da war keines. Nicht Guidos, sondern Marvins – nur in ihrer Fantasie. Sie riss ihren Kopf hoch und knallte an ein Brett oder Ähnliches.

Dann war sie hellwach und allein im Zimmer.

Alles andere traf allerdings zu.

Sie war außer Atem, japste, tatsächlich komplett nackt, schwitzte wie verrückt und hatte gerade einen gewaltigen Höhepunkt gehabt. Sie brauchte Minuten, um zu sich zu kommen und alles zu sortieren. Das Erste, was sie bemerkte: Sie lag andersherum. Ihr Kopf unter dem neuen Regal am Fußende. Was auf ihren Kopf geknallt war, lag neben ihr. Der Bildband, den sie in Manila gekauft hatten. Wohl mit dem Buchrücken auf ihren Kopf gefallen. Sie fuhr sich mit den Fingern über die Stirn, kein Blut. Dann zwischen den Schenkeln entlang. Nass, aber nicht klebrig. Sie hatte also in dieser Nacht doch nichts mit einem Jungen gehabt – zumindest nicht ungeschützt. Guido und sie nahmen nach wie vor Kondome, auch wenn das letzte Mal Wochen her war. Sie würde es ändern wollen. So oder so. Dann schaute sie auf ihre Uhr. Kurz nach halb drei morgens. Langsam dämmerte es ihr. Es war Freitag, vielmehr inzwischen Samstagmorgen und sie hatten um Wochen verspätet die letzte Schulstunde gefeiert. Anneke, Gesa, Lina, Maike und sie. Im *Büsken*. Letzten Montag hatten sie Zeugnisvergabe, ihres war sehr gut ausfallen. Sie hatte zwei große Gin-Tonic und drei Bier getrunken. Zu viel für jemanden, der sonst so gut wie keinen Alk trank. Aber anscheinend genug für einen kleinen Filmriss. Der Kopf tat tatsächlich wieder weh.

Sie atmete ein paar Mal durch. Neben ihr lagen ihre Kleider vollkommen durcheinander. Wie vom Leib gerissen. Das Kino im Kopf lieferte nun schärfere Bilder. Ganz langsam kamen dadurch ein paar Puzzleteile des Abends zusammen. Am Schluss hatten sie von und über ihre Jungs gequatscht. Im Biergarten von Manfred Büsken. Ziemlich angeheitert und unanständig. Und sie hatte mitgemacht und Wörter benutzt, die ihr sonst nie über die Lippen kamen. Den anderen Mädels allerdings auch nie, so wunderte sich niemand von ihnen. *Na klar, bumsen wir miteinander. Du etwa nich'? – Ich wichs ihn sogar manchmal. – Dann kannste ihm ja gleich einen blasen. – Ja meinste, das mach ich nich'? – Mach ich immer als Belohnung, wenn er mich leckt.*

Vor dem *Büsken* steckten sie wieder die Köpfe zusammen und Lina meinte mit einem drolligen Schluckauf, sie müsste nach all dem Gerede jetzt dringend los. Zu Nils nach Hause. *Ich schmeiß Steinchen an sein Fenster und dann ... dann kann ich für nichts mehr garantieren.* Dann zog sie laut lachend eine Handvoll Tütchen mit Kondomen aus ihrer Jeans und warf sie in die Luft.

Seit zwei Wochen waren die zwei zusammen. Nils und Lina. Lina mit der braunen, wallenden Mähne, bis vor einem halben Jahr noch unzertrennlich mit Evelyn zusammen, einer anderen Schulkameradin. Blond, groß und vollbusig. Eine schüchterne Lolita. Lina, bisschen größer als sie, die trotz ihres Äußeren sonst immer die liebe und eher die stille war, aber nach Evelyn ein paar Jungs ausprobiert hatte und nun mit Nils, dem Draufgänger, rummachte. Ausgerechnet Nils, der sie, Saya, oder sie ihn, in der Disco geküsst, und der sie irgendwann zwischen ein paar Stehblues-Stücken an der frischen Luft hinter ein paar Büschen, wohl von ihrer gegenseitigen Nähe beim Tanzen angeturnt, unter ihren Rock geschlüpft war und sie ein bisschen befummelt hatte. Die ganzen Bilder fielen ihr dazu ein, als Lina anfing, wie aufgedreht zu quasseln, und die anderen Mädchen lachten. Zu Nils hätte sie was sagen können. Lieber nicht. Der wie Marvin einer der fünf berüchtigten Handballkerle. Prompt fragte Saya, mindestens genauso angeheitert, „Und Marvin hat keine Freundin?". Anneke und Maike grinsten sie belustigt an und schüttelten den Kopf. „Nee, der ist noch frei, der liebt allerdings auch schnelle Wechsel." Vor einer Dreiviertelstunde war Saya dann erst nach Hause gekommen.

Sie stand auf, zog ihren Pyjama an, sah zum Fenster hinaus in die Dunkelheit und schlich Sekunden später etwas wankend über den Flur in Guidos Zimmer. Sie hatte ihn im Traum betrogen. Wie schon öfter. In Gedanken an Marvin mit ihren eigenen Fingern. Der, noch ohne Freundin, spukte nicht erst seit dem *Büsken* in ihrem Kopf herum, um sich in ihre Träume zu schummeln. *Nee, der ist noch frei ...* Wie kann man nur so real träumen? Was war nur los mit ihr? Andere Mädchen, die Ähnliches erlebt hatten wie sie, dachten an so was ganz zuletzt. Und sie träumte sogar noch in 3 D davon. Mit und von Marvin! Diesem glattrasierten Schrank, der so groß war, dass sie in ihn mühelos hineinschlüpfen könnte. Tür zu und Schluss. Für den geilen Moment gerade eben, hatte sie ihn sogar herbeigeträumt. *Meldeste dich, wenn du zurück bist?* Ja, sie hatte sich gemeldet. Etwas stimmte nicht mit ihr. Oder stimmte es zwischen ihr und Guido nicht mehr? Bald wäre sie vier Jahre in Deutschland und über drei mit Guido zusammen. Seit ein paar Wochen war sie achtzehn. Erst. Schon. Wie auch immer. Demnächst könnte sie studieren. Davor hatte sie keine Angst. Eher vor sich selbst. Vielleicht sollte sie nächste Woche sich nicht noch mal mit den Mädels im *Büsken* treffen. Was wäre, wenn Marvin da wäre und die anderen ihren Blick sähen? Obwohl, er hätte dort nichts verloren. Aber warum besiedelte er trotz dieser Schulhofsache und des Tags danach so oft und hartnäckig ihre Träume?

Saya sah den dunklen Flur entlang, zögerte kurz, war aber in der Sekunde drauf schon eingetreten und schloss leise hinter sich die Tür. Sofort zog sie sich wieder aus, hätte dabei fast das Gleichgewicht verloren und schlüpfte unter Guidos Decke. Natürlich weckte sie ihn damit auf. Schläfrig drehte er sich um.

„Hmh? Was ist?"

„Ich möchte mit dir schlafen." Sie hörte sich selbst lallen, es klang wirklich nicht nüchtern.

Gleichzeitig schob sie eine Hand unter sein Shirt, streichelte seinen Bauch und glitt gleich darauf mit ihr in seinen Schoß. Er würde es auch wollen. Benommen drehte er sich auf den Rücken, während sie ihn weiter streichelte. Im selben Moment fiel ihr ein, dass sie genau das so noch nie bei ihm getan hatte. *Ich wichs ihn sogar manchmal*, hatte Lina zugegeben. *Dann kannste ihm ja gleich einen blasen*, Gesas Antwort. *Ja meinste, das mach ich nich'?* Saya zögerte kurz und räusperte sich. Manchmal führte sie Guido ein wenig, damit er leichter in sie eindringen konnte, aber das? Sie schloss ihre Faust etwas fester. Er grunzte und brummte etwas, als ihr Gesicht über seinem schwebte. Ihr alkoholisierter Atem schwängerte die Luft und schmiegte sich wie ein feuchtes Tempo an sein Gesicht und die Nase. Egal! Er biss sich auf die Unterlippe, ließ die Augen geschlossen, weil er glaubte zu träumen, und seufzte grinsend.

„Scheiße, hab' ich dich lieb", gluckste er nur und sie fühlte ihn immer steifer und härter werden. Wie seinerzeit Marvin und auch Nils, als er draußen hinter der Disco mit seinen Fingern unter demselben Kleid auf die Suche nach ihrem Schoß ging, sie seine Küsse zuließ und selbst mit einer Hand hinter den offenen Reißverschluss und seinen Slip geschlüpft war. Dann schlug sie die Decke zur Seite und zog Guidos Hose aus. Was sie mit Marvin in ihrer Fantasie konnte und Lina angeblich tat, konnte sie auch. Guido war immer noch herrlich schläfrig, ließ alles geschehen und wehrte sich nicht. Warum auch?

Shoppen

Halb neun. Frühstückszeit. Als sei nichts gewesen, setzte Saya sich an den Frühstückstisch. Nur im Slip und T-Shirt. Er hörte auf zu kauen und zog die Brauen hoch. Selbst Paps schaute erstaunt. Ihr ging es gut. Zur Begrüßung hob sie gähnend eine Hand, schüttelte mit hochgezogenen Brauen den Kopf, als würde sie das wacher machen und sah in die Runde. *Magandang umaga sa lahat!* Guten Morgen zusammen! Inzwischen der Standard. Ihr Blick wie jeden Morgen ein faszinierendes Mienenspiel. Guido genoss es grinsend. Reine Gesichtsgymnastik, begleitet von ihren fahrigen, vielleicht noch angeheiterten Fingern, die durch ihre schwarzen, jetzt verstrubbelten Haare kämmten, die Nase rieben, ihren Nacken massierten. Während er sich ein Brot mit Butter und Honig schmierte, fischte sie sich ihre Schüssel aus der Mitte des Tisches und füllte sie wie jeden Morgen an einem Wochenende mit Reis, zwei Speckscheiben und Spiegeleiern. Obendrauf die rote Paprikasoße und Gurkenscheiben. Heute fabrizierte sie keine Matsche, sondern futterte sich durch die Schichten. Den Kopf auf dem linken Unterarm abgestützt. Das Signal für einen guten Tag. Es konnte auch nicht anders sein. Keine halbe Stunde, nachdem sie zu ihm ins Bett geschlüpft war, stöhnte sie leise *Shit! Shit! Shit!* in sein Ohr. Er liebte den Klang ihrer Stimme dabei. Rau und doch hell, atemlos frivol und entspannt.

„Gut geschlafen?", wollte er wissen und sie hörte auf zu kauen und sah ihn von unten an. *Was fragst du?*, schien ihr halb grinsendes, halb übernächtigtes Gesicht zu sagen. Also nickte sie nur und kämmte sich wieder die Haare nach hinten.

Er wusste nicht, was letzte Nacht zuvor passiert war. So hatte er sie jedenfalls noch nie erlebt.

„Was habt ihr heute vor?" Paps sah erst Guido, dann Saya an. Guido schob die Unterlippe nach oben und schaute zu Saya rüber.

„Was meinste? Wollen wir mal wieder nach Kiel? Bisschen shoppen?" Jetzt grinste er. „In einer halben Stunde geht ein Zug. Wenn wir uns beeilen ..."

„Ihr könnt auch das Auto nehmen, dann seid ihr unabhängig. Yumi und ich haben nachher noch etwas zu erledigen und danach wollen wieder mal nach Büsum radeln. Das Wetter passt. Da könnt ihr natürlich auch mit. – Wenn ihr wollt. Wie siehts aus?"

Sayas Blick war heute besonders köstlich. Als wäre sie genau in diesem Moment erst aufgewacht, kniff sie die Augen immer wieder auf und zu und meinte nur:

„Kiel."

„Na dann. Beeilung! Ich spendier dir da auch was."

„Das kann teuer werden", meinten Paps und Saya im Chor. Paps lachte. Saya zuckte mit den Schultern und gähnte. Mommy schüttelte nur den Kopf.

***

Saya trug ihren angeblich letzten passenden Minirock. *Ich bin ganz schön fett geworden.* Darüber das T-Shirt, das er ihr zum Sechzehnten geschenkt hatte. Vorne drauf lag Snoopy auf seiner Hundehütte, über ihm der Spruch *Thank you for taking care of me*, in bunten Buchstaben und wie ein Regenbogen. Nicht nur der Spruch war nach wie vor schön. Darüber eine dünne Jacke aus einem ihrer Twinsets. Er fühlte sich hingegen alles andere als schick. Zumindest eine neue Jeans und ein paar Hemden wären nicht schlecht.

Auf dem Beifahrersitz zog sie die Knie an, drehte die Lehne nach hinten, legte sich hin und döste. Der Minirock rutschte und Guido konnte ihren Slip sehen.

„Was war denn los heute Nacht?", fragte er mit einem deutlichen Grinsen in der Stimme.

„Das willst du besser nicht wissen", stellte sie wieder gähnend fest und hielt seine rechte Hand fest, als sie auf dem nackten Oberschenkel auf dem Weg in gefährliches Terrain war.

„Ah, Geheimnisse." Er griff ein bisschen fester zu.

„Nee, nur 'ne Handvoll Mädchen, die unanständiges Zeugs gequatscht haben."

„Immerhin machst du dabei schon mit", lachte er.

„Blödmann." Es klang entrüstet. „Lina ist jetzt mit Nils zusammen und lässt's sich von ihm … besorgen."

„Oh, ungewohnte Klänge aus deinem Mund." Guido war tatsächlich erstaunt.

„Hmh. Jedenfalls wollte sie heute Nacht mit ihm unanständig sein und ist nach dem Gequatsche Steinchen werfen gegangen."

Ausgerechnet mit Nils, ging ihm durch den Kopf. Das Foto von Nils und Saya hatte er damals in Nils' Instagram-Account entdeckt. Sein zufrieden grinsendes Gesicht Wange an Wange an ihrem. Nils' Kommentar unter dem Bild: *Ist das nicht eine süße Zimtschnecke?* Er glaubte wohl, sie erobert zu haben.

„Ich hoffe, er benimmt sich anständig bei ihr." Guidos viel zu ernst wirkender Kommentar. „Und solange ihr keinen Wettbewerb daraus macht …"

Seine Hand war mittlerweile doch weiter zwischen ihre Schenkel gerutscht.

„Noch mal Blödmann", erwiderte sie und ließ ihren Kopf nach hinten sinken und hielt wieder seine Hand fest, als ein Finger unter den Slip gerutscht war.

****

Kiel. Sophienhof. Im C&A war die Auswahl riesig. Natürlich nicht zu vergleichen mit den Malls in Manila mit gefühlt tausend Shops, aber dennoch groß genug, sodass Saya sich schwertat. Seine Jeans und zwei Hemden waren innerhalb von fünf Minuten ausgewählt. „Kann ja wohl nicht sein", protestierte sie. Bei ihr würden sie länger brauchen, denn sie brauchte tatsächlich einige neue Sachen. *Fuck! Nichts passt mehr!* Etliche Hosen und Shirts waren im Lauf der Jahre nun mal zu klein geworden. Anderes abgetragen. Lediglich die Röcke mit Gummibund und ein paar weite Kleider passten nach wie vor. Mit immer wieder vollgepackten Armen verschwand sie in die Umkleidekabine und kehrte oft genug kopfschüttelnd zurück. Körpergröße und das angeblich viel zu hohe Gewicht passten nicht zusammen. *Nee, geht nicht.* Trotzdem war selbst in S oder XS manches zu groß oder sie zu klein. In der Kabine machte sie dennoch von sich und allem, was sie anzog, ein Foto mit ihrem Handy. Egal ob Kleider, Röcke, Blusen, T-Shirts, Hosen oder nur in Unterwäsche. Immer in drei verschiedenen Positionen passend zu den Sachen. Vielleicht bräuchte sie später mal was Schickes, mal was Freches, mal was anderes als Alltägliches. Irgendwann kamen sie auf die Idee, Kindergrößen zu probieren. Zwei schöne Jeans, drei einfarbige T-Shirts, ein Pullover wanderten auf den kleinen, beständig wachsenden Stapel, den Guido in den Armen hielt. Dass Kindergrößen passten, beruhigte sie bis:

„Scheiße! Ich bin doch voll fett geworden", zischte sie durch den Vorhang, „jetzt ist auch noch mein Slip gerissen."

Guido blies die Wangen auf. Wenn sie sauer oder in Fahrt war, hatte widersprechen wenig Sinn. Dennoch stellte er sich dicht vor den Vorhang.

„Du bist alles andere als fett. Dann kaufen wir halt ein paar neue. Ich hab' Fünferpacks gesehen. Die haben nicht die Welt gekostet."

„Ich hab's ja gesagt, es wird teuer."

Sie schob den Vorhang zur Seite und er hielt den Atem an. Saya in einem hautengen Trikotkleid. Rot wie eine Rose oder Hagebutte oder Johannisbeere oder ein Stoppschild oder angeblich die meisten Ferraris oder alles gleichzeitig. Die Farbe floss wie zugleich matter und schimmernder Lack über ihren Körper. Schmiegte sich herausfordernd und verführerisch an die schlanke Figur. Knöchellang, angeschnittene Ärmel und ein schulterweiter runder Ausschnitt. Ihre schwarzen Haare hatte sie streng nach hinten gekämmt und um den Hals trug sie die goldene Kette mit der achtstrahligen Sonne. Sie lächelte ihn verkniffen an. Seine Atmung setzte langsam wieder ein und er wartete nur noch darauf, dass vor ihm ein anderes Bild, eines mit einem grünen Trikotkleid, entstehen würde. Es geschah nicht. Stattdessen schluckte er, schaute zum soundsovielten Mal an ihr runter.

„Der Slip ist tatsächlich kaputt."

„Ich hab' keinen an", kicherte sie.

„Ich seh's."

Sie sah ihn fragend an und er nickte nur. Das Kleid lag anschließend zuoberst auf dem kleinen Stapel. Dazu kam jeweils ein Fünferpack einfache Slips, Feinrippslips mit Nähten, sogenannte Boyshorts – *sieht doch sexy aus, oder?* – und Hemdchen. Und in der Abteilung für besondere Dessous zwei schicke Jazzpants, ein Shorty und Hipster, dazu die passenden BHs. Eine High-Waist-

Jeans, Blusen und ein paar drollige T-Shirts. An der Kasse wunderte sich Guido. Er kam billig davon. Minuten später kamen noch zwei Paar Sneaker zum Sonderpreis von Deichmann dazu.

Jeder hatte inzwischen zwei prall gefüllte Tüten in den Händen. Draußen vor dem Laden hob Saya ihre an, als hätte sie zwei Gewichte im Sportstudio in der Hand, und schnaufte.

„Und wenn ich ehrlich bin, hätte ich jetzt Hunger."
Guido war sofort einverstanden.
„Ich auch. Drüben gibts ’nen Asiaten."
Mit *Chicken Gam, Veggie Nippon,* Frühlingsrollen, Salat und zwei kleinen Flaschen Wasser setzten sie sich an einen Tisch am Fenster. Saya hatte wohl wirklich Hunger. Kaum saß sie, fing sie an zu essen, um nur Sekunden drauf mit vollem Mund festzustellen:

„Du bezahlst immer so viel Geld für mich. Du hast schon den ganzen Urlaub bezahlt."

„Ja und? Warum nicht? Ist doch kein Problem. Ich geb’ zu Hause gerade mal 400 ab. Da bleibt eine Menge übrig. Und für mich brauch ich ja nicht viel. Ein paar Versicherungen, mal im *Büsken* was trinken, zusammen essen gehen, vielleicht noch ein Ausflug, das wars. Und was heißt, bezahl ich für dich? Ich bezahl dich doch nicht, Liebes! Das klingt irgendwie komisch. Halt lieber dein Geld zusammen. Wer weiß, was du alles noch zahlen musst, wenn du studierst. Und was ist mit deinem Führerschein? Kostet der nix? Vielleicht müssen wir dann auch ein Auto kaufen. Keine Ahnung."

Saya stutzte und sah kauend hoch. *Liebes.* Nach langer Zeit eine neue Version. Paps Version. Frau Schulte in der Wohnung unter ihnen sagte manchmal *Kindchen* zu ihr. Das fand sie lustig und nett. *Na, Kindchen, Abi rum? – Na, Kindchen, schon wieder zum Training?* Sie zog die Brauen zusammen und überlegte. Liebes. Okay. Liebes Kindchen. Die Kombi klang allerdings nicht unbedingt positiv. In ihrem Oktavheft stand liebes Bisschen. Dahinter, Ausdruck positiver oder negativer Überraschung. Vielleicht sollte sie anfangen, sich weniger Gedanken zu machen.

„Trotzdem, das waren über 300 Euro für meine Sachen. Und du hast dir so gut wie nichts gekauft.“

„Passt alles.“

Der Kofferraum des Autos sah mit den vielen Tüten aus wie die Ladefläche eines Lieferwagens.

„Guck dir das an. Ich lohn mich nicht.“

„Ich sag dir, was sich lohnt. Nachher zu Hause die Modenschau von dir. Ich freu mich echt darauf.“

***

Die Modenschau fiel nicht besonders ausführlich aus. Mommy und Paps waren von ihrer Radtour noch nicht zurück. Als sie den Hipster und den dazugehörigen BH angezogen und sich ein paar Mal vor dem Fenster übertrieben hin und her gedreht hatte, zog Guido sie an sich und aus. Wenn sie ehrlich war, wollte sie genau das.

Nun lag er neben ihr, streichelte versonnen ihren Bauch und den kleinen schwarzen Busch im Schoß, der immer wie eine Irokesenfrisur aussah, und schaute zusammen mit ihr die Fotos an, die sie in der Umkleide gemacht hatte. Graue, weite Anzughose, wie man sie in den 20er-Jahren getragen hatte, darüber einen engen etwas helleren Rollkragenpulli. Ein hautenges, dunkel beigefarbenes Etuikleid. Eine kurze, in vielen Blautönen gestrickte Kombi aus kurzer Hose, Hemdchen und passendem Pullover. Schwarzer Minirock mit weißer Bluse und übergroßer cremefarbener Jacke. Wadenlanges, ärmelloses, kariertes und auch hautenges Kleid, dessen Träger sich auf ihrer Schulter überkreuzten, der Ausschnitt auf dem Rücken endete nur knapp über ihrem Po. Die bunt blaue Kombination von vorher jetzt in einem hellen Mauve. Guido grunzte und hielt den Daumen hoch. Eine weite hellrosa Hose mit Bundfalten und einem engen rein weißen Topp. Eine Aufnahme über die Schulter von der Rückenpartie gemacht, Guido bewunderte nur ihren Po und grunzte wieder.

„Sollte man nie ohne was drunter anziehen, aber …"

Die letzten drei Bilder. Saya nur in verschiedener Unterwäsche. Guido atmete nicht, er grunzte nicht, er gurrte. Guido schluckte.

„… dein Slip war ja kaputt. Vielleicht sollten wir noch mal hinfahren."

Seine Stimme krächzte, er räusperte sich deshalb rot geworden und Saya musste lachen.

„Dann bist du pleite."

„Auch egal."

„Du bist süß. Wann soll ich das alles anziehen?"

„Vielleicht gehen wir mal aus? Das macht was her. Und warum solltest du nicht auch mal so schick aussehen? Du bist so schön."

„Du willst ja nur mit mir angeben", lachte sie.

„Hab' ich gar nicht nötig. Wenn ich deinen Namen sag, kommt schon ein Wow und alle sind neidisch."

„Ich hab' so was noch nie getragen."

„Findest es aber gut?"

„Eher, dass ich mich darin verstecke."

„Das kannst du in normaler Kleidung auch. Jeans, Shirt, Sneaker. Hat jeder. Ich meine, in der erkennt dich dann keiner in der Menge. In so etwas …" Er tippte auf das Foto mit dem karierten Kleid: „… kannst du dich eigentlich nicht verstecken."

„Aber mich. Das, was ich bin. Erkennst du mich darin?“

Seine Hände verließen ihre Haut und er nahm ihr das Handy aus der Hand. Kniff seine Augen etwas zusammen und zoomte das Bild mit beiden Daumen größer, bis er nur noch sie, ohne die blöde Kabine und die anderen Sachen, sah. Noch etwas größer und er verschob das Bild, um ihr Gesicht besser zu sehen. Sie taxierte sich selbst. Ihre Lippen machten ein Schüppchen. Es sah eigentlich zufrieden aus.

„Kleider machen Leute“, wendete sie ein, „ich find's todschick, aber … es geht auch mit einfacheren Mitteln. Warte!“

Sie stand auf und ging an seinen Schrank. Viel war nicht von ihm drin. Er hatte sogar Platz gemacht, damit sie Sachen von sich unterbringen konnte, ihrer war inzwischen zu klein. Sie kramte aber nicht in ihren Sachen, sondern in den Regalen mit seinen herum. In den letzten Monaten hatte er aus diesen noch nie etwas angezogen. Sie zog einen alten, gerippten, fast vergessenen und grob gestrickten, birkenblattgrünen Pulli raus. Die Farbe hatte ihm vor Jahren mal gefallen. Mehr als sechs musste das her sein. Kaum getragen. Dass der überhaupt noch da war?! Musste beim Umzug wie so vieles einfach in einen Karton und dann in den Schrank gewandert sein. Passen konnte der ihm nicht mehr. Sie schlüpfte nackig, wie sie war, hinein. Wie angegossen, dachte er. Der Saum knapp unter ihrem Po.

„Darf ich den behalten? Ich fädle unten in den Saum in den oberen und unteren Rand dünne Gummis rein. Dann sitzt der perfekt. Natürlich mit was drunter. Sieht auch schick aus, oder?“

Guido zog verwundert die Brauen hoch.

„Klar“, konnte er nur sagen.

An der Zimmertür lauschte sie, dann ging sie über den Flur in ihr Zimmer hinüber und kam keine halbe Minute später mit einem Stapel Zeugs zurück. Der Pullover blieb an und sie zupfte stahlblaue Leggins aus ihm heraus. Ab über die Beine. Umwerfend. Wieder zurück an den Schrank. Aus seinem Regal folgten ein dunkelblau und weiß kariertes Hemd mit abgerundeten Hemdschößen, eines in Pink – woher kam das denn? – und zwei gerippte Unterhemden. Sicher auch alles alt und zu klein. Er hatte den Eindruck, Saya wusste über seine Sachen mehr als er über ihre. Auch wenn es – vielleicht – nur die Kleidung betraf. Modenschau zweiter Teil. Egal wie sie die neu gekauften und alten Sachen von ihm kombinierte, sie sah umwerfend aus.

Wieder nahm er ihr Handy und wollte von allem ein Foto machen. Klick. Sein dunkelblau-weiß-kariertes Hemd zu den Leggins von gerade eben. Das Handy machte klick für das Foto und plopp für eine Nachricht, die sich von oben ins Display schob. *Marvin hat dir eine Nachricht gesendet.* Darunter die erste Zeile bis zu einem *Ich.* Er räusperte sich und reichte ihr das Handy kommentarlos rüber. Gleichzeitig stand er auf und zog seinen Slip an. Saya schaute sowohl auf das Display als auch über dies hinweg zu ihm. Gerade schlüpfte er in das T-Shirt, sein nackter Po war bereits hinter dem Stoff verschwunden.

Hat mich gefreut, wieder mal was von dir zu lesen. Ich glaub, ich könnte es wieder gut machen, was meinste? las sie und Guido räusperte sich ein zweites Mal, schaute längst angezogen zum Fenster hinaus und meinte:

„Kannst du alles behalten. Ich will's nicht mehr."

Ein drittes Räuspern von ihm und:

„Ich dachte, das mit ihm … aber … na ja. So kann man sich täuschen."

„Nein. Glaub mir. Es ist nichts. *Fuck!*“

Es war auch nichts, fast nichts, aber irgendwann hatte sie doch wieder Marvins Account aktiviert und sie sich gleich darauf ein paar Mal hin und her geschrieben. Natürlich würde er gern mit ihr ... Sie schickte ihm ein lachendes Emoji und *kann ich mir denken*. Als sie letzte Nacht nach Hause kam, zog sie sich vom Alkohol und dem ganzen Gequatsche angeheitert aus, dachte nicht nur an ihn, sondern träumte von ihm und machte es sich mit ihm im Kopf selbst. In der Umkleide hätte sie ihm sogar fast noch eines der Fotos zugeschickt. Eines nur in Unterwäsche und das mit der weiten hellrosa Hose mit Bundfalten und dem engen rein weißen Topp. Eine Aufnahme über die Schulter gemacht. Von ihrer Rückenpartie und dem Po. Den Text hatte sie fast schon geschrieben. *Was gefällt dir besser?* Marvin schien es gespürt zu haben. Sie tickte nicht mehr richtig.

Und nun das: *Ich glaub, ich könnte es wieder gut machen, was meinste?* Sie presste die Lippen aufeinander, *wahrscheinlich ja*, ging zu Guido ans Fenster und umarmte ihn von hinten.

„Er ist ein Idiot“, stellte sie fest und schniefte.

Warum sagte sie nicht, dass sie Guido liebte?

Der war steif wie ein Brett, sie musste nicht sehen, dass er weinte. Statt ihrer Hände auf seinem Bauch hielt er sich am Fensterbrett fest.

Frau Schulte weiß Bescheid

Eine so alte Frau, wie ich es bin, sieht es sofort im Gesicht eines sonst so hübschen Mädchens. Liebeskummer verknüpft mit Fehlern, die gemacht wurden, verknüpft mit Dummheiten, die dazu geführt haben, verknüpft mit einer nicht unbedingt erlaubten und nun enttäuschten Neugier. Nur unwesentlich jünger kam ich damals auch mit einem solch nahezu verängstigten, total verheulten und von Selbstvorwürfen gezeichneten Gesicht nach Hause. Da wohnte ich noch mit meinen Eltern in Rendsburg auf halben Weg zwischen Ost- und Nordsee. Im gleichen Alter wie sie. Bis dahin war ich dumm, jung, naiv und unaufgeklärt.

Ich habe vier Töchter zur Welt gebracht. Von leider drei verschiedenen Männern. Der ersten Tochter, Annegret, sieht man es an, wenn man unsere Familie kennt und genauer hinsieht. Sie hat als einzige strohblonde Haare gehabt. Aber nun sind sie grau wie meine. Alle anderen dunkelbraune Haare wie ich. Kein Wunder. Der Name ihres Vaters lautet Olav Pedersen. Seinerzeit Wehrpflichtiger in den sogenannten Tysklandsbrigaden, den norwegischen Besatzungstruppen, die ab 1947 die britischen in Schleswig-Holstein ablösten. Olav gehörte der ersten und gleichzeitig letzten Brigade 1953 an. Er war nicht viel älter als ich. Ein hübscher junger Mann mit gerstenblondem Haar. Schon mit seinen neunzehn Jahren hatte er das zerfurchte, wie von Wind und Wetter gezeichnete Gesicht eines Seemannes. Trotzdem sah man ihm seine Jugend an.

An einem Freitagabend im Februar lernten wir uns auf einem Fest kennen. Ich trug ein schönes, helles Kleid mit langen Ärmeln und hatte, wie es sich damals gehörte, trotzdem meine Schultern mit einem großen Schal züchtig bedeckt und meine langen dunkelbraunen Haare mit einem Haarband nach hinten gebunden. Ich fiel ihm wohl sofort auf. Allerdings er auch mir. Damals war ich noch ein hübsches Mädchen, heute bin ich eine alte Frau. Am nächsten Tag, dem Samstagabend, ergab sich nicht nur, dass wir uns wiedertrafen, sondern auch vieles andere. In solchen Dingen wird so oft und lange gelogen, so viel verändert und vergessen etwas zu schildern, bis es sogar in Geschichtsbüchern falsch geschrieben steht.

Ich tat es, um ihn nicht zu verlieren. Er, weil sein Dienst nur zehn Tage später enden und wir uns mehr als vierzig Jahre nicht mehr sehen sollten. Ich hatte seinen Namen. Ich kannte seine Brigade. Ich hätte alles tun können, um Annegret einen Vater geben zu können. Aber ich schämte mich und wollte Olav nicht bloßstellen. Als es an mir unübersehbar wurde, war es ohnehin zu spät. Die jugendliche Mischung aus Neugier, Lust und einer viel zu vagen Liebe ist selten eine gute Basis für ein gemeinsames Leben. So glaubte ich. Aber vielleicht hätte ich anders darüber gedacht, wenn wie wir uns nicht durch einen Zufall wiedergesehen hätten.

Alles, was mit Annegret und dem Aufwachsen ohne Vater zusammenhängt, fiele somit nicht nur unter Verheimlichen und Lügen, sondern in der Aufzählung auch unter Fehler. Einen, den ich glücklicherweise nicht eingesehen, nie bereut und sie deshalb zur Welt gebracht habe. Die zweite Tochter stände für Dummheit, weil ich meinen immer noch vorhandenen Liebeskummer kaum ein Jahr später mit einem zwar netten und gut aussehenden jungen Mann, tröstete, der aber leider nur auf Durchreise war. Die letzten beiden Töchter stammen aus einer langjährigen Ehe.

Mittlerweile haben sie alle selbst Kinder. Die Natur wollte, dass es wie bei mir nur Töchter wurden. Sieben an der Zahl. Annegrets älteste Enkelin Silke wurde aufgrund vieler Vorurteile und Zufälle sozusagen meine fünfte Tochter. Denn sie lebt in Tönning mit einer Frau, ihrer Freundin Birgit, zusammen. Ich kann nichts Schlimmes daran finden. Aber andere regen sich ja lieber über so etwas auf und führen Kriege, statt miteinander vernünftig und anständig umzugehen. Ich kenne genügend Frauen, die damals in meiner Jugend ihren Freund, Verlobten oder gar Mann im Krieg verloren haben. So gab es Tage, an denen Trost und Liebe dasselbe waren. Dass dies heute etwas anders ist, freut mich für Silke. Ich habe es ihr immer wieder gesagt. Sie hat mir vielleicht deshalb beim Umzug in ihren Wohnort geholfen. *Da bist du in unserer Nähe. Birgit und ich kommen immer wieder vorbei und wenn es nicht mehr geht, ist gleich nebenan ein Platz im Seniorenheim für dich reserviert*, lachte sie damals. Es ist schon einige Jahre her. Ich denke, es werden nicht mehr allzu viele folgen.

„Hallo Saya!", rief ich ihr zu, als ich meine Wohnung im Parterre auf und sie die Haustür hinter sich schloss. Ich mochte sie. Nicht nur weil sie mir oft genug etwas in die Wohnung trug, wie den Einkauf, einen Wäschekorb oder den leeren Mülleimer, den sie gleich wieder unter der Spüle an Ort und Stelle brachte. Auch weil sie mit mir unvoreingenommen sprach. Man würde sagen, ein gut erzogenes Kind. Kein Wunder bei ihrer Mutter. Sie sah mich an mit verängstigtem Blick, mit ihrem schönen, etwas fremden und nun vollkommen verweinten Gesicht. Vornübergebeugt, als würde sie sich gleich übergeben müssen. Hektisch, eilig, aufgewühlt. Stolperte an mir vorbei, wäre fast hingefallen, sah mich nur kurz an, *Hallo Frau Schulte*, schon war sie vorbei.

Erst Wochen später ergab es sich, dass ich sie einfach darauf ansprechen konnte, als wir uns wieder einmal zufällig an einem Nachmittag vor dem Haus begegneten. Sie blieb stehen, ihre Lippen zwei dünne Striche, die an den Enden nach oben zeigten. Ein vages Lächeln. Sie nahm mir die gar nicht schwere Tüte mit Milch, Butter, ein paar Brötchen, zwei Marmeladengläsern und etwas Käse ab und trug sie mir in die Wohnung. Dort blieb sie in der Küche wieder stehen, lehnte sich an die Spüle, nachdem sie alles wie so häufig sonst auch, nur langsamer und nachdenklicher wirkend, an Ort und Stelle und in den Kühlschrank geräumt hatte, als müsste sie für das, was folgte, Anlauf nehmen. Dann begann sie zu weinen und erzählte mir dennoch alles. Ich schmierte ihr derweil ein paar Scheiben Brot, tat etwas von dem Käse und der Marmelade drauf.

„Was mach ich falsch, Frau Schulte?"

Mit meinem Stock zog ich einen Stuhl vom Küchentisch, setzte mich, sah sie ein paar lange Augenblicke an, dachte: *Was für ein Mädchen, was für eine Jugend, was für ein Leben.* Hoffte inständig, auch wegen ihr, Silke und all den betroffenen Frauen, dass nie wieder ein populistischer Gedanke unser oder irgendein anderes Land bestimmte, und erzählte ihr meine Geschichte, die am Ende von einer langjährigen Ehe, einem viel zu frühen Tod und einem Wiedersehen berichten sollte. Sie hatte ihren Freund, wie sie sagte, betrogen, und ich hatte meinem Mann zwei im Grunde fremde Kinder in die Ehe mitgebracht.

Ich dachte kurz über alles nach und erwiderte:

„Ach Kindchen! Nun sag du mir, was ich falsch gemacht habe."

Der nächste Anfang

Am alten Deich 7. Die vier Häuser am Ende der Straße standen wie auf einer Hallig jeweils auf einem kleinen Hügel. Nr. 7 war das älteste. Man sah es ihm ein wenig an. Drumherum ein schöner Garten. Vorne neben der Einfahrt, an der Seite zum Nachbarhaus, eine bunte Hecke aus Weißdorn-, Vogelbeer- und Holunderbüschen. Sie alle müssten nur ein wenig geschnitten werden wie der Rasen. Mitten in ihm drei verblühte Blumeninseln. Es sah romantisch aus. Dem Haus selbst würde ein neuer Anstrich genügen. Die Fenster waren in Ordnung. Merantiholz galt als unverwüstlich, wenn man es regelmäßig einließ. Seit einem halben Jahr stand es nun leer. Eberhard Bach hatte Paps den Tipp gegeben. Der griff mit einem Seufzer in seine Hosentasche und holte ein Schlüsselbund heraus.

„Wollen wir?" Er ließ die Schlüssel klimpern.

Seit acht Wochen war er Geschäftsführer von Höhler und Bach. Nur zwei Wochen zuvor hatte er es von Harald Höhler selbst erfahren.

„Junge, Eberhard und du, ihr müsst übernehmen. Bei mir ist nix mehr zu machen. Scheiße. Ich hätte gerne noch ... Ahrens ist zu alt. Er will auch nicht. Ihr zwei aber seid jung. Und die Mannschaft braucht Leute wie euch. Ich hab' alles schon vorbereiten lassen."

Dann hat er sich hingesetzt, erzählte Paps, hat nach Luft geschnappt und noch gemeint:

„Ich hätte dich jetzt gern in den Arm genommen, das müssen wir verschieben, aber ich will wenigstens noch sagen, du bist immer wie ein Sohn für mich gewesen. Deshalb. Und fang jetzt bloß nicht an zu heulen!"

Sie heulten beide zusammen.

Harald hatte aber mehr Lebenswillen, als er selbst und die Ärzte dachten. Auf dem Grabstein stand unter dem Namen seines Vaters Bernhard, Harald Höhler, Anlagenbauer, 1959–2018. Mitte Januar, Wochen später als gedacht, am einzigen sonnigen Tag des Monats, wie sich später herausstellte, nutzte er das helle Licht, um seinen letzten Weg anzutreten. Als wüsste er, dass es ihm so leichter fallen würde. In der Firma standen die Maschinen für den Rest der Woche still.

Paps steckte den Schlüssel ins Schloss und bevor er ihn umdrehte, zog er Yumi an sich, gab ihr einen Kuss auf die Stirn und wandte sich zu Guido und Saya.

„Drinnen haben wir mit euch dann etwas zu besprechen.“

Er lächelte nahezu verräterisch.

***

Hannah sollte an einem Wochenende zur Welt kommen. Seit damals in der *Strandbude* hatten sie nur zweimal Kontakt gehabt. Es würde ihr in Hamburg gut gehen, man kümmerte sich um sie. Und: Sie könnte mit Fernunterricht etwas mit Sprachen machen. Englisch könnte sie ja gut genug. Wäre doch schön, wenn sie später damit Geld verdienen könnte. Von irgendwas müssten sie ja dann leben. Guido zeigte Saya jedes Mal den Chat. Sie nickte nur und spürte die bescheuerte Eifersucht wieder hochkommen. Vielleicht sollte sie sich behandeln lassen. Und er antwortete im Beisein von Saya in knappen, zurückhaltenden Worten. Vielleicht kamen deshalb keine Nachrichten mehr von ihr. Doch am Abend vor der Geburt schrieb Scarlett, dass sie ins Krankenhaus gefahren worden sei, es könne sich nur noch um Stunden drehen. Als versteckte sie darin die

Bitte, dass er und Saya Hannah doch in ihrem neuen Leben begrüßen könnten. Wenigstens sie.

„Es ist ja niemand sonst da", meinte Guido zu Saya, die das Gesicht verzog. „Komm mit!", meinte er noch.

Saya biss einige Minuten auf ihren Lippen herum, wie immer, wenn sie nachdachte, und erwiderte dann, warum auch immer blass geworden:

„Nein. Fahr du. Sag ihr einen schönen Gruß. Du kommst ja wieder, oder?"

Ein Lächeln, das passte, fiel ihr schwer und er verstand ihre Reaktion nicht. Vor Wochen war sie doch diejenige, die noch Nachrichten von Marvin erhalten hatte. *Hat mich gefreut, wieder mal was von dir zu lesen.* Natürlich zog er die Meldung der eingehenden Nachricht im Display ihres Handys ganz nach unten und las den Rest der Zeilen. Nun versuchten sie seit diesem Abend im *Büsken* normalen Alltag wieder aufzubauen, quasi von vorne anzufangen. Aber manchmal verhielt sie sich in seinen Augen zickig. So gab sie ihm ihr Handy und zeigte, dass sie Marvin auf diese beiden Nachrichten nicht geantwortet hatte.

„Wie du siehst, provoziert immer er."

Doch das Misstrauen blieb. Vielleicht hatte sie ihm über Insta geschrieben.

An jenem Samstagmorgen kurz nach acht fuhr er mit dem Zug. Allein. Er hatte ein mulmiges Gefühl im Bauch. Erklären hätte er es da nicht können. Gegen elf wäre er im Krankenhaus. Wie lange schaute man sich Neugeborene an? Doch höchstens ein oder zwei Stunden. Um 18, spätestens 19 Uhr wollte er wieder zu Hause sein. Dann wäre Saya-Zeit. Hoffte er.

Am Bahnhof kaufte er einen kleinen Blumenstrauß. *Ohne Rosen bitte!* In der Neugeborenenstation zeigte ihm eine Schwester den Weg.

„Heute Morgen um kurz nach fünf. Ein Mädchen. Sie freuen sich sicher?“

„Ich bin nicht …“

„… ich weiß, aber ich weiß auch, dass sie sich freuen wird, weil Sie kommen. Den Namen verrät *sie* Ihnen.“

In der Station war es voll und laut. Umherrennende Kinder, Babygeschrei, Piepstöne. Gefühlt zwei Dutzend Schwestern rannten hin und her. Ein Arzt stand an einem Fenster und telefonierte. Die Hektik wunderte ihn. Dies war doch *nur* eine Neugeborenenstation. Ein altbekannter Duft lag in der Luft. Desinfektion, Urin, Babywindel glaubte er. An der Tür zu ihrem Zimmer zögerte er, schaute sich den Blumenstrauß an und zog seine Geldbörse heraus. Den Strauß legte er auf einem Stuhl ab, dann rollte er zwei Fünfziger und schob die Geldscheinröhren in den Strauß. Anschließend ging er langsam hinein. Vier Betten. Um drei standen ganze Trauben von Menschen. Groß und klein, alt und jung, dick und dünn. Scarlett hingegen war allein. Nicht mal ihre Eltern hielten es wohl für nötig, zu kommen. Sie wussten doch sicher Bescheid. Und Geld für einen Flug von den USA hierhin hatten sie genug. Das Baby lag auf ihrem Bauch. Scarletts rechte Brust nackt und viel größer, als er sie in Erinnerung hatte. Sie bedeckte sie nicht, als sie ihn sah. Stattdessen brach sie in Tränen aus.

„Scheiße! Ich hätte nie im Leben daran gedacht, dass ihr kommt.“

„Ich bin allein“, erwiderte er und wusste, dass es die falsche Antwort sein könnte. Scarlett schniefte und hielt ihm einen Arm entgegen. Dann umarmte sie ihn und er gab ihr einen Kuss. Den Strauß legte er auf die Decke über ihren Beinen.

***

Wie das passieren konnte, könnte sie niemandem erklären. Nicht mal sich selbst. Am Ende hatte sie gute Lust,
sich vor einen Zug zu werfen. Im *Büsken* setzte sie sich
stattdessen an die Theke. Eingeklemmt zwischen der
riesigen, manchmal rumpelnden Kaffeemaschine und
dem wuchtigen Zigarettenautomaten. Vor ihr das dritte
Glas Bier. Die ersten beiden waren wirkungslos. Lösch-
ten nichts. Seit Wochen war sie achtzehn. Aber seit einer Stunde hatte sie das Gefühl, nicht erwachsener. Ihr
Blick sollte Manfred vernichten, als er fragte: *Hat er
Schluss gemacht?* Sie sah ihn zwar entsprechend böse
an, entgegnete dann aber nur:
„Vielleicht macht er das heute Abend noch."
Manfred zog die Brauen hoch und ließ sie in Ruhe.
In großen Schlucken trank sie das dritte Glas leer.
Wenigstens wusste sie jetzt, dass Marvin ein Groß-
maul und Versager war. Nicht nur in dieser Beziehung.
In einem Leben mit ihm, egal wie viele Sekunden es
noch gemeinsam gedauert hätte, wäre sie mit ihren
kaum zu erklärenden Gefühlen kläglich gescheitert. So
wie er die Bälle ins Tor warf, zackig und schnell, mit
wenig Anlauf, hatte er sie am frühen Nachmittag nichts
anderes als gebumst. Gefühllos. Gott sei Dank mit
Gummi. Sie hatte geklingelt und er nicht einmal dumm
geguckt. Auch keinen blöden Spruch gemacht. Sondern
sie einfach in sein Zimmer gezogen, ein bisschen ge-
knutscht, etwas mehr als eine halbe Minute für ein wildes Fummeln und gleichzeitiges Ausziehen gebraucht.
Sie ließ es mit sich geschehen, wollte es ja so, dann
drückte er sie auf sein Bett, spreizte ihre Beine, gab ihr
drei Küsse auf den Bauch, testete sie mit einem Finger
bisschen an, rein und fertig. Anschließend machte er an
seinem Handy herum. Wahrscheinlich teilte er seinen

Freunden mit, dass er die süße Filipina nun endlich erfolgreich flachgelegt hatte, und erwartete Lobeshymnen und Anerkennung. Sie war aber auch wirklich zu blöd. Was wollte sie eigentlich erfahren? Was hatte sie erwartet? Ein Abenteuer? Eine Art harmloser One-Night-Stand? Oder genau diese Gewissheit, dass er ein falscher Held war? Optik klasse, aber nichts im Hirn, um endlich diese blöden Träume loszuwerden?

Das war die eine Version. Ihre. Die geschönte Version. Nach drei Glas Bier zusammengebastelt. Erstunken und erlogen. Sie taugte nicht mal als Ausrede gegenüber Guido. Als Notlüge, als Erklärungsversuch. Die ehrliche sah nämlich anders aus. Vollkommen anders. Kurz nachdem Guido mit dem Zug unterwegs nach Hamburg war, fuhr sie mit dem Rad durch die Gegend. Ob Zufall oder Absicht, dass sie bei Marvin am Haus vorbeifuhr, umdrehte und dann dort anhielt, schon das würde sie nicht beantworten können. Sie schloss das Fahrrad ab, klingelte und er öffnete die Tür. Nicht halb nackt, dafür ehrlich überrascht. Kein blöder Spruch, keine noch blödere Geste, eher Unsicherheit und nach Sekunden ein zaghafter Kuss auf eine Wange von ihr. *Magst du reinkommen?* Sie lächelte und trat in den Flur. Sie wusste, dass er allein war. Im Arbeitsplan vom Aldi stand der Name seiner Mutter. Sie hatten also massig Zeit. In seinem Zimmer fragte er: „Magste was trinken? Kaffee? Wasser? Is’ alles da.“ Sie schüttelte den Kopf, sah an ihm hoch, lächelte ihn verlegen an und strich sich die Haare nach hinten. Er machte *Hmh?*, ging einen kleinen Schritt auf sie zu, sah sie fragend an, ging noch einen Schritt, nahm sie, riesig wie er war, vorsichtig und ungläubig in den Arm, streichelte ihr eine Strähne aus dem Gesicht und küsste sie. Wieder vorsichtig und zaghaft. Dann mit Zunge. Nass und schon etwas wilder.

Seine Hände hielten ihren Kopf, waren in ihren Haaren, glitten auf den Rücken, zurück auf die Arme, ihre Seiten entlang, auf ihren Po. Das Signal kam von ihr, als sie mit der einen Hand aus seinen Haaren und der anderen von seinem Nacken hinunterglitt, sein Shirt aus der Hose zog und die Finger wie ein Fächer hinter den Gürtel schob und anschließend seine Hose öffnete. Sie zog also ihn aus und erst dann Marvin sie. Der Rest war ähnlich ihrer ersten Version. Allerdings nur ähnlich. Auch dauerte es nicht eine halbe Minute, sondern mehr als drei Stunden und eine Flasche Wein. Minutenlang lag sie auf dem riesigen Kerl, der sie mit seinen langen Armen festhielt und sie wieder an einen Schrank erinnerte, in dem sie sich verstecken könnte. Türen zu und sich zusammen mit ihm im Wust der Wäsche es sich gemütlich machen. Anschließend duschten sie zusammen und taten *es* auch dort. Dass er Fotos von ihr machte, wusste sie ebenfalls. Sie machte ja selbst welche. Selfies mit ausgestrecktem Arm in seinem Bett und im Spiegel des Bads. Das alles hatte nichts mehr mit dem Vertreiben von Dämonen zu tun, allenfalls etwas mit Gut-machen, was auch dieses Mal mehr als gelungen war. Ihre Gefühle fuhren Karussell. Alles war versaut, einschließlich ihr.

Breite Schultern, glatt rasiertes Sixpack von den Ohren bis zu den Zehen, markantes Gesicht und ein struppiges Weizenfeld als Frisur sind somit gut zum Träumen, für einen *Lazy Sunday Afternoon. Close my eyes and drift away. There's no one to hear me, there's nothing to say and no one can stop me, from feeling this way, yeah.* Sie schloss die Augen. Hatte ihn gefühlt. Jeden Millimeter. Auf sich. In sich. Warm und nass. *Yeah.* Schon da war sie für Sekunden in einer anderen Welt. Aber jetzt war der Text dieses alten Songs, der heute

Morgen im Radio lief, scheiße. Es war Samstag und nicht Sonntag. Die wilde Fantasie, die sie am Vormittag vor seiner Tür im Kopf hatte, die Mischung aus einem bisschen Abenteuer, unanständig sein, mal etwas ausprobieren – wer ist der Richtige in ihrem Leben? –, sich in Gedanken dabei nach Makati in den zwölften Stock eines Hochhauses beamen und Sex haben, von dem sie nicht einmal wusste, ob sie ihn dort jemals gehabt hatte, oder – die dümmste Ausrede – als Belohnung für ihr Abi, das besser geworden war, als sie je gedacht hatte. Alles war gründlich danebengegangen.

Wenn es stimmte, was Scarlett über sich und ihr Leben in den letzten zwei, drei Jahren in der *Strandbude* erzählte, war sie keinen Deut besser. Wofür sollte sich Marvin noch entschuldigen? Oder hatte er gesagt, dass er sie liebte? Sie wusste es nicht und krallte die Finger durch den Stoff der Jeans in einen Oberschenkel, bis es wehtat. Was gäbe sie dafür, wenn sie jetzt aus einem beschissenen Traum aufwachen würde. Aber sie tat es nicht. Dann klopfte sie auf die Theke und bestellte ein viertes Glas. Manfred prustete: „Wirklich? Mensch Mädchen!“ Sie zuckte nur mit den Achseln.

***

Um halb acht war er zu Hause. „Sie hat sich hingelegen“, meinte Mommy mit ernstem Gesicht, „ihr gehen es nicht gut.“ Als er in ihr Zimmer kam, roch er sofort die Mixtur aus Alkohol, Zahncreme und den Gout von Erbrochenem. Er wusste Bescheid. Im Nachmittagszug ploppte im Display seines Handys die Nachricht auf, *BestHandMarvin* hätte einen neuen Beitrag gepostet. Für gewöhnlich schob er dessen Nachrichten zur Seite. Es wurde Zeit, dass er sich als Follower abmeldete.

Ausgerechnet diesen Post sah er sich aber an. Nackter Arm, nacktes Bein. Auch die Seite nackt. Den Ring erkannte er sofort, ihre Füße mit dem roten Nagellack auch. Alles unverwechselbar. Ohne Text darunter. Ohne Hashtags. Ohne Verlinkung. Er starrte zum Fenster hinaus. In Elmshorn setzte er sich am Bahnsteig auf eine Bank und wollte ihr eine WhatsApp schreiben. *Na, Hauptsache, es hat Spaß gemacht.* Wusste aber nicht, was er noch schreiben sollte, *das wars dann wohl* oder *maximal Schwester* oder *du wolltest ja ohnehin in Makati studieren, dann biste endlich weg.* Dreimal fing er an und löschte dann doch das Geschriebene.

Versuch, ihr nicht böse zu sein, wenn wieder was passiert. Claires Satz fiel ihm ein. Als er das vierte Mal anfangen wollte, *lass uns wenigstens drüber reden,* kam der nächste Zug. Er löschte auch diese Zeile und schob das Handy ein. Wäre er zu Hause geblieben, wäre vielleicht nichts passiert. Vielleicht aber eine Woche später.

„Wir drei haben ziemlich schnell unsere Leben ändern müssen", meinte Scarlett, als er Hannah in seinen Armen wog und sie in den roten Flaum auf ihrem Kopf küsste, „wenigstens scheint sie eher auf mich zu kommen als auf ihn. Meinst du nicht auch? Obwohl … dann wäre sie eine immerwährende Mahnung für mich."

„Du hast sie tatsächlich Hannah genannt?!"

Guido schnupperte an Hannahs Haarflaum und glaubte, Scarletts Slip in Händen zu halten. Was sicher nicht sein konnte, Babys rochen doch anders, oder? Nach Fruchtwasser und so. Er schloss die Augen und sah trotzdem das grüne Teil durch die Luft fliegen, in der Sekunde drauf kam der Bums.

„Ich weiß, dass wir uns nicht mehr oft sehen werden, aber ihr Name ist statt einer Mahnung eine tröstende Erinnerung für mich. So wie das mit uns angefangen hat, muss das doch für was gut sein, oder? Ich hab’ deinen Satz nicht vergessen können. Ich hab’ ihn nur nicht für uns gelten lassen. Mit einem bisschen Mut hätte ich es anders werden lassen können ... vielleicht.“

„Ja. Vielleicht“, erwiderte er leise und gab ihr Hannah nach langen Minuten zurück. In seinen Armen hatte sie nicht einmal geschrien, sondern ihn nur für ein paar Sekunden angeguckt, dann war sie wieder eingeschlafen. Er glaubte, sie hatte gelächelt.

„Und ihr zwei? Immerhin seid ihr jetzt schon fast drei Jahre zusammen. Ihr habt sicher Pläne.“

Er schaute sich um, zog einen Stuhl neben ihr Bett und hob die Schultern. Scarletts Brust war immer noch nackt. Ihre langen roten Haare, nur mäßig gebändigt, fluteten derweil das Kopfkissen. Sie legte Hannah an, aber die wollte noch nichts von ihr wissen. Das Krankenhaushemd auf der dieser Seite offen, sah er auch ihren Bauch. Sicher durch die Schwangerschaft war sie etwas fester geworden. Etwas Ähnliches hatte er mal gelesen. Es sah gut aus. Saya war glücklicherweise auch nicht mehr so dünn wie damals bei ihrer Ankunft am Flughafen. Nur war es ihm da noch nicht aufgefallen, weil Scarlett zu dieser Zeit groß und schlank und fast genauso dünn war. Inzwischen wog Saya über fünfzig Kilo. Im Grunde genommen war sie mit jedem Kilo unaufhaltsam schöner geworden. Trotzdem haderte sie an manchen Tagen damit. *Als Turnerin in meiner Größe fürs Bodenturnen zu schwer. Das machst du nur ein paar Jahre, dann sind die Gelenke kaputt.*

„Wir drei, jetzt vier“, lächelte er und zeigte auf Hannah, „haben bisher nicht an die Zukunft gedacht. Jetzt hast du sogar eine ... Verpflichtung, hast also – wenn auch unfreiwillig – Pläne. Die hab’ ich mit Saya nicht ... noch nicht. Aber ich könnt’ sie mir vorstellen.“

Scarlett sah auf Hannah hinunter, strich ihr mit einer Hand über den Kopf, gab ihr einen Kuss auf die Stirn, seufzte dann mit einem traurigen Lächeln und aufeinandergepressten Lippen und nickte.

„Was machen deine Mangas?" Sie lenkte sich selbst von einem kleinen Traum ab.

„Liegen seit uns damals und dem Umzug im Keller der neuen Wohnung und vermodern. Ich hab' sie nicht mehr angefasst. Geholfen haben sie ja nicht wirklich."

„Ich hab's vermasselt", kam von ihr zurück.

„Nein, der Unfall war vorher und den hab' ich gebaut. Dein Leben damals passte noch nicht zu meinem." Guido seufzte auf und ließ eine Sekunde verstreichen. „Malte hat es mir erzählt. Ich vermute unabsichtlich. Und als es hätte passen können, haben deine Eltern anders für dich entschieden. Das Schicksal wollte es in seiner Konsequenz und in unserem Fall nicht anders. Das können wir bedauern, aber nach so vielen Schritten, die wir seitdem gemacht haben, können wir vieles nicht mehr ändern. – Lass uns in Verbindung bleiben. Egal was passiert, du hast einen besonderen Platz in meinem Herzen. Klingt alles kitschig, oder?"

Guido lachte leise auf, stand auf und küsste Scarlett auf den Mund. So wie es sich gehörte. Sie schmeckte aufregend und er strich mit einer Hand ihre Haare hinter den Kopf, über die Wange. Mit der anderen suchte er nach ihrem Slip in seiner Hosentasche, der natürlich nicht da war. Ein Ohr von ihm streifte eine Hand von Hannah, die immer noch an Scarletts Brust lag. Hannah fasste danach und machte einen lustigen Schmatzer.

„Sie verwechselt es mit deiner Brust. Bin gespannt, was aus ihr wird", lachte er, stellte den Stuhl wieder zurück und sah die anderen Leute im Zimmer an, Scarlett und er interessierten sie nicht.

„Lass von dir hören. Und vielen Dank für alles.“

Scarlett deutete auf den Blumenstrauß, hob eine Hand, winkte und er stand schon in der Tür. Als er in den Gang treten wollte, hörte er ein kurzes, lautes Aufschluchzen von ihr. Er drehte sich um, sah den Blumenstrauß in ihren Händen und wie sie die beiden Geldscheine herauszog und auseinanderrollte.

„Kannste sicher brauchen“, stellte er fest.

„Ich hab’ dich lieb“, schniefte sie, fuhr mit einer Hand unter ihrer Nase lang und schüttelte den Kopf.

Guido nickte wissend und wusste dennoch nichts.

„Ja“, meinte er nur und winkte.

***

Saya lag nur in ihrer dünnen Unterwäsche mit dem Rücken zu ihm auf ihrem Bett. Absolut still. Unerwartet still. Ihre Haare in einem wilden Durcheinander auf dem vollkommen zerknüllten Kopfkissen. Auf dem Boden die übrige Kleidung und auf dieser Tausende Taschentücher wie dreckige Schneebälle. Sie weinte nicht. Sie konnte auch nicht mehr weinen. Die Augen waren leer, wie der Kopf und ihr Magen und die Seele. Im *Büsken* noch hatte sie sich nach dem fünften Bier auf der Toilette übergeben. Zu Hause versuchte sie, es mit Zähneputzen zu kaschieren. Das Gemisch an Düften war wenig überzeugend. Langsam legte er eine Hand auf ihre nackte Schulter und ließ sie bewegungslos liegen. Die Sekunden verstrichen leise, ohne einen weiteren Ton, ohne eine Reaktion von ihr.

Sie zuckte immer wieder nur kaum merklich und glaubte gleichzeitig, dass sich seine Finger um ihren Körper schlossen, als seien sie ein Korsett, das alles Falsche wie Kotze aus ihr rauspressen oder in die richtige

150

Form bringen wollte. Dieses Korsett schnürte Lunge, Herz und Magen zusammen. Sie musste sich daraus befreien, schob seine Hand weg und drehte sich auf den Rücken. Am liebsten wollte sie hier raus. Einfach davonlaufen. Nur wohin?

„Ich hab' dich lieb."

Sagte er. Ohne ein Trotzdem, Dennoch oder Demungeachtet. Sie schien den Atem anzuhalten.

„Das geht nicht." Eher ein krächzendes Hauchen.

Er ahnte, was kommen würde und zog sein Handy aus der Hose, um den Screenshot von Marvins Post aufzurufen.

„Es geht doch." Als Antwort genug.

Mit angehaltenem Atem blieb sie auf dem Rücken liegen. Sie sah an ihm und dem Handy vorbei.

„Du wirst nicht mal mehr mein Bruder sein wollen."

Leichenblass, todernst und seltsam unnachgiebig.

„Ich will aber nicht nur ein Bruder, sondern dein Freund sein. Dein richtiger. – Der hier kann es ja wohl nicht werden. Sonst wärst du nicht hier. Sonst hättest du dich nicht betrunken. Sonst hättest du nicht gekotzt. Würde er dich tatsächlich lieben, hätte er nicht diesen blöden Post gemacht, als sei es eine Trophäe. Du hast unbedingt etwas wissen wollen, was ich dir nicht gegeben habe, und das ist danebengegangen. – Wie ich sehe gehörig. Lass uns darüber reden."

Er sprach die Sätze in einem scharfen Ton und hielt das Handy ihr vor das Gesicht. Auf dem Display der Screenshot mit ihrem nackten Arm, der nackten Seite, dem nackten Bein mit den rot lackierten Nägeln und ihre Hand mit dem goldenen Freundschaftsring, den er ihr zum achtzehnten geschenkt und den sie nun abgelegt hatte und der neben ihr heimatlos geworden auf dem Nachttischchen glänzte.

„Er also? – Oder … besser … so einer, der alles postet? Wir sind doch nicht beim Handball, nicht in der Landesliga, nicht auf Insta. Liebe besiegt niemanden. Sie erobert höchstens … mich zum Beispiel. Okay, ich kann nicht Handball spielen. Nicht mehr. Kann nicht damit angeben wie er. Aber *ich* liebe dich. In meinen Augen sind Lieben und … Bumsen zwei unterschiedliche Dinge. Ja, klar, gehört auch so was dazu. Tut mir leid, wenn ich in dieser Hinsicht … eckig wirke. Obwohl ich dich so verdammt liebe und nur Angst habe, dass es manchmal zu viel sein könnte. Aber vielleicht habe ich mir das Zuviel auch nur eingebildet, denn jetzt hast du Marvin dafür gewollt und nicht mich."

„Mommy hatte vorhin recht", begann sie leise und schluchzte auf. „Ich bin dabei, etwas wegzuschmeißen. Und damit hat sie nicht nur dich gemeint, sondern mein Leben. Ich hatte alle Möglichkeiten. Deswegen hat sie mich ja geholt. Und sie hatte gehofft, ich könnte an eurer Harmonie und an ihrem Glück, das sie mit Paps gefunden hat, sozusagen gesunden. Und den Mist, der mir in Manila passiert ist, dadurch vergessen. Stattdessen mach ich's noch schlimmer und hab' euch wehgetan."

Sie richtete sich auf und schob sein Handy weg. In ihrem ploppten Nachrichten von Marvin auf. Guido sah hin, wohl alles Bilder vom Nachmittag.

„Morgen frag ich Anneke oder Lina, ob ich bei denen eine Weile wohnen kann. Die haben ja schon eigene Wohnungen. Dann sehen wir, wie's weitergeht."

***

Das alles war mittlerweile über drei Wochen her, als Guidos Paps den Schlüssel umdrehte, die Tür aufstieß und meinte, sie, also Saya und Guido, sollten ruhig

152

vorgehen, er und Yumi hätten es schon gesehen. Saya und Guido sahen sich kurz an. Die Blicke kaum zu deuten. Ihre Haare flogen durch den Wind an ihrem Kopf ein wenig umher. Er legte eine Hand auf ihren Rücken und schob sie sacht hinein. Die Zimmer waren ausgeräumt und trotz der großen Fenster nur schummrig hell. Die Scheiben schrien *Putzt mich.* An den Wänden sah man Schatten von Bildern, Schränken und Kommoden. Manche waren tapeziert, manche lediglich einstmals weiß gestrichen. Es gab ein großes, L-förmiges Wohnzimmer, dessen einer Schenkel als Essecke genutzt werden könnte, eine dahin offene Küche, ein Bad, ein Schlafzimmer und Kinderzimmer. Am Fuß des Ls ein großes Fenster bis auf den Boden. Durch eine Tür ging es hinaus in den Garten. Vorne am Eingang eine Treppe in den Keller und eine ins Dachgeschoss, meist gab es dort oben ein oder zwei weitere Zimmer. Aber das Haus war zu klein, als dass sich dort eine ganze Wohnung befinden konnte.

Guido und Saya sahen sich an. Was gab es zu bereden? Die Entscheidung war gefallen. Bis das Haus renoviert sein würde, hatte ihr Studium längst begonnen und er war irgendwo berufstätig. Dafür durfte Guido sich eine neue Heimat suchen und Saya erhielt nun durch die Hintertür die Nachricht, es ihm nachzutun. Mit dem heutigen Eintreten in das neue Heim trennten sich demnächst die Wege. Sie hatten für sich selbst oder zusammen füreinander verantwortlich zu sein. Verständlich, wenn man das Theater bedachte, das sie beide Mommy und Paps geliefert und bereitet hatten.

In den ersten zwei Wochen *danach* waren sie zwar nahezu liebevoll miteinander umgegangen, sprachen auch bei den gemeinsamen Mahlzeiten miteinander, erzählten sich gegenseitig Witze: *Was ist ein Keks unterm*

Baum? Ein schattiges Plätzchen. Oder: *Wie heißt ein übergewichtiger Vegetarier? Biotonne.* Oder Saya war kaum zu bremsen, wenn sie von ihren ehemaligen Turn und Schulkameradinnen erzählte.

„Bettina hat jetzt ein eigenes Pferd, Lina will doch nicht studieren und macht jetzt eine Lehre als Konditorin, das wollte sie wohl schon immer werden und hat deshalb schon seit langem eine eigene Wohnung."

Alles meist höchstens zum Schmunzeln geeignet. Doch immerhin war ein Anfang gemacht. Aber zärtlich sein beschränkte sich auf ein Küsschen am Morgen. Das letzte Miteinanderschlafen inzwischen – man könnte sagen logischerweise – Monate her.

Dennoch fuhren sie beide am ersten Tag *danach* an einem nicht ganz so kalten Februartag mit dem Fahrrad nach Büsum. *Macht das mal zum Abkühlen, tut gut,* war Paps Vorschlag. Sie kamen erst spät am Abend wieder zurück. Beide machten einen aufgeräumten Eindruck. Beim Abendessen berichteten sie von der Tour. Guido musste ein paar Mal Pause machen. Sein linkes Bein hatte zwar wieder Kraft, aber die Narbe im Fleisch und auf der Haut schmerzte unerwartet. *Ich glaub, dieses Andenken werde ich behalten müssen.* Immerhin waren es hin und zurück ja auch fast sechzig Kilometer.

In der dritten Woche schien sich sogar alles einzurenken. Dieses Mal war es Guido, der nachts um halb zwei in ihr Zimmer kam und sich zu ihr ins Bett legte. Saya ließ es zu, aber mehr als ein Schmusen passierte nicht. Er wollte auch nicht drängen und sie wusste nicht, wie sie es machen sollte. Dafür schlief sie nach einer Stunde, ihren Rücken an seinem Bauch und eingekuschelt in seinen Armen, ein. Guido fand genau das trotz allem wunderbar.

Doch nun das Haus.

„Das könnt ihr euch echt schön machen. Toll! Das habt ihr euch mehr als verdient." Guido war der Erste, der reagieren konnte, aber seine Stimme klang seltsam trocken. Er musste sich den Kloß im Hals immer wieder wegräuspern. Mommy lächelte, wie nur Mommy lächeln konnte. Saya sah es nicht. Ihr Kopf leergepustet. Sie war schuld. An allem. Guido schielte zu ihr und sah, dass sie zu weinen begann und es zu verhindern versuchte. Er ging zu ihr und strich ihr über den Rücken. Sie nahm seine Nähe an, lehnte sich sogar ein wenig an ihn. Er wollte sagen, dass sie sicher auch was Schönes finden könnten. – Zusammen. Unter Umständen sogar ganz in der Nähe, wegen Mommy. Doch Sayas Zukunft jetzt nach dem Abi war noch vollkommen unklar. Sie hatte ihm gegenüber tatsächlich in Erwägung gezogen, in Makati zu studieren. *Das kannst du in Kiel auch*, erwiderte er daraufhin schärfer, als er eigentlich wollte. Sie ließ es unbeantwortet stehen.

Paps drehte sich um und ging zur offenen Haustür. Einfach aus ihr hinaus, ohne etwas gesagt zu haben. Draußen blieb er unten vor der kleinen Treppe stehen und schaute in den viel zu blauen Himmel. In Kinofilmen hätte der Schauspieler sich in dieser Szene jetzt eine Packung Zigaretten aus der Hosentasche gefischt und sich eine Zigarette angezündet. Guido und Saya folgten ihm. Yumi kam als Letzte heraus und zog die Tür kommentarlos zu. Schluss der Vorstellung. Sie alle standen vor der Zukunft des zukünftigen Geschäftsführers von Höhler und Bach. Paps und Mommys neuem Zuhause. Und sie hatten sich von nun an, selbst um ihre Zukunft zu kümmern.

„Da gab es ja nicht viel zu bereden." Das Grinsen fiel Guido schwer.

„Wir sind ja noch nicht fertig."

Paps und Yumi gingen ums Haus herum. Umkurvten eine Hecke, hinter der dichtes und hohes Buschwerk stand. Guido folgte ihnen fast lustlos. Aber keine fünf Schritte später blieb er stehen und hätte fast einen Schrei losgelassen. Hinter der Hecke ein kleines Häuschen, das man von der Straße aus nicht sehen konnte. Ungefähr so groß wie eine Doppelgarage, ebenfalls umgeben von einem kleinen Garten. Paps blieb ebenso stehen, griff mit einem verschmitzten Lächeln in die andere Hosentasche und übergab Guido Schlüssel.

„Ich hätte sie auch dir gegeben, aber Guido stand gerade näher", meinte er zu Saya, dann wies er mit einer Hand auf den Weg: „Nach euch."

Hinter der Tür ein kleiner Flur, kaum zwei Meter lang. Gleich rechts ein drolliges Bad mit Dusche und allem, was man brauchte, dann ein großzügiger Raum als Küche, Wohn- und Essraum gedacht. In der Ecke eine Wendeltreppe nach oben. Nichts anderes als ein gemütliches Ferienhaus.

„Fünfundvierzig Quadratmeter. Das sollte für die erste Zeit reichen. *Wir* haben nichts mehr zu bereden, aber ihr beide jede Menge. Der Abstand zum Haus ist groß genug, falls ihr Porzellan werfen wollt, hören wir nichts davon. – Yumi und ich gehen jetzt eine Runde spazieren. In ungefähr 'ner halben Stunde sind wir wieder zurück. – Dann gilt hopp oder top. Alles klar?"

Die Tür fiel ins Schloss.

Guido und Saya sahen sich an. Abstand zueinander mindestens zwei Meter. Er verblüfft und sie den Tränen nahe. Guido schluckte und Saya kämpfte.

„Wir müssen ja nicht gleich heiraten." Wieder war Guido schneller. Er versuchte zu lächeln. Saya nickte wieder einmal mit aufeinandergepressten Lippen und schüttelte den Kopf.

„Wie lang fährt man nach Kiel?“, wollte sie nach ein paar Sekunden wissen und forschte mit Furchen in der Stirn in seinem Blick.

„Das heißt ja, oder?“

Jetzt hätte er losheulen können.

„Scheiße, warum machen wir es uns oft so schwer?“, wollte sie wissen und spürte, dass sie losheulen würde.

„Weil ein leichtes Leben langweilig ist.“

„Du kannst doch nicht immer alles vergessen und vergeben.“ Sie sah vor sich die Fotos, die sie und Marvin an diesem Nachmittag gemacht hatten.

„Ich kann vielleicht nicht alles vergessen, aber ich kann dir fast alles vergeben.“

„Das ist doch Quatsch.“ Aber glücklicherweise hatte er nur dieses eine auf Insta gesehen, ging ihr durch den Kopf, und nicht die, die sie noch in ihrer Galerie hatte.

„Warum? Ich bin kein Heiliger. Ich steh doch nicht über den Dingen.“

„Aber du hast mich nicht betrogen. Das hab’ ich aber getan. Ich hab’ dich betrogen.“

„Das ist mir scheißegal! So widersinnig es klingen mag, es ist mir tatsächlich egal und ich … vergebe. Blödes Wort! Vielleicht musst du mir eines Tages auch mal vergeben. Liebe ist geben und nehmen. Liebe ist aber auch vergeben. Wer unfähig ist zu vergeben, ist auch unfähig zu lieben. Paps hat den Spruch in einem Kalender gefunden, ihn aufgeschrieben und mir gegeben. Nur einen Tag nach unserer Radtour nach Büsum. Das kann kein Zufall sein. Noch bin ich fähig, dich zu lieben, also kann ich auch vergeben. Lass es mich doch versuchen. – Lass es *uns* versuchen.“

„Du kannst dir das trotzdem mit mir vorstellen?“

„Trotzdem was?“

„Frag nicht so blöd.“

„Gerade deswegen. – In Heide gibt es übrigens eine Fachhochschule. Da fährt man nur eine halbe Stunde hin. Und Betriebswirtschaft und Automatisierungstechnik oder duale Studiengänge bieten die auch an. Je nachdem, was du möchtest. Guck mal nach.“

„Ich hab' keine Ahnung.“

„Aber hierbleiben möchtest du demnach?“

„Ja, du Blödmann. Ich bin ja wegen Mommy und auch wegen Paps und dir gekommen.“

„Das hab' ich nicht immer gemerkt“, lachte er mit Tränen in den Augen auf.

„Aber ich jetzt kapiert, verdammt noch mal.“

„Warum nimmst du mich dann nicht in den Arm?“

„Weil ich gerade auf einem ganz anderen Stern bin.“

There's nothing to say and no one can stop me, from feeling this way, ging ihr plötzlich durch den Kopf.

„Also gut. Dann ich.“

Guido ging zu ihr hinüber. Für die zwei Meter nahm er sich absichtlich lang Zeit. Dann nahm er sie in den Arm und küsste sie. So wie es sich gehörte. Es glich den kitschigsten Szenen in Liebesfilmen.

***

In der folgenden Nacht kam sie morgens um kurz vor zwei in sein Zimmer und blieb neben seinem Bett stehen. Sie hatte einen Pyjama an.

„Du kommst spät.“ Er war hellwach, als hätte er auf sie gewartet. „Magst du neben mir liegen? Nur so. – Ohne …“, wollte er nun wissen. Saya zog sich absichtlich langsam aus, warf die Decke von ihm herunter und legte sich halb auf, halb neben ihn. Automatisch streichelte er ihren Rücken und Po. Ihre Haut wie die von Hannah. Babyzart wie die aus der Werbung. Nach einer

158

Weile fuhr er mit einem Finger durch ihre Poritze und langsam auf dem Rückgrat entlang. Was für ein Gefühl. Sie bekam eine Gänsehaut und er einen Steifen. Sie gab ihm einen Kuss unter einem Ohr. Auf die Lippen ging nicht, weil sonst seine Hand verschwinden würde.

Wäre sie ein Junge und er ein Mädchen, müsste er es jetzt eigentlich an seiner Seite spüren, auch sie hätte nichts anderes als einen Steifen. So flott wie sie feucht wurde. Langsam, fast vorsichtig schob sie eine Hand unter seine Hose. *... nur so, ohne.* Von wegen. Sie schob sich auf ihn und rollte mit ihrem Becken auf seinem Schoß. Am besten ließ sie es eindeutig werden. Sie hatte Lust. Auf Guido.

Seit ein paar Tagen kein Marvin in ihrem Kopf. Den Unterschied zwischen bloßem Sex und irgendwelchen komischen Gelüsten und zärtlichem und liebevollem Zusammensein hatte sie durch die Sache mit ihm, so hoffte sie, gut genug erfahren. Marvin hatte sie zwar befriedigt, im Grunde mehr als genug, aber bei ihm war alles anders. Liebe war trotz seiner überraschenden Zärtlichkeit nicht dabei gewesen. Zumindest sprach er nicht von ihr. Sie allerdings auch nicht. So blieb es beim Stillen einer Lust. Marvin sollte eigentlich nur den geeigneten Statisten dafür abgeben, um ihren Kopf endlich leerzuräumen. Nicht mehr. Auch wenn sie daran etwas zu zweifeln begann. Auf jeden Fall hatte *sie* sich jetzt entschieden.

Und nicht jemand anderes für sie.

Für sein eigenes Leben – hatte es endlich mal angefangen – war man letztendlich doch selbst verantwortlich. Sie schob sich auf Guido und spürte ihn hart an ihrem Bauch.

Behände zog sie seine Shorts aus.

„Mit."

Leben. Lieben. Leiden

Nicht alles ändert sich,
wenn sich alles ändert.

*Allgemein ist die Hast, weil jeder auf der Flucht
vor sich selber ist.*

(Friedrich Nietzsche)

Besuch

Bevor Mayumi Ramos damals zu ihm hinüberging und ihn fragte, wie groß die Chancen in seiner Security-Firma auf einen Zweitjob wären, sahen wir uns nahezu regelmäßig im Haus. Unterhielten uns kurz über Alltäglichkeiten, darüber, wie es Saya ging, die in Mayumis Heimat darauf wartete, ihrer Mutter nachfolgen zu können, wie schwer es aber für Mayumi sei, hier eine andere, eine besser bezahlte Arbeit zu finden, um genau das zu bewerkstelligen. Ihr die Sprache im Gegensatz zu Saya schwerfiel und sie deshalb sicher noch weniger Chancen hätte. Und sie daher traurig sei, ihrer Tochter kein anderes Leben bieten zu können. Ich versuchte sie jedes Mal zu beruhigen: *Niemand, der sein Bestes gegeben hat, hat es später bereut.* Mein verstorbener Mann hatte sich diesen Spruch vor Jahren aufgeschrieben und in seine Geldbörse getan. *Du wirst es auch nicht bereuen*, hatte ich ihr dann gesagt und jedes Mal den Eindruck, dass ihr dies und die kleinen Gespräche guttaten.

Dann wünschten wir uns nach den wenigen Sätzen einander einen guten Weg, wie man so schön sagt, und ich schaute ihr hinterher, wie sie zu ihrer kleinen Wohnung ging. Und als sie Wochen später bei Kollberg war, wusste ich, dass alles gut gehen würde. Ab und zu, wenn sie zuvor mittags von ihrer Arbeit im Seniorenheim zurückkam und es sich ergab, tranken wir bei mir auch schon mal einen Kaffee und erzählten, was der Tag gebracht hatte. Sie liebte ihre Arbeit im Seniorenheim. *Wenigsten ich helfen alten Menschen.* Oft genug hatte sie etwas zu essen dabei, immer ausreichend, ich denke, mit Absicht, denn sie zögerte nicht, es mit mir zu teilen.

Wie bei einem Puzzle setzte sich dann für mich ein Bild von Mayumi und ihrem Leben zusammen.

Inzwischen sagt sie, wann sie kommt. Kündigt ihre Besuche sozusagen an. Das geschieht nun in größeren Abständen. Verständlich. Kollberg und sie sind längst zusammengezogen. Ich kenne ihn und ich kenne ihn auch wieder nicht. Ich bin schon lange nicht mehr so mobil und dann auch nicht zu den Zeiten unterwegs, wenn andere zur Arbeit gehen oder von dieser nach Hause kommen. Er ist ein stiller Mann, immer höflich, zurückhaltend und nett. Er scheint und schien mir ein guter Vater zu sein. Vor allem nach Guidos Unfall. Er kümmerte sich um seinen Sohn, ohne dass ich größere Probleme oder gar Auseinandersetzungen mitbekommen hätte, vor allem, nachdem ihn seine Frau vor vielen Jahren verlassen hatte. Guido tat sich natürlich schwer. Es dauerte, bis er mit dem Schicksal, dem Fehlen seiner Mutter umgehen konnte. Sicher auch dank seines Vaters und inzwischen auch dank Mayumi.

Ihr letzter Besuch war bereits über drei Wochen her. Umso mehr freute es mich, dass sie mich wieder besuchen wollte. Es gäbe sicher viele Neuigkeiten. Schon am Küchentisch sitzend fantasierte ich sie mir ein wenig zusammen. Saya und Guido würden heiraten. Oder Mayumi ein Kind bekommen. Das neue Haus, in das sie bald ziehen würden, hätte sicher ein paar … solcher Folgen. Vielleicht gab es auch anderes zu berichten, von dem ich noch nichts wissen konnte. Wie zum Beispiel ein neuer Arbeitsplatz.

Wenn ich weiß, dass jemand kommt, sitze ich also am Küchenfenster und schaue hinaus auf die Straße. Draußen regnete es seit ein paar Tagen. Norddeutsches Fisselwetter. So sagt man in meiner alten Heimat, Karben, kennt keiner, liegt nördlich von Offenbach. Das ist seit meiner Geburt allerdings inzwischen über achtzig Jahre her. Seit fast sechzig Jahren wohne ich hier. Hannes, mein verstorbener Mann, hat mich hierhergelockt. Sozusagen. Es hat gepasst.

In der Straße ist bei einem solchen Wetter nicht besonders viel los, kein Wunder, wer will da raus und die Straße ist keine Straße mit Läden. Die Menschen, die ich sehe, kenne ich zumeist, sie sind Nachbarn aus dieser Straße. Auch von ihnen war heute nicht viel zu sehen. Um Viertel nach eins wollte sie kommen, direkt nach ihrer Schicht, nun war es halb zwei und der Kaffee durchgelaufen. Er stand auf der Wärmeplatte und blieb warm. Ich schaute noch mal raus. Ein Auto aus Hamburg fuhr vorbei und eine Sekunde später sah ich sie auf der anderen Straßenseite mit einem roten Schirm. Also stand ich auf und ging an die Tür, um diese schon aufzumachen. Kalter Kaffee schmeckt nicht. Kalter Kaffee zu Anfang eines Besuchs ist für alles, was folgt, nun mal nichts anderes als kalter Kaffee.

Mayumi hatte wieder eine Tüte mit Essen dabei, sie wirkte müde, ihr Blick verriet aber auch ein paar Sorgen. Ich strich die mögliche Heirat und die Schwangerschaft. In ein, zwei Stunden würde ich schlauer sein. Sie setzte sich an den Tisch und schwieg für lange Augenblicke mit ernstem Gesicht.

„Heute einen schweren Tag gehabt?"

„Wie immer. Die Leute sind dankbar, wenn ich helfen und da bin. Mir machen Saya Sorgen. In Schule sie war sehr gut. Wie sagen? Unglaublich. Aber nun sie ist durcheinander. Was machen? Studium oder anderes. Und Liebe mit Guido ist gerade schwierig."

„Es hat sich auch viel verändert in ihrem Leben. Die Schule war noch so etwas wie eine Ablenkung. Ein Baustein zu einem Ziel, das man die meiste Zeit noch nicht kennt. Saya ist so ehrgeizig. Aber das Leben lässt sich nicht mit Ehrgeiz meistern, sondern doch hauptsächliche eher mit Geduld, Zuversicht, Liebe und Vertrauen. Hat Guido ihr Vertrauen verloren?"

„Nein. Ein anderer Junge ist Problem."

Bevor ich Hannes kennengelernt hatte, dachte ich, in Karl verliebt zu sein. *Da hast du was, er hat einen guten Beruf, er kann für dich sorgen, er ist eine ehrliche Haut,* meinten meine Eltern damals. Doch an einem Nachmittag, Anfang der Sechzigerjahre, reparierte ein junger Mann etwas in unserem Haus in Karben. Wir kamen ins Gespräch, Hannes gefiel mir auf Anhieb. Er war lustig, gewitzt und schlau und natürlich gut aussehend. Seit einem halben Jahr wohnte er in unserem Städtchen, weil man dort mehr Geld verdienen konnte. Aber er fühlte sich nicht heimisch.

„Die Lösung ist einfach. Die eigene Zukunft entscheidet man nicht mit Zögern, sondern mit Entscheidungen – auch wenn sie dem ein oder anderen wehtun können. Aber die Zeit heilt alle Wunden. Vielleicht nicht immer den Schmerz und die Erinnerungen daran. Aber das Leben geht weiter. – Ich weiß, das sind alles Sprichwörter. Aber ein bisschen wahr sind sie doch."

„Wir haben auch Sprichwort. Saya mag es sehr. *Naghangad ng kagitna, isang salop ang nawala.* Das heißt, wer mehr wollen, verlieren mehr, als gewinnen kann. Ich haben mit Saya gesprochen. Sie träumen immer von diese andere Junge. Ich glaube, andere junge Mann sein nicht Gewinn. Träume sind nicht gut für Liebe *und* Leben. Ich hab' ihn gesehen mit anderen. Er ist ein *mahangin ang ulo,* heißer Kopf ..."

„Ein Hitzkopf", lächelte ich und dachte, das war mein Mann auch in den ersten Tagen. Aber trotzdem mochte ich ihn genug, um ihn Jahre später zu heiraten."

„Ja und wir sagen, *taong nagpapanggap, hindi mapagkakatiwalaan ang sinasabi,* Mann, der nicht ehrlich, ist nicht gut für Vertrauen."

„Es ist vielleicht schade für Guido, aber Saya muss allein feststellen, ob dieser andere junge Mann eine Liebe wert ist und ob sie ihm genug dafür vertrauen kann. Sie muss es herausfinden. Gefühle können einen belügen. Die Lust belügt aber häufig Gefühle. Und Lügen hemmen Gefühle, aber nicht die Lust. Aber genau die spielt gerne mit uns, der Versuch dieses Spiel anzunehmen kann natürlich schon ein Unglück bergen. Die Liebe ist manchmal ein Weg voller Stolpersteine. Aber manchmal ist der größte Stolperstein unser eigenes Herz, das wir allzu schnell verschenken."

Mayumi schaute lange die leere Tasse vor sich an. Als ich nachschenken wollte, schüttelte sie den Kopf.

„Danke! Aber ich glaub, ich wissen nun, was ich ihr sagen muss."

Nach nicht einmal einer Stunde stand sie auf. Doch hatte ich den Eindruck, dass sie tatsächlich ein wenig mehr beruhigt war. Sicher würde ich in den nächsten Wochen erfahren, wie es ausgehen würde.

Loch

Guido blätterte in ihrem Oktavheftchen. Letzter Eintrag: Trunkenbold. In Klammern dahinter: abwertend, Trinker, Alkoholiker und ein Fragezeichen. Er verzog das Gesicht und schmunzelte. Davor, splitterfasernackt, in Klammern: ich. Dumpfbacke, in Klammern: ich. Schnapsdrossel, in Klammern: ich. Sein Schmunzeln erstarb und er zog die Brauen hoch. Er blätterte eine Seite zurück. Herzensbrast, in Klammern: passt. Fickelfackel, ohne Kommentar. Ebenso Wuchtbrumme, verschlimmbessern, versaubeuteln. Jedes der Wörter schien zu ihrem Leben zu passen. Irgendwann aufgeschnappt, gelesen, gehört und festgehalten. Er schnaufte. Das mit ihr würde noch eine Weile dauern.

Nochmals zwei Seiten weiter vorne klebte aus einer Zeitschrift herausgeschnitten ein kleiner Artikel. Überschrift *Leben*. Beginnend mit dem Satz: *Es ist wichtig, zu wissen, wer du bist, wofür du stehst und wie du dich selbst sehen möchtest.* Mittendrin zwei Sätze unterstrichen: *Es gibt niemanden, der dir sagen kann, wer du bist, denn du entscheidest selbst.* Und: *Nichts und niemand sollte beeinflussen, wer du als Person, im Denken und in deinem Tun bist.* Jetzt seufzte er und setzte sich auf. Saya suchte Lösungen für ihr durcheinandergeschütteltes Leben. Sie saß wohl in so etwas wie einem Loch. Überraschend, wenn man ihre erste Zeit hier betrachtete. Da schien sie noch voller Selbstbewusstsein. Nur scheinbar? Da war sie es doch, die ihn nach der Sache mit Scarlett aus einem Loch herauszog. Nun irgendwie alles verflogen. Zumindest zum Teil. Sie sprachen oft darüber. Doch inzwischen hatte er den Eindruck, sie wollte es erklären und konnte es nicht. Stolperfallen des Lebens.

*Das Leben versteht nichts vom Leben, es will nur über-
leben. Manchmal kämpft es deshalb auch gegen sich
selbst,* ging ihm durch den Kopf. Auch diesen Spruch
hatte er mal irgendwo gelesen. Vielleicht sollte er auch
ein Oktavheftchen beginnen, mit lauter Sprüchen. Er
legte das Heftchen auf das Nachttischchen zurück, als
er die Badtür hörte.

Seit zwei Wochen übten sie Zusammensein. Was sie
dafür gemeinsam machen und verrichten mussten, geschah von Sayas Seite aus ernst, langsam und bedacht.
Bei jedem Einkauf studierte sie die Etiketten, Aufkleber
und Warenbezeichnungen. Ganz anders als damals, als
sie ihr Zimmer in einen Souvenirladen verwandelte,
wie sie die langsam entstehende Gemütlichkeit immer
genannt hatte. Da ging es um die Optik und nichts anderes. Das Zimmer wurde zu einer Schale. Als müsste
sie sich bewusst werden, was ein Ausbrechen aus dieser
und dem Leben darin bedeuten würde.

An einem Wochenende verschoben und drehten sie
in seinem Zimmer so lange die Möbel hin und her, weil
es größer war als ihres, bis ihre beiden Betten einigermaßen nebeneinander hineinpassten. Unter die Beine
seines Betts schraubten sie vier Zentimeter dicke Holz-
klötze, damit die Matratzen auf eine Höhe kamen. Zwischen denen blieb ein Abstand von fast zehn Zentime-
tern. Sie rollten eine große Decke und quetschten sie in
den Spalt. Es wurde nur wenig gemütlicher. Das neue
Bett im Häuschen durfte auf jeden Fall nur eine Matratze haben. Am nächsten Wochenende wollten sie es
in einem Möbelhaus in Kiel kaufen.

Nachmittags nutzten sie das Wetter und fuhren mit
dem Rad an der nördlichen Seite der Eider entlang nach
Friedrichstadt. Ihre Haare wehten im Wind. Sie trug
den grob gestrickten, birkenblattgrünen Pulli und die

dunkelblauen Leggins darunter. Sie lachten wie kleine Kinder, fuhren nebeneinanderher und unterhielten sich über ihr Turnen und seine ersten Wochen als Geselle bei Höhler und Bach. Über das, was man Karriere und Zukunft nannte. Ab und zu fuhr er hinter ihr, weil er gerne den geschmeidigen Bewegungen ihres Körpers zusah. Den Pullover hochgeschoben auf den Rücken. Ihr Po unterm Stoff der verräterisch dünnen Leggins auf dem Sattel. In der Eisdiele am Marktplatz gönnte sich jeder einen großen Amarena-Becher mit extra viel Kirschen als Stärkung für den Rückweg..

„Da muss ich mindestens vierzehn Tage turnen, um den abzutrainieren", maulte sie, strich sich mit der linken Hand über den Bauch und aß den Becher mit der rechten mit größter Wonne leer.

Auf der Fahrt zurück tat sie, als würde sie nicht vorwärtskommen und wackelte absichtlich auf ihrem Rad. *Siehste?* Tatsächlich hatten sie ein wenig Gegenwind. Bei der Fischräucherei kauften sie bei einem kurzen Stopp ein paar Matjesfilets. *Norddeutsches Sushi*, meinte Guido lachend. Matjes kannte sie noch nicht. Zu Hause angekommen, prustete sie, tat sie, als wenn sie kaputt wäre, blinzelte ihm zu und machte sich mit Heißhunger über die Matjes her. Zog Sekunden später die Stirn zusammen. Gleich darauf lachte sie, als sie das erste Matjes probierte – *schmeckt ja ziemlich lustig* –, leckte sich die Finger und sprang nach ihm unter die Dusche.

Nun schlüpfte Saya in ihrem Pyjama zu ihm unter die Decke. Kussvariante Gute Nacht. Dann kuschelte sie sich in seinen Arm. Er sah Saya an. Sie rollte den Kopf zu ihm, gab ihm einen Kuss und streichelte über seine linke Wange. An ihrem Finger wieder der kleine goldene Ring. Sein Geschenk zu ihrem achtzehnten Geburtstag, als sie im *Heimathafen* waren. Er hatte innen die drei Wörter *Naghangad ng kagitna ...* eingravieren lassen, dahinter nur drei Punkte. Den Rest kannte sie. Dann stand er auf, ging um den Tisch im *Heimathafen* herum und gab zuerst Mommy und dann Paps einen Kuss. Beide hatten Tränen in den Augen.

Wie jede Nacht schob sie die Hand mit dem Ring unter sein Shirt. Direkt über sein Herz. Als er seine unter ihres schob und sie deshalb wusste, was er vorhatte, erklärte sie:

„Morgen hab' ich 'nen Termin beim Arzt. Du weißt schon. Ich mag nicht mehr mit Gummi, ich will dich und es spüren. Magst du noch so lange warten?"

Einen Moment stoppte seine Hand auf ihrem Bauch, um gleich darauf eine ihre Brüste zu streicheln.

„Wenn ich auf einen Menschen in meinem Leben gerne warte, dann bist du es."

Sie zog die Brauen zusammen und glitt mit den Fingerspitzen über die Haut seiner Brust.

„Das ist fein." Viel zu nachdenklich klingend, dann: „Gibt es eigentlich für so 'n Warten so etwas wie einen Fahrplan? Komm ich dann pünktlich an, oder so?"

„Du bist doch schon längst da. Ich weiß nur manchmal nicht, ob du auch *angekommen* bist."

Er versuchte so zu grinsen, dass sie es sah.

„Das ist doch Quatsch. Wenn ich da bin, bin ich doch auch angekommen, stimmt's?"

„Ich hoffe, dort, wo du wolltest."

Sie blies die Wangen auf und prustete wie nach dem Radfahren.

„Weißt du, das klingt jetzt vielleicht bescheuert, aber ich hab' in meinem Leben eigentlich nie auf etwas warten müssen, und wenn, wusste ich immer, was kommen würde. In der Schule die nächste Stunde, das, was ich lernen musste. Beim Turnen die neue Übung, eine neue

Figur. Oder wenn ich im gelben Haus in meinem Zimmer den Schlüssel und anschließend seine Schritte im Flur hörte, weil er kurz darauf an mir zu fummeln begann. Auch auf das Kotzen danach hab' ich nicht gewartet, sondern gewusst, dass es kommt."

„Wenn ich mehr darüber gewusst hätte, hätte ich in Manila Carlos zur Rede gestellt."

„Wahrscheinlich hätte er uns dann in den nächsten Flieger gesetzt."

„Red' nicht!", Guido machte mit ernstem Ton eine wegwerfende Bewegung. „Wär doch egal gewesen. Das, was sein Bruder mit dir gemacht hat, war ja wohl entscheidender. Und wenn wir hätten bleiben wollen, hätte es genug Hotels gegeben."

„Ganz so einfach ists aber nicht. Weglaufen funktioniert nicht, hab' ich inzwischen festgestellt. Abhauen erledigt nichts im Leben. Alles wäre trotzdem geschehen gewesen. Auf so eine Scheiße wartet man ja nicht, wie auf den Flug, mit dem ich hierhergeflogen bin."

„Aber man muss doch ..."

Saya hielt ihm eine Hand auf den Mund.

„Mich hat immer getröstet, dass Yana und Claire Ähnliches mitgemacht haben. So konnte ich mit denen über Celso reden. Über manches andere nicht."

„Und dieses andere piesackt dich", stellte Guido fest und atmete tief durch.

„Du meinst das mit Marvin?"

Ja! Verdammt, ging ihm sofort durch den Kopf. *Marvin. Wer sonst? War doch geplant, oder? Ich geh Scarlett besuchen und du bumst dafür mit ihm den ganzen Nachmittag. War's denn schön? – Und jetzt nimmst du ja bald auch noch die Pille.* Aber er sagte nur etwas genervt:

„Wenn es das ist, was dich piesackt, ja."

Sie sah ihn an und forschte in seinem Blick.

„Nee, auch das mit Mommy.“

„Inwiefern?“ Immer noch genervt.

„Weil Celso es auch bei ihr getan hat.“

„Deshalb wollte sie dich ja herausholen.“

„Trotzdem hab’ ich, seitdem wir hier sind, dauernd das Gefühl, auf etwas zu warten, nämlich darauf, dass *es* endlich rum, weg, vorbei ist.“

Jetzt stutzte Guido doch und drehte sich etwas mehr zu ihr. Ihre Hand rutschte dabei von seinem Bauch auf seinen Rücken und blieb dort liegen.

„Aber du kannst *es* nicht richtig benennen, obwohl dir dort so viel passiert ist“, rätselte er.

Saya hob unentschlossen die Schulter, so gut das im Liegen eben ging. Mit einem Seufzer kam die Antwort.

„Vielleicht doch auf eine neue Aufgabe? Eine Herausforderung? So was wie ’ne Challenge, ein Problem, das von allem anderen … ablenkt? Keine Ahnung.“

„Probleme hattest du doch genug.“

„Ja. Aber auf was warte ich dann?“

„Eine Hilfe. Ohne die wirst du vielleicht nicht herausbekommen, auf was du in Wirklichkeit wartest. Auf so was wie ein Lebensziel.“ Kein Vorschlag, sondern eine Feststellung. Wegen der vielen Probleme.

„Lebensziel. Als da wäre?“

„Erster Schritt dorthin ein Studium.“

„Das ist es ja. Ich sag ja, in der Schule wusste ich, was kommt. Englisch, dann Mathe, dann die Grundlagen technischer Zusammenhänge. Auf meinem Laptop konstruierte ich dann mit einem CAD-Programm Fenster, Achsen oder Drehtüren. Hier kamen Deutsch und Französisch dazu. Ansonsten ähneln sich die Fächer. Mit Lernen habe ich meinen Kopf beruhigt. Aber mir sagt keiner, welches Studium oder was auch immer nun folgt. Da warte ich auf so was wie ’ne Eingebung.“

„Du googelst doch sonst so viel." Guido lachte.

„Mit meinen Noten ist von Medizin bis Religion alles drin."

„Mach Medizin, wenn du Blut sehen kannst."

Guido grinste sie an und stellte sich vor, wie Frau Doktor Saya Ramos mit allerlei medizinischen Kommentaren und Anweisungen einen Bauch aufschlitzte, um aus diesem irgendwas zu entfernen. Als sein kleiner Film im Kopf Blut spritzen ließ, kräuselte er die Stirn. *Vielleicht doch nicht,* dachte er.

„Eher wohl nicht", sagte sie.

„Also Ausschlussverfahren. Schon mal ein Fach weniger. Religion? Lehramt? Immerhin kannst du gut mit Kindern. Oder eine Ausbildung. Einen kaufmännischen Beruf vielleicht."

„Nee. Kein Aldi for ever. Dann vielleicht doch eher was Technisches. Aber das Studium ist ja nicht alles. Ich kann ja nicht bis zu meinem Lebensende studieren."

„Dann lass uns heiraten."

„Gratuliere! Super Antwort auf all das! – Du bist echt unmöglich. Das Heiraten als solches dauert einen Tag. Und dann? Kinderproduktion, schwanger werden, füttern, 'ne brave Mami sein, die dich und 's Kind jeden Abend anlächelt, wenn du von der Arbeit kommst, und euch alle dann fein bekocht, oder was? Schon bin ich weg von der Straße. Raus aus der Gefahrenzone. Alles gesichert. Einen Marvin wird's nicht mehr geben."

„Oh! Oh! Das klingt sarkastisch. Die Haltestelle sollte man meiden. Was hältst du von Lieben und Leben und sich an beidem freuen." Guido sah sie ernst an.

„Mach ich ja andauernd und schaff dabei auch noch Leiden. Eine Haltestelle hieß ja Marvin. Und was dann morgen ist, weiß ich auch nicht."

„Soweit ich weiß, Mittwoch."

Sie boxte ihn mit voller Wucht in die Seite. Kurz blieb ihm die Luft weg.

„Na hör mal", japste er, versuchte entrüstet zu gucken und rieb sich die Stelle. Aber der Versuch mit dem Gucken scheiterte.

„Ist doch wahr. – Hast du in deinem Leben nie auf etwas warten müssen?"

Er hätte sagen können: *Ja doch, ich hab' doch gesagt, auf jemanden wie dich. Und dass die Haltestelle Marvin endlich von deinem Fahrplan verschwindet.* Aber er war überzeugt davon, dass sie genau *das* nicht hören wollte. Warum auch immer. Stattdessen holte er tief Luft und hielt sie an. Jede Antwort, die ihm gerade auf die Frage einfiel, beinhaltete eine ganz andere Facette bezüglich Leben und Liebe, als er zunächst sagen wollte. Dann ließ er langsam die Luft raus und erwiderte:

„Ich habe lange Zeit auf meine Mutter gewartet, dass sie zurückkommt. Ab dem ersten Tag saß ich oft stundenlang unter dem Tisch im Wohnzimmer oder lag unter meinem Bett, weil ich darauf wartete, dass sie mich dann von dort hervorholen, mir einen Kuss geben und mir anschließend etwas vorlesen oder mich ins Bett bringen würde. Währenddessen habe ich mich immer ganz still verhalten. Ich wollte, dass sie mich suchte. Aber wie du weißt, kam sie nicht. Seitdem habe ich aufgehört zu warten und bin glücklich, wenn ich etwas bekomme. – Ich hab' dich bekommen. Das passt."

„Scheiße." Saya schniefte.

„Wie heißt das eigentlich auf Filipino?"

„*Maldita* … zum Beispiel."

„Hmh", machte er und fügte hinzu: „Ich hab' auf das, was da in meinem Leben kam, nie gewartet. Wer wartet schon darauf, dass die Mutter wegläuft, dass man allein bleibt und irgendwie keine Freunde hat, dass man 'nen

Unfall baut, der einem 'ne Freundin beschert, die aber auch wegläuft, obwohl man dachte, nun eine zu haben. Man wartet auch nicht darauf, dass man humpelt ... zumindest manchmal. – Nein. Ich hab' gelernt, abzuwarten und anzunehmen. Annehmen ist schwieriger als warten. – Man nimmt nämlich gelegentlich auch Probleme anderer an, die man nicht haben will."

Saya wusste, wen und was er meinte und schnaufte. Annehmen ist schwieriger als warten. Annehmen hat etwas Endgültiges. Man hielt etwas in der Hand, ob man es wollte oder nicht. Die ganze Scheiße mit Celso, bei der sie gerne die Annahme verweigert hätte, was aber wegen seiner unerwarteten Brutalität zum Schluss nicht gelang, nicht gelingen konnte. Aber annehmen ist auch unglaublich leicht. Pakete, Geschenke, Briefe oder Verträge nahm man häufig genug gerne an.

Manches konnte man ohne Probleme sogar wieder zurückgeben. Einen Ratschlag ausschlagen, eine Zukunft anders gestalten als vorgehabt, indem sie zum Beispiel den Ring von neulich Abend zurückgab und damit unter Umständen eine Trennung herbeiführte, weil sie nicht wollte, was sie eigentlich wollte, nämlich ein Durcheinander, ein Versprechen, ihren Betrug mit Marvin an der Liebe. Selbst ein Kind könnte sie abgeben, wenn sie es nicht wollte. Natürlich unvorstellbar! Ja, man nimmt auch Probleme an. Und diese wachsen an, weil man nicht ehrlich war, nicht über sie sprach und all das missachtete, woran sie eben gedacht hatte.

Somit war Aushalten oft viel schwieriger. Denn was man dummerweise einmal angenommen hatte, musste man auch länger als gedacht aushalten können. Und leider war nicht alles, was sie in ihrem Leben bisher angenommen hatte etwas, was sie wie den Inhalt eines blöden Paketes hätte einfach wegwerfen oder zurückgeben können. Das mit Celso zum Beispiel. Nachdem Mommy weg war, nahm sie sein in Arm nehmen auch an. Gerne sogar. Viel zu lange. Wie ein Lob für gute Schulnoten oder die eine geturnte Bahn, in der sie bei einem Turnier fehlerfrei Radwende, Flick-Flack, Salto rückwärts mit halber Drehung und Handstützüberschlag mit einem abschließenden Spagat kombinierte und den ersten Platz belegte. Mommy war nicht da. Daher genoss sie nicht nur den Moment, als sie den Pokal in Händen hielt, sondern auch Celsos Umarmung und tätschelnde Hände auf ihrem Po nach dem Turnier – zu Hause.

Das Licht der Straßenlaterne zeichnete das seltsame Muster der Rollladenlücken auf Guidos Gesicht. Dadurch ein Auge ganz hell, das andere dunkel. Kurz wurde es ganz hell im Zimmer. Ein Auto hielt unten auf der Straße an. Die Scheinwerfer gingen aus. Blass kehrte das Muster auf seinem Gesicht zurück. Die Tür öffnete sich. Musik schwappte nach draußen, Coldplay, *True Love. Tell me you love me. If you don't then lie. Lie to me.* Sie kannte das Video dazu. Das war nichts anderes als scheißschön. *Lie to me.* Nein, die ganzen Lügen waren scheiße. *Tell me you love me*, Guido tat es doch. Dann starb mitten im Lied die Zeile ab, gleichzeitig der Motor. Die Tür patschte zu. Sie hörte Stimmen. Die klangen nach Birgit und Silke. Die beiden hatten vielleicht aufeinander gewartet und sich dann natürlich angenommen. Wenn man sie sah, war es offenkundig, sie liebten sich. Warum nicht? Vielleicht wäre es bei ihr auch einmal so geworden, als sie als junges Mädchen bei Yana manchmal übernachtete und sie beide mit ihren Händen neugierig ihr Mädchenwerden verfolgten. Vielleicht wäre ihr später manches erspart geblieben, weil sie besser Bescheid gewusst hätte und sich anders hätte wehren können – vielleicht.

Eigentlich wohnten Birgit und Silke eine oder zwei Straßen weiter, aber vermutlich waren in denen alle Parkplätze belegt. Zufall also, dass sie jetzt genau in diesem Moment kamen. Saya rollte auf den Rücken, ihre Hand rutschte von seinem warmen Körper. Die Verbindung gekappt. Aufladen durch Induktion beendet. Für ein paar rettende Ideen, Wärme oder eine Eingebung oder eine Lösung für alles. Für eine Lösung für sie. Für ein Leben. Für eine Liebe. Für etwas, was nicht mit Paketen, Geschenken, Briefen oder Verträgen zu tun hatte. Wie auch immer. Ihre Hand begann zu kribbeln. War das überhaupt ihre?

„*Maldita!*", raunzte sie.

„Einverstanden."

„So gesehen, hast du im Endeffekt dann doch nicht auf mich gewartet. Woher wolltest du wissen, dass ich kommen würde? Zumal du ja Scarlett hattest, als ich dann da war. Auch wenn sie vorgab, drüben noch als Au-pair herumzuturnen."

Guido blies Luft durch die Nase.

„Das stimmt nun auch wieder nicht ganz. Nach deiner Antwort auf meine erste WhatsApp war ich total gespannt und hab' verdammt gern gewartet, weil ich saumäßig neugierig war. Auch wenn, da hast du recht, damals noch Scarlett irgendwie aktuell war. Neugierde ist aber auch etwas, was man annehmen und herbeisehnen kann. Neugierde hilft, etwas abzuwarten."

„Und wenn Scarlett zurückgekommen und nicht nach Amerika gezogen wäre?"

Guidos nächstes Schnaufen.

„Okay, kann sein, dass alles anders gekommen wäre. Dennoch, die Neugierde wäre geblieben und wir Bruder und Schwester. Und die Neugierde ist auch die Schwester der Hoffnung. Und die stirbt bekanntlich zuletzt."

Saya setzte sich auf, zog die Beine an und schlang ihre Arme um die Knie. Ihr Kinn genau zwischen ihnen. Sie wollte den Kopf schütteln, aber so gelang es nicht. Also machte sie nur einen Grunzer und schüttelte mit einem Auflachen den Kopf.

„Geht das auch einfacher, du Philosoph?“ Eindeutig vorwurfsvoll. Dann drehte sie ihm den Kopf zu. „Du hast immer viel nachgedacht, stimmt’s? Ich kaum. Auch um manche Sachen nicht an mich heranzulassen. Das mit Celso war von Anfang an komisch. Selbst schuld. Deshalb mach ich vielleicht auch dauernd Fehler, weil ich manchmal etwas mache, was ich vielleicht nicht hätte machen sollen, aber vorher gaaanz toll fand, oder zugelassen hab’, obwohl es scheiße war. Das mit Marvin zum Beispiel. Deshalb steck ich vielleicht jetzt in so was wie in ’ner Klemme.“

„In ’ner Klemme? Du magst ihn also.“ Eine zugleich sachliche wie verwunderte Feststellung.

„Wie war das? Neugierde hilft, etwas abzuwarten?“

„Marvin stillt also *deine* Neugierde?!“ Wegen seines mehr als enttäuscht klingenden Tonfalls sah sie ihn erschrocken an.

„Scheiße! – Nein! – Keine Ahnung! – Ich ...“

Er unterbrach sie, weil er nicht hören wollte, dass sie in diesem Moment vielleicht nicht nur neugierig war.

„Ich kann nur sagen, du spielst in meinem Leben eine inzwischen verdammt wichtige Rolle. Vielleicht ...“ Guido hatte Mühe ruhig zu bleiben, legte eine Hand auf ihren Rücken und strich seufzend über den Stoff des Pyjamas. „... klappt es ja jetzt nach allem. Wir können die Zukunft sogar gemeinsam gestalten. *Unsere*, wenn du magst. Ich bin jetzt jedenfalls noch neugieriger auf uns.“

„Ich hoffe, ich spiel nicht wieder damit herum.“

Naghanap ng kagitna …

Auch die ersten Wochen nach dem Abi nahm sie weiterhin als Ferien wahr. Die Schule war bis dahin tatsächlich wohl nichts anderes als das gewonnene Scheingefecht gegen die Langeweile gewesen. Dafür hatte sie sogar in der Aula ihres Gymis einen Preis erhalten. Ihr Kopf blieb in dieser Zeit sozusagen beschäftigt. Und in den Tagen danach gab es vorerst genug zu tun. Paps und Guido gingen arbeiten. Am Tag nach seiner Prüfung war sie, wenn sie ehrlich war, stolzer auf ihn als auf sich, und er begann in Paps' Firma. Mommy nachmittags und sie den ganzen Tag machten derweil die Häuser sauber. Tapeten weg. Boden raus. Die Holzdecke und Gardinenstangen im Wohnzimmer von Mommy und Paps wurden Vergangenheit. Das Wetter spielte mit. Vor dem Haus ein Berg voller Müll, der zum Wertstoffhof gebracht werden musste. Freitagnachmittags fuhr sie zusammen mit Paps mehrmals hin. Sie unterhielten sich währenddessen. Paps wusste sicher, was los war. Paps war schlau. Paps gab Tipps. Dennoch kam mitten in diesen *Ferien* die altbekannte Panik auf. Leben. Zukunft. Tatas Bruder. Marvin. Liebe. Guido. Die alten Themen. Das alte Durcheinander. Was ihre Ausrutscher betraf, leider konsequent.

Sie wartete dennoch auf die Eingebung und nahm an, was ihr das Schicksal bot. Warten und annehmen. Neugierig sein. Neugierde hilft, etwas abzuwarten. Danach ist man schlauer. Hoffte sie. Sie wartete nicht ab, sondern ließ zu. Auch eine Version von Annehmen. Zweimal noch war sie wahrscheinlich genau deshalb bei Marvin. Zweimal noch war sie mit ihm zusammen. Beim ersten Mal lagen sie zwar nackt beieinander, aber

er durfte sie dann doch nur küssen und streicheln und
sie befriedigte ihn mit der Hand. Fast hätte sie dies bei
Marvin sogar mit dem Mund gemacht. Aber er drehte
sie – schon war sie kurz davor – auf ihren Rücken, kam
warm auf ihrem Bauch und wollte anschließend wohl
ihren Schoß küssen. Besser nicht! Sie hielt ihn fest, zog
stattdessen seinen Kopf hoch und küsste ihn, wild und
nass und mit Tränen in den Augen, bloß, um ihn davon
abzulenken, statt ihrer doch vorhandenen Lust nachzu-
geben. Zu viel Nähe, zu viel Intimität, zu viel Durcheinander. Ihre Körper harmonierten unfassbar, das andere nicht. Davon war sie überzeugt. Irgendwie. Marvin
war mit seiner manchmal eher ungehobelten Art einer
beschissenen Vergangenheit zu ähnlich. Aber gleichzeitig so zärtlich, dass er diese mit seinem riesigen Körper
nahezu relativierte. Er der Schrank, in den sie mit all
ihren Problemen hineinkroch, die Arme als Türen, hinter denen sie sich verstecken konnte. Doch dieser eine
Traum vor Wochen sollte ein Traum bleiben. Alles, was
diese Intimität anging, gehörte von nun an Guido, so
hatte sie es sich vorgenommen.

Beim zweiten Mal schüttelte sie genau deswegen
schon gleich zu Anfang den Kopf und setzte sich auf
seine Bettkante. Sie hoffte, damit etwas besiegt zu haben. Doch Marvin saß zu dicht neben ihr und konnte
seine Hände nicht bei sich behalten. So wie er sie trotz
ihrer Jacke, des Shirts und der Jeans zu streicheln anfing
und sie dabei immer wieder küsste, konnte sie nicht wi-
derstehen. Unerwartet zärtlich, liebkoste er ihre Brüste
durch den Stoff, flogen seine Lippen über ihre, dann die
Wangen und Stirn. Seine Hände zerzausten ihre Haare
und er zog langsam, fast schon zärtlich und daher gar
nicht Marvin-like das Shirt aus ihrer Hose, öffnete die
genauso vorsichtig und gar nicht drängend glitt er mit

seiner Hand über ihre Haut in den Schoß. Ihr entfuhr ein lang gezogenes, kehliges *Damn!*, als er sie dort berührte. Alles drohte ihren Entschluss zu torpedieren. Sie schluckte und riss sich zusammen.

„Es geht heute nicht, ich hab' leider meine Tage bekommen, aber …"

Aber eine Hand von ihr machte das Gegenteil von dem, was sie sagte, glitt fast schon liebevoll über seinen Schenkel zum Gürtel seiner Jeans, die sie dann fast hektisch öffnete und bis zu den Füßen herunterzog. Er zog seine Hand zurück – *Teilerfolg*, schoss ihr durch den Kopf – und sie ließ sich zusammen mit ihm nach hinten fallen. Ihre Faust um sein steifes Glied, schnell zog sie Shirt und BH aus, befriedigte ihn wieder mit der Hand und legte sich mit ihrem nackten Bauch in dem Moment auf ihn, als er kam. Sekunden blieb sie so liegen, spürte das Pochen unter sich und als sie ihn küssen wollte, tat sie es bei ihm in seinem Schoß.

Minuten später meinte er noch etwas keuchend: „Du bist mir vielleicht eine", und zog ihren Kopf hoch. „So was wie dich hab' ich noch nie kennengelernt."

Ihre Hand glitschte noch in seinem Schoß und in ihrem Kopf explodierten die Bilder, bis nichts mehr zu erkennen war. Marvin rieb die Füße aneinander und ihre Hosen rutschten zusammen zu den Füßen, dann zog er sich ganz aus und Saya wieder auf sich.

„Ich dachte du hättest deine Tage? – Was machst du jetzt?" Vielleicht wollte sie später.

Sie hob die Schultern und zog einen Flunsch. Ihr war tatsächlich zum Heulen. Sie sah Guidos Ring an ihrem Finger und hörte sich sagen: „… manchmal etwas, was ich vielleicht nicht hätte machen sollen." Wie wahr! Über all das hatte sie erst vor kurzem mit Guido gesprochen. Über Warten, Annehmen, Nachdenken und das verfluchte Neugierig-Sein. Es hat nichts gebracht. Das andere Wort hieß herbeisehnen, das hatte wieder einmal funktioniert, nur mit dem Falschen, wenn sie sich selbst glauben wollte. Jetzt lag sie nämlich doch splitterfasernackt auf Marvins genauso nacktem Körper, ihr Bauch nass von ihm und er wartete. Vielleicht nicht nur auf eine bloße Antwort von ihr.

„Irgendwas studieren. In Kiel oder Heide, keine Ahnung. Vielleicht werde ich auch Zugführerin oder so." Sie grinste gequält. „Und du?"

„Studieren. Was sonst? Sport und Wirtschaftsmathematik. In Hamburg oder Berlin. Was will ich hier?"

Eine gute Frage. Was wollte er hier? Was wollte *sie* hier? Stellte sie sich die Frage, wenn sie allein war, gab es Hunderte Antworten. Alle im Lauf der letzten vielen Monate entstanden, ohne weiter über sie nachzudenken. Weil der Kopf an manchen Stellen plötzlich blockierte und all diese Antworten halb fertig an einem Komma endeten. Von unscheinbar über glücklich und allein sein war alles dabei. Die Schule und das inzwischen nur noch gelegentliche Turnen lenkten bislang einfach zu gut ab. Abi war das Ziel gewesen. So gut wie möglich. Es wurde fantastisch. Längst wieder vorbei. Was danach kam, stand nicht im Lehrplan. Alte Bilder und Erinnerungen, die mit einem Mal Zeit hatten, sie verrückt zu machen, Celso, gelogene Liebe, erste Zweifel, Selbstvorwürfe, Guido, Marvin, Nils.

Eine der ersten möglichen Antworten auf seine Fragen, sie könnte natürlich auch in Hamburg oder Berlin studieren. Vielleicht mit ihm. Das wär doch was?! Aber alles mit ihm wäre ungewiss. Selbst das Miteinander-Schlafen. Denn Gefühle füreinander, etwas mit Zukunft, waren nie ein Thema gewesen. Von seiner Seite. Davon ging sie aus. Sie taten es, mehr nicht, von Liebe oder so hatte er nie gesprochen, dass er ausgerechnet heute wieder so zärtlich war – oder bildete sie sich das nur ein? –, war schlimm genug.

Nein, sie durfte, konnte, musste sich nicht mehr länger zwischen zwei Männern entscheiden. Alle weiteren Antworten ließ sie im gärenden Durcheinander der vielen letzten Monate in ihrem Kopf stecken.

„Ich hab' gehört, ihr zieht zusammen?! Du liebst ihn also mehr als …?" Klang seine Stimme anders? War er etwa eifersüchtig? Doch verknallt? Oder nur wieder Marvin pur? Der fiese Provokateur?

Sie richtete sich ein wenig auf. Ihre Bäuche machten einen schmatzenden Laut. Sie grinste. *Wie geil war das denn?* Nickte gleich darauf und schüttelte den Kopf gleichzeitig. Wieder gingen die Schultern hoch. Marvin sagte nur, *du liebst ihn also mehr als*, und verschwieg mit einem komischen Lächeln den Rest: *Etwa mehr als mich? Kann ja nicht sein, warum bist du sonst hier.*

„Ich denke schon." Nach einer stillen Sekunde sah sie Marvin an, ernst und etwas nachdenklich und er strich ihr wieder scheißzärtlich eine Strähne aus dem Gesicht. Seine Frage war noch zu beantworten. Deshalb:

„Ja. Deswegen."

Marvin nickte ungläubig.

„Die große Liebe ist das aber wohl nicht", stellte er mit einem spöttisch klingenden Unterton fest. Prompt fügte er hinzu, was vorher gefehlt hatte: „Sonst wärst du ja nicht hier. Vor allem nicht schon wieder und … so wie gerade eben. Irgendwie scheinst du deine Zweifel zu haben. Hab' ich vielleicht doch noch 'ne Chance?"

Statt ihn zu küssen, weil sie eigentlich nicht mehr darüber reden wollte, prustete sie, weil er damit einen wunden Punkt getroffen hatte. Leider sogar den ersten, komischsten, wundesten von vielen.

„Ah. Dann bist du also meine große Liebe. Das kann täuschen. Nur weil du mich … ach, scheiße!" Ihre Tränen liefen, so unrecht hatte er ja nicht. Was machte sie hier, wenn sie vorgab Guido zu lieben? Blöd wie sie war, glitt sie mit ihren Fingern nun auch noch in seinen Schoß und Marvin stöhnte leise auf.

„Du widersprichst dir dauernd." Er ließ seinen Kopf ins Kissen sinken und genoss ihre Hand, die ihn sicher nicht nur aus Langeweile streichelte. „Vielleicht solltest du, bevor du nach Hause gehst, hier duschen. Sonst sieht und riecht es jeder."

Sie ließ ihn los und zog den BH unter sich hervor, um ihn wieder anzuziehen. Reine Ablenkung. Es war eh alles zu spät. Dann rollte sie ganz von ihm herunter, blieb doch nackt neben ihm liegen und starrte an die Decke. Auf ihrem Bauch der Film, den sie mit ihrer längst nassen Hand verrieb.

„Kann ich auch zu Hause machen."

„Ich mein ja nur. Wenn Guido schon da sein sollte und an dir schnüffelt, kannst du sofort umkehren. Dann nimmt er sich für seine Narbe eine neue Pflegekraft."

„Weißt du, manchmal bist du einfach nur ein Arsch. Vor der Sache auf dem Schulhof war ich in dich echt verknallt, dann dein blöder Spruch, am nächsten Tag überfällst du mich regelrecht, dann schreibst du, du hättest was gutzumachen und das hast du getan. Ja, okay, es war ein … geiler Nachmittag. Aber jetzt wieder so ein blöder Spruch. Irgendwie ist das kein Wunder, dass du noch nie eine richtige Freundin hattest. Tut mir verdammt leid, wenn ich damit auch nicht dienen kann. Bumsen ist verdammt noch mal nicht alles im Leben."

Sie beugte sich über ihn hinweg, griff nach seiner Unterhose neben dem Bett auf dem Boden und wischte sich mit der über ihren Bauch. Dann zog sie den BH an und die Jeans ohne Slip darunter an ihren Füßen hoch. Kurz darauf stand sie neben ihm und schaute auf ihn runter. Er hatte schon wieder einen Steifen.

„Tut mir leid, wenn ich nicht deinen Vorstellungen von einem Märchenprinzen entspreche", Marvin klang sauer, „aber was du Bumsen nennst, war mein Versuch, dich endlich zu erobern. Sorry dafür! Ich hab' deinen Besuch wohl falsch verstanden."

Guidos Satz vor vielen Wochen. Sogar Celso hatte mal ähnliches gesagt. Jahre her. Sie versuchte sich zu erinnern in welchem Zusammenhang, Während sie die Jeans schloss, schaute sie auf den verlockend nackten Marvin herunter und zischte heftiger als sie wollte:

„Blödmann!"

Saya war schon an der Tür.

„Wir sehen uns", meinte er nur und boxte wütend und tatsächlich enttäuscht gegen die Wand.

Saya knallte die Tür zu. *Echt! So ein Blödmann!* Kurz blieb sie im Hausflur stehen. *Dir werd ich's zeigen*, ging ihr durch den Kopf, *von wegen, neue Pflegekraft für seine Narbe.* Sie stolperte aufschluchzend die Treppen runter, stieß mit einer Schulter hart an eine Wand. Rieb sich die Stelle, fluchte und weinte und putzte sich mit einer Hand den Rotz von der Nase. Vor der Tür konnte sie vor lauter Tränen fast nichts sehen. Sie schaute hoch zu Marvins Fenster, der Vorhang schien sich zu bewegen, auch seinen Schatten glaubte sie erkannt zu haben, wahrscheinlich sah er hinter ihr her und würde sich anschließend einen runterholen. Sie schniefte wieder, zog abermals die Nase hoch, der Rotz tropfte immer noch aus ihrer Nase und sie hatte kein Taschentuch parat. Sofort fiel ihr Guido ein, der immer eines in der Tasche hatte. Sie schniefte den Rotz in eine Hand und wischte sie an ihrer Jeans ab.

Augenblicke später kurvte sie mit dem Rad minutenlang ziellos durch die Gegend. In der Esso-Tankstelle in der Gradinger Chaussee kaufte sie ein paar Ingwer-Drops, andere gab es nicht, denn sie schmeckte immer noch Marvins Haut, Schweiß und Sperma auf ihrer Zunge. Blöderweise gefiel ihr der Geschmack, aber Marvin hatte ausnahmsweise recht: *Wenn Guido an dir schnüffelt, kannst du sofort umkehren.*

Vor zur Eider, in wilder Fahrt, weil sie durch die Tränen kaum was erkannte, bis Groß-Olversum, dort sah sie auf dem Deich eine stählerne Bank. Wütend ließ sie das Rad neben der schmalen Straße am Deich ins Gras neben eine Treppe fallen, rannte diese hinauf und setzte sich auf das metallene Ding. Gott sei Dank war niemand da, niemand zu sehen, sie heulte und fluchte und traktierte die Bank mit Faustschlägen, bis ihr Handballen schmerzte und etwas zu bluten begann.

Vielleicht sollte sie Schluss machen. Mit allem. Mit ihrem Leben. Wenigstens mit diesem. Dann würde sie keinem mehr wehtun. Auch sich selbst nicht. Vor ihr fuhr das Ausflugsschiff *Adler II* die Eider hinunter. Wär' doch was, vielleicht erfolgversprechender als damals das mit dem U-Bahn-Fahren und Karthik und dem im Rohbau befindlichen Hochhaus. Vorne im Bug wie Kate Winslet auf der *Titanic* zu stehen, um sich aber dann mitten auf dem Meer einfach in die Fluten fallen zu lassen. Sie seufzte auf. Alles Quatsch! Sie liebte das Leben zu sehr und hatte sich nach den gelogenen Tröstungen und der Scheiße mit Celso eigentlich darauf gefreut herauszukommen. Mit Guido bekam sie sogar die heimlichsten Wünsche erfüllt.

Wär' doch was, war wohl nichts. Licht an. Licht aus. Sie schnüffelte an ihrer Hand. Licht an. Marvin. Sie liebte wohl das Achterbahnfahren, das Rauf und Runter, scheinbar auch den Nervenkitzel, die Kurven und Loopings, dabei hasste sie das, was einmal gewesen war, und kam bei dieser, ihrer Fahrerei doch wieder genau zum Ausgangspunkt zurück, blieb sitzen, um von vorne anzufangen.

Die *Adler II* hupte energisch und laut und unterbrach damit ihre Gedanken. Der Spruch von Nana fiel ihr ein, *Naghangad ng kagitna, isang salop ang nawala*, dieser stimmte. Sie war zu gierig und wusste nicht worauf. Das schöne Leben hatte doch längst mit Guido begonnen, das galt es zu gestalten, so wie das Häuschen, das sie *zusammen* hatten und in dem es stattfinden könnte, konnte, wie auch immer. Wieder die *Adler II* mit dem Hupen. Gestalten, das war es. Sie sah zum Schiff hinüber, wischte sich den nur noch etwas blutenden Handballen am nackten Stahl der Bank ab, stolperte die Deichtreppe hinunter und raste nach Tönning zurück.

Vor dem kleinen Lädchen *Smucke Saaken* bremste sie wie ein kleines Kind mit schleuderndem Hinterrad. Im Schaufenster ein paar nette Dinge, vor allem aber ihr Spiegelbild und sie zeigte sich einen Vogel: *Du bist mir vielleicht eine.* Links lag ein langes und krummes Schild aus Treibholz. Vorne stand einfallslos *Willkommen* drauf. Ja, super, willkommen im Leben. Achterbahnfahren für heute beendet! Willkommen gestalten.

Sie stellte das Fahrrad ab, ging in den Laden und kaufte genau dieses Schild. Dann zum Aldi. Der hatte diese Woche Farben. Kleine Eimer in verschiedenen Farbtönen. Von ihr selbst eingeräumt. Eine glich dem beigen Gelb in ihrem Zimmer in Guadalupe. Dazu ein Grün und Rot, zwei Pinsel, verschiedene Struktur- und Motivrollen. Sie schaute auf ihre Uhr. Gute zwei Stunden noch Zeit, dann wollte Guido zu Hause sein und etwas reparieren. Schwankend fuhr sie zum Häuschen und schmunzelte, weil sie *zu Hause* dachte, als sie den Schlüssel ins Schloss steckte. Endlich zu Hause, das passte wirklich. Sie würde eine Schale daraus machen.

Der kleine Flur nach einer Stunde gestrichen. Die Fläche war ja nicht allzu groß. Sie musste sich selbst nur ein paar Aufgaben stellen. An der mit Klebeband gerade gemachten Kante zum Wohnraum mit einer Motivrolle eine grüne Ranke vom Boden bis an die Decke. Dort wuchs ein Ast sogar bis in die Decke hinein und an dieser entlang. An und im Geäst dieser Ranke in dem schönen, leuchtenden Rot mit der anderen Motivrolle mal mehr mal weniger dicht Blumen und Blüten. Fast drei Dutzend. Ein blühender Rosenbusch, oder so.

Sie sah sich das Brett an. Hinten zwei kleine Aufhänger. Mit einem Schraubenzieher aus Paps' Werkzeugkoffer montierte sie beide auf die andere Seite. Schliff die Rückseite etwas ab und ritzte und kratzte und schrieb in die Furchen mit verschiedenen Acrylfarbstiften *Naghangad ng kagitna, isang salop ang nawala.* Ja! Sie wollte nicht länger gierig sein. Nicht darauf. Nicht auf diese Weise. Anschließend hängte sie ihr Werk von innen über die Eingangstür. Mit dem letzten Hammerschlag wusste sie, wohin sie gehörte. – Hoffentlich.

Zufrieden zog sie die Nase hoch und klatschte in die Hände, kämmte sich die mit Farbe bespritzten Haare aus dem Gesicht, zog ihr Handy aus der Hosentasche und schrieb Marvin über WhatsApp, *Versuche gehen manchmal auch daneben.* Ohne irgendein küssendes oder lachendes Emoji dahinter. Jedes davon wäre fehl am Platz. Warum musste er auch alles mit so dummen Sprüchen zerstören? Anschließend löschte sie seine Nummer und meldete sich von seinem Account als Follower ab. Seine Antwort, *ich hab' sicher noch ein paar*, konnte sie deshalb nicht lesen.

Durch die Büsche sah sie im selben Moment Paps' Wagen hinters Haus fahren. Alles klebte und roch an ihr. Nur darin hatte Marvin recht gehabt. Die klecksende Farbe hatte zudem einen bunten Streuselkuchen aus ihr gemacht. Sie zog sich schnell aus, die Sachen ließ sie im Flur auf dem Boden liegen, ihr Körper roch sicher mehr nach Marvin als der Stoff. Sie ging in das kleine Bad, ließ die Tür offen und verschwand hinter dem Vorhang der Dusche. Vorhang und Duschkopf mussten auch ersetzt werden. Für heute würde aber alles seinen Dienst tun. Das Wasser wusch tatsächlich nicht nur die Farbe ab, sondern auch den nassen Film auf ihrer Haut, der bis vor einer Sekunde nach Marvin gerochen hatte. Ein weiterer Spritzer Orangen-Duschgel darüber und alles wird gut. Sie spülte gerade noch ihren Mund aus, als sie hörte, wie Guido den Schlüssel umdrehte und in den kleinen Flur trat.

Er blieb stehen, sagte halblaut „Mega", nahm das plätschernde Wasser im Bad wahr, ging hinein und schob den Vorhang zur Seite.

„Mega!"

Er schaute an ihr herunter und fügte ein *Wow* hinzu. Sie grinste, so gut es nach einem solchen Tag ging, und schäumte in ihren Händen den nächsten Spritzer Orangen-Duschgel auf und blies ein paar Bläschen in seine Richtung.

„Ehrlich?"

Guido nickte nur. So hatte er sie im Grunde noch nie gesehen. Nicht am helllichten Tag. Höchstens nachts im Halbdunkel seines oder ihres Zimmers. Und dann auch nur ab und zu in der Sekunde, wenn sie die Decken durch sich selbst ersetzten. Bei ihm im Zimmer, wegen der hellen Straßenlaterne vor dem Haus, mit dem Muster der Rollladenlücken auf ihrer Haut. In letzter Zeit eher selten bis gar nicht. Aber langsam begannen sie sich auch in dieser Hinsicht wieder zu finden und anzunehmen. Es klang blöd, was er dachte, aber sie waren beide weniger kindisch, dafür erwachsener geworden. Er schluckte und schaute wieder an ihr herunter. An der schönsten Frau, die er je gesehen hatte. Die Farbe ihrer Haut hatte etwas von einem Milchkaffee, die Brustwarzen steif, die Höfe um denen fast so dunkel wie das Holz der Fensterrahmen. Aus ihrer Irokesenfrisur rann das Wasser in die Duschwanne.

„Magst du?" Sie verfolgte seinen Blick und hätte am liebsten losgeheult, weil Marvin sie damals in der Dusche genauso betrachtet hatte, bevor sie sich in die Ecke lehnte, ein Bein hochzog, abwinkelte und ihn eindringen ließ.

Guido schaute zur Haustür, auf seine Uhr, auf die Wand neben das Waschbecken.

„Wir haben keine Handtücher."

„Ach. Sag bloß." Jetzt lachte sie mit einem Schniefen auf, Guido klang manchmal wie ein kleiner Junge. Auch das war anders als bei Marvin. „Oben steht der Karton."

Keine Minute später zog er den Vorhang hinter sich zu. So gut es ging. Sofort blieb der an seinem Rücken kleben.

„Willkommen zu Hause."

Mit einem Kuss ganz dicht an ihrem Ohr, während das Wasser warm auf sie herunterrauschte und Guidos Glied und nicht Marvins an ihrem Bauch hinaufwuchs. Sie lehnte sich in die Ecke, zog ein Bein hoch und winkelte es ab.

Wenn man einmal aus dem Tritt geraten ist, wirds nix mehr, meinte Frau Schulte, dann muss man sich hinsetzen und neu darüber nachdenken. Denn auch eine Reise von tausend Meilen beginnt mit einem kleinen Schritt. Saya nickte und nutzte einen Nachmittag, kurz vor dem Einzug in das Häuschen, um ungestört darüber mit Mommy zu sprechen. Bis dahin hatte sie sich immer wieder die Studienangebote der Uni in Kiel und der Fachhochschule in Heide, ja sogar die in Hamburg und heimlich auch die in Berlin angeschaut, natürlich wegen Marvin. Der studierte nämlich nur die ersten Semester in Hamburg.

Seit Wochen hatte sie keinen Kontakt mehr zu ihm. Bis ihr Handy ein Plopp machte. 016378… möchte dir eine Nachricht schicken. Sie zog das Fenster runter und las die ersten Zeilen. *Hallo du. Hab' gebraucht, bis ich deine neue Nummer hatte. Tut mir leid, wenn ich solche Sprüche mach. Wollte dir nicht wehtun. Aber statt dauernd abzuhauen, könntest du dich mit mir auch mal darüber unterhalten. Ich hab' ja keine Ahnung von dir. Und mit jedem …* Weiter ging es nicht. Ganz klar Marvin. Wochen danach. Um alles zu lesen, müsste sie die SMS ganz öffnen. Sie stöhnte auf und ließ ihr Handy in einer Potasche der Jeans verschwinden. Er versuchte es auf allen Kanälen. Wenn es so weiterginge, würde sie nie von ihm loskommen. Der Handyvertrag war neu, noch eine neue Nummer ausgeschlossen. Bliebe nur, seine wieder zu blockieren. Auch blöd. Sie hockte sich auf die Stufen vor dem KUJU und schrieb zurück. *Dann treffen wir uns auf neutralem Boden. Es gibt nichts, was du von mir wissen müsstest.*

Was für ein Quatsch, *auf neutralem Boden,* sie wollte nur nicht darüber reden. Allein deswegen war auch dieser Versuch von ihm totaler Blödsinn. So ein Schwachkopf, nur weil ... sie traute sich den Rest nicht zu denken. Stattdessen prustete und fluchte sie. In ihrem Kopf passierten schon wieder ganz andere Sachen, als sie sich gerade noch vorgenommen hatte. Sie stand auf, klopfte sich möglichen Staub vom Stoff über ihrem Po ab und ging wieder ins Gebäude hinein.

Seit bald drei Monaten machte sie ein FSJ in der Kinder- und Jugendhilfeeinrichtung KuJu im Ort. Denn es hatte bei keinem Studium klick gemacht, das sie im Internet gefunden hatte. Sie hätte auch nicht sagen können, wohin und was sie wollte. Und dieses Wohin betraf nicht einmal den Ort. Vielleicht sähe sie im Laufe der Monate klarer, *wohin* ihre Reise im Leben noch ging. Würde ihr etwas einfallen, wollte man ihr entgegenkommen. Das Gymi hatte dabei jedenfalls nicht geholfen. Trotz der guten Noten und des Preises, den sie eingeheimst hatte.

Sie hatte das Gefühl, seitdem erst recht herumzueiern. Nicht nur in der Frage, was sie später einmal beruflich machen wollte, sondern was sie von ihrem Leben und dieses von ihr erwarten durfte. Aber irgendwie schienen all die aus ihrer Klasse mit schlechteren Abschlüssen eher zu wissen, was aus ihrem Leben werden sollte. Die hatten ausnahmslos eine Ausbildung oder ein Studium angefangen. Es blieb dabei, in der Aula ihres Gymis hatte sie einen Preis als Belohnung für die Flucht vor dem Nachdenken über das Leben erhalten. Was ihre Ausrutscher betraf, leider konsequent. Ihr Kopf blieb in dieser Zeit mit Lernen beschäftigt. Das wars. Und mit Träumen, die mit damals, mit Celso, seinen Lügen über die Liebe und seinem Gefummel und dem anschließenden Stürzen in dunklen und unendlich tiefen Treppenhäusern anfingen und auch nach einem Aufwachen nichts mit Guido zu tun hatten, sondern allzu oft mit Marvins *Versuchen* endeten. Gerade war sie mit der Tupperdose in der Hand ins KuJu hineingegangen, als ihr Handy das nächste Plopp machte.

Mehr als du denkst. Ich will nicht nur dein fuck buddy sein.

Fuck buddy. Etwas zum googeln und ein Wort fürs Oktavheftchen. Dahinter müsste sie in Klammern *Risiko, sich zu verlieben, schnelle und unkomplizierte Befriedigung der Lust, in bekannter Atmosphäre mit vertrautem Partner, keine Verpflichtungen* schreiben. *Fuck buddy* stimmte leider perfekt und sie hatte immer noch keine Ahnung, warum sie einen hatte, brauchte oder wollte. Sie hatte doch alles, was sie sich wünschte, und beschloss darum ihm später zurückzuschreiben.

Ab dem Mittag erledigte sie wie nahezu jeden Tag ein paar Botengänge, holte danach Kinder und Jugendliche von der Schule ab, half bei Hausaufgaben, gab in einigen Fächern Nachhilfe und war da, wenn ein Ohr benötigt wurde. Später erzählte sie den Kleinen, woher sie kam, beantwortete neugierige Fragen und zeigte Fotos dazu auf ihrem Handy. In der Regel ging sie, kurz bevor die Botengänge begannen, ins KuJu, abends kam für gewöhnlich Guido vorbei und holte sie ab. Manchmal gingen sie ins *Büsken* oder *Mamma Mia* oder holten sich etwas im Imbiss am Markt und gingen in ihr neues Zuhause, das immer heimeliger wurde.

Es entstand ein Trott, der sie manchmal nervte, aber sobald sie mit den Kindern zu tun hatte, war dieser verschwunden. Ein nervender Trott käme auch durch anderes zustande, sogar durch ein Studium oder irgendeine Arbeit, glaubte sie. Beim Aldi Ware einzuräumen, war ja eigentlich nichts anderes. Auch in den Turnstunden mit den Kindern jedes Mal Sprungrollen, Handstütz-Überschläge oder Radwenden zu machen. Warum nervte es überhaupt? Wahrscheinlich nervte sie sich nur selbst. Irgendwie bekam sie nichts mehr richtig geregelt. Auch ein *fuck buddy* konnte nerven, weil er sie ständig durcheinanderbrachte, ablenkte, viel zu zärtlich war, aber dann doch blöde Sprüche machte, statt einfach mal still zu sein.

Inzwischen waren Guido und sie ins Häuschen eingezogen. Aber es gab noch einiges zu tun. Sie hatten noch nicht alles zusammen. Etwas zum gemütlichen Sitzen oder Liegen im Wohnzimmer, ein Regal oder ein Schrank und eine Waschmaschine fehlten. Die Küchenzeile war auch noch nicht komplett. Und in Mommys und Paps' Haus war erst kurz vor Weihnachten damit zu rechnen, dass sie einziehen konnten. Heizkörper und Fußleisten und manches Wasserventil fehlten. An den Abenden hieß es also, auch dort zu helfen.

Jeden Abend lag sie dann nach dem Essen im Schlafzimmer unterm Dach, das sie mit einer hellen Holzdecke und hellen Möbeln ausgestattet hatten. Las in einem Buch, schrieb Nachrichten an ihre Freundinnen in Makati, lachte über deren Antworten oder kuschelte sich müde an Guido, wenn er endlich fertig gewerkelt hatte und aus dem Bad nach oben kam. Das gesuchte Stauraumbett hatten sie an dem einen Wochenende in Kiel in einem großen Möbelhaus gefunden. Über diesem ein kitschig schöner und bunter Kronleuchter aus Glas, der mal im Sperrmüll herumlag, dessen Geschnörkel zu den Ranken unten im Flur passte, auch an Blumen und Äste erinnerte und dessen Licht sich nun ferngesteuert dimmen ließ. Dafür fehlte im Wohnzimmer das Sofa, auf dem sie sich abends herumlümmeln konnten, und ein dazu passender Tisch, der auch als Esstisch funktionieren sollte. Das Schlafzimmer war also der einzige fertig eingerichtete Raum.

Saya hatte ein komplettes Wochenende damit verbracht, ihn so gemütlich wie ihren alten Souvenirladen einzurichten, wie sie ihr früheres Zimmer immer genannt hatte. Über dem Bett hing trotz allem das Bild vom gelben Haus in Guadalupe Nuevo mit dem blinkenden Herz und ein dichtes, feines Durcheinander aus kleinen Gemälden und Fotos von Guido und den Freundinnen. Auch manche von denen mit kleinen Blumengirlanden geschmückt. Auf den Regalen allerlei Fundstücke und ein paar Sachen aus dem kleinen Lädchen, die sich im Laufe der Zeit angesammelt hatten. Statt Marvin zurückzuschreiben, lag sie abends neben Guido und wollte einen Teil der vielen Fragen in ihrem Kopf von ihm beantwortet haben.

„Hast du dir das alles so vorgestellt?"

Sie forschte mit zerknautschter Miene, als hätte sie Schmerzen, in seinem Blick

„Ich finde es hier saugemütlich."

Nun schüttelte sie den Kopf.

„Nein, ich meine das Leben."

„Wir leben zusammen, das ist super. – Oder?"

„Ja. Schon. Aber ..." Sie wedelte irgendwie unentschlossen mit den Händen herum.

„Aber was? Du bist also doch noch nicht angekommen, oder?", stellte er fest.

„Meinst du, das könnte damit zu tun haben, dass ich nicht in einer normalen Familie großgeworden bin?"

Guido schob sich zum Kopfende hoch. Das Gespräch wurde unvermutet ernster als erwartet.

„So gesehen, bin ich das doch auch nicht."

„Du benimmst dich aber nicht so bekloppt wie ich."

„Du benimmst dich nicht bekloppt. Schau dir doch unsere Wohnung an. Die hast *du* so schön gemacht. Findest du das bekloppt? Ich fühl mich jedenfalls pudelwohl in der. Schon allein deshalb, weil *du* darin wohnst. Ich hab' eine Heimat mit dir bekommen. Das ist nichts anderes als ... geil! Du hast mich sozusagen gerettet. Ich weiß nicht, wo ich sonst wäre."

„Manchmal fühle ich mich wie ein Suppenteller. Mal voll, mal vollkommen leer."

„Welcher Zustand gefällt dir denn besser? Der, wenn die leckere Suppe im Teller noch drin ist, aber dann allmählich kalt wird, oder wenn du sie aufgegessen hast, weil sie noch warm war, geschmeckt hat und du vielleicht satt bist?"

„Mann! Du und deine Bilder!" Saya prustete und schüttelte den Kopf.

„Das mit dem Suppenteller kam von dir", grinste er: „Wenn ich nur wüsste, wie ich dir helfen kann, dass dir die Suppe auch schmeckt?"

„Hilf mir zu leben. Allein krieg ich das nicht hin."

„Weil ich dich liebe, ist mit dir zu leben ganz einfach. Deshalb leben wir doch zusammen."

„Aber tu ich das auch mit dir?"

Guido stutzte. Saya lag auf dem Rücken. Er sah zu ihr runter. Still und nachdenklich. Sie hingegen schielte zur Wendeltreppe, die nach unten ins noch halb fertige Wohnzimmer führte. Sie schien jede einzelne Stufe mit ihrem Blick nachzuzählen. Dreizehn an der Zahl. Keine gute Zahl – angeblich. Heute war immerhin kein Freitag.

„Ich glaub, das ist für alle Beteiligten ein längerer Prozess ...", fing Guido an. Seine Stimme erinnerte an Paps, wenn er etwas zu erklären begann. *Der große Anlagenbauer,* ging ihr durch den Kopf, „... den man jeden

Tag von Neuem angeht. Angehen muss. – Sonst wirds ja langweilig. Ich hoffe, wir kriegen das mit jedem Tag besser hin. – Ich weiß, man braucht dafür verdammt viele Tage und ich war in Mathe schlecht, das weißt du, ich kenn daher keine so großen Zahlen."

Saya schüttelte mit einem wenig amüsierten Auflachen den Kopf, Guido klang manchmal nicht nur wie Paps, sondern gleichzeitig wie ein Philosoph und eine Betriebsanleitung für Kühlschränke oder Mikrowellenherde. Sie schob sich auch ein wenig hoch, schüttelte wieder den Kopf und sah ihn vorwurfsvoll an.

„Du bist unfassbar. Wie heißt das? Du hast auf jeden Topf 'nen Deckel. Echt unglaublich! Manchmal machst du nicht muh oder mäh, und manchmal bist du der große Philosoph. Manchmal könnte ich dich dafür allerdings auch auf den Mond schießen."

„Suppenteller, muh und mäh, Topf und Deckel und alles und mich auf den Mond schießen. Das Oktavheftchen weiß, warum es das gibt, stimmt's? Und wer malt hier Bilder?"

Saya knurrte, sah ihn an und doch wieder nicht, weil sie seine Lippen fixierte, und streichelte immer noch nachdenklich über der Decke seinen Arm. Seine Hand – auch über der Decke – ihre Hüfte.

„Hast du für mein Studium auch einen Tipp? Meinst du, dass Tourismus für mich was ist? Oder doch lieber etwas Technisches? Beides könnte ich in Heide machen. Da käm' ich leicht hin. Und immerhin war ich ja in Makati auf einer eher technischen Schule."

„Für Tourismus spricht, du kommst wahrscheinlich leichter und öfter aus dieser Langeweile raus, die dich, wenn du ehrlich bist, ja doch manchmal quält. Für was Technisches spricht, irgendwann in vielen Jahren, die wir hoffentlich alle zusammen glücklich verbringen werden, und wenn es Höhler und Bach dann noch geben sollte, darf ich sicher Paps beerben und seine Position und Verantwortung übernehmen. Wer weiß, vielleicht hast du dann Lust, zusammen mit mir etwas in dieser Firma zu bewegen. Vielleicht magst du sogar meine Chefin werden. Wäre doch auch cool. Was meinste?"

„Du kannst dir das demnach mit uns immer noch vorstellen. Trotz allem", stellte nun Saya fest.

„Fang nicht wieder damit an", lächelte Guido, rutschte wieder auf die Matratze runter und schlüpfte mit der Hand bei ihr unter die Decke.

„Aber ich weiß ja noch nicht einmal, was ich werden will", wendete sie ein.

Am liebsten hätte er gesagt, am besten meine Frau, beließ es aber wegen ihrer Reaktion neulich bei:

„Ich wette, irgendwann glücklich in einem Beruf."

„Irgendwann. In tausend Jahren. Und dann in welchem?"

Eine Frage als Antwort. Blöderweise fiel ihr ausgerechnet jetzt Marvins WhatsApp ein. Der wartete auch noch auf eine Antwort.

Die schrieb sie am nächsten Morgen: *Vielleicht besuch ich dich mal in Hamburg.* Dahinter eine Handvoll Kuss-Emojis und ein *Hahaha*. Nach ein paar Minuten wollte sie sie wieder löschen, aber die Häkchen waren schon blau. Er hatte es gelesen. Maldita!

Heide. Hamburg. Hanebüchen.

Im Internet hatte sie sich natürlich schon informiert. Sich die angebotenen Studiengänge und Bedingungen angeschaut. Die Rezensionen selbstverständlich auch gelesen. Einige himmelhochjauchzend – längst stand dieses Wort in ihrem Oktavheftchen, irgendwann im Deutschunterricht gefallen – andere nichts anderes als ein Verriss. Es blieb dabei, sie schwankte zwischen den beiden Extremen *International Tourism Management* und dem Master *Automatisierungstechnik*. Schon im Herbst könnte sie anfangen. Im KuJu wäre man zwar traurig, aber man wollte ihrem Werdegang nicht im Wege stehen. Sie hatten ihr einen Tag freigegeben, um alles vor Ort mal live zu sehen, und Paps ihr das Auto geliehen. So fuhr sie bei Heide-West von der Autobahn runter, die B 203 wie von ihrem Navi im Handy angesagt weiter und bog zweimal rechts ab.

Das Gebäude sah hell und freundlich aus und erinnerte sie ein wenig an ihre ehemalige Schule. In neuer Jeans, Guidos Snoopy-Shirt und der geliebten blauen Twinset-Jacke schlenderte sie anschließend durch die Gebäude wie durch ein Einkaufszentrum. Las den ein oder anderen Aushang, zupfte angepinnte Infoblätter weg und steckte sie ein. Ein paar Studierende standen vor einem Aushang und unterhielten sich. Warum nicht einfach fragen, wie es denn hier sei? Sie tat es bei einem jungen Mann. Nicht viel älter als sie.

„Warum? Was haste vor?", fragte er zurück.

„Ich schwanke noch zwischen *International Tourism Management* und dem Master in *Automatisierungstechnik*. Ich könnt auch in Hamburg oder so. Aber der Campus ist in Ordnung –, denke ich."

„Ja. Und vor allem da, wo ich wohne“, grinste er sie an, „ansonsten ist das ein ziemlicher Kontrast. Reisen verkaufen oder konstruieren. Ich denk aber, in der Automatisierung ist mehr Zukunft. Deshalb mach ich das. Hast also den Richtigen gefragt. ’nen Job findest du auch immer. – Ich bin im Übrigen der Markus.“

Sie lächelte zurück. Markus, nicht besonders groß, etwas korpulent, dunkelbraune Haare mit einem ungeordneten Mittelscheitel. Er streckte ihr eine Hand hin.

„Saya. Ich wohn auch nicht weit weg. Tönning.“

„Na das passt ja.“

Eine der jungen Frauen drehte sich um.

„Kannst ja reinschnuppern und dann gegebenenfalls wechseln. Aber deine Auswahl ist natürlich echt krass.“

„Biste aus Tönning oder hingezogen?“, wollte wieder jemand anderes wissen.

Saya grinste. Nett verpackte Neugier.

„Hingezogen. Eigentlich bin ich aus Makati City, ist eine der Nachbarstädte von Manila. – Philippinen also.“

„Sprichst aber wie eine aus Hannover. Bist demnach schon als kleines Kind gekommen?!“

Saya musste tatsächlich nachrechnen und schüttelte dann den Kopf.

„Nee, aber schon über vier Jahre hier.“

„Erst? Hammer.“

Plötzlich standen sie zu fünft vor den Pinnwänden. Markus kannte Saya schon. Die anderen Namen würde sie noch herausbekommen.

„Also ich find Tourismus klasse. Da sind wir eine ganz bunte Gruppe. Hab’ letztes Jahr angefangen.“ Die das sagte, boxte Markus gegen den Oberarm und zwinkerte ihm zu. „Ich glaub, das hat mehr Zukunft, als du immer tust. Ich weiß von anderen, dass die inzwischen bei großen Hotelketten, Fluglinien oder Reiseanbietern arbeiten. Die Leute wollen doch immer reisen. Egal welcher Putin durchdreht oder Terrorist herumballert. Ich würd' nicht zocken. Mach Tourismus, mach, was dir Spaß macht. Du lebst nur einmal."

„Ach, Katrin!" Aha, Markus und Katrin. „Du und deine philosophischen Ansätze. Im Übrigen, man *stirbt* nur einmal. Leben tut man jeden Tag! Das wusste schon Snoopy." Markus deutete auf Sayas Shirt. „Aber sie hat recht. Leb ein Leben, in dem du deine Träume erfüllen kannst. Sag ich mir jeden Tag. Klappt nur nicht immer."

Markus lachte, boxte nun gegen Katrins Schulter und Katrin pikste ihn schmunzelnd in die Seite, nahm ihn dann ein wenig in den Arm und drückte ihn an sich. Ein drolliges Pärchen. Auf jeden Fall haben die zwei was miteinander, davon ging Saya nun aus.

„Mich reizt auch das dafür geforderte Auslandssemester, vielleicht mach ich tatsächlich das Tourismus-Studium", erwiderte Saya lächelnd und gleichzeitig nachdenklich. Die beiden gefielen ihr. Sie würde sicher beide wiedertreffen, wenn sie hier studierte.

„Die Profs sind auch in Ordnung. Meist ziemlich jung sogar. Und so wie's aussieht, kannst du schon ein paar Sprachen?!"

„Filipino, Englisch, Spanisch und Deutsch. Sogar ein wenig Chinesisch. Genug, um nicht zu verhungern."

„Mann, echt jetzt? Wahnsinn! Da steht dir in allen Fächern die Welt offen. Ehrlich gesagt, macht mich das extrem neidisch. Wär geil, wenn du kommen würdest. Wir zwei sind noch zwei Jahre hier. – Sollen wir Telefonnummern austauschen, also natürlich auch Katrin und du, dann kannst du uns berichten, wofür du dich entschieden hast."

„Klar. Hier meine. WhatsApp hab' ich auch."

***

Nach einer guten Stunde setzte sie sich wieder in den Golf, fuhr auf der B 203 zurück und an der Abfahrt, an der sie von der Autobahn heruntergefahren war, wieder auf. Sie freute sich auf den Abend. Guido und sie wollten nach langer Zeit mal wieder zusammen ausgehen. Nun hätte sie viel zu erzählen und entschieden hatte sie sich so gut wie. Sie schaute auf die Uhr im Armaturenbrett, noch massig Zeit. Aus dem Radio sang Dilaw den Song *Uhaw* von ihrer Playlist auf Spotify. *Sabik nang mahalikan, mayakap ka't masayaw sa ulan, ang mundo'y gagaan, mundo ko'y gagaan.* Ich kann es kaum erwarten, dich zu küssen, ich umarme dich und tanze mit dir im Regen. Die Welt wird leichter sein. Meine Welt wird leichter sein. Der Song perfekt, um durch die Gegend zu grooven. Perfekt für diesen Tag.

Nach zwanzig Minuten Fahrt merkte sie, dass etwas falsch gelaufen sein musste. *Late Night* mit Shoti aus den Lautsprechern. *You're always on my mind that's how much I care.* Die Straße war nach wie vor zweispurig und Tönning tauchte auf keinem Schild auf. Weder den Ortsnamen noch das Wort Itzehoe kannte sie. An der nächsten Ausfahrt fuhr sie vorbei. Hier kam ihr in der Landschaft definitiv nichts bekannt vor. Dann das nächste blaue Schild, Hamburg 50 km. Automatisch sah sie auf ihre Uhr und die im Armaturenbrett. Zehn vor zwei. Wie lang braucht man für fünfzig Kilometer? Bei Tempo 120 nur fünfundzwanzig Minuten. Viertel nach zwei wäre sie also dort.

I know that i'd be lying if I didn't want you here … Sie bekam schwitzige Hände und fuhr an der nächsten Ausfahrt vorbei. Das nächste Schild. 46 km. 23 Minuten.

Blick auf die Uhr. Stimmt! Es waren nur zwei Minuten vergangen. Sie öffnete die Seitenscheibe einen schmalen Spalt. ... *I'm in love and why can't you just live near?* Wo war überhaupt die Uni in Hamburg? Um sie herum plattes Land, ohne ein einziges Hochhaus oder einen Fixpunkt oder gar eine Skyline. Buschwerk, ein paar Bäume und Felder. Ab und zu eine Brücke, die sich über die Autobahn spannte. Unkonzentriert fuhr sie zu weit rechts, steuerte hektisch dagegen, die Reifen quietschten und sie begann zu zittern. *Why do you live so far?* Hamburg. Es war klar, warum sie weiterfuhr.

Vielleicht besuch ich dich mal in Hamburg. Die Lust auf Marvin hatte sie mit voller Wucht erfasst. Schweiß stand auf ihrer Stirn, lief die Arme runter. Sie versuchte bewusster zu atmen. Gegen die aufkommende Nervosität. Gegen das Hämmern in der Brust. Sie musste unbedingt runterkommen. Verschluckte sich, ohne etwas im Mund zu haben. Ein Hustenanfall. Vor ein paar Tagen hatte sie ihm noch mal geschrieben. Zwei Sätze. *Wäre so was wie neutraler Boden. Tut mir leid, dass du dich wohl von mir ausgenutzt fühlst.* Dahinter diesmal nur ein Kuss-Emoji. Nur Minuten später schrieb er schon zurück: *Wenn du das ausnützen nennst, was du mit mir machst, kann ich das wohl aushalten. In Hamburg fänd ich's gut.* Ohne dass sie es merkte, wurde sie langsamer, im Rückspiegel ein Laster, der dicht auffuhr, aufblendete und hupte. Sie hob entschuldigend die Hand. Sehen würde es der Fahrer hinter ihr nicht. Parkplatz Steinburg 1000 m. Gerade rechtzeitig. Sie musste googeln, wo die Uni war. Aufs Klo musste sie auch.

Das Klo nicht besonders sauber, sie balancierte ihren Po im sicheren Abstand über der Schüssel, während sie pinkelte. Fast wäre ihr Handy dabei aus der Tasche ihrer Jeans gerutscht und ins Klo geplumpst, stattdessen klatschte es flach in eine zweifelhafte Lache neben ihr. Sie hob es mit Fingerspitzen auf und wusste nicht, wohin sie es legen sollte. Nahezu akrobatisch riss sie in ihrer gebückten Haltung ein paar Blätter von der Rolle, packte das Handy mit ihnen ein und legte es zusammen mit diesen auf eine einigermaßen trockene Stelle des Bodens, wischte sich selbst ab und zog sich an.

Draußen musste sie schallend lachen und bekam aus anderen Gründen Tränen in die Augen. Ein paar Leute guckten und dachten sicher: *Ach, 'ne Ausländerin, worüber macht die sich lustig? Soll froh sein, dass sie hier sein darf.* Zurück im Auto sah sie vor ihrem geistigen Auge Marvin auf einer Bank vor dem Uni-Gebäude sitzen, zwei, drei Studienfreunde um ihn herum, die Jungs unterhielten sich, sie schleicht sich von hinten heran und hält ihm ganz schnell die Augen zu. Nun schloss sie auch die Augen und beamte sich dicht an ihn ran. Wie damals, wenn sie mit Karthik zusammen war und mit ihm versuchte Celso zu vergessen. Oder sie sich *dabei* in Gedanken in Karthiks Arme beamte und sich vorstellte, er würde statt Celso über ihrem nackten Körper schweben und viel zärtlicher sein als dessen gelogene Liebe. Aber was hatte das alles mit Marvin und Guido zu tun? Sie gab doch vor glücklich zu sein. Egal! In ihrem Kopf lief der kleine Film weiter. Sie ließ die Augen geschlossen, beugte sich hinunter und gibt Marvin einen Kuss in den Nacken. Anschließend streicht sie mit ihren Händen über seine Schultern und gleitet mit ihnen unter seinem Hemd auf der rasierten Sixpack-Schrank-Brust hinunter bis kurz hinter den Gürtel. Verblüfft, aber wissend ruft er ihren Namen.

„Saya! Hammer. Dass du hier bist?!"

Ja. In Hamburg fänd ich's auch gut, hatte er ihr doch als Antwort geschrieben.

Im Bauch begann es zu kribbeln. Eine Hand in den Schritt gepresst, keuchte sie schon ein wenig. Sich jetzt einem befriedigenden Tagtraum hinzugeben, wäre echt nicht schlecht. Sie schaute auf, zu viele Leute um sie herum. Sie suchte im Handy nach der Uni und gab die Adresse ins Navi ein. Das rechnete fünfzig Minuten aus. Sie kontrollierte die Uhr, mittlerweile zehn nach zwei. Um fünfzehn Uhr wäre sie dort. *Dann komm doch mal vorbei.* Am Abend wollte Guido mit ihr um sechs ausgehen. Von der Playlist tönte Rap Samurai, *Every good girl needs a little thug, every block boy needs a little love.* Jedes gute Mädchen braucht einen kleinen Schläger, jeder Straßenjunge ein wenig Liebe. Nur auf dem Schulhof war Marvin damals ein wenig grob gewesen, inzwischen wusste sie längst, weil er, wie sie auf Scarlett, hochgradig eifersüchtig auf Guido war. Grund genug sich nachher in Marvins Armen zu rekeln?

Die Zeit rannte. Fast halb drei. Das Display zeigte fünfundvierzig Minuten. Ankunft zehn nach drei. Sie fuhr zu langsam, trödelte herum. Sollte sie ihn sofort treffen, hätten sie nur noch eine Dreiviertelstunde füreinander, dafür, für …, höchstens aber eine. *Fuck buddy.* Sie könnte Guido eine Nachricht schicken, es wird leider ein bisschen später, höchstens eine Stunde, die Uni ist super, hab' mich mit ein paar Leuten verquatscht, sei bitte nicht böse. So ein Quatsch. Sie käme zur Tür rein, und er sähe es sofort. Würde es vielleicht sogar riechen, und wenn er ein wenig zärtlich werden wollte, sogar spüren. Also keine Nachricht, stattdessen startete sie den Motor und fuhr keine halbe Minute später auf die Autobahn auf. Irgendwas würde ihr schon einfallen. Sie stoppte ihre Playlist, die mit ihren Lieblingssongs ihre Gedanken nur noch weiter durcheinanderbrachte, und machte das Radio an.

Das nächste Schild, keine Kilometerangabe, sondern die Ankündigung der nächsten Ausfahrt. Horst/Elmshorn 1000 m. Im Radio der falsche Sender. Irgendein Hardrock-Song, den sie nicht leiden konnte, so wie sie sich selbst in diesem Moment nicht leiden konnte. Was sie vorhatte, war doch hanebüchen, Anfang der Woche in ihrem Wörterbuch gefunden. In Klammern: empörend, unerhört, skandalös. Trocken, emotionslos und in diesem Fall nicht einmal übertrieben, aber dafür passend erklärt. Von wegen Kribbeln im Bauch und so.

Sie setzte den Blinker, wurde langsamer, fuhr von der Autobahn runter, blieb gedankenverloren und daher zu lange an der Kreuzung stehen, bis jemand hinter ihr hupte und sie wieder nur die Hand hob. Dann fuhr sie auf einer Brücke über die Autobahn auf die andere Seite und fuhr in die Gegenrichtung wieder auf. Kriechgang, weil sie sich verschaltet hatte. Sie begann zu zittern, auch weil sie spürte, dass sie feucht geworden war. Ihre Fantasie hatte durchgedreht. Das nächste Schild, Heide 66 km, in ungefähr einer Stunde wäre sie zu Hause. Also gegen vier. Zeit genug, um abzukühlen und sich schick zu machen.

Eine halbe Stunde später wurde die Strecke wieder einspurig. Eine Träne lief ihre Wange hinunter, sie hatte eine dubiose Lust in sich besiegt, nun freute sie sich doch und tatsächlich auf den Abend. *Naghangad ng kagitna, isang salop ang nawala.* Nein! Schluss! Sie wollte nicht länger gierig sein. Nicht auf diese Weise. Nicht dafür. Sie startete ihre Playlist wieder von vorne. Draußen schien die Sonne, es regnete also nicht, dennoch gehörte der Song nun richtig platziert zu diesem Tag: *Ich kann es kaum erwarten, dich zu küssen, ich umarme dich und tanze mit dir im Regen. Die Welt wird leichter sein. Meine Welt wird leichter sein.*

Den Wagen stellte sie auf das neu gepflasterte Stück vor die Garage. Mommy hatte sie durch das Küchenfenster gesehen, winkte und stand schon in der Tür, als sie ausstieg. Kurz blieb sie neben der geöffneten Autotür stehen und atmete noch einmal tief durch. In Sayas zufriedenem Lächeln schwang noch etwas anderes mit. Mommy hatte ein unbestimmtes Gefühl, konnte es aber nicht näher benennen.

Kaum im Flur begann Saya zu sprudeln. Aufgeregt, aufgedreht und atemlos. Mommy konnte ja nicht wissen, warum sie so zitterte.

„Die FH ist wirklich schön. Hell und freundlich. Ich hab' schon zwei kennengelernt, die sind voll nett. Katrin und Markus. Sie macht auch Tourismus und er das mit Technik. Ich denke, ich mach aber auch ITM. Das mit dem Auslandssemester ist einfach gut. Vielleicht tut mir das gut, um runterzukommen. Und mit 'nem Auto fährt man gerade mal 'ne halbe Stunde. Ich sprech mit Guido, vielleicht können wir uns ein kleines leisten." Sie machte eine Pause, um Luft zu holen, wurde ernst und fügte mit gesenktem Kopf leise hinzu: „Du hast sicher gedacht, ich würde vielleicht noch nach Hamburg fahren. Aber ich bin nicht zu Marvin."

Mommy nahm sie in den Arm. Den Verdacht, den sie morgens hatte, war unbegründet.

„Das hätte dir Guido dieses Mal auch nicht verzeihen können."

Saya nickte mit feucht gewordenen Augen.

Anschließend ging sie hinüber, zog sich aus, stellte sich vor den großen Spiegel im kleinen Flur und fühlte sich glücklich. Eins achtundfünfzig groß, fast vierundfünfzig Kilo, seit drei Monaten unverändert. Sie duschte ausgiebig, nahezu kalt und fühlte sich besser. Sie wartete darauf, ob so was wie Reue hochkam, Marvin nicht besucht zu haben. Doch die blieb aus. Nachdem sie sich abgetrocknet hatte, stieg sie die Wendeltreppe hoch, zog den hellblau gemusterten, hautengen Shorty, weil man den unter dem, was sie tragen wollte, höchstens erahnte, und den dazu passenden BH an. Beides hatten sie zusammen in Kiel gekauft und war von ihr noch nie getragen worden. Dann streifte sie sich das rote Trikotkleid über. Vor dem Spiegel zupfte sie alles zurecht und fand sich selbst sexy. Nur die Haare mussten noch anders. Mit wiegendem Kopf überlegte sie. Ein geflochtener Dutt sollte es werden, der dann von einem breiten Musselin-Haargummi gehalten wurde. Endlich war alles fertig. Und Guido fuhr mit seinem Rad neben das Häuschen.

Er würde sicher über ihr Outfit staunen und sie stellte sich vor, wie sie nach dem Abend im Restaurant zurück zu Hause nur den Shorty ausziehen und sich so auf seinen Schoß setzen würde.

Heidekraut vergeht nicht

Katrin und Markus erwarteten sie an ihrem ersten Tag. Eine Stunde, bevor die Lesungen, Unterrichte oder wie auch immer so etwas hieß, begannen. Mit dabei für jeden von ihnen ein noch kaltes Piccolo-Fläschchen. In den Wochen zuvor hatten sie sich mindestens einmal in der Woche geschrieben. Kurz und knapp, dass es bald losgehen würde. Oder die beiden berichteten darüber, wo es in Heide sich lohnte, hinzugehen. Nur mit ihren Freundinnen in Makati, nun viel zu weit weg, oder Anneke und Lina, die nach der Schule als einzige von den ganzen Mädchen als Freundinnen übrig geblieben waren, hatte sie noch ein so gutes Verhältnis. Somit gab es außer denen nur noch Guido, Mommy und Paps als tägliche Berater und Mutmacher, *wird schon schiefgehen.* Aber manchmal nicht neutral genug. Das lag an dieser verzwackten Sache, wenn man die fragte, die man lieb hatte und dann auch noch jeden Tag sah. Die Menge der Ratschläge und zu bedenkenden Sachen wuchs kaum noch überschaubar an – und nutzten sich ab. Immerhin fanden alle, tatsächlich alle, ihre Idee mit dem Tourismusstudium in Ordnung. Sie grinste. Vielleicht versprachen sie sich auch nur, bald billig verreisen zu können.

Denn als sie Claire davon berichtete, schrieb sie zurück, sie fände das toll, weil man sich dann vielleicht ja wieder öfter sehen könnte. So ein Studium brächte sicher viele Tipps. Sie sei jedenfalls noch nicht von ihrem Studium überzeugt. Bisher sei Sozialökonomie und Politikwissenschaften nicht mehr als eine Abfolge von geschichtlichen Daten und ein Haufen Statistik. Und alle sprächen in Paris ein seltsames Französisch.

Katrin und Markus hoben ihre Fläschchen.

„Vor einem Jahr hat mich meine Mutti hierhergebracht, wie ein kleines Kind an seinem ersten Schultag. Nur die Schultüte fehlte", lachte Katrin.

„Ich hätte Mommy mitgenommen, das hol ich nach, wenn ich mich hier besser auskenne. Dann kann ich ihr alles zeigen. Sie ist total neugierig. Und Guido muss arbeiten, möchte mich aber am Freitag abholen."

„Wie bist du heute gekommen?"

„Mit dem Bus, aber du fährst über 'ne Stunde und mit dem Zug nicht viel kürzer. Die halten ja an jeder Milchkanne. Mal sehen, vielleicht kauf ich mir einen Motorroller oder ein kleines Auto, dann bin ich in einer halben Stunde hier."

„Jedenfalls herzlich willkommen und Prost!"

Sie tranken gleichzeitig, so gut es ging, einen großen Schluck, aber die Prickelbrause schäumte wie verrückt im Mund. Saya verschluckte sich fast, schlug sich auf die Brust und meinte zu Katrin:

„Ist jedenfalls gut, wenn man jemanden kennt, den man hier dann fragen kann."

„Ist gut, wenn man jemanden kennt, der schon Spanisch kann", lachte Katrin, „daran hapert es nämlich bei mir ziemlich. Schlecht für eine im Tourismus."

„Mal sehen", lachte Saya zurück: „Wir können gerne miteinander üben. *¡Quiero que tú hablas por los codos!* Du wirst wie 'n Wasserfall reden."

„Scheibenkleister, ich sag's ja. Ich hab' von nix 'ne Ahnung, aber davon eine ganze Menge. Wie 'n Wasserfall also. Ich dachte, *codos* ist der Ellenbogen. Ich glaub, wir werden viel Spaß haben."

Markus hörte den beiden Frauen amüsiert zu.

„Und wie ist das so, mit seinem Freund zusammenzuleben?"

Katrin sah Saya neugierig an. Die nahm den letzten Schluck aus der Flasche und der Sekt füllte ihren Mund wieder mit prickelndem Schaum. Bis der sich aufgelöst hätte, konnte sie über eine Antwort nachdenken. Über die richtige Formulierung. Der Schaum löste sich auf, der Alkohol betäubte ein wenig die Zunge, Aber die Antwort veränderte sich nicht in ihrem Kopf.

„Eigentlich sehr schön. Eigentlich gut. Eigentlich möchte ich es nicht mehr anders. Guido hat mir in sehr vielen Dingen geholfen. – Nee, doch, es ist klasse.“

Sie war selbst ein wenig überrascht über das, was sie sagte. Auch wenn das Wort – eigentlich – ziemlich einschränkend klang. Aber das stimmte eigentlich nicht.

„Wir zwei überlegen uns das nämlich auch. Markus wohnt ja hier in Heide, zwar noch bei seinen Eltern, aber es würde dort klappen. Eigenes Zimmer, eigenes Minibad. Ich würde ziemlich viel Geld sparen. Vielleicht gehen wir uns aber auch nach zwei Wochen auf den Keks. Der Techniker und die Reiselustige.“

Jetzt lachte sie und Markus verdrehte die Augen.

„Du meinst wohl eher, die Hibbelige und der Besonnene.“

„Siehste? Das kann nicht gut gehen“, grinste Katrin, „aber ich sag dir, Heidekraut vergeht nicht.“

Langsam kamen die ersten Studentinnen und Studenten oder nannte man die Leute hier Fachschüler oder einfach nur Schüler? Jedenfalls wurde es lauter, die Flaschen waren leer, und so lieb die beiden auch waren, brauchte sie jetzt ein paar Sekunden, um sich auf das Ganze einzustellen. Sie stand auf, deutete auf die Pinnwände und meinte:

„Ich schau mir mal meine Termine an. Ich muss ja wissen, wohin ich gehen muss. Oder empfängt mich gleich der Bürgermeister und geleitet mich?“

Sie schmunzelte die beiden an und suchte auf den Pinnwänden so was wie einen Stundenplan. Aber außer der Semesterübersicht, die sie schon im Internet gefunden hatte, sah sie nichts.

„Nee, hier suchste falsch. Du musst mit mir in den anderen Bau."

Katrin, die Hibbelige, stand neben ihr, allerdings nur kurz und zog sie mit. Der Sekt hatte ihr Gesicht rot werden lassen. Drei oder vier Gänge weiter noch ein paar weitere Neue, die schon wussten, wohin die Reise ging. Man lachte über den Witz und ging zusammen in einen kleinen Hörsaal. Katrin winkte, *man sieht sich*, Markus war längst verschwunden.

Sie setzte sich in eine der Reihen ganz außen hin und beobachtete, wer nun mit ihr in Tourismus machen würde. Alles vertreten. Meist ihre Altersgruppe. Mindestens vier besaßen internationale Biografien. Man würde sich in nächster Zeit sicher noch kennenlernen.

***

Der Tag war schnell vergangen. Im Zug machte sie sich noch ein paar Notizen. Allgemeine BWL, Wissenschaftliches Denken und Arbeiten, Projektmanagement, Kosten- und Leistungsrechnen, Einführung in die Wirtschaftsinformatik und Statistik wären die Themen in den nächsten Monaten. Es versprach interessant zu werden. In ihren kleinen In-Ears die Songs ihrer Playlist. Bei einigen Songs schaute sie aus dem Fenster in die Landschaft. Rap Samurai tönte, *Every good girl needs a little thug, every block boy needs a little love.* Jedes gute Mädchen braucht einen kleinen Schläger, jeder Straßenjunge braucht ein wenig Liebe. Sie atmete tief ein und aus. Marvin. Plötzlich da. Sie schüttelte den Kopf.

Wir sehen uns.

Bloß nicht!

Schon war er verschwunden.

Nee, doch, es ist klasse. Eigentlich möchte ich es nicht mehr anders. Ihre Worte heute Morgen. Zu Hause hätte sie auf jeden Fall einiges zu erzählen. Sie schmunzelte ihr Gesicht im Glas der Scheibe an. Was meinte Katrin? Wie ein kleines Kind am ersten Schultag.

Genauso fühlte sie sich.

Vielleicht würde sie das mit dem Roller oder Auto auch erst einmal verschieben. Das Zug- oder Busfahren fand sie gar nicht so schlecht. Da hatte sie eine gute Stunde Zeit für sich, für sich ganz allein, sie konnte nachdenken, sinnieren, ihr Leben, das Erlebte, ihre Gefühle, deshalb auch über Marvin und all das nachdenken und natürlich das mit dem Studium sortieren und weiter in Ordnung bringen. Im Häuschen war das so nicht möglich. Okay, Guido hatte ihr oben im Schlafzimmer einen schönen Schreibplatz gebaut mit einem kleinen Regal für Bücher und Schubladen für das ganze Zeugs, das man so brauchte. Aber wenn er unten Fernsehen gucken würde, wäre sie abgelenkt. Schon allein deshalb, weil sie wüsste, dass er unten allein säße.

Im Zug hätte sie sogar eine Stunde Zeit für den Stoff. Die Landschaft da draußen würde sie ohnehin spätestens nach der fünften Fahrt auswendig kennen. Viel Abwechslung war ja nun wirklich nicht drin. Sicher immer dieselben Kühe, Pferde, Höfe, Bäume und Büsche. Dieselben Straßen, Wege und Kreuzungen. Dieselben Orte, Häuser, Bahnhöfe und Haltestellen. Unter Umständen sogar die immer selben Mitreisenden. Und lernen für die Schule war schon früher in Guadalupe Nuevo ein guter Grund, um Ruhe zu haben, um ins eigene Zimmer flüchten zu können, vor allem in den letzten Wochen, weil Celso sich in denen immer häufiger nicht mehr damit begnügte, sie nur zum Training und den Wettbewerben zu begleiten und sie dort anfeuerte, bejubelte und umarmte. Sondern, nachdem er sie nach Hause gebracht hatte, mit Tätscheln und Streicheln und Fummeln weitermachte. Was sie, warum auch immer, zuließ. Doch dann schloss sie das Zimmer ab, weil es nicht dabei geblieben war. So blieb sie wenigstens hin und wieder ungestört. Mit jemanden darüber reden, was sie taten, ging nicht. Dass sie in diesen Wochen öfter fast mitten in der Nacht zum Hochhaus schlich und sich mit Karthik, dem seltsamen Jungen mit der komischen Brille aus der U-Bahn traf, störte niemanden. Egal, was mit ihm passierte, mit dem mitgebrachten Zeugs und durch seine manchmal ungelenke, wahrscheinlich bekiffte Neugier, sie zählte weiterhin zu den Besten in der Klasse. Das schützte vor dusseligen Fragen. Schule war also eigentlich nicht sooo schwierig.

Abends konnte sie deshalb auch schon mal in die Stadt. Wenn sie sagte, dass sie sich mit Claire, Angela oder Yana traf, auch wenn es nicht stimmte, hatte sie sozusagen Ausgang. Genau das war, was ihr hier fehlte. Zeit für sich. Zeit, für die sie sich nicht rechtfertigen oder erklären musste. Zeit, über deren Inhalt sie selbst bestimmen konnte, ohne dass ihr jemand reinquatschte. Zeit, in der sie ihre eigenen Erfahrungen machen und diese hoffentlich genießen konnte. Sie allein entschied dann, ob die ein oder andere Erfahrung es wert war. Es funktionierte nicht immer, im Grunde viel zu selten. Aber großartig bereuen musste, wollte, konnte sie eigentlich nichts.

Rap Samurai fing schon wieder von vorne an. *Every good girl needs a little thug ...* Von Heide brauchte man fast zwei Stunden bis Hamburg. – Nein!

Sie hauchte die Scheibe an. Ein dünner Film bildete sich auf dem Glas. Sie malte ein Loch hinein und blickte hindurch. Je nachdem, wie sie hinausschaute, raste das da draußen schnell an ihr vorbei, wenn sie nach unten sah. Oder veränderte sich nur langsam, je weiter sie Richtung Horizont blickte. In diese Bilderschlieren konnte sie problemlos Erinnerungen einbauen und sie mal schnell oder langsam vorspulen. Je nachdem, auf welche Details sie gerade Lust hatte. Am nächsten Tag wieder. Vielleicht andersrum. Etwas müde geworden schloss sie die Augen, denn Marvin tauchte gerade trotz des Songs ausnahmsweise nicht auf, dafür Claire.

Plötzlich schlug sie mit der Seite ihres Kopfs hart an die Scheibe, gerade als sie in ihren Erinnerungen an einem dieser Mädelsabende mit Claire durch die Mall of Asia bummelte und sie beide wieder mal in einem der Läden etwas hatten mitgehen lassen. Mutprobe. Einmal im Monat irgendetwas Kleines. Nagellack, Lippenstift oder Krimskrams. Sie wurden nie erwischt. Keiner erfuhr davon. Claire raffte sich, bevor sie nach Hause fuhren, auf einem Klo den Rock, machte sich mit so einem Lippenstift sexy und traf sich dann mit Angelo. Was die beiden taten, blieb ein Geheimnis. Aber sie liebte schon damals wie Saya in letzter Zeit das Spiel mit dem Risiko. Saya rieb sich den Kopf. Was diesmal in eine Tasche ihrer Jeans gelandet wäre, kam im Minitraum nicht mehr vor. Immerhin spielte dieser in der Mall of Asia und nicht auf dem Campus in Hamburg. *Every good girl ...*

Erschrocken zuckte sie genau deshalb hoch, kämmte sich automatisch durch die Haare und blickte sich um. Sie hatte gar nicht gemerkt, dass sie eingenickt war. Sekundenschlaf. Der Zug bremste immer noch und hielt in Friedrichstadt. Die Frau ihr gegenüber war aufgestanden und ging mit einem Tschüss zur Tür. In zehn

Minuten käme sie selbst dann in Husum an. Dort hieß es umsteigen in den Bus. Morgen würde sie die Buslinie nach Heide ausprobieren. Kein Umsteigen, hoffentlich ein Platz am Fenster. Obwohl ... Bei Regen war der Bus auf jeden Fall die bessere Lösung, dafür sah sie sicher noch mehr Milchkannen.

Saya lachte leise auf, ordnete die Zettelwirtschaft vor sich, verteilte sie säuberlich auf die drei gekauften Mappen und schob diese ein. Seit ein paar Monaten versuchte sie wenigstens darin Ordnung zu halten. Mit ihrer Kleidung zu Hause klappte es nicht immer. Allmählich wurde sie aber auch darin erfolgreicher. Ein neuer Laptop wäre dennoch nicht schlecht. Sie würde sich einen besorgen.

Husum wurde bereits durchgesagt. Sie schaute auf ihre Uhr. Sie waren pünktlich. Eine knappe Viertelstunde hatte sie somit Zeit fürs Umsteigen. Sie begann sich auf Guido zu freuen. Jetzt spielte die Playlist Weeknd, *It ain't workin' 'cause you're perfect and I know that you're worth it.*

Das passte.

Hilfe

Natürlich bekam ich die Misere zwischen Guido und Saya immerfort mit. Auch weil Yumi mich sozusagen auf dem Laufenden hielt. Sie war meist ab mittags nach ihrer Schicht im Seniorenheim zu Hause und sah häufig genug schon in den Gesichtern der beiden, dass etwas nicht stimmte. Auch damals, als wir mit dem Rad nach Büsum fuhren, um – trotzdem – das mit dem Haus klarzumachen. Guido und ich gehören zu den Stillen. Deshalb sah ich zwar das Dilemma, aber sagte so gut wie nichts dazu. Als damals Bille, meine erste Frau, schon lange gilt unsere Ehe als geschieden, einfach über Nacht verschwand, hat uns das in eine Art Schockzustand versetzt, der länger andauerte als gedacht. Vor allem hat er uns noch schweigsamer gemacht. Meine Erklärungsversuche gegenüber Guido waren sicher nicht ausreichend.

Obwohl meine Familie italienische Vorfahren hat, mein Großvater hieß Carlo, mein Vater, vor meiner Geburt nach Kiel ausgewandert, Vittorio, sind Guido und ich Norddeutsche. Das habe ich wohl von meiner Mutter geerbt. Sie stammt von hier und hat meinen Vater nach Kiel gelockt. Sie war so hübsch, dass Vater sich aus ihrer angeblichen Art nichts machte. Ich muss jedes Mal schmunzeln, wenn ich an diese Geschichte denke. Jetzt leben sie in Lübeck und sind immer noch glücklich miteinander. Das hat etwas Märchenhaftes. Jedenfalls gelten wir Norddeutsche als – vorsichtig gesagt – verhalten, ein bisschen stur, ein bisschen zu sehr verschwiegen und sogar kühl. Aber wir sind, denke ich, auch loyal und treu. Ich habe weder Bille noch Yumi je betrogen. Nicht einmal in Gedanken.

Yumi und ich sind das klassische Ehepaar als Mann und Frau. Sie achtunddreißig, ich zweiundvierzig. Ihre Herkunft spielt dabei keine Rolle. Yumi ist mir in manchen Dingen viel zu ähnlich. Auch sie ist überaus loyal und treu. Es hat schnell zwischen uns gefunkt. So würde man wohl sagen. Schon drei Abende später blieb sie über Nacht. Sie ist allerdings alles andere als nordisch stur oder kühl. Im Gegenteil, sie ist warmherzig und zärtlich und manchmal stürmisch. Und in genau diesen drei Dingen hat sie viel bei mir bewirkt. Natürlich spielt in diesem Zusammenhang ihre Exotik doch eine Rolle.

Guido verlor zweimal eine große Liebe. Viel zu schnell, nach jeweils nur kurzer Zeit. Seine Mutter und Scarlett. Nach seiner Mutter war er wochenlang nicht ansprechbar und rastete manchmal aus. Nach Scarlett passierte genau das Gegenteil. Er verkroch sich wie eine Schnecke und Saya holte ihn aus seinem Häuschen wieder heraus. Sie wollte mehr als nur *eine* Freundin sein. So wurde sie seine bisher größte Liebe. Seine dritte zu verlieren, also Saya, trotz ihres eigenen Gefühlschaos genauso warmherzig wie Yumi, würde ihn, so behaupte ich, in eine Krise stürzen. Es heißt, man verlöre dann den Glauben an die Menschheit.

Als Yumi und ich damals mitbekommen haben, dass die beiden sich näherkamen, haben wir lange miteinander darüber gesprochen, ob wir etwas dagegen haben könnten. Und befanden es recht schnell für Blödsinn. Sie waren zwar jeweils unsere leiblichen Kinder und in unseren Augen – durch unsere *Konstellation* – tatsächlich auch so etwas wie Bruder und Schwester. Aber so wie ich mich in Yumi verliebte und sie sich in mich, war dies auch bei den beiden nun mal nicht ausgeschlossen. Wir wollten die beiden lediglich davor bewahren, dass man über sie tuschelte. Yumi sprach mit Saya nach ihrer ersten gemeinsamen Nacht mit Guido. Ich war und bin davon ausgegangen, dass es so gut genug funktionierte und hielt ein weiteres Gespräch mit Guido nicht für notwendig. Nun aber schienen sie in der Klemme zu stecken. Weniger bezüglich eines Getuschels, sondern eher bezüglich ihrer Gefühle.

Guido und ich sprachen die berühmten anderthalb Sätze miteinander. In solchen Fällen kommt bei uns beiden der Norddeutsche raus.

„Ich lieb sie. Also kann ich ihr auch verzeihen.“
„Warum hat sie …?“
Ich musste es nicht aussprechen.
„Ja. Schon ein paar Mal.“
„Hmh.“
„Sie ist mir gegenüber zu nichts verpflichtet.“
„Aber …“
„Ja. Ist ein bisschen doof.“
„Und nun?“
Guido prustete. Guido seufzte, Guido blies die Wangen auf.
„Wir sind alt genug. Entweder sie mag mich heiraten oder ich hab’ sie irgendwann verloren.“
„Hast du sie schon gefragt?“
„Demnächst. Das heißt sehr bald.“
„Ich würde es euch von Herzen gönnen. Ihr passt eigentlich gut zusammen.“
„Meint Mommy auch.“

***

Als Bille und ich uns kennenlernten, war das wie ein Blitz mit gleich darauffolgendem Donner. Kitschiger ausgedrückt: Liebe auf den ersten Blick. Sie hatte eine

Panne mit ihrem Auto irgendwo zwischen Rendsburg und Kiel, stand am Straßenrand und ich half ihr. Die Sache war schnell erledigt. Ein Kabel hatte sich gelöst und die Stromversorgung lahmgelegt.

„Haste noch weit nach Hause? Sonst kannste dir bei mir die Hände waschen. Ich wohn grad mal fünf Kilometer von hier weg. So was wie ’ne Panne passiert ja immer kurz vor der Garage. ’nen Kaffee könnt ich dir auch machen.“

Sie war damals noch keine zwanzig und ich gerade erst zweiundzwanzig geworden. In diesem Alter schüttelt man nicht den Kopf, wenn ein solches Angebot kommt. Eine Freundin, die zu Hause auf mich warten würde, gab es nicht. Ich grinste sie an. Das Wetter hatte sie kurze Shorts anziehen lassen und eine flattrige Bluse. Darunter ein blauer BH mit Spitze, der durchschimmerte. Stupsnase. Ihre dunkelblonden Haare, lockig und frech von einem roten Tuch gebändigt. Feine, schlanke, aber keine dürre Figur. Ich nickte.

„Kaffee ist gut“, meinte ich und reichte ihr die Hand, „Francesco.“

„Bille. Eigentlich Sybille. Ist wohl was Griechisches. Find ich aber doof. Kommste aus Italien?“

„Nee, bin in Kiel geboren. Vater kommt aus Südtirol. Alle nennen mich aber nur Kollberg.“

Der Kaffee war gut und stark. An Schlafen war nicht zu denken. In meinem Alter damals sowieso nicht. Wir redeten und wollten uns am nächsten Tag wieder treffen. Bevor wir wussten, was wir beruflich machten, wir die jeweiligen Eltern kennenlernten oder ein paar der Freundinnen und Freunde, schliefen wir miteinander. Bille war eine schöne Frau. Jung, energisch, umtriebig, voller Tatendrang und Ideen. Ruhelos. Schon von Anfang an. Zumindest seit ich sie kannte.

Wir heirateten schnell. Guido war unterwegs. Und Bille gerade mal zwanzig, als er auf die Welt kam. Das erste Jahr funktionierte noch. Ihre Mutterinstinkte ließen sie sich um ihn kümmern. Dann wurden diese langsam immer weniger. Als Guido drei geworden war, blieb er öfter für eine Woche bei meinen Eltern in Lübeck, hatte es bei denen gut und ich konnte arbeiten gehen. Bille schmiss ihren Job. Begann einen neuen. Kündigte nach wenigen Wochen auch den. Ich versuchte sie irgendwie einzufangen. Es gelang nicht. Streiten hasste ich. Streiten wollte ich nicht. Streiten fiel also aus. So wie die anfängliche und wilde Liebe. Doch irgendwie ging alles weitere zwei Jahre gut. Guido wurde ein stiller Junge, der gerne zusah und für sich blieb. War Bille da, war sie alles für ihn. War sie nicht da, fiel er in eine Art Ruhezustand, der mir aber keine Gedanken machte, denn er schien zufrieden und beschäftigte sich selbst. Hin und wieder ergänzte ich seine Sammlung von Legosteinen, das genügte ihm wohl. Ansonsten hatte ich von Vatersein viel zu wenig Ahnung. Nahm ihn lediglich nur dann an die Hand oder auf den Arm, wenn er beim Spazierengehen meine Nähe suchte, oder saß daneben, wenn er spielte.

Über Nacht war sie verschwunden. Einfach so. Ohne etwas zu hinterlassen. Keine Nachricht. Nichts, was als Erklärung taugte. Sie musste sich vorbereitet haben. Unser Auto stand vor der Tür. Im Kleiderschrank fehlte nicht besonders viel. Gerade, dass ein Koffer damit gefüllt werden konnte. Das Konto nur wenig geplündert. Es fehlten gerade mal etwas über tausend Euro. Auch später buchte sie nichts weiter ab oder holte sich Geld am Automaten. Ich sagte zu Guido, sie sei ein paar Tage weggefahren und käme bald wieder. Die paar Tage wurden zu Wochen. Nach diesen war klar, dass sie nicht zurückkehren würde. Wir haben nie einen Grund erfahren. Nur diese eine Postkarte aus Peru erhalten. *Alles gut!* steht drauf. Mehr nicht. Für mich war klar, sie hatte jemand anderen kennengelernt.

Ich erkannte Guido nicht mehr wieder. Von einem Tag auf den anderen tobte er herum, schrie, prügelte auf mich und alles ein. Meine Hand beim Spazierengehen schlug er weg. Jeder zweite Satz von ihm: Wo ist Mutti? Nach zwei Wochen plötzlich Ruhe. Er verkroch sich. Mal unter einen Tisch. Mal in die Ecke zwischen Sofa und Wand. Mal unter sein Bett, wo er manchmal sogar einschlief. Mit dem ersten Schultag begann er etwas aufzutauen. Mathe war von Anfang an nichts für ihn. Alles andere klappte. Er hatte aber keine Freunde, nicht mal einen Klassenkameraden, der ihn besuchte. Trotzdem wirkte er zufrieden.

Irgendwann schob er seine Legosteine und Kinderbücher zur Seite und begann Comics zu lesen. Als er zwölf oder dreizehn geworden war, wurden diese Mangas daraus. Ich machte mir keine Gedanken, ich war froh, dass er nicht abrutschte, wie man so sagt. Mit vierzehn erzählte er zum ersten Mal von einem Mädchen. Aber es blieb eher beim zwei- oder dreimaligen Nennen ihres Namens beim Essen. Ich hab' ihn längst vergessen. Es war ihm wohl noch nicht wichtig genug. Mit sechzehn wurde Denise daraus. Ich kannte sie aus der Disco, als ich dort noch manchmal arbeitete. Ihre kurzen Röcke glichen denen in seinen Mangas. Wahrscheinlich wollte sie wissen, wie sie auf Männer wirkte. Ich war davon überzeugt, dass sie nicht zu Guido passte.

Neugierig blätterte ich in seinen Mangas rum und wunderte mich über deren Inhalt. Mein stiller Sohn las Liebesgeschichten. In denen sich gestritten wurde. In denen es manchmal laut zuging. In denen sich geliebt wurde. Und dies ziemlich … offenherzig. Anders als ich glaubte, von seinem Alltag es zu wissen. Ich sah, zwar nur gezeichnet und schwarz-weiß, nackte Pos, nackte Brüste, nackte Körper, grapschende Finger und … ja auch das. Sah ich aber morgens beim Frühstück oder abends beim Essen in Guidos Gesicht, war von alldem nichts zu erkennen. Fragte ich, was er den Tag über denn gemacht hatte, erzählte er mir minutiös, was er für die Schule tat oder es zumindest versuchte, wo er überall mit seinem Mofa herumgefahren war und da und dort sich hingesetzt hatte, um zu lesen. Der Strand wurde bei nahezu jedem Wetter seine zweite Heimat. Mit dem Mofa war der auch zu keiner Weltreise geworden. Nieselte es, hatte er einen Regencape an.

Das Leben hat kein Drehbuch. Es ist eher der Zufall, der es bestimmt. Guido lag im Krankenhaus und ich sah zum Fenster hinaus, um Yumi, da wusste ich noch nicht ihren Namen, auf der anderen Straßenseite zu beobachten. Augenscheinlich eine Asiatin, wie die Mädchen in Guidos Büchern. Ich kenne die ganzen Worte, die über mich gesagt werden würden, wenn jemand davon erfahren hätte. Voyeur, Lustmolch, Spanner, Lüstling. Doch versuchte ich nur Erklärungen für das Leben zu finden. Warum wir es haben und es so unbekannt ist. Auch das der eigenen Kinder, obwohl sie direkt neben dir aufwachsen. Mit einem Blick aus dem Fenster wird einem nicht dabei geholfen. So wie manchmal das eigene Leben einem ein Rätsel bleibt, ist es auch mit dem Leben der eigenen Kinder.

Doch dann begannen die Zufälle ihre Rolle zu spielen. Zu Beginn seiner letzten Ferienwoche, er kam gerade von seiner zweiten Therapie zurück, da stand sie nur Minuten vorher mit einer Tüte Kaffee in den Händen vor unserer Wohnungstür. Eigentlich, um mir nur eine Frage zu stellen. *Man kommen nicht mit leeren Händen, wenn man von jemandem etwas wissen wollen,* meinte sie. Ich bat sie herein. Da war das mit Scarlett, also dass sie seine Freundin wurde, schon Wochen zuvor passiert. Und dies nicht nur durch den Unfall so heftig, dass nichts mehr zu verbergen war. Da hoffte ich, zu seinem Glück.

Yumi ist in allem anders als Bille. Nicht nur äußerlich. Es ist ohnehin egal, woher zwei Menschen stammen. Ob jeweils aus dem Nachbarhaus oder von der anderen Seite der Welt. Liebe hat damit nichts zu tun. Liebe ist Vertrauen, Dankbarkeit, Demut, Zärtlichkeit, Fürsorge, Dabeisein, füreinander einstehen und noch vieles mehr. Liebe ist kein Solo. Liebe ist ein Duett. Wie sollte sie auch sonst funktionieren? Irgendwo habe ich diese beiden Sätze mal gelesen. Der eine steht in Yumis Ehering. Der andere in meinem.

Wir beide, Yumi und ich, sind keineswegs alt, wir stehen, wie man so sagt, in der Blüte unseres Lebens, dennoch haben wir nicht mehr viel Zeit für ein gemeinsames Kind. Wir sind gerne zusammen. Ich sage wir, weil ich davon überzeugt bin, dass es ihr auch so geht. Es gibt keinen Streit zwischen uns, in nichts. Manchmal schweigen wir uns an, ohne zu schweigen. Wenn wir miteinander schlafen, geht dies ohne Experimente. Wir tun dies nicht besonders häufig, aber unglaublich gerne. Wir suchen einander sogar dafür. Seit ein paar Wochen lassen wir jeden Schutz beiseite. Zumindest ich habe den Eindruck, dass wir es nun noch mehr genießen. Auch weil alles noch ehrlicher ist. Von unseren Plänen verraten wir natürlich noch nichts. Wir schmunzeln uns danach jedes Mal genau deswegen an. In der Überzeugung, jetzt könnte es geklappt haben. Dies tut es auch sicher in den nächsten Wochen.

Auch wenn ein Unfall damals der Auslöser war, hoffte ich für Guido auf ein ähnlich gutes Ende. Dies kam zwar nicht mit Scarlett, aber Saya rettete ihn in der ersten Sekunde danach. Das Schicksal und die Zufälle in einem Leben wollten es in ihrer Konsequenz und in seinem Fall nicht anders. Ich hoffe es noch mehr als bei Scarlett. Für mich ist es nicht auszudenken, wenn auch dies nun zerbrechen sollte. Denn Saya wäre nicht wie Bille irgendwann aus der Welt und könnte so in Vergessenheit geraten, sondern würde immer wieder auftauchen, kommen, hier sein, um Yumi, ihre Mommy zu besuchen. Saya wäre dadurch wie ein lebendes Mahnmal für ihn. Mahnmale haben manchmal ihre Berechtigung. Dieses nicht. Mahnmale kann man nicht loslassen.

Unwägbarkeit
(... Unberechenbarkeit, Gefahr)

Ich erinnere mich noch gut daran, wie ich damals im Hamburger Flughafen stehen geblieben bin, mir die Haare nach hinten kämmte und an die Decke in dieses gelbe Licht sah. In ein Gelb, das so viel mit meinem bis dahin gelebten Leben zu tun hatte. Währenddessen flogen die letzten Gedanken und Bilder vom Flug noch in einem chaotischen Durcheinander durch den Kopf. Gerade war ich dort gelandet, wo nun meine neue Heimat sein sollte. Ich wog inzwischen, ich bin überzeugt aus Vorfreude endlich aus einem dieser Gelbs herauszukommen, wieder neununddreißig Kilo, nicht einmal vier Wochen zuvor keine sechsunddreißig.

Nana hatte mir nach ein paar Änderungen alter Sachen eine moderne, eng geschnittene und verwaschene Jeans, ein oranges T-Shirt mit einem aufgedruckten Elefanten und einen, *in Deutschland ist es kalt*, kakifarbenen Pullover spendiert. Eineinhalb Stunden war sie geduldig mit mir durch eine der Malls gebummelt, bis wir nebst ein paar anderen Dingen, die ich dringend brauchte, alles zusammenhatten. Ich nervte sie dabei absichtlich. Im Nachhinein sage ich, das war die kleinstmögliche Wiedergutmachung. Die allerkleinste.

In diesen letzten Wochen rumorte mein Bauch ständig und ich musste mich ziemlich oft übergeben. Das letzte Mal, dass Celso, Tatas Bruder – dieses Mal besonders grob, ja brutal – mich nicht nur befingerte, lag da erst ein paar Tage zurück. Es sollte das letzte Mal sein. Nana hatte – spät genug – ein kurzes lautes Gespräch mit ihm, ihm den Schlüssel abgenommen und Hausverbot gegeben. Abends drohte sie Großvater, sich von ihm zu trennen und ihn bloßzustellen, wenn. Viel zu spät hatte ich den Mut gehabt, mich ihr und Mommy zu öffnen. Mommy rief daraufhin Tata an und drohte ihm genauso. Die Polizei zu verständigen, hätte nichts gebracht. Zumindest für Monate wäre es ausgeschlossen gewesen, dass ich zu Mommy käme, weil ein *Fall* hätte untersucht werden müssen. Es wurde Zeit, dass ich wegkam, anders war es nicht mehr auszuhalten.

Von da an ließ er mich also in Ruhe. Trotz aller Versprechen und Mommys Anruf zweifelte ich daran und brauchte daher Tage, um es zu realisieren. Seine nahezu täglichen Schritte vor der Tür, seine Hand an der Türklinke, die Geräusche, die er machte, das, was er sagte und log, wenn er dann neben mir saß, klang nach und verfolgte mich noch lange. Im Grunde genommen bis heute. Das war mir in diesem Moment, vielmehr, das konnte mir logischerweise nicht bewusst sein. Nach einer Woche begann ich zu verdrängen, zu unterdrücken, was damit zusammenhing zu verleugnen, auch meinen Anteil daran. Nicht nur deswegen stürzte ich mich wieder ins Lernen, zunächst ungläubig, um auf andere Gedanken zu kommen, sondern auch, um noch etwas anderes und jemand anderen zu vergessen.

Man kann aber weder vergessen noch verdrängen. Die Erinnerung begleitet einen wie ein Schatten. Ich hoffte, er würde mich nicht plötzlich überholen und dann vor mir herlaufen und mich blöde angrinsen. Zumindest nicht so schnell. Sondern erst dann, wenn ich stark genug wäre, genau das auszuhalten. So lernte ich nicht nur für die Schule, sondern auch in den Stunden, die ich sonst mit anderem verbrachte, damit, Deutsch zu lernen. Die Sprache sollte zu einer neuen Kleidung, zu einer neuen Hülle, mich eine andere werden lassen. Mit vierzehn war ich noch jung genug, diese fremde

Sprache anders zu lernen als Mommy, der man bis heute ihre andere Herkunft auf amüsante Art anhört. Ich aber ging davon aus, mit jedem gelernten Wort jemand anderes werden zu können. Guido behauptete schon nach wenigen Tagen, ich würde besser Deutsch sprechen als mancher Deutscher. Jetzt lächle ich darüber und würde ihm sagen, er sei ein Schleimer.

Natürlich wusste ich den Grund, warum es plötzlich doch so schnell klappte. Mommy hatte Paps wohl mehr erzählt als Henning und von einem Missbrauch gesprochen. Die Worte *einem* und *Missbrauch* sind interpretationsfähig. Weder Paps noch Guido erwarteten eine genauere Schilderung. Auch später von mir nicht. Was ihnen ihre Fantasie erzählte, reichte. Bis heute habe ich es nicht korrigiert. Mein Anteil daran verschwand auf diese Weise wohlverpackt irgendwo in meinem Kopf.

Der Lärm um mich herum, das Stimmengewirr, das seltsam polternde Dadamm-Dadamm der Kofferrollen auf den Fliesen, das Quietschen eines Gepäckbandes und einer Ausgangstür, die für mich schwer zu verstehenden Durchsagen und Hinweise ebbten mit einem Mal ab, weil der Pulk der Menschen nahezu komplett durch den Ausgang gegangen und das nächste Flugzeug noch nicht gelandet war. Solch eine Ruhe kannte ich von zu Hause so gut wie nicht. Schon gar nicht aus dem letzten Jahr. Über mir flackerte diese unpassend gelbe Lampe in dem ansonsten klinisch weißen Licht. Dieses Gelb wie ein zusätzliches, letztes Abschiednehmen aus meinem Zimmer in Guadalupe Nuevo und den Hochhäusern nebenan. Auch Karthiks Licht im Rohbau des Hochhauses und die blasse Sonne am Tag des Abflugs waren mir also gefolgt und winkten mir zu. *Mach es gut und Auf Wiedersehen!* Da dachte ich nicht einmal an das allerkürzeste Wiedersehen.

Ich war mehr als froh, raus zu sein. Raus aus meinem Zimmer, raus aus den Fängen des letzten Jahres, raus aus der Gewalt gelogener Gefühle. Gleich würde Mommy mich in den Armen halten und ich den Mann kennenlernen, der es möglich gemacht hatte, dass ich kommen konnte. So freute ich mich unbändig auf Mommy und meinen neuen Vater, den ich bald schon einfach Paps nannte. Natürlich auch auf Guido. Beide kannte ich ja nur mehr oder weniger durch unsere WhatsApp-Nachrichten, die wir uns wochenlang schickten und gelegentlichen Video-Chats, in denen ich immer öfter mein gelerntes Deutsch ausprobierte. Es sollte von einem Tag auf den anderen alles auf den Kopf stellen. Plötzlich war ich in einer Familie gelandet und nicht mehr bei Nana und Tata und Celso, diesem … Onkel.

Ich zog meinen Koffer hinter mir durch die automatische Flügeltür, hatte von nun an einen Bruder und sah von der ersten Sekunde an, dass Mommy mit einem anderen Mann glücklich war. Er umarmte sie, ihren Rücken an seinen Bauch, presste sie an sich wie einen Karton und gab ihr immer wieder einen Kuss in die Haare. Der Mann, der mein neuer Vater werden sollte. Doch bevor ich ihn endlich Paps nennen wollte, stand ich gefühlt nach wenigen Tagen irgendwie immer nur daneben. In meinem neuen Zuhause war man beschäftigt. Mommy mit Paps. Guido mit Scarlett. So tat ich vom ersten Tag an nichts anderes als in den letzten Wochen in Guadalupe Nuevo stürzte mich ins Lernen und bereitete mich auf meine neue Schule vor.

Man kümmerte sich zwar um mich, aber die Wichtigkeiten waren verschoben, die Hauptpersonen wohl andere. Ich kann es nur schwer erklären. Eigentlich hoffte ich, mit meinem Leid anders aufgenommen zu werden, einen anderen Trost zu erhalten. Aber der war nicht möglich, weil meine Geschichte dafür nun mal nicht genügend bekannt war. Selbst Mommy wusste zu wenig, weil ich ihr die *Vorgeschichte* nicht erzählt hatte. Und dies, wie gesagt, bis heute nicht. Freundinnen wie in Makati konnte ich logischerweise auch noch keine haben, schon gar nicht welche wie Claire, Angela und Yana, die ein kleines Stück meines Schicksals nachvollziehen konnten. Somit fehlten mir der Austausch mit ihnen und ihre Ohren, denen man manchmal mehr anvertraut als selbst dem Spiegel daheim.

Na, gefällt's dir, ist ohnehin eine komische Frage, wenn man als junges Mädchen aus einer ... quirligen Stadt gefühlt auf einem Friedhof ankommt und dies schon nach wenigen Tagen gefragt wird. Wenn man als junges Mädchen schlechte Erfahrungen hinter sich hat, die man niemandem erzählen konnte. Wenn man als junges Mädchen dann doch dort Schmerzen spürte, wo angeblich die Schmetterlinge wohnten. Wenn man als junges Mädchen Lügen geglaubt und falsche Lösungen gefunden hatte. Wenn man als junges Mädchen gerade deswegen keine Vorstellung darüber haben konnte, wie der nächste Tag, die nächste Woche und die folgende Zeit aussehen würde und wird.

Vielleicht war ich deshalb genauso allein wie in Manila und tat das, was ich auch dort machte: für die Schule lernen. Die simpelste Lösung. Dort konnte ich allerdings in manchen Momenten besser flüchten, weil die Stadt größer war und ich nun mal Freundinnen und Karthik hatte. So gab es Zufluchtsorte für die Momente, als meine Seele beschädigt worden war. Erst als Guido Wochen darauf Scarlett *verlor*, bekam ich das Gefühl mehr dazuzugehören, weil ich glaubte, endlich eine Aufgabe und Bestimmung zu haben. Das nötige Gefühl ihm gegenüber hatte ich schon lang. – Dachte ich.

Ich bekam ein eigenes Zimmer. Nüchtern eingerichtet, aber hell und mit neuen Möbeln. Ich durfte es gestalten, wie ich wollte. Guido hatte über das Bett ein gerahmtes Bild von unserem gelben Haus in Guadalupe Nuevo gehängt. Das, welches ich ihm einmal über WhatsApp geschickt hatte. Er tat es im Vertrauen darauf, mir ein wenig alte Heimat zu schenken, und natürlich ohne die Ahnung, was ich damit alles in Verbindung bringen könnte. Immer, wenn ich es sehe, stehe ich dort in meinem Zimmer, sehe ich aus dem Fenster, höre ich das Geknatter der Autos, Motorräder, Trikes und irgendwelcher Maschinen, die lauten Stimmen auf der Straße, die sich von einem Ende zum anderen etwas zuriefen. Oder Nana in der Küche mit Töpfen und Geschirr klappern und Tata leise seine bescheuerten Kommentare machen, dass er hätte nicht zustimmen sollen, als Mommy nach Deutschland wollte. Man sähe ja, was aus mir würde, dauernd sei ich unterwegs. Aus mir wurde zwar nicht das, was er behauptete, nämlich ein vagabundierendes Wesen mit immer schlechteren Angewohnheiten, sondern ein am Ende missbrauchtes durch *seinen* Bruder. Denn sehe ich das Bild, höre ich auch Celsos Schritte, der – ich habe es bis heute nicht verstanden – einen Schlüssel für die Wohnung besaß und in den letzten Wochen immer dann kam, wenn er wusste, dass niemand außer mir zu Hause war.

Aber alles begann anders. Leider. Denn nach Celsos ersten … Berührungen begann zunächst eine Art Doppelleben, das ich keinem erzählte, weil ich es genoss. Ich war es also selbst schuld. Vor dem Schmerz kommt die Naivität. Ich mochte, was er machte. Nur wenige Wochen zuvor war ich vierzehn geworden. Niemand erfuhr davon, auch die Freundinnen nicht. Tage nachdem Mommy nach Deutschland geflogen war, fing es an. Bis zu diesem einen Tag, an dem er *es* tat, glaubte ich ihm, weil ich mochte, was er tat. Als es dann passierte, kotzte ich mir die Seele aus dem Leib. Und am nächsten Tag suchte ich Karthik, um herausfinden, was es bedeutete, ein Mädchen zu sein. Meine Vorstellungen waren krude, wie sollte ich's auch wissen?

So floh ich in den letzten acht, neun Wochen so oft wie möglich auf die Straße. Bloß weg. Ich musste raus aus der Enge, weg von dem dauernden Genörgel meines Großvaters und den dann doch herber gewordenen Zudringlichkeiten Celsos. Ging ich nicht zur Schule oder zum Turnen, traf ich mich mit Claire oder Angela oder Yana oder wir verabredeten uns alle drei, zusammen in die Stadt zu gehen. Oder ich gab vor eines der Mädchen zu besuchen und ging stattdessen nach links, die Straße hinab, den Hügel hinunter und die kleine Stichstraße, die zu dem kleinen Platz an der Kalayaan Avenue und zu dem Hochhaus in Rohbau führte. Bei Panay an der Ecke kaufte ich hin und wieder ein paar Carioca für uns beide, süße Klebreisbällchen. Anschließend ging es geradeaus in das Neubaugebiet, in dem seit einigen Jahren ein Hochhaus nach dem anderen entstand, umgeben von einem ähnlichen Durcheinander ärmlicher Behausungen und wenigen relativ guten Häusern, weil ich dort – auch oft nach der Schule oder dem Training – Karthik traf. Seine Eltern kamen aus Indien. Sein Vater ein hohes Tier, wie man sagt.

Das neue Doppelleben, dieses zweite Ich von mir, war mehr. Ein Leben in einer anderen Welt, die Dinge wahr machte, die nicht sein konnten, mit Dingen und Taten, die nicht erlaubt waren. Mit einem Jungen und dem mitgebrachten Zauberzeugs, die mir die Gefühle ermöglichten, die mir dann doch gestohlen worden waren. Zumindest dachte ich es. Seltsamerweise verfolgte mich das alles lange Zeit nur selten bis in die Träume, sondern erst später, nachdem ich manches mit Marvin erlebt und mit ihm Guido hintergangen habe.

Erst kurz vor meinem Abflug nach Deutschland saß ich bei Claire im Zimmer in ihrer Unterwäsche, weil wir Minuten zuvor eine Modenschau mit ihren neuen Sachen machten, auf ihrem Bett und erzählte ihr ein klein wenig, weil ich Karthik schon seit Längerem nicht angetroffen hatte und wissen wollte, ob sie ihn kannte und deshalb vielleicht wusste, wo er steckte. Im Grunde war klar, dass ihr von meinen Sachen nichts passen würde, deshalb schlüpfte ich meist nur in ihre, die an mir herumschlabberten und herunterrutschten, begleitet von entsprechenden Kommentaren. *Was ist los? Du bist dürr geworden.* Sie betrachtete meinen Körper und ließ eine Fingerspitze über das Wellblech meiner Rippen gleiten. So ergab es sich, dass ich ihr es … beichtete. Trotz Yana war Claire die Einzige, die ich fragen konnte. Claire kannte – so würde man sagen – die Szene. Sie starrte mich an, zog gerade meinen neuen, ihr aber viel zu kleinen BH aus und fragte ungläubig:

„Du verarschst mich, oder?"

Mir blieben nur ein Kopfschütteln und Schniefen, sah neidisch mit schmalen Lippen auf ihre schönen Brüste und den noch viel schöneren Po. Ich hatte beides nicht mehr. Und weil ich nichts sagte, fragte sie:

„Wie kann man so eine gute Schülerin sein wie du, wenn dich beide wie eine Nutte behandeln?"

Ich kam mir merkwürdigerweise nicht wie eine Nutte vor, sondern nur wie ein *miss-*, ein falsch gebrauchtes Mädchen, das belogen worden war.

***

Karthik, schon siebzehn, sagte er, im Grunde genommen fast achtzehn, indisch dunkelhäutig, mit genauso dunklen wie traurigen Augen, einem weichen Gesicht und einer Kerbe in seinem Kinn. In allem das krasse Gegenteil von Celso. Er trug eine viel zu große, schwarze Brille, durch die er mich genau an dem Tag, nachdem *es* passiert war, in der U-Bahn anstarrte. „Was ist?", fragte ich und er zuckte nur mit der Schulter und schob seine Brille hoch. „Siehst gut aus", meinte er leise. Seine Stimme klang etwas schrill und sonderbar zugleich, als sei er seit Jahren starker Raucher, der Helium eingeatmet hatte. Da wunderte ich mich noch über sein fast scheues Verhalten.

Ich mache es kurz, wir quasselten miteinander, fuhren ein paar Stationen weiter, gingen dann an den Pasig und er hielt mich auf diese Weise davon ab, etwas zu tun, von dem ich keine Vorstellung hatte. Von da an trafen wir uns immer wieder und hockten schon bald im Gerümpel vor den in die Höhe wachsenden Hochhäusern und quatschten über Schule, Turnen, Einsamkeit, eine auch für ihn nicht erkennbare Zukunft, fehlende Liebe, verlorene Väter und Freundschaften, die es mit einem Mal nicht mehr gab. Oder hörten mit meinem großen Kopfhörer unsere Lieblingsmusik. Er den rechten und ich den linken Kanal.

Die Parallele zwischen uns, seine Mutter arbeitete angeblich für ein weiteres halbes Jahr als Ärztin in einem großen Krankenhaus in Kuala Lumpur und sein Vater hatte nur selten, im Grunde genommen keine Zeit für ihn. Seine Eltern versorgten ihn lediglich mit Geld und sein Vater ließ ihn bei sich wohnen. Er also irgendwie genauso allein wie ich. Wir knutschten natürlich, heftig und lang, aber *das* taten wir nicht. Noch nicht. Zumindest kann ich mich nicht richtig daran erinnern, vielleicht will ich es auch nicht. Denn ab dem dritten oder vierten Mal brachte er etwas zum Schnüffeln oder ein komisch süßes Zeug zum Trinken oder sogar kleine Joints mit. Von denen musste ich dauernd husten. Ich hatte noch nie in meinem Leben geraucht und von sowas auch keine Ahnung.

Mein Körper veränderte sich, versuchte es zumindest. Er schien zu zögern, sich nicht sicher zu sein. Nach allem irgendwie verständlich. Was passierte, konnte ich also nicht einschätzen, nicht bewerten. Schaute ich mich jedoch um, veränderten sich die Mädchen um mich herum ebenso, auch ihre Blicke und ihre Art. Alles schien normal zu sein, schien dazuzugehören, wenn man zu einer Frau werden wollte. Darüber nachzudenken, gelang nicht, Celsos Lügen und seine immer gewalttätiger werdende Art mit mir umzugehen, blockierten meinen Kopf. Auch dies hielt ich für normal.

Karthik erschien mir deshalb alt genug, zu wissen, was er tat. Sein mitgebrachtes Zeugs machte mich seltsam taub und gleichzeitig aufgedreht und in meinem Kopf explodierten die Scheißbilder, die Celso in den letzte Wochen provoziert hatte. An irgendeinem späten Abend entdeckte Karthik eine Lücke in einem Zaun. Durch Baumaterial und Gerümpel schlichen wir an den ständig anwesenden Wachleuten vorbei und anschließend eng an die Wände gepresst bereits fertiggestellte Treppen hinauf. Im zwölften Stock fanden wir einen engen Raum, der vielleicht ein Klo werden sollte. Durch ein Minifenster konnten wir in Richtung Pasay gucken. Vor Blicken von unten waren wir gut geschützt. Dort schnüffelten wir oder soffen sein mitgebrachtes Zeugs. Die Joints wollte ich irgendwann nicht mehr. Mir wurde schwindelig und ich glaubte, das Gefühl für ihn zu verlieren. Es reichte, was das andere Zeugs bewirkte.

An einem Abend wühlten dann seine Hände unter meiner Kleidung, suchten unter der nächsten Stoffschicht mehr. Das alles wesentlich zärtlicher und vorsichtiger als Celso in letzter Zeit, dafür laberte Karthik ständig irgendeinen Blödsinn, über den ich wie über seine Art zu suchen lachen musste. Er hielt mir dann eine Hand vor den Mund und machte wie Nana oft *pschpsch.* Hätte uns jemand gehört, wären wir eingebunkert worden. Schluss der Vorstellung.

Manchmal tanzten und wirbelten wir herum, trugen oft nur noch unsere Unterwäsche. Wenn wir dann auf den Boden fielen, knutschten wir und ich machte es ihm mit der Hand. Dabei dachte ich manchmal an Celso und fragte mich in einem kurzen wachen Zustand, warum hatte der es nicht dabei belassen können. Jedoch kann ich mich beim besten Willen nicht daran erinnern, ob Karthik mich nicht auch irgendwann ausgezogen hat und mehr passiert ist und wir uns auf der Decke aus seinem Rucksack geliebt haben. Aber ich glaube nicht, sonst wäre ich doch sicher, wie Mommy damals durch Datu, schwanger geworden, oder?

Wenn ich am späten Abend heimkehrte, schlich ich mich in mein Zimmer. Nachdem ich Minuten später in meinem Bett lag, fuhr alles in mir Karussell, wühlte in mir herum und es fühlte sich an, als hätte ich Scherben gefressen oder mein Inneres würde brennen. In der Dunkelheit schlich ich aufs Klo, um alles aus mir herauszukotzen. Woche für Woche nahm ich fast ein Kilo ab, dann nahm mich Nana zur Seite und das eine Problem wurde gelöst. – Zu spät und nur teilweise.

Das alles war in meinem Kopf, Einsamkeit, komische Gefühle, die Scheiße mit Celso, die Unfähigkeit darüber zu reden, die Sache mit Karthik, seine zärtlicheren Hände und Lippen als Celsos, sein Ding in meiner

Hand, während der Äther und das Gesöff im Hirn herumschwappte und ich weiß Gott wie lange brauchte, um danach wieder auf der Erde zu landen. Dazu falsche Vorstellungen über Liebe, weil ich mich nicht mehr als kleines Kind fühlte, es irgendwie ja auch nicht mehr war oder sein wollte, der trotz allem immer noch vorhandene Erfolg im Turnen, mein betäubender Ehrgeiz in der Schule, der sowohl dort als auch hier von Anfang an wohl neidisch machte, weil ich mich wie früher ins Lernen stürzte, um mich dabei und damit zu verstecken. Guido und Scarlett und sein Getue wegen ihr. Mommys immer öfter fehlende Ratschläge, da sie – okay, verständlicherweise oder auch nicht – mit Paps beschäftigt war. So crashte ich mit dem ersten richtigen Schwarm, den ich hatte, Marvin, ziemlich blöd zusammen. Sehe ich die Geschichte mit Guido und mir, könnte ich auch sagen, jede Wahrheit beginnt mit einer Lüge. Und ist die erste getan, kommt die zweite von selbst.

Manchmal wünschte ich, dass Yana und ich noch länger gemeinsam Nächte verbracht und in diesen geredet hätten, als bis ich etwas mehr als zwölf Jahre alt geworden war. Oder zu sein wie ein paar meiner Freundinnen, die mit dreizehn, vierzehn oder fünfzehn ihre erste schlechte Erfahrung mit Jungs gemacht hatten, um diese mit der nächsten oder übernächsten korrigieren zu können und dies auch geschafft haben.

Ein paar Wochen vor meinem Abflug zog mich also Claire an diesem Nachmittag halb nackt, wie ich war, an ihren ebenfalls so gut wie nackten Körper. Ihrer war trotz meines Turnens durchtrainierter und weiblicher. Deshalb sah sie an diesem Nachmittag, wie stark ich abgenommen hatte, und malträtierte mich so lange mit ihren Fragen, bis ich ihr zwar halbe Wahrheiten und damit dennoch Lügen erzählte. Mein Blick genügte. Sie sah, dass dies alles nicht stimmen konnte, und fuhr mit ihren Fingerspitzen auf meinem Oberkörper runter, als wollte sie meine Rippen zählen. *Shit, mag-ingat!*, stieß sie mit einem sorgenvollen Ton aus. *Scheiße, Pass auf dich auf! Und du musst jemanden ins Vertrauen ziehen! Denk mal daran, was später alles passieren und sein könnte!* Und dann erzählte sie die Geschichte, woher sie die Narbe auf ihrem Rücken hatte und warum sie Karate und andere Sachen gelernt hatte.

Was ich ansonsten von Freundinnen hörte, waren in meinen Augen eher Angebereien über erste komische, nasse Küsse, das Kichern über Jungs und den eigenen Körper, der damals in unserem Alter zu explodieren schien. Gelegentlich schaute ich zu, wenn sie sich für das Ausgehen in die Stadt fertig machten oder wie wir an diesem Nachmittag bei Claire gegenseitig die Kleidung ausprobierten. Bei ihr war ich schon immer neidisch auf alles, weil ihre Brüste größer, ihr Po schöner und die Unterwäsche schicker war. So viel glaubte ich zu wissen, Jungs standen auf so etwas. Auf Mädchen mit Material. Als inzwischen dünne, weil befummelte Turnerin hatte ich darin aber keine Chance.

Meine *ersten Erfahrungen* waren zunächst geil, dann nichts anderes als frustrierend. Schlimmer, viel schlimmer, sie zerstörten den Körper, vielleicht sogar meine Seele. Einerseits durch die Zudringlichkeiten und den späteren Missbrauch durch Celso, andererseits, und das ist extrem zurückhaltend ausgedrückt, dadurch, weil ich letztendlich von dem Geschnüffel, den süßen komischen Getränken und gelegentlichen Joints auch noch vollkommen blöd hätte werden können. Doch ich flüchtete genau in diese Momente mit Karthik, weil ich in denen weiß der Teufel was sah und ich mich mit seinen Zärtlichkeiten bei ihm sicher und wohlfühlte.

Dennoch oder selbstverständlich, je nachdem wie ich oder man es sehen wollte, war ich dann doch froh aus allem herauszukönnen. Ich dachte, von nun an bekäme ich die Anerkennung und Liebe, die ich glaubte, eigentlich bei Celso gefunden zu haben, hatte aber nicht nur das, sondern auch alles andere am Tag zuvor in einen Rucksack gepackt, mitgenommen und war mit diesem auf dem Rücken wieder mittendrin. Ich war nun mal nicht wie meine Schulkameradinnen und davon überzeugt, ihnen war es egal, wenn sie befummelt wurden. Die steckten es wohl weg oder konnten sich wehren wie Claire. Vielleicht war es auch ein anderes Fummeln, das sie im Grunde mit Stolz verfolgten, weil sie sich von jüngeren Kerlen begehrt vorkamen. Vielleicht hatten sie also keinen solchen Großonkel und nicht einmal so einen Typen wie Karthik. Vielleicht täusche ich mich auch und sie schnüffelten nur anderes Zeugs.

Dafür verfolgt mich nun Marvin bis in die Träume, obwohl er mir auf dem Schulhof, bei diesem oft geschilderten Crash, wehgetan hatte. Trotzdem hat er etwas Unanständiges, etwas, im Deutschen gibt es Wörter wie Hünenhaftes, Wildes, Zügelloses und auch gleichzeitig Ehrliches, mit dem er mich, ohne es vielleicht zu wissen, bestach und was ich wohl bei Karthik zum Ausgleich zu Celso gesucht habe. Leider hat Marvin auch oft genug nur dumme Sprüche drauf.

Guido hingegen ist ein stiller, gut aussehender, etwas herb wirkender junger Mann. Kurzes schwarzes Haar, blaue Augen, große Nase, die dem Bug eines Ozeanriesen gleicht, darunter schmale, fast weiblich geschwungene Lippen. Ich muss immer über diese Kombination lächeln. Er ist fürsorglich, zärtlich, vorsichtig, ruhig, besonnen und manchmal fast schon zu zurückhaltend, vielleicht wegen der Geschichte mit Scarlett.

Wegen dieser Erfahrung ist er sicher auch frustriert, weil ich hin und wieder über die Stränge schlage. Aber er spricht kaum darüber. Auch fragt er nicht nach oder löchert mich bezüglich der Gründe. Man könnte sagen, er ist schicksalsergeben.

Ich habe immer wieder versucht meine Lust auf Marvin zu ergründen, fand im Internet dann so was wie Minderung des Selbstwertgefühls, unerfüllte Wünsche und den Hang zu schmutzigen Fantasien, die Unzufriedenheit, mich nicht wehren zu können, und die Einengung, die durch feste Beziehungen entstehen kann und aus der man versucht sich mit solchen … Abenteuern zu befreien. Bingo! Abenteuer. Im Grunde ist er ja nur mein Bruder. Das ist der Verrat an Guido! Nichts davon wollte ich zugeben.

Nun aber ist das überstanden, hoffe ich, und ich wohne mit Guido zusammen in einem kleinen netten Häuschen direkt neben dem von Mommy und Paps, das zum Glück so vollkommen anders ist als das gelbe Haus in Guadalupe Nuevo. Guido ließ es mich mit meinen Sachen aus dem Souvenirladen und anderen Dingen, die ich gefunden hatte, einrichten, wie wenige Jahre zuvor Mommy und Paps mein neues Zimmer.

Eigentlich könnte alles gut sein.

***

Guido und ich reisten ein Jahr später ein zweites Mal nach Guadalupe Nuevo. Die Pandemie war noch weit weg. Guido buchte das Hotel, in dem auch Mommy und Paps gewesen waren. Nana tat zwar beleidigt, aber schlussendlich wollte nicht nur er noch einmal in dem Zimmer übernachten. Nur zweimal besuchten wir sie, Tata war beide Male nicht da. Nana und er hatten sich wohl arrangiert. Wir erfuhren nichts. Ich wusste nicht, ob ich es als Trost werten konnte für das, was sein Bruder mir in diesen Wochen damals angetan hatte. Selbst darüber schwieg sie, als ich es gleich beim ersten Besuch endlich wissen wollte. Als ich mit ihr allein in der Küche stand, um anschließend den Tisch zu decken, nahm ich meinen ganzen Mut zusammen und fragte nach dem Warum. Sofort meinte sie scharf:

„Was soll das? Du jammerst auf hohem Niveau. Ohne Celso bist du zu keinem Training. Ohne ihn hast du ja kaum noch für die Schule gelernt. Also warst du nicht ganz unbeteiligt."

Ihre Worte trafen mich wie ein Schlag. Fast ließ ich die Schüssel fallen. Ich hatte Mühe mich zu beherrschen. Draußen am Tisch saß Guido, wartete und wusste von nichts. Zischend erwiderte ich:

„Ihr ja auch nicht."

Kaum eine Stunde später gingen wir. Guido beobachtete mich die ganze Zeit, wie ich den Tränen nah im Essen herumstocherte und wusste natürlich, das etwas vorgefallen sein musste. Auf dem Weg ins Hotel fragte er hartnäckig nach. Aber wieder war ich nicht fähig darüber zu sprechen. Wieder war ich nicht fähig in der folgenden Nacht seine Zärtlichkeiten anzunehmen. Leise boxte er mit einer Faust neben sich auf die Matratze. In meinem Kopf klingelte sein Satz aus der letzten Nacht vor einem Jahr: *Ich hatte dich wohl falsch verstanden.* Am nächsten Morgen kroch ich mit den falschen Erinnerungen im Kopf zu ihm unter die Decke, schluckte und tat, was ich bei Celso gemacht hatte.

Während ich meinen Frühstücksreis zermanschte, sah er mir zu. Mantschen war schlecht. Das wusste er.

„Magst du nicht endlich mal darüber reden?" Seine Stimme zu ernst. Ich schluckte und räusperte mich.

„Vielleicht“, fing ich leise stockend an, „wenn wir wieder zu Hause sind. Das Wichtigste weißt du. Nana redet echt ’nen Scheiß. Die nächsten Tage gehen wir jedenfalls nicht mehr hin. Wir wollen Urlaub haben.“

Guido grummelte was, aber als er sich an der Theke zwei Spiegeleier und Speck holte, beugte er sich am Tisch zurück zu mir runter und gab mir einen Kuss.

„Du weißt, dass ich dich liebe.“

Anak! Liebling, natürlich hab’ ich dich lieb, schoss mir sofort durch den Kopf und ich nickte nur.

Schon am selben Abend saßen wir auf dem steinernen Geländer des Fußgängerumlaufs bei der Baluarte de Santa Barbara, wie einst Karthik und ich und ließen unsere Beine über dem graugrünen und trüben Pasig baumeln. Seltener als damals schwamm Schmutz oder abgestorbenes grünes Zeugs auf ihm. Kam der Wind aus der falschen Richtung, roch man dennoch toten Fisch, modernden Müll und brackiges Wasser. Aber an Karthiks Versprechen dachte ich nicht.

Ich lenkte mich mit einem Blick über den Fluss von den Gedanken damals, vom vergangenen Abend bei Nana und der Nacht ab. Drüben eine der vielen modernen Skylines der Stadt, hinter uns die historische Altstadt Intramuros mit ihren engen Gassen. Dort drüben also exzessive Modernität, wie es sie überall in der Welt gab, hinter uns ehren wir Filipinos das Andenken an die Kolonialmächte, statt irgendwo in der Stadt unsere eigene Geschichte zu entdecken und aus dieser zu lernen. Unsere Geschichte ist nun mal älter und länger als die der Kolonialzeiten oder die modernen. Was für komische Gedanken, um andere komische zu vertreiben.

Allein, was die Dimensionen der Gebäude angeht. Hamburg bot in dieser Hinsicht kaum etwas. Alles, was man auf verschiedenen Kanälen im Fernsehen aus der gesicherten Kartoffelchipsfutterposition sich ansieht, gibt es in Manila dicht beieinander. Das Internet stellt dies nicht annähernd richtig dar.

Wurde im Fernsehen von einem der luxuriösen Hotels in Manila oder in spätabendlichen Sendungen von der Armut in unserer Metropole und der nahezu jedem Mädchen in dieser Stadt drohenden Kinderprostitution oder in einer Talkshow von der Aggression Chinas gegenüber unserem Land berichtet, musste man sich hier nur auf die Roxas stellen, der breiten Brücken über den Pasig zur Chinatown, sich einmal umdrehen, um von allem etwas mitzubekommen. Dann sah man das Dilemma der Stadt und ich das ähnliche in mir. Guido hingegen schüttelte immer wieder den Kopf und fühlte sich trotzdem wohl in diesem, wie er sagte, Tohuwabohu.

Der Abend wurde immer schwüler, dennoch kehrten wir erst spätabends ins Hotel zurück. Das Zimmer war nicht besser, die kleine Klimaanlage mühte sich, es erträglicher zu machen. Draußen begann es wie aus Kübeln zu regnen. Ich pellte mich aus meinen Kleidern und ließ mich aufs Bett fallen. Mein nackter Körper ein großes X. Fast eine Einladung. Guido tat es mir gleich und stellte sich unter den rauschenden Apparat. Mit etwas zusammengekniffenen Augen schielte ich zu ihm rüber, er zu mir herunter. Er konnte es nicht wissen, als er wahrscheinlich unbedacht kurz sein Glied und den Hodensack in eine Hand nahm, als würde er beides wiegen wollen.

„Halika!", raunte ich ihm leise zu. Komm endlich!

Und Guido lächelte leicht mit dem Kopf schüttelnd und sah mich logischerweise rätselnd an. Er konnte wirklich nicht wissen, dass er mich in diesem Moment an Celso erinnerte. Ich winkte lediglich, machte aus dem X ein I und ihm Platz neben mir.

Mit Guido war es leicht, Ängste zu überwinden, von denen er wie Mommy viel zu spät und dennoch zu wenig erfahren hatte. Noch konnte ich ihm nicht alles erzählen, bisher waren es bei beiden vielleicht fünfzig Prozent, wahrscheinlich sogar weniger, doch ab diesem Abend war so etwas wie ein Bann gebrochen.

***

Neulich betrachtete ich mich im Spiegel des Schranks. Mädchen und Frauen sehen sich immer anders als alle anderen um einen herum. Wahrscheinlich ist das die Jahrtausend alte Erziehung schuld, oder was weiß ich. Jedenfalls gefallen einem selbst die Spiegelbilder nur selten. Mir meines auch nicht. Angefangen bei meiner Größe. Eins achtundfünfzig ist wahrlich nicht groß. Trotz meiner Abnehmerei stimmen nun wieder einigermaßen die Verhältnisse. Vorher waren die Oberschenkel zu fest, mein Hintern zu klein, meine Schultern zu breit und eckig, meine Brüste zu platt. Natürlich alles dem Turnen geschuldet, das ich so nicht mehr mache. Lediglich mein Gesicht ist passabel, jedoch finde ich es beim besten Willen nicht *soo* schön, wie die anderen, vor allem nicht wie Guido und auch Marvin.

Wenn ich es sehe, denke ich immer an all die Nationen, die in unserer Familie Spuren hinterlassen haben. Meine Hautfarbe ist etwas dunkler als bei den meisten Deutschen, cappuccinofarben, würde ich sagen. Die schwarzen Augen asiatisch mandelförmig, spanisch groß und chinesisch lang. Nur meine Wimpern, Brauen und Haare auf dem Kopf und die Härchen im Schoß sind noch schwärzer. Auch die Lippen sind untypisch schmal für eine Filipina, meine Nase ein wenig flach. Schrecklich. Kein wie so oft rundes Gesicht, sondern eher hohe Wangenknochen. Vielleicht liegt es auch daran, dass ich in den letzten Jahren noch ein bisschen gewachsen bin und etwas von meinem früheren Gewicht entfernt bin. Dadurch stimmen zwar in meinen Augen nun die Proportionen des Körpers, aber die anderen sagen, ich sei zu dünn. Keine Ahnung, warum solche Ansichten so weit auseinanderliegen können. Ehrlich gesagt, hasse ich mich an manchen Tagen. Natürlich auch wegen allem, was geschehen ist.

Ich hatte eigentlich viel Glück in meinem Leben. Mir ist – bis auf dieses eine Jahr ohne Mommy – sehr viel beschert worden. Wenn ich das schreibe, klinge ich wie eine alte Frau, wie Frau Schulte, die zurückblickt, und ich muss deshalb lachen. Seit Kurzem bin ich aber erst einundzwanzig. Erst oder schon. Auch jetzt, je nachdem wie man es sieht. Seit fast sieben Jahren bin ich also in Deutschland, in der neuen Heimat, die, wie auch immer, tatsächlich langsam und gleichermaßen zu meiner wird. Wegen Scarlett und meiner Eifersucht auf sie, wegen der Sache mit Marvin hatte ich nur noch nicht diesen einen Rucksack mit den ganzen schimmeligen Erinnerungen weggelegt, geschweige ausgepackt, um alles endgültig zu vernichten, damit ich nicht durch den Inhalt verführt wurde. Doch als ich etwas suchte, von dem ich nicht wusste, was ich finden wollte, kruschtelte ich ausgerechnet in diesem Rucksack herum und fand wieder mein Dilemma und … Marvin.

Im Grunde genommen habe ich das Leben noch vor mir. Aber ich weiß nicht, wie es werden wird. Die Zukunft erkennt man nicht, man schafft sie. In meinem Oktavheftchen stehen inzwischen auch viele Sprüche. Ich sollte den Rucksack also endlich in Ruhe lassen und ungeöffnet wegwerfen. Zu finden ist in ihm nichts, außer einer Zukunft, die ich nicht unter Kontrolle habe.

Eine kontrollierbare Zukunft versuche ich nun zu schaffen. Diese ähnelt ein wenig einem Spagat. Man erfüllt sich einen Traum und verändert damit anderen einen Lebensplan. Doch Guido unterstützte mich. Somit freue ich mich nun auf das Auslandssemester und habe gleichzeitig doch Angst. Das Warum ist schnell erzählt. Nach dem ersten Semester hatte ich über den AStA Kontakt zu einem staatlichen Tourismusbüro in Manila aufgenommen und über dieses mit einer weltbekannten Hotelkette, die mit dem Ende der Pandemie ein neues Hotel in der Nähe von Surigao City, an der Nordspitze der Insel Mindanao, dort an der Küste geplant hatte und nun fertigstellte. Aufgrund meiner Sprach und Landeskenntnisse wählten sie mich nach meiner Bewerbung aus, dabei mitzuwirken. Was ich dort machen sollte, passte perfekt zu den Lerninhalten des Studiums.

Für alle Beteiligten war dies etwas Neues, ein unbekanntes Terrain sozusagen. Dabei half, dass die Hotelkette Verbindungen zur FH schon auf anderen Gebieten hatte. Nun erhoffte man sich auf beiden Seiten neue Erfahrungen und natürlich, wenn alles gut ging, gute Argumente gegenüber Interessierten für ein Studium in Heide. Dieses Hotel sollte von Anfang an in Europa bekannter werden und ich durfte dabei sein. Andere von uns gingen nach Spanien, Italien oder Kanada, zu Reiseveranstaltern, Fluglinien oder in die Zentralen von Reiseportalen. Ich dagegen durfte quasi in meine Heimat, aber gleichzeitig weit entfernt von Guadalupe Nuevo und damit von Celso sein. Was für eine Chance für meinen beruflichen Werdegang, hoffte ich. Was für eine *gefährliche* Chance für mein Leben, dachte ich. Vielleicht würde die Heimat mich zurückholen. Denn das Schicksal eines Lebens ist, das es solche Zufälle liebt. Noch wusste ich nicht, wie ich mich entscheiden sollte.

Das ist die Gerechtigkeit des Schicksals, man wählt es am Ende durch seine Entscheidungen selbst aus. Ratschläge gibt es viele. Die meisten befolgt man zu spät.

Was ich an Infos vorab erhielt und im Internet fand, begeisterte mich. Man muss sich nur einmal die Bilder von dort anschauen. Die Dörfer um Surigao herum sind zumeist ärmlich, aber die naturbelassenen Strände mit ihren großen, fast weißen Kieseln vor grünen Wänden aus Bäumen können auch mit den weißsandigen in der Südsee mithalten. Und die oft üppig grüne Landschaft dahinter mit kleinen, dennoch oftmals nahezu undurchdringlich erscheinenden Wäldern ist ein Traum. Schon war ich in manchen Minuten unsicher geworden, was meine Zukunft betraf, und erinnerte mich an einen der vielen Sätze von Frau Schulte: *Bewusst zu leben, bedeutet, sich für den nächsten Schritt darin zu entscheiden. Tun wir dies nicht, werden wir nur unzufrieden bezüglich der Dinge, die passieren.* Ich wollte nicht, dass eine, vielmehr meine mögliche Unzufriedenheit ein Leben mit Guido zerstörte.

Um die Intentionen des Hotels besser verstehen zu können, wurde ich zweimal für eine Art Wochenendseminar nach Berlin eingeladen. Jeweils an einem Samstag und Sonntag sollte ich erfahren, was wichtig wäre, was man in diesem Zusammenhang von mir erwartete. Welche Ansprüche an die Mitarbeiter gestellt würden. Mit dabei zwei junge Frauen aus England und Schweden, die wie ich dabei mitwirken sollten. Junge Leute seien auch die Zielgruppe. Surfer, Backpacker, Weltenbummler, Neugierige. Guido überlegte beide Male, ob er mitgehen sollte. Am Ende entschied er mit einem traurigen Lächeln, mich allein gehen zu lassen, er wäre ja dort ohnehin den ganzen Tag allein und abends hätte ich sicher auch mit den anderen etwas vor.

„Und du brauchst, glaube ich, wieder einmal Zeit für dich in einer Großstadt. Und die beiden Frauen freuen sich vielleicht auch über einen Mädelsabend."

Ich bin mir nicht sicher, aber vielleicht wäre sonst alles ganz anders gekommen. Nein, ich bin mir sicher, alles wäre anders gekommen. Da meine Fahrt und Flugkosten vom Unternehmen bezahlt wurden, reiste ich schon an den Freitagabenden an. Denn am folgenden Samstagmorgen um neun Uhr gingen diese Treffen bereits los. Das ist die Gerechtigkeit des Schicksals, man wählt es am Ende selbst aus.

***

Marvin wechselte wie von ihm mehr als ein Jahr davor angedeutet nach dem zweiten Semester von Hamburg nach Berlin. Marvin hatte immer noch, warum auch immer, keine feste Freundin, wohl nicht einmal eine aktuelle Beziehung, vielleicht hin und wieder Liebschaften oder Bettgeschichten, aber das wusste ich nicht genau. Marvin wohnte allein in einer kleinen Einliegerwohnung in Mariendorf, einem Stadtteil im Süden von Berlin. Das alles wusste ich durch Anneke. Ich vermute, Guido wusste das alles auch. Als ich die Einladung zu diesem Seminar bekam, war mir dies im Grunde genommen auch noch egal.

Guido liebe ich. Im Grunde von der ersten Sekunde an. Und das von ganzem Herzen. Ich weiß, da ist ein großer Widerspruch. Wie kann man jemanden gleichzeitig lieben und betrügen? Er war doch von Anfang an, auch zu Scarletts Zeiten, das ruhige und beständige Element in meinem Leben und ich durfte ihn in einem für ihn traurigen und für mich eifersüchtigen Moment auffangen und lieben lernen. Wir kamen zusammen, und er wurde zu dem Schiff, das mich nun durch jedes Wetter trägt, das immer einen Rettungsring hat. All das klingt hochgradig kitschig. Liebesgeschichten sind das auch bisweilen, das ist auch gut so.

Im Zug nach Hamburg hörte ich meine alten Playlists und suchte automatisch nach Marvins Insta-Account. So scrollte ich mich durch die Bilder. Überrascht stellte ich fest, dass er viele gelöscht hatte, unter anderem auch meines mit dem nackten Bein und Arm und den rot lackierten Fingernägeln, das Guido gefunden hatte. Von den einstmals über zweihundert Bildern waren nur noch etwas mehr als fünfzig übrig geblieben. Auf keinem war ein Mädchen oder eine junge Frau zu sehen oder etwas, was auf eine Beziehung hindeutete. Ich zögerte, ob ich ihm eine Nachricht schicken sollte. Ja! Nein! Doch! Warum zögerte ich? Mein Rucksack lag neben mir und war längst mit allem gepackt.

„Hi! Bin an diesem Wochenende in Berlin auf einem Seminar zur Vorbereitung auf mein Auslandssemester. Wollen wir uns abends mal treffen?", schrieb ich und starrte zum Fenster hinaus. Wie bei den Busfahrten zur FH sauste die Landschaft an mir vorbei, bevor sich etwas großartig daran veränderte, ploppte bereits Marvins Antwort auf.

„Bist du es Saya?! Ist ja irre! Gerne. Wann hast du Zeit? Kann ich dich abholen?"

Ich begann zu zittern. Meine Hände wurden feucht. Für Sekunden stierte ich wieder hinaus. Was machte ich bloß? Ich hätte nur eine Chance gehabt, indem ich nämlich nicht antworten würde, doch mit gefühlt tausend Korrekturen, weil meine vibrierenden Finger nicht die richtigen Buchstaben trafen, schrieb ich zurück. Der Mädelsabend fiel somit aus. Wir hatten ohnehin nichts ausgemacht.

„Im *Titanic*, Gendarmenmarkt. Ich hab’ ’nen Plan, wie ich hinkomme. Ist wohl ganz in der Nähe einer U-Bahn-Station. Bin gegen sechs am Abend da.“

„Wow! *Titanic.* Ich hol dich ab. Um sieben? Okay?“

Um halb sieben saß ich bereits unten im Foyer gegenüber der lang gestreckten Rezeption, weil ich in dem luxuriösen Zimmer wie eine Verrückte umherlief und mir vorstellte, was an diesem Abend noch alles passieren könnte, und dabei dauernd auf das viel zu große Bett schaute. Über dem Kopfende ein riesiges Bild, das einen üppigen Vorhang imitierte, am Fußende eine Spiegelwand, die meine Fantasie schleudern ließ.

Um Viertel vor war er da und alles zu spät.

„Sieht aus, als würdest du Karriere machen.“ Er sah sich im Foyer mit den weißen Säulen um, als würde es ihn erschlagen. Ohne blöden Tonfall. Ohne blöd grinsendes Gesicht.

„Das werden wir sehen.“ Ich hatte keine Ahnung, was ich sonst sagen sollte.

„Was machst du überhaupt?“, wollte er wissen.

Erst jetzt fiel mir ein, dass wir seit Monaten, ja inzwischen weit mehr als einem Jahr keinen Kontakt hatten. Statt der Landschaft wie im Zug, statt dem riesigen Bild in meinem Zimmer, statt mich im großen Spiegel, ob ich gut genug aussah, starrte ich nun ihn an. Diesen Schrank von Kerl. Unerwartet streng wirkend in seinem legeren Anzug. Als sei er magnetisch, strich ich mit den Fingerspitzen über den Stoff und erwiderte, wahrscheinlich mit wackeliger Stimme:

„ITM. *International Tourism Management* in Heide. Ich geh in ein paar Wochen für ein Auslandssemester nach Surigao, auf die Philippinen.“ Ich schluckte und wollte ihn küssen, ihn zum Aufzug ziehen, ihn auf mein Zimmer bringen. Stattdessen: „Und du?“

„Nur noch Wirtschaftsmathematik. Bin schon in eineinhalb Jahren fertig. Dann werd ich sehen."

Er sah mich genauso an und die Sekunden verstrichen. Ich musste unbedingt aufwachen.

„Du kennst eine Bar oder so?" Ich hörte mich krächzen.

„Ja. – Natürlich. – Klar. Wollen wir los? Die ist ganz schick und ganz in der Nähe. Vielleicht treffen wir sogar ein paar Promis. Die gibt's in der öfters." Er grinste und fuhr mit einer Fingerspitze an einem Arm entlang. „Schick genug biste jedenfalls."

Kein Wunder, ich hatte den langen Rock mit Schlitz, die durchsichtige Bluse, und darunter den dunkelblauen BH an, darüber trug ich die dünne Jacke des Twinsets, die ich damals bei ihm nur aus einem Grund dabeihatte, nämlich um sie auszuziehen. Alles war eingerollt, damit es nicht verknitterte, in meinem Rucksack verstaut gewesen.

Nur ein paar Minuten später saßen wir in einem plüschigen Sofa in einer Bar im Stil der Zwanzigerjahre. *Bellboy.* Ich sah auf die Karte, alles viel zu teuer, egal was, ein Getränk musste reichen.

„Wie lang bist du hier?"

„Bis Sonntag gegen zwei."

Ein Kellner, eher Ganymed, ging mir durch den Kopf, als er vor mir ein Glas mit einem bunten und aufwendig dekorierten Cocktail abstellte und ich ihn dabei grinsend beobachtete. Das Glas von Wasserperlen überzogen. In jeder einzelnen von denen funkelte die Pracht der Bar.

„Hammer hier", kommentierte ich fassungslos. Mehr als diesen Cocktail würde ich mir nicht leisten. Nicht leisten können. Ich sagte es Marvin. Er sah lustigerweise auf seine Uhr und meinte:

„Kein Problem. Ich geb' einen aus. Dass du hier bist, muss gefeiert werden. – Magst du nachher noch bei mir ... einkehren? Ich wohn nur eine knappe Viertelstunde mit der U-Bahn von hier entfernt. In Mariendorf. Ich hab' aber höchstens 'nen schnöden Sekt oder Bier da."

Mit seiner Frage war mein Kopf ausgeschaltet und ich antwortete mit einem viel zu schnellen *Sekt wäre doch super.*

Zwanzig Minuten später, die Cocktails hatten wir für diese Bar unwürdig schnell getrunken, saßen wir in der U6 nebeneinander. Eine Hand von ihm wie selbstverständlich auf einem Oberschenkel von mir, die er unablässig und viel zu zärtlich mitsamt dem Stoff auf ihm rauf- und runterschob. In meinem Bauch begann es längst zu ziehen und vor lauter Aufregung zu brennen. Wie selbstverständlich wurde ich feucht. Seine Wohnung nur ein paar Gehminuten von der Haltestelle entfernt. Problemlos zu finden, ging mir durch den Kopf.

Sie ähnelte einem Schlauch, an dem einen Ende die Wohnungstür, am anderen ein Fenster mit einer Tür auf einen kleinen Balkon, dazwischen auf der einen Seite eine Miniküche mit einer Theke, auf der anderen ein kleines Bad und vor dem Fenster eine Schlafcouch. Alles ein bisschen unordentlich. Das Bettzeug auf der Couch lag, als wäre er grad erst aufgestanden. Dass ich ihn besuchen würde, hatte er nicht erwartet. Nichts deutete darauf hin, dass es jemand anderen gab.

Er schloss nahezu bedächtig hinter uns die Wohnungstür, lehnte sich gegen die Theke der kleinen Küche, während ich ein, zwei Schritte weiterging und erst dann stehen blieb. Langsam kam er auf mich zu. *Ich kanns noch nicht glauben.* Nahm mich zögernd in den Arm und es vergingen einige Sekunden, bis er mich endlich küsste und nur eine Handvoll mehr, bis er mich und sich ausgezogen hatte und wir uns mit zitternden Fingern überall zu streicheln begannen. Die Couch war ja halbwegs vorbereitet und seine Lippen erkundeten mit sanften Knabbern meine Lippen, dann die Schultern, die Brüste, den Bauch, den Schoß, seine Zunge flirrte in ihm. Augenblicke später hob er seinen Kopf, schwebte er über mir mit seinem steifen Glied und ich musste ihn anfassen und dirigieren, denn ich konnte es nicht abwarten, bis er endlich in mich eindrang. Minuten später ließ ich mich fallen und er fing mich auf mit seiner Wärme, die ich in mir spürte.

Die ausgeklappte Couch breit genug für uns zwei, als hätte sie nur auf eine solche Gelegenheit gewartet. Durch unser Gespräch in der Bar wusste ich, er hatte tatsächlich keine Freundin, nicht einmal eine Bettgeschichte. *Ich wusste, wir würden uns wiedersehen*, lachte er nur, und sein Lachen klang nicht nach dem Marvin, den ich glaubte zu kennen.

Für diese und die nächste Nacht habe ich das Hotelzimmer nicht in Anspruch genommen, sondern bei und mit Marvin geschlafen. In beiden Nächten mehrmals. Ich kann es nicht erklären. Auch nicht, wie wir miteinander umgegangen sind, weil es viel zu zärtlich für meine Erinnerungen an Marvin war. Er machte an diesen Abenden keine dummen Sprüche, sondern war neugierig und fast besorgt, wie es mir *dabei* ging.

Wenn man etwas bis zu einer Art Bewusstlosigkeit tut, obwohl mir natürlich bewusst war, was ich in diesen Nächten tat, kann man dennoch vieles für lange Momente vergessen und verdrängen. Sogar die eigene Dummheit. Und keiner fragt nach den Gründen. Marvin rollte schnaufend zur Seite, schlief kurz darauf ein und schien dabei mein Vergessen mit in seinen Schlaf zu nehmen. Am besten würde es sein, dieses Zimmer nie wieder zu verlassen, ging mir durch den Kopf. Das Erwachen würde auf den Stapel der zu vergessenen Sachen nur wieder viel zu viel drauf packen.

Vollkommen wach und nassgeliebt, wie ich war, sah ich ihn nach jedem Mal an und legte eine Hand ganz vorsichtig auf seine nackte Brust, genau dahin, wo sein Herz schlug. Ohne zu wissen, nahm er meine Schuld an dem Desaster, das sicher kommen würde, mit in seinen kurzen Schlaf und ich genoss diesen Schwebezustand zwischen Glück und schlechtem Gewissen, das ich beim nächsten Mal wieder für lange Momente ablegte. Sein nackter, für mich riesiger Körper strahlte derweil eine beruhigende Ruhe aus. Draußen ließ der Bewegungsmelder immer wieder den Scheinwerfer der Tiefgaragenzufahrt aufflammen und das dunkle Zimmer heller werden. Dann sah ich für eine halbe Minute den Staub in dem Lichtschein glitzern, den wir mit unserer Zügellosigkeit aufgewirbelt hatten.

Bis zu diesen Berlin-Nächten verkörperte Marvin – auch dies konnte er nicht wissen – dieselbe rohe Seite, die Tatas Bruder hatte, und sollte und durfte genau deswegen das zu Ende bringen, korrigieren, geradebiegen, was Celso zerstört hatte und Karthik dann doch nicht in etwas Schöneres verwandeln konnte. Vielleicht suche ich mit dieser Behauptung auch nur nach einer glaubhaften Ausrede und stopfe sie mitsamt den Bildern und Erinnerungen an diese Nächte in den verdammten Rucksack, den ich mitgenommen hatte.

Auch am folgenden Freitag ging ich nach einem gemeinsamen Abendessen absichtlich spät auf mein Zimmer und zog mich um. Jeans, Slip, Hemdchen, Shirt und eine dünne Jacke. Nicht besonders schick. Aber ich würde es ohnehin, wie beim letzten Mal, eilig haben, alles schnell ausziehen zu können.

Bei Großvaters Bruder empfand ich bei jeder immer unbeherrschter werdenden Berührung am Ende nichts als Ekel und musste danach kotzen. Bei Karthik verhinderte der Nebel seines mitgebrachten Zeugs alle Erinnerungen und ich wusste deshalb nie, ob wir es getan haben oder nicht, sondern sah mich in den dumpfen Träumen danach nur nackt in diesem kleinen Betonraum mit ihm herumspringen. Mit Guido hatte ich eigentlich ein zärtliches und liebevolles Glück gefunden. Aber mit Marvin war alles verboten unanständig, wild und unbeherrscht. Mit Marvin tat ich alles freiwillig, obwohl es mir widerstreben müsste, und war im Gegenteil sogar geradezu süchtig danach.

Morgens kam ich beschämend befriedigt, auch ohne schlechtes Gewissen und zeitig vor dem Frühstück zurück, zerwühlte ein wenig mein Bett, so wie Guido es im ersten Urlaub in Guadalupe Nuevo immer getan hatte, duschte lang und zum Abschluss kalt und zog wieder die Sachen an, die ich für das Seminar mitgenommen hatte. Nichts anderes als Businesskleidung. Nichts anderes als eine Uniform. Verkleidet genug und obendrein gut gelaunt ging ich anschließend hinunter zum Frühstück. Es gab zu meiner Überraschung sogar Reis. Keiner der Teilnehmenden schöpfte an einem dieser Tage einen Verdacht. Ich machte von vornherein einen guten Eindruck.

Mit Marvin war eine gemeinsame Zukunft ausgeschlossen, sagte ich mir. Ich hatte Guido, seine Liebe, eine Heimat, eine Zukunft, ein Häuschen, Mommy und Paps in meiner Nähe, meine Aufgaben im Alltag, wie die wöchentliche Turnstunde mit Kindern. Trotzdem ging ich zu Marvin, als sei er ein Magnet von unwiderstehlicher Anziehungskraft, und schlief mit ihm in all diesen vier Nächten. Und dies jedes Mal mehrmals.

Ich machte bei allem mit. Tatsächlich wild und unbeherrscht, als sei ich ausgehungert. Ich wusste, wie er aussah, klang und schmeckte, wenn er seinen Höhepunkt hatte. Und er wusste es auch von mir. In diesen Nächten war er nicht mehr der rücksichtslose und ungehobelte Kerl vom Schulhof, sondern viel zu zärtlich und vorsichtig. Dennoch ist es mit Marvin gänzlich anders als mit Guido. Als stiege ich in seinen Körper, in diesen Schrank, in dem ich mich verstecken konnte, mein Unterleib dabei regelrecht aufgespießt von seinem steifen Glied, vielleicht sogar meine Seele. Festgehalten von den Tentakeln seiner Arme, die sich um meinen Rücken schlossen. Ich trat ein und vergaß.

Was aber würde passieren, wenn er die falschen Fragen stellen würde? Ich bildete mir ein, ich hätte aus welchem Grund auch immer nur Lust auf seinen Körper, mehr nicht. Er war mein *fuck buddy*, wie er es vor einem Jahr mal bezeichnet hatte, mit Liebe hatte es nicht zu tun. Davon war ich bislang ausgegangen. Vielleicht sollte ich mich jemandem anvertrauen, denn ich bin außerstande es zu erklären. Ich bin außerstande zu erklären, warum. Vielleicht hat Tucholsky recht, Lust steigert sich an Lust. Vielleicht hat auch Guido recht und ich stillte eine ständig aufkommende Langeweile mit größtmöglichem Risiko, welches ich nicht wahrhaben wollte. Es wäre eine Parallele zu Karthik und seinem Zeugs.

Marvin versuchte es dennoch in der letzten Nacht und überlegte laut mit einem forschenden Lächeln:

„Warum kommst du immer wieder?"

„Das weißt du genau."

„Nein. Aber ich würde es herausfinden wollen. Versuch doch das Semester hier zu machen. Dann könnten wir in dieser Zeit testen, wie es mit uns funktioniert.

Das klappt ja immerhin schon wunderbar. Und ich habe den Eindruck, das andere verdient eine Chance. Keine schlechte Voraussetzung, oder?"

Ich biss auf meine Unterlippe und rollte auf den Rücken, begleitet von einer Hand von ihm auf meiner nassen Haut. Genau diesen Gedanken hatte ich, als Anneke von Marvins Studium in Berlin sprach, und ich schon da letztendlich vorhatte, zu ihm zu gehen. *Lass uns unsere Zukunft testen. Es könnte ja sein, dass auf uns der Spruch zutrifft, aller Anfang ist schwer. Wir sehen ja, wie leicht es mit uns ist, wenn wir zusammen sind.*

Mein Studium bot mir die rettende Ausrede.

„Es geht nicht. Leider. Tut mir leid. Es soll ein Auslandssemester sein."

Marvin sah mich traurig wirkend an und meinte:

„Vielleicht gibt es danach wieder ein Später."

Am nächsten Morgen sah ich im Bad des Hotelzimmers in den Spiegel und hätte am liebsten nicht nur diesen, sondern mit den Scherben auch mein Gesicht zerschlagen.

***

Nach dem ersten Wochenende schaffte ich es noch, mir nicht allzu viel anmerken zu lassen, sodass ich meine Müdigkeit auf ein unerwartet anstrengendes Seminar schieben konnte. Die unerwartet lange Zugfahrt von Hamburg zurück half mir, eine Ausrede zu finden. In der Nacht schmiegte ich mich dennoch mit meinem Rücken an Guidos Bauch. Löffelchen in Löffelchen, wie ich es mal gelesen hatte, und lächelte. Für eine gesichtslose Zärtlichkeit genau richtig. Für Guido ungewohnt drang er so von hinten ein und sah deshalb nicht meine Tränen, weil ich dabei an Marvin dachte.

Doch am folgenden Sonntag kam ich erst spät am Abend zurück, weil ich sogar am Nachmittag noch bei Marvin war. Diesmal war es Guido, der sich nichts anmerken ließ. Aber ich ahnte, dass er alles wusste. In der Nacht schliefen wir nicht miteinander. Das wäre nicht weiter schlimm gewesen, aber ich ließ nicht einmal eine Umarmung zu, schon gar nicht das Löffelchen. Schon zuvor suchte ich nicht seine Nähe, weil ich in einem Matsch von Gefühlen und falschen Sehnsüchten gelandet war. Ich war durch den Wind, wie man wohl sagte. Auch dieser Spruch steht mittlerweile in meinem Oktavheftchen.

Was ich in den Stunden zuvor vergessen und verdrängt hatte, landete von meinem Unterbewusstsein eingepackt in meinen Rucksack und glotzte mich zu einem riesigen Stapel angewachsen aus ihm an. So schob ich Guidos suchenden Hände weg und meine Zärtlichkeit reduzierte sich am Morgen auf einen Kuss, und ich redete mich mit *schlecht geschlafen* heraus. Halb nackt an unserer Küchentheke stehend tat ich, als würde ich mich doch in seine Arme kuscheln und sehnte mich gleichzeitig davon.

Jedes Mal überlegte ich danach, gleich mit dem Beginn des Auslandssemesters etwas zu beenden, das vielleicht noch mehr Unwägbarkeiten beinhalten könnte und damit noch mehr Enttäuschungen für Guido. Es gehörte nicht viel dazu, so vermutete ich, dass er mit mir nicht mehr glücklich sein konnte. Nach den Monaten in Surigao könnte ich die beiden letzten Semester sicher irgendwo in Heide unterkommen, vielleicht wussten Katrin und Markus etwas. Vielleicht könnte ich mich nach dem Praktikum auch für das Büro des Unternehmens in Berlin bewerben. Dass dies der Chance entsprach, die Marvin von mir erhoffte, war mir in diesem

Moment natürlich bewusst. Auch, dass ich Guido damit wehtun würde. Mommy könnte nichts anderes als enttäuscht von mir sein. Obendrein natürlich Paps. All seine Bemühungen und Ausgaben, Mommys Wunsch bezüglich mir zu erfüllen, wären vergebens gewesen.

Aber ich war davon überzeugt, dass dies besser sei, denn meine Fantasie, oder was auch immer in diesen Momenten in meinem Kopf herumschwirrte, bereitete mir regelmäßig Kopfschmerzen und machte seine eigenen Kapriolen. Statt dass ich diesen verfluchten Rucksack nahm und ihn – auch mithilfe von Dritten – vernichtete. Denn je näher das halbe Jahr mit Surigao auf mich zukam, begegnete ich in den Träumen immer wieder Kopien von Marvin – *wir sehen uns* – als Surfer oder Taucher und versprach dem Hotel, zu bleiben. Was wäre, wenn tatsächlich eine solche Kopie oder gar Marvin selbst dort auftauchen oder das Hotel tatsächlich fragen würde, ob ich nicht bleiben könnte?

Wachte ich aus diesen Träumen auf, redete ich mich mit der Möglichkeit heraus, dass für Guido und Mommy unter Umständen all das schnell vergessen wäre, wenn ich nicht nur dieses halbe Jahr, sondern noch länger fortbliebe. Mommy hätte Paps an ihrer Seite. Guido eventuell dann Scarlett wieder. Aber genau dieser Gedanke machte mich dann wieder eifersüchtig.

Glücklicherweise.

Hoffte ich.

Bei den gemeinsamen sonntäglichen Frühstücken, die wir nach wie vor zu viert einnahmen, waren diese Gedanken dann auch verflogen. Paps sorgte jedes Mal für gute Laune. Anschließend gingen Guido und ich in unseren kleinen Garten oder arbeiteten an den letzten Sachen in unserem Häuschen. Wir schwitzten zusammen, wir lachten zusammen, wir berieten die nächsten

Schritte, wir beobachteten einander wie in den ersten Tagen nach Scarlett. Neugierig auf unsere Ideen. Denn Neugierde ist auch etwas, was man annehmen und herbeisehnen kann. Neugierde hilft etwas abzuwarten. Neugierde ist auch die Schwester der Hoffnung. Guidos Sätze. Spätestens die heißen Duschen am Abend schwemmten meine seltsamen Träume für einige weitere Nächte weg, in denen ich neugierig auf Guido war.

***

Etwas musste passieren, damit es ganz aufhörte. An einem der folgenden Nachmittage rief ich Frau Schulte an und lud mich selbst bei ihr ein. *Was mach ich falsch, Frau Schulte*, fragte ich sie einmal und sie erzählte mir ihre Lebensgeschichte, die eigentlich ganz anders war als meine und ihr doch angeblich ähnelte. Vielleicht könnte sie mir wieder einen Rat geben, ihn von Mommy zu verlangen, hätte geheißen, etwas zuzugeben.

Frau Schulte ahnte, dass es nicht nur ein Besuch sein würde, und hatte bereits eine große Kanne Kaffee gekocht. Ich setzte mich an ihren kleinen Küchentisch und schaute aus dem Fenster hinaus. Von dort sah man das ganze Treiben in der Straße, wenn es denn stattfand. Ein Stock höher, aus dem ehemaligen Zimmer von Guido, sah man damals nur die Straßenlaterne, das Haus auf der anderen Straßenseite und wenn man sich etwas nach rechts beugte durch eine schmale Lücke zwischen den Gebäuden hindurch auf eine große Garage. Wortlos sah ich hinaus und fing an zu weinen. Das Weinen hörte auch nicht auf. Stammelnd und in wenigen Sätzen, zu mehr war ich nicht fähig, erzählte ich ihr von Berlin. Sie seufzte, sah mit mir zum Fenster hinaus und nach Minuten der Stille meinte sie:

261

„Das eigene Leben zu finden, ist nicht ganz leicht. Wenn man auf die Welt kommt, bekommt man keinen Plan dafür, sondern sogar noch einen Klaps auf den Po. Angeblich, um Atmen zu lernen, vielleicht aber auch nur als Warnung. Und laufen lernt man viel zu spät. Da haben andere schon den Weg bestimmt, aber nicht ausgeschildert. Ist dieser Marvin einer, der deinen Weg bestimmt? Oder ihn bestimmen soll? Geht er mit und neben dir? Oder folgst du ihm nur? Schlicht gefragt, liebst du ihn mit deinem Herz oder mit deinem Körper? Der ist in seiner Sehnsucht danach und in seinem Verlangen manchmal schneller als das Herz. Das musst du dich fragen. Liebe bedeutet nicht, dass es einfach ist, aber dass es die Mühe wert ist.“

***

Büsum, Friedrichstadt, Kiel, Lübeck und ein Liebes-Wochenende, wie er es nannte, in einem Hotel mit einem effektvollen Whirlpool auf dem Zimmer am Timmendorfer Strand. Allein schon deshalb schön, weil wir es ganz woanders taten. Kinobesuche, Miniaturwunderland, Chris Rea und nahezu alle Musicals in Hamburg. Ohnehin immer wieder Hamburg. Im Gegensatz zu Manila die geordnete, größtenteils saubere Großstadt mit der Reeperbahn. Guido erspürte, was zum Teil mit mir los war, vielleicht wusste er den Rest längst und ging mit mir raus. Gerade auf der Reeperbahn zog er mich in die Shops. Wir lachten über das Zeugs, das angeboten wurde, das Sex schrie, laut und roh und ohne jegliche Zärtlichkeit. Dabei beobachteten wir nicht nur uns, sondern auch die Kunden. Tatsächlich kauften wir sogar am Ende ein unauffälliges Toy, einen sogenannten Satisfyer in mattem Schwarz und ein Video, das wir uns am selben Abend noch anschauten, währenddessen darüber lachten, weil wir ein solches Gestöhne und Gehampel von uns nicht kannten, und trieben es, dennoch angestachelt davon, miteinander und mit dem Toy nur eine Viertelstunde später auf unserer Liegelandschaft nicht anders als die beiden im Video, höchstens leiser.

Wir gingen ins *Büsken*, manchmal auch mit Freunden, das heißt, meinen Freundinnen, also Anneke und Lina, und manchmal einem Kollegen von ihm. Nach wie vor hatte Guido nämlich keine Freunde, höchstens ein paar lockere Bekanntschaften aus dem Geschäftsalltag. Lediglich mit Annekes Freund verstand er sich ganz gut. Der so zurückhaltend wie er selbst. Doch schien er solche Freundschaften auch nicht großartig zu vermissen. Bei gutem Wetter waren wir natürlich immer wieder in Ording am Strand oder dem in Tönning an der Eider, saßen in einem Café oder blieben zu Hause und genossen den kleinen Garten. War ich für das Kindertraining beim Turnen und er daheim, sprach er wohl hin und wieder mit Mommy auch über mich.

An einem Abend lagen wir unten zusammen im Wohnzimmer. Draußen kam ein Regenguss nach dem anderen und klatschte und pladderte gegen die Scheiben, wie seinerzeit in unserem zweiten Urlaub in Manila. Wegen der Erinnerungen daran und der, die sich damals eingestellt hatten, erwartete ich das falsche Bild im Kopf. Der Film im Fernsehen war nicht Besonderes und wir unterhielten uns über andere Filme und Serien, über Schauspieler und Schauspielerinnen und Guido überlegte, mit mir noch einmal das Video anzuschauen, das wir in Hamburg gekauft hatten. Das falsche Bild im Kopf stellte sich nicht ein und eine Antwort von mir war nicht nötig, denn irgendwann drehte er sich zu mir und begann mich durch den Stoff der Jeans und dem

Shirt zu streicheln. Ich war mir fast sicher, dass er es hier unten auf unserer Liegelandschaft so noch nie getan hatte. Der Bildschirm flimmerte weiterhin, tauchte den Raum in ein eigentümliches Blau und das Gequatsche in ihm hielt weder ihn noch mich auf. So spontan, in einer solchen Situation, so wie er es tat, nur halb ausgezogen, seine Hose nur bis zu den Knöcheln hinuntergeschoben, meine an einem Fuß hängen geblieben und Shirt und BH bis unter die Achseln geschoben, war es ungewohnt, wenn nicht sogar neu. Ich ertappte mich dabei, wie ich es genoss. Wild und unbeherrscht, als sei ich ausgehungert und ich machte bei allem mit.

„Ich weiß, du warst bei Marvin in Berlin. Warum?", wollte er Minuten später neben mir auf dem Rücken liegend wissen. Die richtige Frage, zur falschen Zeit. Die falsche Frage zur richtigen Zeit, die irgendwann kommen musste. In meinem Kopf platzte ein Bild, von dem ich glaubte, es hätte mit Zukunft zu tun gehabt. Mit unserer. Ich geriet in Panik, tat, als hätte ich sie überhört, nutzte fast widersinnig den Moment, um meine Hose wegzustrampeln, seine gleichzeitig von den Knöcheln zu treten und mich ganz auszuziehen, um mich sofort auf seinen Schoß zu setzen. Ich schluckte und räusperte mich, als ich ein Bein schon über ihn schlug. Doch im selben Moment zog er die Beine an und ich fiel zurück. Ernst, traurig und als sei er Meilen entfernt sah er mich an und ich fing sofort an zu weinen. Statt mich an ihn zu kuscheln, stand ich auf und sah durch die Gardinen in die Dunkelheit, wo nichts zu sehen war. An den Innenseiten meiner Schenkel rann seine Wärme hinunter und wurde kalt.

***

Unsere kleine Küchenzeile war Tage danach endlich komplett. Zwei Tage vor meinem Abflug nach Surigao stand Guido abends davor, hatte einen Topf Wasser für Nudeln aufgesetzt, wartete darauf, dass es kochte, und öffnete eine Tupperdose mit der Soße, die Mommy ihm mitgegeben hatte. Bis dahin gelang sein erster Kochversuch. *Viel kann man auch nicht falsch machen*, meinte er, a*cht Minuten die Nudeln, die Soße musst du nur warm machen, hat Mommy gesagt.* Ich stand hinter ihm, betrachtete und beobachtete ihn mit aufeinandergepressten Lippen. Ausgerechnet ihn hatte ich in Berlin so oft betrogen. Warum ich es mit Marvin so oft getan hatte, werde ich vielleicht nie erklären können. Vielleicht drücke ich mich auch nur vor einer ehrlichen Antwort, die mit Langeweile, Frust, Enttäuschungen und Wut auf früher, mit dem Missbrauch durch Celso zu tun hat. Alles wäre vielleicht aber nur eine Ausrede gewesen, statt die Lust auf Marvin zuzugeben. Ich machte einen Schritt auf Guido zu, umarmte ihn und ließ die Hände langsam von seinem Rücken auf den Bauch gleiten. Ich brauchte in diesem Moment seine Wärme.

In den zwei Nächten nach seiner Frage, *Warum? ...*, auf die ich keine Antwort gab, schickte er mich nach einer Viertelstunde nach oben. *Falls ich mal wieder Lust auf dich haben sollte, hol ich dich. Vielleicht sollten wir es nutzen und uns trennen. Dabei wolltest du nicht nur eine Schwester, sondern Freundin sein. Auch das habe ich wohl falsch verstanden, oder?* Anschließend zog er sich an, ging ins Bad und legte sich wieder auf das Sofa, bis er am nächsten Morgen zur Arbeit ging.

Eine Handvoll Sekunden verstrichen. *Nudeln ins Wasser, Temperatur herunterdrehen, acht Minuten auf dem kleinen Timer herunterlaufen lassen.* Leise sprach er mit sich selbst. Meine Hände gruben sich derweil unter sein Shirt und er ließ es zu. Die Fingerspitzen gingen in den Rippen des Unterhemds spazieren, die Soße köchelte leicht, *die Temperatur können du dann ausstellen*, imitierte er Mommy. Er grunzte sogar, als er spürte, wie ich mich auf die Zehenspitzen stellte und mich dabei seinen Rücken hinaufschob, um seinen Nacken zu küssen, ich schaffte es nicht ganz. Ich zog den Ausschnitt seines Shirts runter und meine Zunge glitt nass über ein paar Wirbel in Höhe seiner Schulter, ich hauchte sie an, ließ sie kühler werden. Bei Marvin hatte ich diese zärtlichen Sinne ausgeschaltet, weil ich nur gierig auf unsere Höhepunkte war. Gott sei Dank. Diese Gier hätte allerdings ein Teil meiner Antwort sein können.

Die Uhr zeigte noch vier Minuten. Ich schob sein Shirt bis unter die Achseln, leckte über die restlichen Wirbel bis hinunter zu seinem Po und ließ die Hände hinter den Bund seiner Shorts sinken. Zwischen Nabel und den Härchen im Schoß streichelte ich seine Haut.

„Du weißt, dass ich einen …", krächzte er.

Der Piepston unterbrach schrill, was er sagen wollte. Ich wusste es auch so, glitt tiefer und lächelte.

„Ich weiß, und wenn wir gegessen haben, möchte ich endlich unanständig sein."

***

Die Nudeln nicht verkocht, die Soße, eine Art Bolognese, *ich haben keine Ahnung, wie Italiener machen, ich machen so. Wenn schmecken, ich zeigen*, hatte Mommy gemeint. Sie war perfekt. Der Tisch war längst gedeckt. Ich hatte sogar ein paar Kerzen angezündet. Nur sie illuminierten den Raum und sorgten für eine romantische Stimmung. Das alkoholfreie Bier passte nicht. Er schmunzelte. Es hätte nur noch Wasser gegeben.

„Koch hättest du auch werden können", lächelte ich etwas verschämt. Stand anschließend auf und ging um den Tisch herum, den er an ein paar Abenden in der Werkstatt der Firma gebaut hatte, höhenverstellbar als Couch- und Esstisch, mit einer dicken, facettenreich verrosteten Stahlplatte, matt lackiert, die deshalb aussah, als würde sie weiterrosten. Je nach Stimmung sah ich allerlei Getier, Gesichter oder Landschaften in den Flecken. Ich drückte den Tisch mit meinem Po etwas nach hinten, das Geschirr schepperte auf der Platte und ich setzte mich breitbeinig auf seinen Schoß. Zehn Sekunden später war sein Shirt ausgezogen. Dann schob ich seine Shorts auf seine Oberschenkel. Sein Glied flappte gegen den Bauch. Ich lächelte mit schmalen Lippen und forschte in seinem Blick.

„Warte!" Dann war ich nackt.

Das war anders. Ganz anders. Glücklicherweise. So konnte ich Gespenster vertreiben, damit ich in Surigao vor all diesen meine Ruhe hatte. Für diesen Moment hatte ich mindestens ein Gespenst schon vertrieben. Vielleicht mehr. Tatas Bruder in jedem Fall, auch Karthik. Und Marvin tauchte auch nicht auf. Teile des Durcheinanders in meinem Kopf lösten sich mit Guido dieses Mal auf, als ich ihn in mir kommen spürte und nur kurz darauf selber kam.

***

Am Tag des Abflugs hat Guido mir einen zweiten goldenen Ring geschenkt. Der gleiche wie der erste. In ihm eingraviert … *isang salop ang nawala.* Die fehlenden vier Wörter zu dem Beginn des Spruches im anderen, der Spruch, den ich Guido damals nach dem ersten Mal mit Marvin gesagt hatte, der bei uns zu Hause über dem

Eingang hängt. Eigentlich als Versprechen, ja fast als Schwur gedacht. Anschließend machte er mir einen Heiratsantrag. Ich weinte und statt ihn zu umarmen, drosch ich tränenüberströmt auf ihn ein, wie in dieser einen Nacht, als er ziemlich genau einen meiner vielen Gemütszustände analysierte. *Du hast so vieles aufgeben und zurücklassen müssen und nun hängst du hier in der Einöde und mit mir herum. Das muss doch langweilig sein ...* Ein klares Ja zu seinem Antrag von mit blieb aus. Jeder Tag mehr muss ihm wie eine Demütigung vorkommen. Dennoch trage ich die beiden Ringe und sitze so oft wie möglich in Gedanken auf seinem Schoß. Gespenster vertreiben. Ich hoffe, dies alles wird mir spätestens nach dem Auslandssemester die richtige Antwort abverlangen.

***

In Mathe war ich gut. Also auch darin, für gestellte Aufgaben Lösungswege zu finden. Die einfachste Aufgabe, die es gab, war, zwei minus eins ergibt eins. Eine Art Ausschlussverfahren also, die zur Minimierung des Bösen führen sollte. Da wusste ich noch nicht, dass Guido mich heiraten wollte. Dafür nahm ich mir in der Woche zuvor einfach zwei Tage frei. Einen Dienstag und einen Samstag. An diesem Dienstag wollte ich herausfinden, wie es mir ging, wenn ich mich zu Hause allein beschäftigte und mich durch den Tag brachte. Am Samstag mich mit Marvin treffen, von dem ich wusste, dass er für ein paar Tage bei seiner Mutter war, und mit ihm reden, was er seit Berlin über eine gemeinsame Zukunft dachte. *Dann könnten wir ein halbes Jahr testen, wie es mit uns funktioniert.* Und ich war damit auf der Suche nach einem Schlupfloch.

Für gewöhnlich standen Guido und ich zusammen auf. Er fuhr spätestens um Viertel nach sechs mit Paps zur Arbeit und ich trödelte noch ein bisschen, bis angeblich mein Bus um sechs nach sieben losfuhr. Mommy war schon im Seniorenheim tätig. Bis um circa eins hatte ich also Zeit. An diesem Tag trank ich wie üblich einen schnellen Kaffee mit Guido und tat, als würde ich mich erst fertig machen wollen, nachdem er aus dem Haus war. Ich gab ihm einen Kuss, dann legte ich mich doch wieder ins Bett und starrte eine Stunde den bunten Kronleuchter an. Dimmte ihn mal hell und mal dunkel. Mal bunt und manchmal nur weiß. Außer, dass ich wieder schläfrig wurde, passierte nichts in meinem Kopf. Ich suchte nach einem Früher, als ich noch wusste, was als Nächstes zu tun war. Schule, lernen, Hausaufgaben. Lernen wäre auch jetzt eine Möglichkeit, es gab genug, was ich hätte durchlesen können, doch hatte ich dazu keine Lust. – Und ich lauschte, ob ich Schritte hören würde. Zum Glück erfolglos.

Also fingerte ich mein Handy vom Nachttischchen, loggte mich in eine meiner Playlists ein und ließ die Musik über unsere Bluetooth-Lautsprecher laufen. Ben & Ben, Bag Only, Nobita und all die anderen. Dann googelte ich ziellos herum. Las Berichte aus Manila. *Ein Wahrzeichen der philippinischen Hauptstadt durch Brand zerstört. Beinahe-Kollision im Meer: Philippinen werfen China aggressives Vorgehen vor. China setzt Laser gegen philippinische Crew eines Schiffes ein.* Meine Heimat hatte mit dieser Diktatur dieselben Probleme wie der Rest der Welt. Ich klickte sie weg. Stöberte auf Pinterest, TikTok und Insta herum. Checkte die Einträge meiner Follower, schaute, was sie sonst so likten, und hinterließ ein paar Kommentare. Suchte nach ein paar Männern, kam auf entsprechende Seiten und sah ihnen *dabei* zu. Die meisten Szenen nur dusseliges Gestöhne, sie lösten nichts in mir aus. Die erhoffte Animation war danebengegangen.

Zurück auf Instagram schrieb ich Claire, Angela und Yana und fragte, was sie machten. Nur Claire antwortete innerhalb von Minuten: *Hast du etwa nichts zu tun? Doch, eigentlich schon, liege krank zu Hause im Bett, mal sehen, vielleicht lese ich nachher in meinen Aufschrieben*, meine Antwort. Von Yana und Angela las ich nichts. Ich schaute auf die Uhr, sie waren entweder noch in der Uni oder schon in der Stadt unterwegs. Über zwei Stunden hatte ich mit dem Handy zugebracht. Ich rief meine Galerie auf und scrollte durch die Bilder. Radtouren, Hamburg, Strand, Guido beim Faxenmachen, wir zwei als Selfie, sein verschwitzter Körper beim Aufbau der Küche, ein paar Blumen im Garten, Mommy und Paps auf der Terrasse bei einem Nickerchen, Guido nass am Strand, meine Modenschau in Kiel, Guido in Unterhose beim Rasieren im Bad, Guido nackt vorm Kleiderschrank. Er hatte nicht gemerkt, dass ich ihn fotografierte. Ich zoomte seinen Unterleib größer, weil er eine leichte Erektion hatte.

Ich schaute nach links. Neben dem Schrank stand mein Rucksack, prompt machte ich ihn in Gedanken auf und scrollte in der Galerie durch die Bilder im verborgenen Album. Keines davon mit Guido. Keines hatte mit ihm zu tun. Heruntergeladen aus dem Internet, zum Teil nackte Männer, Marvin in den verschiedensten Handballposen, er und ich in Berlin. Ich zoomte uns größer, schluckte und klickte zurück zu den Bildern mit Guido. Zog mich aus, holte das Toy aus der Schublade, ließ es leise an und in meinem Schoß summen und brummen und machte es mir selbst. Tatsächlich dachte ich dabei an Guido und sah und fühlte ihn.

Minuten später war ich angezogen, setzte mich aufs Rad und fuhr in der Gegend herum, immer noch auf der Suche nach einer Antwort. Zwei minus eins ist eins. Ich war der Antwort nur *etwas* näher gekommen.

Vier Tage später traf ich mich mit Marvin. Nicht bei ihm, nicht im *Büsken*, nicht dort, wo man uns kannte. So saßen wir im *Yamacito* in Sankt Peter-Ording, tranken jeder ein Bier und aßen unsere Fischbrötchen. Er mit Räucherlachs und ich wegen der Wasabi-Creme mit Krabben. Ich schmunzelte, Marvin fühlte sich unwohl.

„Warum nicht bei mir?" So wie er fragte, klang es seltsam. „Dann hätten wir ..."

„Genau das will ich herausbekommen, ob es nur deswegen ist."

„Ich täte es nicht mit dir, wenn ich dich nicht mögen würde. Ist doch irgendwie klar, oder? Wir sind doch keine vierzehn mehr. Und mit irgendwas muss doch eine Liebe anfangen?!"

Verblüfft und ungläubig sah ich ihn an.

„Das heißt, du liebst mich?"

Marvins Lippen wurden schmal. Dann zuckte er mit den Schultern und sah an mir vorbei.

„Wie kann man's wissen?", kam kleinlaut zurück.

„So oft, wie wir es gemacht haben, sollten wir es eigentlich. Aber ich denke, es ist nicht so."

Sein Blick nur wenig verändert.

„Aber es macht doch Spaß, oder?"

„Du hast gesagt, dass wir keine vierzehn mehr sind. Wir sollten also langsam wissen, warum wir es zusammen machen. Ich gebe zu, dass es ... ja ... scheiße ... geil mit dir ist. Aber danach fehlt immer etwas. Es ist, als wenn ich danach eine Tür zu einem leeren Zimmer aufstoßen würde. *Fuck!* Ich kanns dir nicht genauer sagen, deshalb wollte ich von dir wissen, wie es dir dabei geht."

Er trank sein Glas Bier aus und schaute dann in das leere Glas hinein, als beobachtete er den Schaum, wie andere an Sylvester das Blei, das sie in eine Schüssel voller Wasser gossen.

„Ich ...", er zögerte und ich sah seinem Blick an, dass er jedes Wort genau abwägte, „ich mag dich. Sehr sogar. Aber wenn es um meine Liebe geht, versperrst du den Weg zu dir."

„Versperr ich den Weg zu mir?" Erstaunt schaute ich ihn an. „Das heißt, du ..."

„Ja, verdammt. Aber wie darf ich mir sicher sein, wenn du mir nicht das Gefühl dafür gibst? Du kommst und gehst und lässt nichts von dir hören. Also bin ich nur dein Geliebter, dein *fuck buddy*, und darf dir etwas geben, was du bei Guido wohl nicht findest – und von dem ich keine Ahnung habe, was es sein könnte. Bruder sein ist zu wenig. Freund zu sein wohl zu viel. Er ist nett und lieb und kein Zombie und auch sicher nicht impotent oder sonst was." Er sah hoch und sah mich mit zusammengekniffenen Lippen durchdringend an. „Nach diesen zwei Wochenenden dachte ich tatsächlich, eine Chance von dir zu bekommen."

Entrüstet wirkend schob er das leere Glas von sich, stand auf und starrte mich über den Tisch an. Langsam stand auch ich auf und wollte um den Tisch herumgehen, um ihn in den Arm zu nehmen, um mit ihm zu ihm zu gehen.

„Nein, du liebst vor allem eins ..." Er hielt mich auf Abstand: „... die Inflation von Gefühlen. Und vielleicht werde ich nie verstehen warum. Vielleicht wird es keiner verstehen. Denn du sagst nichts, erklärst nicht, sondern lädst dich nach Lust und Laune ... *dafür* selbst ein. Also beende ich etwas, was nie begonnen hat, bevor du es tust."

Reset mit Joseph

Gerade noch auf dem Bauch rollte sie auf den Rücken und starrte halb nackt die Decke an. Versuchte es zumindest. In den Ohren ein komisches Rauschen. Vielleicht die Klospülung. Oder Regen in Fallrohren. Wie damals, als sie im zwölften Stock eines Hochhauses während eines unfassbaren Monsunregens in dem kleinen grauen Raum im spärlichen Licht des Minifensters genauso halb nackt mit dunem Kopf herumtanzte, und Karthik sich begann auszuziehen. In der Wand neben ihnen toste ein ähnliches Rauschen. Musste sie deswegen an ihn denken? Mit ihm konnte sie das Vorher vergessen. Ihm gegenüber gab es keine Erwartungen. Höchstens gegenüber der Ehrlichkeit Celsos gelogener Liebe. Mit Marvin war das Vergessen im Grunde nicht anders. Allerdings noch intensiver, da sie sich zuvor nicht zudröhnte. In Berlin genoss sie ihn und diesen unbeherrschten Sex, tobte mit ihm herum und fühlte sich … anders. Aber mit ihm betrog sie eine echte Liebe. Guidos Liebe war nämlich alles andere als gelogen. Und damit bestrafte sie sich selbst, weil sie Liebe zerstörte, die einzige. Das Gefühl, nach dem sie doch – angeblich – andauernd suchte.

Die Augen geschlossen lauschte sie und hörte immer noch das Rauschen. Vielleicht hatte Guido recht, dass sie sich beide zu früh kennengelernt hatten. Aber es lag ja in gewisser Weise nicht in ihrer Hand. Sie war in diesem Fall von Mommy abhängig gewesen. Außer sie hätte Celsos gelogene Liebe weiter mitgemacht und so getan, als ginge es ihr gut. Nur dann hätte es mit Guido – um Wochen oder Monate verschoben – vielleicht eine makellosere Liebe geben können. Was für ein Blödsinn!

Bruder sein ist zu wenig. Freund zu sein wohl zu viel. Sie warf alles durcheinander. Das Ergebnis ihrer Gedanken taugte nicht einmal für eine billige Ausrede.

Wenn sie ehrlich war, glich das mit Marvin eher einer Flucht, obwohl sie Guidos Liebe besaß. Nach Berlin waren doch eigentlich nichts anderes als die kurzen Augenblicke ihrer Höhepunkte übriggeblieben. Zu kurz für eine Zukunft mit Marvin? Also floh sie mit dem Sex wohl nur vor einer Antwort auf Guidos Frage. Übertrug quasi Marvin die Verantwortung für das Dilemma. Für das womöglich ehrlichere Nein als Antwort. Denn trotz der Schulhofattacke, trotz seiner Art, trotz vieler Widersprüche hatte sie mit ihm gepennt. Freiwillig. Mehrmals. Und jeder Augenblick mit ihm war geil, die gefühlten Ewigkeiten ohne ihn jedoch scheiße. Dieses Rauschen war schuld, dass ihr so blöde Sachen einfielen. Sie dachte an Karthik und Marvin, dabei kamen in dem Traum gerade gar keine Gesichter vor.

Sie wusste nur eins, deshalb gab es die Geschichte mit den Narben. Ein paar Tage nach dem ersten Nachmittag mit Marvin nahm sie den Torx-Schraubenzieher aus Paps' Werkzeugkoffer, schlich in ihr Zimmer, zog Shirt und Hemdchen aus, erhitzte die Spitze des Schraubenziehers über einer Kerze und drückte sie sich dreimal links spitz und tief in ihre Seite, nur wenig unterhalb ihrer Brüste in die Haut über den Rippen. Als sei sie von einem kleinen Dreizack aufgespießt worden. Sie unterdrückte einen Schrei. Es blutete ein wenig. Doch der Schmerz, der Gestank der verbrannten Haut und das Ziehen, als es anfing über Tage zu heilen, reparierten nichts. Was als Bestrafung, wie bei Mädchen, die sich ritzten, gedacht war, ging in jeder Hinsicht daneben. Für diese dämlichen Augenblicke. Damals. Das alles machte ihr Dilemma perfekt. Drei Narben, die Guido in der einen Nacht spürte, und die sie nach seinem fragenden *Hmh?* mit einer Lüge versah. Drei Narben, die wegen dieser Lüge eigentlich lange, ja ewig hätten sichtbar sein müssen und inzwischen doch verblasst waren. Wieder fragte Guido nicht, weil er das alles sicher, wenn nicht wusste, zumindest schon ahnte. Guidos Ahnen und Wissen machten ihr manchmal Angst, manchmal gaben sie ihr aber auch Sicherheit. Die ständig bereiten Taschentücher nervten trotzdem.

Fuck! Dieses Auslandssemester musste Reset und Neuanfang zugleich sein. Sie hatte Marvin für ein bescheuertes Begehren benutzt und Guido deswegen betrogen. Lust steigert sich an Lust. Der Spruch war doof. Vielleicht müsste sie mal ganz allein bleiben, nur für sich verantwortlich sein oder mit einem anderen Mann diesen Neuanfang wagen, weil sie sonst nur ihre eigene Zukunft und ihr Leben überholen würde. *Bruder sein ist zu wenig. Freund zu sein wohl zu viel.* Am besten mit 'nem älteren erfahrenen Typ, der wusste, wie dies und alles ging, der Grenzen setzte, statt alles zu erdulden, sie zurechtweisen würde und sagte, wo es lang ginge, damit sie ihre Zukunft nicht aus den Augen verlöre. Mit so einem wie Scarlett es getan hatte. Fünf Monate oder länger weg. Ab durch die Pampa. So einer wie Joseph würde zur Warnung auch mal die Hand heben, wenn es notwendig wäre. Hatte im Traum vorher wunderbar geklappt. Sie erschrak, weil Celso diese Aufgabe bestens erfüllt hätte und schüttelte sich.

Nichts wie weg! Raus aus diesem Zimmer voller Geräusche, Bilder und Lügen. Sie strampelte und schlug mit den Händen deshalb um sich. Plötzlich eine Hand in ihrem Gesicht. Sie geriet in Panik. Das Rauschen war weg. Das Rauschen war nichts anderes als ihr eigenes Blut. Sie schaute hoch. Guido sah sie verwundert an.

Die ganze Zeit hatte er schon ihren unruhigen Schlaf bemerkt, weil die Matratze bebte und deshalb im Halbdunkel ihr Mienenspiel und Bewegungen beobachtet. Die Hand war seine.

„Was ist los, Liebes?", wollte er wissen, als sie etwas verscheuchte und ihre Hand deshalb noch über ihn hinwegsauste. Mit einem unsicheren Lächeln und ohne drohenden Unterton streichelte er eine Wange von ihr.

Sie schluckte, rang nach Luft, japste. Ihr wurde übel, speiübel, sie überlegte, ob sie deshalb hinunter zum Klo müsste, ließ es aber bleiben. Stattdessen musste sie sekundenlang durchatmen und sich orientieren. Das fahle Licht veränderte sich in normale nächtliche Dunkelheit. Den Tränen nahe und daher fast schon aufgelöst strich sie ihre Haare hinter den Kopf. Sie war hellwach. In seinem Arm taumelnd stammelte sie:

„*Fuck!* Scheiße! Halt mich fest! Ich hab grad ganz beschissen geträumt. Mach irgendwas mit mir. Keine Ahnung. Irgendwas. Lieb mich. Schlag mich. Ja, schlag mich. Oder können wir irgendwo hin? Jetzt? Sofort?"

„Spinnst du? Schlagen? So weit kommt's noch. Und es ist gerade mal halb drei morgens."

„Was? – *Fuck!* Okay! Sehr gut. Passt! Lass uns wegfahren. Mit den Rädern. Dann wecken wir niemand auf. Ich krieg grad keine Luft."

„Was ist los? Haste jemanden umgebracht im Traum, ist jemand gestorben?" Es sollte witzig klingen, aber an ihrem Gesichtsausdruck sah er, dass sie es ernster meinte, als er anfangs dachte.

„Nein. Viel schlimmer, ich hab' grad alle wieder enttäuscht und betrogen. Alle. Restlos alle. Mich eingeschlossen. Und ich weiß nicht einmal mit wem. In dem Traum wollte ich sogar mit so einem wie Joseph durchbrennen."

„Joseph? Das wäre schlimm." Guidos Lächeln war verschwunden. Schon saß sie auf der Bettkante, hektisch, fahrig, nervös, hatte sich ausgezogen, sprang wirr und nackig umher und war gleich wieder angezogen. Unterwäsche, Flatterrock, Shirt, Jacke. Was gerade rumlag. Nichts passte zusammen. Regnete es? Egal! Sie hörte nichts. War es kalt? Egal, sie würde sich warm fahren, kaputt fahren, sonst was. Reset. Sneaker an. Fertig. Guido stand neben ihr. Auch nur in Shorts, Shirt und Jacke. Auch er hatte nichts anderes gefunden. Er wusste nur, Saya meinte es ernst.

Der Kies knirschte unter ihren Reifen, als sie losfuhren. Bei Mommy und Paps war alles noch dunkel. Eine halbe Stunde später saßen sie ganz am Ende des betonierten Damms der Schiffsanlegestelle neben dem Eidersperrwerk und schauten in der Dunkelheit hinüber auf Vollerwiek. Saya aus der Puste. Sie waren allein. Logisch. Wer wollte in dieser Kälte und um diese Zeit hier sitzen? Die wenigen Autos auf der Landstraße nach Ording oder Heide verschwanden im Tunnel. Ein paar Lampen brannten dort in der Ferne. Nur weil eine Art Dunst über dem Ganzen lag und von diesen illuminiert wurde, wusste man, dass dort wohl ein Ort war. Hinter ihnen beleuchtete eine Lampe die Anlegestelle. Sie saßen allerdings im Schatten der Kaimauer. Frühestens in etwas mehr als einer Stunde würde es hell werden.

Endlich konnte sie wieder atmen. Ließ die Luft in die Lungen rein und wieder herausströmen und wunderte sich, dass sie nicht heulte. Sie erzählte das, was er wahrscheinlich längst wusste. Das mit dem Schraubenzieher und das mit Joseph und dem Schlagen. Beides verband sie zwar mit der nächsten Schwindelei, aber sie war sich in ihrer Liebe sicherer, als der bescheuerte Traum und Marvin es ihr weismachen wollten.

Guido runzelte die Stirn. Saya verletzte sich selbst. Das war eine neue Facette. Er hatte sich schon gewundert wegen der plötzlich doch verheilten Narben, aber nicht mehr nachgefragt. Verdammt noch mal, er musste lernen, mehr mit ihr zu reden, sie mehr zu fragen, statt nur zu beobachten, zu reagieren, sie aufzufangen. Er warf ein paar Steinchen, die ihn in den Po und die Oberschenkel piksten, in das kaum bewegte Wasser. Wie Öl flappte es träge und schwarz zu ihren Füßen ans Ufer. Es sah nach Ebbe aus. Drüben gingen zwei Lampen an oder die Scheinwerfer eines Autos. Der Dunst über dem Ort wurde deshalb heller. Alles spiegelte sich in der Fläche vor ihnen. Noch ein paar Steinchen, dann räusperte er sich und meinte:

„Du weißt, dass man in solchen Fällen vielleicht eine Hilfe braucht, die ich dir nicht geben kann."

„Es ist vorbei. Und ich hab's nie wieder gemacht. Tut nämlich scheißweh. Ich glaub, ich wollte wissen, wie weh ich dir getan habe. Seitdem weiß ich es."

Guido nickte nur. Ein paar Mal. Ganz langsam. Dann schüttelte er den Kopf. Sie überlegte, ob Marvin in ihrem Dämmer nicht doch vorgekommen war. Sie konnte sich an nichts erinnern. Wie kam sie überhaupt auf ihn? Sie hatte doch keine Lust mehr auf ihn, oder? Alles viel zu lange her. Sein Zimmer sah auch ganz anders aus als dieser enge und graue Raum. So ein blöder Traum. Aber langsam beschlich sie eine Ahnung. Lang verdrängt und demnach nicht vergessen.

Mit Guido war sie seit Monaten doch glücklich, oder redete sie sich das ein? Was sollte die beknackte Idee mit Joseph? Total verrückt. Oder war es Karthik oder doch Celso? Im Internet hatte sie mal etwas über innere Konflikte, Minderwertigkeitsgefühle, gestörte emotionale Beziehungen und die zwanghafte Suche nach Nähe

gelesen. Ihre Probleme. Könnte sein! Nicht weiter darüber nachdenken. Vorbei. Sie atmete ein paar Mal tief
ein. Die Luft war kühl, ihr Kopf klar.

Plötzlich hatte sie Lust. Richtig Lust. Genau diese.
Wackelte ein wenig hin und her und zupfte den Slip unterm Rock vom Po, über die Knöchel und die Sneaker.
Mit einem Grinsen gab sie ihn Guido. Der lachte leise
auf, roch an dem Stoff. Nein, nicht Apfel und Mango,
sondern eindeutig Saya und ihr Orangen-Duschgel. Etwas kitzelte ihn an der Nase. Sicher ein Härchen von
ihrem Schoß, das sie mit dem Ausziehen herausgezupft
hatte. Kurz überlegte er, ob er es einrahmen und als Erinnerung übers Bett hängen sollte. Es schwang so vieles
in diesem Moment mit.

Bedächtig und mit einem Lächeln faltete er den Stoff
zusammen, wie er es in einem YouTube-Filmchen gesehen hatte, verfolgt von ihren Augen und schob es in
eine Tasche der Shorts. Schon glitt sie mit einer Hand
unter sein Shirt und streichelte kurz den Bauch, um
gleich darauf mit ihr unter den Gummizug der Shorts
zu gleiten. Dort nur der dünne eingenähte Slip und ...
Sein Körper reagierte wie erhofft, er grunzte und sie saß
keine Sekunde später auf seinem Schoß. Er hielt sie fest.
Leise kichernd versuchte sie ihn mit der anderen Hand
ein wenig zu dirigieren. Der Rock als Sichtschutz gedacht. Irgendwie funktionierte es nicht richtig. Falsche
Stellung. Nur Schoß an Schoß. *Lehn dich ein bisschen
nach hinten.* Schon flutschte er in sie hinein. Sie spürte
es und gluckste. Das war herrlich unanständig.

Nach einer halben Stunde dämmerte es. Der Verkehr
auf der Straße nahm zu. Man könnte sie sehen. *Vielleicht sollten wir ...* Um sechs würde er zur Arbeit fahren. Was für ein schöner Morgen. Die Luft noch frischer. Ihr Kopf so herrlich klar. Sie saß auf dem Sattel

und spürte ihren nackten, jetzt etwas feuchten Po auf ihm. Im Haus von Mommy und Paps brannte schon Licht in der Küche, der Kies knirschte. Sie kicherte, als sie daran dachte, was sie erzählen könnte, um zu erklären, wo sie so früh morgens gewesen waren.

Oben zog er sich gerade um, während sie pinkelte. Etwas war trotz allem noch nicht ganz komplett. Das. Sie schubste ihn aufs Bett zurück. Der Rock kitzelte seinen Bauch und die Beine. Lust steigert sich an Lust. Okay. Wohl wahr. Stimmte ausnahmsweise. Aber Liebe steigert sich an Liebe. Viel besser! So etwas machten sie viel zu selten. Sie lächelte. Das mit dem Auto stand ja auch noch aus. Lieber tausend Mal schönen, guten, ehrlichen, zärtlichen und lieben Sex mit ihm, als einen Celso, Joseph, Marvin, Karthik oder Schläger, Mord und Totschlag, irgendwelche Arschlöcher und Kriege. Er käme sicher etwas später los. Vollkommen egal. Sie liebten sich. Das sollte endlich klar sein. Am liebsten wollte sie ihn nicht mehr loslassen. Bruder sein ist zu wenig. Freund zu sein alles andere als zu viel.

Hat er nicht immer seine Hilfe angeboten?

Marvin, Karthik und all die anderen nie. Auch Tata nicht, dabei wäre es so wichtig gewesen.

Warte ab! – ist ein verdammt beschissener Tipp, wenn man in eiskaltem Wasser steht. Mit Guido war trotz allem alles ganz einfach. Warum war der Weg hierher so kompliziert und schwer, sie hoffte, gewesen? Guido stockte in seinen Bewegungen, wuchs in ihr und sie spürte ihn kommen und hörte gleichzeitig Marvin:

Nein, du liebst vor allem eins … die Inflation von Gefühlen.

Herbstblues

Der Sand war kalt und nass. Die Zeitung, die er vorne auf einem Papierkorb gefunden hatte, half schon nach einigen Minuten nur noch wenig. Die Feuchtigkeit kam durch, die Hose am Po wurde allmählich klamm. Es war ihm egal. Die Kälte beruhigte auf eigenartige Weise die Gedanken. Machte sie klarer – bis jetzt. Trotzdem genoss er auch die Ruhe und die kalte Luft. Den böigen, fast schon winterlichen Wind. In seinen Ohren rauschte es deshalb. Er saß an der nahezu selben Stelle, an der sie sonst immer lagen. Höchstens ein Dutzend Leute waren zu sehen und gingen weit auseinander spazieren, meist pärchenweise. Die Saison war vorbei. Drei Hunde tollten herum, sprangen unaufhörlich viele Meter weg, um dann zu Frauchen und Herrchen zurückzukehren. Mit einem spielte man Stöckchen holen. Stock weg, Stock holen, Leckerli.

Er schaute hoch, der Himmel grau wie die Grundierung, die sie bei Höhler und Bach verwendeten. Fast konturen- und übergangslos ging dieses Grau am Horizont in die Nordsee über. Die Kante war nur zu erkennen, weil die Brandung weit vor ihm weiß schäumend eine Linie bildete, an die Küste klatschte und trotz der fehlenden Sonne ein paar Meter glitzernd weiter den Strand hochlief. Obwohl sicher mehr als dreihundert Meter entfernt, konnte er das Meer bis hierhin hören. Knisternd bremste es auf dem Sand ab.

Sie fehlte ihm. Sehr sogar. Ihr Blick. Ihr Lachen. Ihre Wärme. Der Klang ihrer Stimme, die kaum noch erahnen ließ, dass ihre Heimat, in der sie gerade weilte, Tausende Kilometer entfernt war. Ihre Zärtlichkeit. Ihre Liebe. Ihre Widersprüche. Ihre deswegen manchmal in

Falten gelegte Stirn. Ihr Sinnen nach Wörtern, das Oktavheftchen, das oft ihre Seele und ihren Gemütszustand erklärte. Das manchmal rätselhaft Ungestüme, wenn sie miteinander schliefen. Ihr glucksendes *Shit! Shit! Shit!* dabei. Der Refrain ihrer Liebe. Ihre langen, glänzenden, schwarze Haare. Ihre genauso schwarzen, glitzernden, mandelförmigen Augen. Ihre immer braun gebrannt wirkende, unendlich zarte Haut. Das Mädchenhafte und gleichzeitig Erwachsene. Ihre Fröhlichkeit, ihre Traurigkeit, ihre Zweifel und ihren Ärger über sich selbst. Ihr Mut, ihre Zähigkeit und gleichzeitige Unsicherheit. Sie fehlte ihm mehr als seinerzeit Scarlett oder seine Mutter, die ihn beide verlassen hatten. Allein deswegen, weil er nun alles viel bewusster wahrnahm. Die beiden anderen waren nach einem mageren, nichts erklärenden Abschied einfach fortgeblieben.

Sich die Zeit ohne sie zu vertreiben, fiel ihm daher noch schwerer. Er kannte zu wenig Leute, mit denen er etwas unternehmen könnte. Ein paar Mal ging er allein ins *Büsken*, aber nach dem ersten Bier dann doch nach Hause. Im Aldi hatten die früheren Kolleginnen zu tun. Sie fragten immer nur auf die Schnelle, wie es ging, ehrliche Antworten waren somit ausgeschlossen. Ihre ehemaligen Turnpartnerinnen traf er nur selten. Sie gingen ohnehin ihre eigenen Wege. Es blieb dabei, dass sie gerade ein Auslandssemester machte. Nur Lina, die Konditorin, war etwas hartnäckiger und sah in sein trauriges Gesicht und meinte: „Echt blöd, oder?"

***

Nach Marvin suchte sie einen Weg aus der Misere des Lebens. Machte eine Zeit lang deshalb wochenlang Yoga. Er beobachtete sie dabei im Garten, wenn sie zu einem Baum, Krieger oder Sprinter wurde, wenn sie den heraufschauenden Hund und eine Krähe nachahmte oder minutenlang im Lotussitz versuchte ihre innere Ruhe zu finden. In diesen Wochen funktionierte alles. Dann kam der nächste Crash, die nächsten Zweifel, die nächste Flucht.

Erst neulich hatte sie für diese eine extrem grobmaschige Netzstrumpfhose an und diese weit über ihren Bauch gezogen und darüber nur eine zerfranste Shorts. Ihren Oberkörper bedeckte sie lediglich mit einem schwarzen, eher schmalen Top und dünnem Spenzer. In ihren Haaren viele, verschieden bunte Kordeln eingeflochten. Ihre Lippen und Augen schwarz geschminkt. Sie sah gleichzeitig zum Fürchten, verrucht und doch verführerisch aus. Er wusste nicht, ob sie nun Vampir oder Vamp sein wollte. Er stutzte und prustete, wusste aber auch: Widerspruch zwecklos. Schon wieder eine neue Facette. Sie führte etwas im Schilde. Er hatte keine Ahnung was. Er würde es sicher erfahren.

„Ups!", war schließlich seine einzige Reaktion. Die Brauen hochgezogen. Er grinste, prustete, zuckte mit den Schultern. Dabei hätte er ihr am liebsten einen Vogel gezeigt. Sie versteckte sich in ihrem Outfit und wollte gleichzeitig Aufmerksamkeit. Dann setzte sie sich auf die Bettkante und starrte unpassend ernst mal ihn, mal die Bilder über dem Bett sinnierend an. Mal den Raum, als sei sie noch nie hier gewesen.

„Was haste jetzt vor?", fragte er und wusste immer noch nicht, ob er lachen oder weinen sollte. Ihre Optik total verändert, ihre Sprache plötzlich auch.

„Nich' viel. Chillen, etwas abchecken und so. Es gibt Typen, die bumsen solche Tanten gerne, und die wiederum mögen so einen Fick. Vielleicht kapier ich so, was dran ist und wieso s'e so was machen."

„Und jetzt willst du so einen finden und das ausprobieren?“, fragte er belustigt und dennoch verwirrt.

„Nee, vielleicht doch nicht. Ich will wissen, warum ich so bin, wie ich bin. *Fuck!* Zum Beispiel, warum ich das mit Marvin so oft getan hab’?“ Sie zog ihre Stirn in Falten und sah ihn seltsam ernst an.

Wie in der Nacht mit der Radtour, nagten nun wohl wieder Zweifel in ihr. Er seufzte auf und sie begann mit einem Mal von Celso, Tatas Bruder zu erzählen, wie er am Tag nach Mommys Flug nach Deutschland in ihr Zimmer kam, fragte, wie es ihr ginge, und ob sie Zeit hätte. Sie im Wohnzimmer auf seinen Schoß zog und anfing, sie zu umarmen und über den Rücken zu streicheln. Angeblich liebte er sie, behauptete er. So gestreichelt zu werden, fand sie aber schön und ließ es zu. Später zog sie weder kurze Hosen noch Röcke an, denn es war egal geworden. Nach dem Training schob er seine Hand hinter den Reißverschluss des engen Dresses und unter die nächste Schicht Stoff. Doch am Ende wurde es schlimmer. Deshalb war sie immer öfter zu diesen Zeiten nicht mehr zu Hause, lernte Karthik kennen, der aber nicht viel anders war.

Das Schlimmere konnte er nur erahnen. Sie erzählte nichts. Aber der Film in seinem Kopf war nichts anders als unerträglich. Er sah sie um sich schlagend, schreiend und blutend auf dem Rücken liegen.

„Nein, so war es nun auch wieder nicht“, log sie wahrheitsgemäß, als sie seinen erschreckten Blick sah, denn geblutet hatte sie nicht. Kurz überlegte er, ob sie wirklich die ganze Wahrheit erzählte. Sie biss sich auf die Unterlippe, seufzte auf und fuhr fort:

„Bevor das mit dir und Scarlett kaputtging, war ich in Marvin verknallt oder glaubte es zu sein, aber jedenfalls auf Scarlett scheiß eifersüchtig, sie nahm mir den

Bruder weg. Dann kam der Scheiß mit Marvin auf dem Schulhof und ich wollte, dass wenigstens er etwas wiedergutmachte, was die anderen kaputtgemacht haben. Totaler Blödsinn. Ich weiß."

Danach blieb sie still neben ihm sitzen, statt in eine Disco oder sonst wohin zu wollen. Im Gegenteil, sie sah aus, als sei sie Meilen entfernt. Plötzlich warf sie sich auf ihn und wollte, dass Guido sie liebte, bumste, fickte. Ein Loch in den Maschen dafür nutzte oder ihr dabei die Klamotten vom Leib riss. Tatsächlich nicht auszog, sondern riss. *Ich will dein Gesicht sehen. Ich will sehen, wie es sich dabei verändert.*

Auch das vermisste er. Weniger diese Art zu lieben, weil es ihn erschreckte, als ihre offenherzige Ehrlichkeit, ihre spontanen Verrücktheiten mit ihm etwas anderes erleben zu wollen. Deshalb fehlte ihm auch ihre Traute. Ihr Mumm. Ihr Mut. Einfach alles. Sie fehlte. Komplett. Denn von einem Menschen, den man liebte, konnten nicht nur einzelne Teile fehlen.

Eine Möwe schoss dicht über seinen Kopf hinweg. Auf der Suche nach Futter, vielleicht, um mit ihm zu spielen, vielleicht, um ihn zu verjagen. Der Strand gehörte nämlich ihr. Fünfzig Meter vor ihm landete sie und pickte etwas auf. Schon war sie wieder gestartet. Die Suche ging weiter.

Früher war ihm hier die Ruhe am Ende eines Jahres nie so aufgefallen. Er nutzte sie nur, um ungestört seinen Gedanken nachhängen oder seine Mangas lesen zu können. Selbst wenn es nieselte, tat er es mit einem übergezogenen Regencape. Vor einiger Zeit hatte er zufällig den Manga von damals in der Hand. In dem hatten die Mädchen immer Typen, die schon einige Freundinnen gehabt hatten. Manchmal auch umgekehrt. Die Jungs prahlten mit ihren Erfahrungen, die Mädchen suchten sie und fanden nichts. Die Geschichten endeten jedes Mal, wenn sie sich näher kennenlernten. Bums. Ein Happy End, wie auch immer, gab es nur in der Fantasie der Lesenden.

Saya und er erlebten genau dies in gewisser Weise live und parallel. Sie mit ihm direkt nach der Ankunft vielmehr Rückkehr nach dem Au-pair-Jahr von Scarlett. Saya kam aus der Story heraus, die sie ihm erzählt hatte, kam zu ihrer Mommy, erwartete daher sicher etwas anderes, nämlich mehr Liebe und Zuwendung. Stattdessen war sie ausgebootet, allein und deshalb nichts anderes als einsam. Für sie eine blöde Situation. Was folgte, kann passieren, wenn ein Leben auf irgendeine, auf so eine Weise durcheinandergeriet. Er erlebte es nun bei ihr mit Marvin.

Als hätte er Atemnot, holte er immer wieder tief Luft. Die Bilder in seinem Kopf tobten umher. Scheiße! Was machte sie wohl in diesem Moment? Yoga, um zur Ruhe zu kommen, oder den Schmetterling, um ihre Leisten zu öffnen. Er sah sie in dieser Stellung vor sich. Sie und ihn. Und sofort trieb die bescheuerte Eifersucht auch ihm Tränen in die Augen.

Er seufzte und fand einfach keine Antwort auf die Frage, die er sich die ganze Zeit schon stellte. Die, die er bislang gefunden hatte, erzeugte ein schlechtes Gewissen, war aber vielleicht der erste Schritt für eine Lösung. Der erste Schritt herauszufinden, wie es denn bei *ihm* aussah. Aber genau diesen wollte er eigentlich nicht gehen. Denn im Grunde waren Gefühle kein Experimentierfeld und daher dieses *Unternehmen* verlogen. Er hätte, so glaubte er, inzwischen auch wenig mit Liebe zu tun. Zum sicher hundertsten Mal schaute er daher auf die Postkarte in seiner Hand aus Athen. Auch auf ihr stand keine Antwort, nur vier blöde Worte. *Wäre schön, wenn ..., oder?* Marvins Schrift war unverkennbar. Er kannte sie von Sayas Training im Verein, weil er dort die Aufstellung für die Handballspiele immer von Hand geschrieben hatte.

Doch der eigentliche Crash war schon viel früher erfolgt. An einem Samstagabend im *Büsken*. Die fünf Handballer waren auf Heimaturlaub, wie sie ihre freien Wochenenden nannten, winkten ihm zu und lachten und einer von denen fragte Marvin etwas und er wendete seinen Kopf und antwortete ernst und leise, aber laut genug: *Ja, was fragst du? Sie war bei mir. – In Berlin. In der Wohnung. – Vier Nächte bis zum frühen Morgen. Es war hammerschön und sie ist ein Hammermädchen. Ich würde mich gern an sie gewöhnen, aber sie will es nicht. Sie liebt die Inflation der Gefühle.*

Ich würde mich gern an sie gewöhnen, aber sie will es nicht. Sie liebt die Inflation der Gefühle. Seit ein paar Tagen machte Marvin keine Posts mehr. Er wartete vielleicht auf den ultimativen Moment, wenn er schon am Flughafen war und auf den Flieger wartete und sich dann am Check-in neben Guido stellte. *Na? Koffer aufgegeben? Viel Spaß dann auch! Tut mir leid, aber mit der Aktion haste Pech, ich komm in drei Wochen und bleibe. Ich will wissen, was los ist.* Wie einst Steve bei Scarlett. Ab da war keine Postkarte mehr erforderlich. Guido schnaufte und fluchte leise. Dann stand er auf und begann zu laufen. Die ersten Schritte wie immer etwas holpernd, aber nach hundert Metern ging es besser. Erst vorne am Priel blieb er stehen, vollkommen außer Atem, aber er glaubte zu wissen, was er nachher tun sollte. Vielleicht schaffte es wenigstens für ihn die nötige Sicherheit.

Wer mit wem?

Ich hätte also nicht reisen müssen, dachte ich deshalb nach der Buchung. Aber ich mochte nicht sagen, dass ich mir die Reise hätte schenken können. Saya redete mir die Reise ja auch nicht aus. Im Gegenteil, sie behauptete bei jedem Telefonat und in jeder Nachricht, sich zu freuen. Auch wenn deren Häufigkeit und die wenigen Bilder in den drei Wochen vor meiner Abreise allmählich abnahm. In ihrem Status hin und wieder ein paar Fotos von einem neuen, aber nicht sonderlich großen Bau. Modern und nett anzusehen, aber gänzlich anders, als ich mir ein neues Hotel an einem Hotspot vorstellte. Es wirkte nicht sonderlich groß. Eher schmal, wie ein normales Haus mit vier Stockwerken. An anderen Tagen Aufnahmen von den Zimmern. Hübsch und sauber. Aber da hatte ich schon andere Hotelzimmer gesehen. Auf Insta ein paar mit Kolleginnen und Kollegen, alle jung wie sie, wenn der Text darunter stimmte. *Some colleagues from the team*, und zwei von ihr an einem Strand mit dicken weißen Kieseln. Menschenleer, mit angespülten Dingen, es war keine Saison. Sie trug einen Badeanzug und Pareo und deutete lächelnd auf die Wand mit Palmen und Bäumen hinter sich. Zwischen diesen ein paar einfache Pavillons. Das andere, ihr wunderschönes Gesicht. Mit schief gelegtem Kopf, ernst und nachdenklich. Für wen hatte sie das Foto gemacht? Marvin? Oder mich? Weil sie darüber nachdachte, wie es wegen Berlin nun weitergehen würde? Danach hatte ich sie nicht gefragt, wegen der Angst, sie zu verlieren. Marvin war in allem so anders, dass ich mich schlicht unterlegen fühlte. Als ich sie das allererste Mal sah, ahnte ich ja schon, dass es gefährlich werden könnte.

***

„Hast du die Osterglocken schon gesehen, die vor unserer Tür wachsen?“, fragte ich sie am Abend nach dem zweiten Wochenendseminar in Berlin und schob dabei eine Hand unter ihre Decke. Ich versuchte ihren Körper zu treffen, um sie an mich zu ziehen.

„Nee, ist ja schon dunkel gewesen“, antwortete sie völlig sachlich und fast kühl klingend. Sie rückte etwas zur Seite und starrte in ihr Handy.

Marvin hat noch nichts gepostet, hätte ich nun sagen können, kniff aber lediglich meine Augen ein wenig zusammen und wartete ihre nächste Reaktion ab. Die kam nicht, also versuchte ich es noch mal.

„Seitdem wir den Rasen gemäht und ein wenig das Unkraut in den Beeten ausgerupft haben, fängt alles an zu blühen. Ist doch toll?!“

„Hmh“, machte sie nur und schrieb irgendjemandem eine Nachricht.

„Claire?“, wollte ich wissen und ich glaubte, Saya wurde rot. Ihr Nein kam dann doch zu schnell und die Erklärung dafür zwei Sekunden zu spät.

„Die Schwedin. – Die, die mit auf dem Seminar war.“

Die Schwedin ohne Namen, dachte ich. Vielleicht hätte ich nachfragen sollen. Stattdessen zog ich meine Hand zurück, weil ich wieder das nächste Wegrücken befürchtete. Dann drehte ich mich auf den Rücken und hypnotisierte die Decke. Nachmittags hatte ich einige der vielen bunten Blumen in unserem kleinen Garten abgeschnitten und in eine Vase auf den Tisch gestellt. Es war ihr nicht aufgefallen. Sie saß entweder noch im Zug oder lag in Gedanken noch bei ihm im Bett. Meine Lust, neben ihr zu schlafen, verschwand.

„Soll ich dich in Ruhe lassen und unten schlafen? Dann kannst du …“

„Quatsch!“ Sonderlich dagegen klang es nicht.

Endlich legte sie das Handy zur Seite und drehte sich ein wenig zu mir. Ihr Gesichtsausdruck viel zu ernst, um eine neue Streichelattacke zu starten. Ich sah ihren Blick in meinen Augenwinkeln. Irgendwas zwischen prüfend und ahnend. Sie rollte ihre Lippen ein. Ich ließ meine Stimme so ernst wie möglich klingen.

„Was – ist – los, – Saya?“

Die Sekunden verstrichen.

„Warum fragst du?“ Ihre Stimme zitterte ein wenig.

„Ich glaube, das weißt du genau.“

„Ich bin nur müde. Es war ziemlich anstrengend.“

„Und ich hab’ mich *ziemlich* gefreut, dass du wieder zu Hause bist. Davon merk ich bei dir nichts. War letzte Woche nicht viel anders. Ich glaub, es ist besser, wenn ich unten schlafe. Dann haben wir unsere Ruhe.“

Keine Regung. Ich zählte langsam eins … zwei … drei, stand auf, nahm meine Decke und das Kopfkissen und war halb die Wendeltreppe nach unten gegangen, als ich stehen blieb und meinte:

„Wir haben vielleicht nicht mehr viele, wie soll ich sagen, Gelegenheiten, etwas auszuräumen.“

Natürlich konnte ich nicht schlafen. Ob sie es tat, weiß ich nicht, ob sie Marvin schrieb, genauso wenig, ob sie an irgendwelche Konsequenzen dachte, auch nicht. Zum ersten Mal, seit wir zusammen waren, dachte *ich* nämlich daran, sie zu verlassen. Doch wusste ich nicht, wohin. Allenfalls blieb eines der noch nicht fertig eingerichteten Zimmer drüben im Dachgeschoss übrig. Am nächsten Morgen suchte ich aus einem Wäschehaufen Sachen, die ich anziehen konnte, um nicht hinauf ins Schlafzimmer zu müssen. Bei der Arbeit machte es nichts aus, wenn ich ein wenig nach Schweiß riechen sollte. Am Abend ging ich ins *Büsken* und legte mich erst spät in der Nacht ins Bett.

Unsere Beziehung, eigentlich Liebe – ich zweifelte nicht daran, dass Saya auch mich liebte –, so etwas wie on off, an aus, ja nein. Das kann passieren, wenn ein Leben auf irgendeine Weise durcheinandergeriet und es blieb. Ich kannte es durch meines. Bums. Ihr Bums hieß Marvin und er gab ihr wohl etwas, was sie bei mir nicht finden konnte. Ich dagegen dachte nach dem Scarlett-Bums von Saya aufgefangen worden zu sein.

***

Zwei Tage später schob sie sich zitternd und ängstlich auf meine Seite. Bedacht darauf, mich dennoch nicht zu berühren. Ich spürte sie trotzdem, die Matratze wackelte heftig.

„Ich hab' Schluss gemacht. Ehrlich.“

Saya war völlig übermüdet, wahrscheinlich hatte sie die letzten Nächte wie ich nicht schlafen können. Ihre Augen total verquollen. Sie roch nach einem süßen Likör, Zahnpasta und ihrem Orangen-Duschgel.

Erst eine halbe Stunde zuvor war ich aus unserem kleinen Garten hereingekommen. Dort hatte ich nach den nächsten paar Bier im *Büsken* im Gras gelegen und den dunkler werdenden Himmel angeguckt. Ein paar Kondensstreifen sorgten kurzzeitig für ein Gitter und verblassten. Dann zählte ich die Büsche, Bäume und, solange ich in dem dämmrigen Licht noch etwas sehen konnte, die Dachziegel auf unserem Häuschen. Nur um mich vor der Antwort auf die Frage zu drücken, wie von nun alles weitergehen könnte. Währenddessen roch ich nacheinander Gras, den weißen Rosenbusch und die gelbe Taglilie. Jetzt aber ihre Haut, die sie mit diesem Duftpotpourri unter einem dicken Schlafanzug zu verstecken versuchte.

„Wenn wir uns ausgetobt haben, möchte ich dich heiraten, okay?", gab ich zurück, statt zu fragen, wie oft sie noch mit Marvin Schluss machen wollte.

„Wenn ... *wir?*" Sie richtete sich etwas auf.

Ich zuckte mit den Schultern. Komischerweise fielen mir die alten Mangas ein. Früher wollte ich der smarte Ikuto sein, weil er wusste, was er wollte, jetzt nicht mehr. Vielleicht war das der Fehler. Aber nach den Bieren im *Büsken* war ich zu betrunken, um darüber nachzudenken. Irgendwie war alles irreal. Irgendwie saß ich im falschen Film und doch im richtigen. Ich liebte sie und deshalb konnte ich auch bleiben. Wir lagen nebeneinander und sie nicht bei Marvin. Sie wäre ansonsten sicher bei ihm geblieben. Das Schicksal hatte sie nur ausrutschen lassen. Manche Wege sind glitschig und man fällt deshalb immer wieder hin und ist schmutzig, bevor man irgendwo ankommt. *Sei ihr nicht böse ...*

Eine halbe Stunde später drückte sie ihren nackten Po an meine Seite und wir liebten uns heulend, auch wenn wir beide nicht wussten, ob es so bliebe.

***

Im Internet zoomte ich mich an die Strände heran und glaubte bei manchen Abschnitten lediglich einen aufgeräumten und weißen Baseco Beach zu sehen. Als ich ihr schrieb, dass ich dachte, dass das Hotel größer sei, kam zurück, sie hätten immerhin fünfzig Zimmer, zum Teil in kleinen Bungalows im Garten verstreut. So gesehen, wäre es dann das größte Haus in der Umgebung. *Also gut, ich lass mich überraschen*, meine Antwort.

Aber drei Wochen vor meiner Abreise musste wieder etwas vorgefallen sein und ich begann doch über den Sinn der Reise zu zweifeln. Das bis dahin oftmals witzige und oft genug zärtliche Hin und Her der ersten Wochen, seit sie in Surigao war, ebbte mit einem Mal ab und in diesen drei Wochen schrieb sie nur dreimal, ich ihr aber weiterhin nahezu täglich eine WhatsApp. Immer häufiger mit Fragezeichen, die keine Antwort erhielten. *Leider haben wir gerade viel Arbeit. Wird Zeit, dass du kommst und wir mehr miteinander reden können.* … wir mehr miteinander reden können, klang für mich nach etwas *be*reden können. So flog ich mitten in ihrem vierten Semester, ihrem Auslandssemester, für zehn Tage zu ihr nach Surigao. Außerhalb der Saison, im Grunde genommen noch während der Regenzeit und dachte daran, dass Marvin oder irgendein anderer dort aufgetaucht war, ihr den Kopf vollends verdreht hatte und sie nun mit demjenigen dort im Paradies zusammenbleiben würde.

Zwei Tage vor meiner Ankunft schrieb sie mir, dass sie wohl wenig Zeit haben würde. Ihr aktuelles Projekt würde sie unerwartet viel in Anspruch nehmen. Sie machten Erhebungen für ein Online-Portal, um für einen der großen Anbieter im Internet aussagekräftiges Material zu haben, damit die erste Saison im nächsten Jahr ein Erfolg werden würde. Der Verdacht, den ich hatte, bekam neue Nahrung, aber ich wusste nicht, wie reagieren. Schon wollte ich schreiben und fragen, ob ich überhaupt kommen sollte. Doch die Reise zu stornieren, war mir zu teuer. Der anfängliche Verdacht hatte mich von vornherein ohnehin etwas anderes planen lassen, denn ich buchte nur zehn Tage. Zu Hause sagte ich, zwei Wochen. Paps und Mommy waren von nichts anderem ausgegangen. Ich glaubte nämlich eine Lösung gefunden zu, die vielleicht ein schlechtes Gewissen erzeugen würde, aber ein erster Schritt sein konnte, herauszufinden, wie es denn bei *mir* aussah.

Natürlich habe ich mit Mommy immer wieder über Saya und mich gesprochen. Von der ersten Sekunde an, seit ich damals von der Reha nach Hause kam, gehörte sie zu meinem Leben, war sie zu meiner Mommy geworden. Und nachdem Scarlett und ich nicht mehr zusammen waren, dafür Saya und ich, merkte ich bald, dass mit Saya etwas nicht stimmte. Obwohl sie nicht nur Schwester, sondern auch Freundin sein wollte, erzählte sie nicht besonders viel. Monatelang ging dennoch alles seinen Weg, dann kreuzte Marvin ihr Leben und damit auch ihre Vergangenheit.

Ich wollte hinter Sayas Probleme kommen und hatte versucht, mich im Internet schlauzumachen. Es gibt eine Unzahl an Portalen, die glauben, darüber Auskunft geben zu können. Weil mir dies nicht geheuer war, sprach ich wieder mit Mommy und sie erzählte, was damals dazu geführt hatte, dass sie schneller als gedacht nach Deutschland aufgebrochen war. Trotzdem wusste ich dadurch nur oberflächlich Bescheid, was Tatas Bruder und Saya anbetraf, und dass Mommy dies schon am ersten Abend, bevor ich von der Reha kam, auch Paps berichtet hatte. Zurück bei ihr zu Hause hätte sie sich geschämt, ihn damit belastet zu haben. Doch Minuten später, als ich dann wohl schon im Bett lag, schrieb er ihr eine Nachricht, er würde sie gern wiedersehen und bedanke sich auch in meinem Namen für diesen schönen Abend. Danach hätte sie bis in den frühen Morgen geweint. Dies alles im Kopf, unterhielten wir uns nun über Sayas letzte Nachrichten.

„Egal, was passiert. Du bleibst meine Mommy. Ist doch klar."

Sie nickte traurig. Denn auch sie erhielt in den letzten Tagen wohl nur sporadisch eine WhatsApp.

„Ich verstehen nicht Saya. Sie sagt, sie mussen mit dir sprechen. Sie war immer schon still, wenn wichtig.“

Auch ich verstand sie nicht. Aber ich glaubte, zumindest Mayumis Geschichte gut genug zu kennen und deshalb so etwas wie einen Grund gefunden zu haben.

„Ihr ähnelt euch. Du hast nur wenig jünger als sie auch deinen eigenen Weg gesucht und geglaubt, ihn gefunden zu haben. Doch Datu war der Falsche dafür und du wurdest schwanger. Danach war eine andere Freiheit nicht mehr möglich. Durch Tata und Saya hattest du keine Möglichkeit, deinen Traum zu erfüllen. Aber du hast dich durchgekämpft und alles für Saya getan, was möglich war. Das ist ja auf den Philippinen nicht so einfach wie bei uns. Familie bedeutet sich unterzuordnen. So viel weiß ich inzwischen. Ich find's ... mehr als schön, dass wir alle jetzt zusammen sind. Ich dachte immer, Saya auch. Sie wollte mich als Freund. Aber so wie es aussieht, ist das mit der Liebe zu mir anscheinend schon wieder vorbei. Du hast ihr wohl mal gesagt, der Erste wird nicht der Letzte sein. Dann bin ich vielleicht nur noch der Bruder. Als Freund bin ich somit nicht länger notwendig. Warum auch immer. Aber das ändert nichts zwischen uns, zwischen Paps und dir. Saya und ich werden uns arrangieren müssen.“

Wieder nickte Mommy nur und wir sahen uns lange an. Vielleicht dachte sie an das, was damals bei ihr danebenging und ob dies auch bei Saya zutraf.

„Gestern Nacht haben ich mit ihr lange gereden. Sie hat geweint, will es mir nicht erklären. *Mommy, nein, erst Guido.* Vielleicht schämen sie sich. Sie will mit dir reden. Ich weiß nicht über was. Saya haben sich verändern. Was werden jetzt aus euch?“

„Ich sag ja, wir werden Wege finden … müssen. Ich liebe sie immer noch. Es ist alles etwas anders geworden, aber ich liebe sie immer noch. Mehr als sie es vielleicht in diesem Moment möchte oder wahrhaben will oder gar brauchen kann."

***

In den letzten Wochen musste ich wegen allem oft an den Moment denken, als Saya am Hamburger Flughafen ankam. Vor lauter Aufregung hatte ich damals vieles nicht wahrgenommen. Ich hatte es auch nicht wahrnehmen können, weil Mommy uns nur oberflächlich über die Gründe, warum sie fortgegangen war, berichtete. Es war offenkundig, sie schämte sich für das, was vorgefallen sein musste. Daher wusste ich lange nicht über bestimmte *Vorkommnisse* Bescheid. Bis wenige Tage zuvor war sie auch zu unsicher, ob Paps alles ehrlich gemeint hatte. Auch wenn er ihr schon Wochen zuvor immer wieder sagte, dass er sie heiraten und Saya zu seiner Tochter machen wolle.

Natürlich fiel mir auf, wie dünn Saya damals war und dass ihr Gesicht live doch anders aussah als in all den WhatsApps, die wir uns davor bereits seit Wochen regelmäßig schickten. Gleich nach dem Abend, als ich Mayumi, meine neue Mommy, kennenlernte, hatte ich natürlich in der Nacht nach Gesichtern aus diesem Land gesucht. Ohne zu diesem Zeitpunkt auch nur die geringste Ahnung zu haben, welche Geschichte sich hinter allem verbergen könnte und Mommy daher mitgebracht und Saya mitbringen würde.

Ich fand kleine Videos, ging in Google Maps Straßen entlang und durch diese riesige Stadt spazieren. Nichts davon glich dem, was ich kannte. Das Durcheinander,

296

die oft sichtbaren, von mir als desolat empfundenen Lebensumstände, das Gemisch aus Hütten und Hochhäusern, eher schon Wolkenkratzer, war für mich nichts anderes als verwirrend, erstaunlich und unvorstellbar. Auch fand ich in den vielen Bildern und Videos kein Mädchengesicht, das mir half, mir Saya, meine mögliche Schwester, noch besser vorstellen zu können. Die meisten Gesichter waren runder, besaßen nicht die Augen, die ich in dem Profilfoto sah und entsprachen – da bin ich ganz ehrlich – nicht dem Schönheitsideal, das ich hatte. Scarlett, von der ich damals noch dachte, sie sei meine Freundin, schlank und rothaarig hatte es mir da mehr angetan. Obwohl Mayumi wiederum ganz anders aussah als das, was ich im Internet fand. Aber so wie der Abend seinerzeit lief und Paps Mayumi anschaute, glaubte ich mit einem Schmunzeln nicht nur zu ahnen, wohin alles führen würde. Nur wenige Tage später schon blieb sie dann auch das erste Mal über Nacht. Also durfte ich mich bald bei Saya auf so etwas Ähnliches wie eine Schwester einstellen.

Für zwei Wochen musste allerdings das Bildchen reichen, dass Mayumi-Mommy mir als Profilfoto von ihr zeigte. Ein eher schlankes Gesicht mit leicht mandelförmigen, dunklen, fast schwarzen Augen und langen, genauso schwarzen Haaren. Allerdings erst nach zwei Wochen begannen wir uns Nachrichten zu schreiben und als die ersten Videos mit ihren Turnübungen kamen und ich sie dabei in ihrem engen Dress bewunderte, begann ich zu ahnen, dass es gefährlich werden könnte. Doch dachte ich da an andere Gefahren, als sie in der Zwischenzeit nun entstanden waren.

Am Flughafen hingegen ähnelte ihr Blick allerdings noch oder wieder dem alten Profilfoto. Auf diesem schaute sie ängstlich, verschreckt, distanziert und doch mit einem Lächeln. Gleichzeitig wirkte sie genervt. Erst einige Monate später, nach der Sache mit Scarlett, sollte ich nach und nach ein paar Details erfahren. Und erst als wir dann wirklich zusammenkamen, bemerkte ich das ein oder andere Dilemma.

***

Mein Flug ging also nicht am Samstag, sondern am späten Sonntagvormittag. Ich fuhr mit dem Zug und einem kleinen Koffer nach Hamburg. Auch Mommy gegenüber begann ich also meine Reise mit einer Lüge. Scarlett erwartete mich schon bei sich zu Hause. Obwohl sie mittlerweile erst dreiundzwanzig war, begrüßten wir uns wie ein altes Ehepaar und lachten. Hannah, auch rothaarig, genauso hübsch wie Scarlett und inzwischen etwas über zwei Jahre alt, wuselte derweil um unsere Beine herum und rief die ganze Zeit über, *Papi, Papi, Papi.* Scarlett und ich grinsten. Sie unter Tränen. Dann hielt ich sie mit ausgestreckten Händen fest und betrachtete Scarlett wie ein Opa seine Enkelin. Dabei bin ich über sieben Monate jünger als sie. Ihre nach wie vor langen roten Haare zu einem dicken Pferdeschwanz geflochten. Sie war nicht mehr so schlank wie früher. Aber die, ich schätzte, zehn Kilo mehr standen ihr hervorragend. Ich ließ meine Hände an ihren Seiten hinuntergleiten. Sie fühlte sich gut an und wurde rot.

„Das Trikotkleid passt nicht mehr", meinte sie und hob amüsiert die Schultern, als sie meinen Blick sah.

„Du siehst toll aus", erwiderte ich nur.

„Wann geht dein Flug?"

„Morgen am späten Vormittag und die nächste Woche Freitagnachmittag komme ich zurück. Wenn du magst, könnte ich wieder über Nacht bleiben."

Einer Antwort bedurfte es nicht, sie war unübersehbar. Sie heulte in meinen Armen und Hannah kapierte nicht, was los war, und heulte mit. Eine Stunde später fuhren wir zusammen in den Park *Planten un Blomen.* Dort gab es alles, was Hannahs Herz erfreute. Zusammen schaukelten wir, buddelten wir im Sand, wippten wir, kletterten wir an einem Holzgerüst, rutschten wir gefühlt alle Rutschen im Park hinunter, hüpften wir auf kleinen Trampolinen, fuhren wir ein drolliges Karussell. Scarlett weinte, Hannah quiekte. Wir fühlten uns wohl. Saß ich mit Hannah auf dem Boden, musste ich ab und zu mein linkes Bein strecken und spielte in dieser eigentümlichen Haltung mit ihr weiter. Scarlett beobachtete es mitleidend. Stand ich auf, brauchte mein Bein eine Weile, bevor es wieder wusste, wie es ging. Hannah gluckste: „Papi stolpert."

„Was für ein Scheiß. Es tut mir so leid."

„Ich spür das schon gar nicht mehr."

Am frühen Abend kehrten wir in der Nähe der Landungsbrücken bei einem Portugiesen ein und Hannah schlief kurz nach dem Essen in meinen Armen. Sie schlief die kommende Nacht fast durch.

„Normalerweise bis gegen sieben."

Wir hingegen unterhielten uns noch für eine halbe Stunde im kleinen Wohnzimmer und saßen auf einem Sofa, das sich nicht in ein Bett verwandeln ließ.

„Wie geht es dir?", wollte ich natürlich wissen.

„Ich komme durch. Ich habe und hatte seit Joseph keine Liebschaften. Nicht eine einzige. Die einzige, die ich mir jetzt noch vorstellen kann, wird morgen zu seiner zukünftigen Frau fliegen. Und das ist absolut in Ordnung. Ich kann damit leben, weil ich solche Momente wie heute geschenkt bekomme. An mehr möchte ich nicht denken. Auch nicht, was in zehn Tagen ist."

Ich hätte antworten können, dass wir das mit der Hochzeit ja noch sehen würden. Denn seit den letzten drei Wochen war ich mir nicht mehr sicher genug. Beugte mich aber nur zu ihr und gab ihr einen Kuss.

„Ich erhalte Sozialhilfe und versuche ab dem nächsten Monat mit meinem Englisch in einem Minijob Geld zu verdienen. Ich übersetze jetzt schon für ein kleines expandierendes Unternehmen kleine Texte für deren Internetauftritt. Es macht Spaß – und ich kann es von zu Hause aus machen."

„Wenn ich dir helfen kann, sag es. Ich tu es gern."

„Du hast schon viel zu viel für mich getan."

„Quatsch!"

„Doch. Du hast mich nicht vergessen. Dabei hättest du jedes Recht dazu. Manchmal wache ich morgens auf und hab' Angst. Nicht um mich, sondern um Hannah. Was wird sie in ihrem Leben erwarten? Inzwischen gibt es so viele Probleme auf der Welt, so viele schlechte Nachrichten. Wenn wir ehrlich sind, ist das mit der Umwelt doch noch das kleinste. Die vielen Kriege zerstören viel mehr. Welcher Staat dreht noch durch und provoziert den nächsten? Es sind ja nicht nur Russland und China, die mit den Säbeln rasseln. Guck dir den Nahen Osten an oder Afrika."

Ich nickte und seufzte und wusste darauf nichts zu entgegnen, außer den blöden Satz:

„Du hast jetzt schon so viel geschafft. Es würde mich wundern, wenn nicht auch das."

Sie lächelte mich eher zweifelnd an. In diesem Fall konnte weder sie noch ich an der Situation etwas ändern. Das wussten wir beide. Natürlich.

„Ich hoffe es. Allerdings wird sie auch keine Oma und keinen Opa haben, die sie ein wenig mit ihrer Lebenserfahrung begleiten könnten. Das ist etwas schade, oder nicht? Ich hoffe dennoch, all die Menschen, die ihr begegnen werden, sind nett zu ihr. Nächstes Jahr bekommt sie einen Platz im Kindi.“

„Andere Kinder, vielleicht Freundinnen, wären doch auch schon was, oder? Auch wenn ich immer der Stille war, hab’ ich die Zeit dort doch genossen.“

So redeten wir im Grunde genommen zwar einerseits über Wichtigkeiten, aber im Endeffekt waren es doch Belanglosigkeiten. Sie fragte, wie es mir in meinem Beruf erginge, umkurvte jede Neugier bezüglich Saya, fragte stattdessen, um vielleicht etwas hintenherum zu erfahren, nach unserem Häuschen und wie es Paps und Mommy in ihrem denn erginge. Manchmal erzählte sie auch von sich, ohne Joseph zu erwähnen.

Meist nickte ich nur wieder. Sie wollte reden. In den letzten Jahren hatte sie niemanden gehabt, mit dem sie dies hätte tun können. Und ich war ohnehin noch nie gut darin, Reden zu schwingen. Kurz nach zehn wurde sie stiller, wir redeten immer mehr um den heißen Brei herum. Nach einer verdächtig lang werdenden Pause rutschte sie mit einen *Hmh?* an mich heran, legte einen Arm und mich, strich mir durch die Haare und begann mich zu küssen und vorsichtig über den Bauch zu streicheln. So küsste ich auch sie, glitt mit meinen Händen noch etwas zurückhaltend auf ihrer Seite über Bluse, Jeans und Po. Sekunden später streichelte ich eine Brust und Minuten später hatten wir uns bereits halb ausgezogen. Plötzlich hielt sie inne und zögerte, ihr Schlafzimmer wäre nicht für zwei erwachsene Personen eingerichtet und Hannah würde dort schlafen.

„... und das Sofa ist leider zu kurz. Sollen wir den Tisch zur Seite schieben?“ Sie lachte und schob mein Hemd von der Schulter. „Den Teppich habe ich erst heute Morgen gesaugt.“

Der harte Boden schreckte uns allerdings beide ab. Ihr schmales Bett für eine Nacht mit ihr provozierend schmal. Einst gekauft, da sonst Hannahs Babybett nicht hineingepasst hätte. Ein neues Bett wollte sie nicht kaufen. Der eine Meter in der Breite musste reichen. Sie sah mich prüfend an und ich zog mich ohne Zögern ganz aus. Es war klar, wir müssten leise sein. Kurz darauf lag sie ebenso nackt neben mir. Leises Lachen und Weinen. Mit einer Hand von ihr auf meiner Brust stellte sie schniefend fest:

„Wir haben noch nie miteinander geschlafen."

„Wir haben es aber sicher häufig genug geträumt."

Wir taten es in dieser Nacht, als wollten wir Versäumtes nachholen, gleichzeitig vorsichtig und ängstlich. Keiner wollte dem anderen wehtun. Alles geschah ganz selbstverständlich und in den entscheidenden Momenten streifte sie mir ein Gummi über. Sekunden später presste sie ihr Gesicht neben meinen Kopf ins Kissen und ächzte. Nach dem zweiten Mal strich ich mit meinen Fingerspitzen über ihr Tattoo mit der Feder auf der Schulter. Mein fragender Blick sagte alles.

„Sie ist aus dem Gefieder eines großen Vogels gefallen und hoffte, selbst ein starker Vogel zu werden. Ich habe sie damals auf meiner Haut zu einem Adler werden lassen. Ich glaube, sie hat mir geholfen, tatsächlich stärker zu werden. Nur deshalb hatte ich die Kraft, Joseph zu verlassen."

Irgendwann nach drei schlief sie nackt wie ich halb auf mir ein. Ein Bein über meinem Schoß.

Gegen halb fünf, gefühlt keine Stunde später, krabbelte Hannah zu mir unter die Decke und kuschelte sich an mich. Dass ich nackt war, spielte für sie keine Rolle. Sekunden drauf war sie auch schon wieder eingeschlafen. Im linken Arm Scarlett, im rechten Hannah. Ich wunderte mich, nicht wach zu bleiben, und schlief Minuten später ein. Am Morgen schob Scarlett schläfrig eine Hand auf meinen Bauch, rekelte sich dabei nah an mich heran und als sie mit ihren Fingern in meinen Schoß gleiten wollte und mich dabei küsste, sah sie die schlafende Hannah in meinem Arm und erschrak.

„Wie lang liegt sie schon da?"

Ich hob die Achsel.

„Seit ungefähr halb fünf."

Noch einmal miteinander zu schlafen, war also nicht mehr möglich. Mit feuchten Augen zog sie ihre Hand zurück. *Hannah mag dich, vielleicht klappt's ja später wieder einmal.* An das in zehn Tagen mochte sie nicht denken. Nach dem Frühstück brachten die beiden mich zum Flughafen. Wir umarmten uns und ich steckte Scarlett drei Fünfziger zu. Es war klar, dass es keine Bezahlung war.

„Warum?" Mit Tränen in den Augen sah sie mich an.

„Weil ihr zwei es brauchen könnt."

„So viel? Und dein Urlaub?"

„Ich muss nur den Flug und eine Pauschale für das Zimmer zahlen, meinte Saya."

„Ihr heiratet, oder?"

Ich zögerte. Ich log. Ich sagte die Wahrheit.

„Nicht in nächster Zeit, denke ich. Ihr Studium lässt es noch nicht zu. – Mal sehen ..."

Während der Flüge hatte ich viel Zeit, über alles nachzudenken. Immer wieder stellte ich mir die Frage, ob die letzten, fast vierundzwanzig Stunden so etwas wie eine verspätete Genugtuung oder Revanche gewesen waren. Oder doch ein Ausblick auf die Zukunft. Ein erster Schritt, herauszufinden, wie es denn bei mir aussah. Doch mit diesem Schritt tat ich mich schwer. Ich wusste nicht, ob das mit Saya und Marvin oder einem anderen Mann dort stimmte, bislang hatte ich nur einen Verdacht. Nichts weiter. Angeblich lag ja das mit ihr und Marvin Monate zurück.

Genau in diesen Monaten flogen Saya und ich in ihren Semesterferien für eine Woche nach Guadalupe Nuevo und machten nur Wochen später eine achttägige Kreuzfahrt im Mittelmeer. Wir leisteten uns eine Kabine mit Balkon und sowohl auf der Hin- wie auf der Rückreise eine zusätzliche Nacht in Barcelona. Dort flutschte sie durch die Stadt, als sei sie dort geboren. Ihr Spanisch war so gut, dass ich jedes Mal den Eindruck hatte, ihre Gegenüber dachten dies auch. Es folgten Cagliari, Neapel, Rom, Genua und Marseille. Sie genoss den Trubel, die vielen Menschen an Bord und die Abwechslung. Der bunte Wechsel von Meer und Städten, Kultur und unserer Liebe in den Nächten war so etwas wie ein Geschenk. Was wir in diesen acht Tagen miteinander erlebten, hätte nicht einen Verdacht aufkommen lassen können.

Nun versuchte ich mir vorzustellen, ob ich als Hannahs *Papi* taugen würde. Aber ich saß in einem Flieger, um Saya zu besuchen. Ich befand mich in einem Dazwischen. Und ein im wahrsten Sinne des Wortes eintöniger Langstreckenflug hilft mit seiner Monotonie nicht unbedingt, eine schlüssige Antwort zu finden. Die Geräusche der Klimaanlage, der Motoren, der mitunter andauernden Gespräche und der Luft, durch die die Flügel zischten, waren zu einschläfernd dafür. Der Blick aus dem Fenster bot neben Dunkelheit, gelegentlichen Wolkenfetzen nur das eigene stirnrunzelnde Spiegelbild und meinen dösenden Sitznachbar. Kurzum, ich drehte mich auf der Suche nach einer Antwort immer wieder im Kreis herum oder drückte mich davor, sie auszusprechen, wenn ich glaubte, eine gefunden zu haben.

Vielleicht suchte ich auch nur Ausreden. Wer einmal lügt, dem glaubt man nicht, auch wenn er mal die Wahrheit spricht. Einmal ist keinmal, zweimal ist einmal zu viel. Ich redete mich raus mit meiner Eifersucht. Grundlos. Denn Saya hatte in den letzten Monaten davor nicht einmal mit Marvin gechattet. Auch flammte ihr Handy nie mit einer Mitteilung von ihm auf. Oder noch schlimmer mit einem Bild. Dieses Mal war also ich derjenige, der betrogen hatte. Ob ich es in zehn Tagen wieder tun würde, wusste ich nicht. Scarlett würde ich vielleicht damit nur falsche Hoffnungen machen. Vielleicht sollte ich mir jetzt schon überlegen, was ich *ihr* als Ausrede sagen könnte. Einmal ist keinmal, zweimal ist einmal zu viel, ging mir noch mal durch den Kopf. Vielleicht sollte ich, anders als Saya bei mir, es Saya sofort beichten. Vielleicht würde sich dann alles von allein regeln. Vielleicht hatte ich darauf auch keine Lust. Schicksale und Zufälle lieben in solchen Fällen vor allem eines, nämlich das kleine Wörtchen *Vielleicht*.

An Schlafen war nicht zu denken, also blätterte ich in der Bordzeitung oder päppelte mit einer App mein Tagalog auf oder scrollte in meinem Handy durch die Bilder in meiner Galerie und somit durch mein Leben. Sah vor allem Saya. Von Scarlett und Hannah hatte ich kein einziges Bild gemacht. Bis zur Buchung hatte ich auch nicht vorgehabt sie zu besuchen. Die blöde Postkarte von Marvin aus Athen, die ich zwei Tage vor Sayas Abflug nach Surigao aus dem Altpapier fischte, war daran schuld. Auf der Rückseite nicht viele Worte. *Wäre schön, wenn ..., oder?* und ein Herz. Zumindest er ließ nicht locker. Zwei Tage vor ihrem Abflug war definitiv der falsche Zeitpunkt darüber zu reden.

***

In dichten Fahnen klatschten die Tropfen an die Fenster der Maschine. Regenzeit. Monsun angeblich alltäglich. Die Propeller verwirbelten alles. Viel war deshalb nicht zu sehen. Die Piste ein wenig holprig. Der kleine Hochdecker schien zu hüpfen. Ich schaute dennoch hinaus. Das Empfangsgebäude erst vor ein paar Jahren renoviert, vielleicht neu gebaut. Ein Kofferband für alle. Das musste reichen. Trotzdem Unruhe genug in der kleinen Empfangshalle. Angekommen, schrieb ich Saya, dass ich bald im Hotel eintreffen würde. Mit einer quietschgelben Motorrikscha fuhr ich hin. Warum diese hier alle ein Dach hatten, war nun klar. Ich blieb einigermaßen trocken. Die Stadt selbst eine geschrumpfte Ausgabe von Manila, Makati oder Pasay. Ein buntes enges und lautes Durcheinander ohne Hochhäuser. Überraschend sauber, modern und manche Straße palmengesäumt. Im Gegensatz zu Manila fehlte hier jedoch das Spinnennetz aus Leitungen. Und erst auf dem Weg aus der Stadt gab es auch armseligere Gebäude.

Aufgeregt stand sie hinter der kleinen Rezeption und war schon um sie herumgelaufen, als ich durch den Regen rannte und die Glastüre öffnete. Saya in Businesskleidung. Weiße Bluse, grauer enger Rock, der über die Knie reichte, ein Halstuch mit einem Aufdruck, den ich nicht lesen konnte. Ihre Haare streng nach hinten gekämmt, mit einer langen weißen Klammer gebändigt. Sie war sogar geschminkt. An ihrer linken Hand die beiden goldenen Ringe übereinander. Ich sah sie sofort. Sie glänzten erwartungsvoll. Den dritten hatte ich allerdings zu Hause gelassen. Hinter der Theke eine weitere junge Frau, durch die Kleidung Saya ähnlich. Jedoch unerwartet blond und europäisch. Auch sie schien sich zu freuen und lächelte. Alles spielte keine Rolle, Saya sprang in meine Arme wie Hannah zwei Tage zuvor.

„*Fuck,* ist das schön, dass du hier bist.“

Bei ihr rollten die Tränen und ich war verblüfft. Sofort schämte ich mich. Alles war falsch von mir angenommen. Ich hatte sie verdächtigt, statt ihr zu vertrauen. Nun drückte ich sie an mich und küsste sie.

„Ja“, blubberte ich zwischen zwei Küssen und eine Träne von ihr lief an meiner Wange herunter. Dann wusste ich nichts mehr zu sagen.

„Komm, ich zeig dir alles.“ Sie nahm meine Hand, zog mich und ich vergaß fast den Koffer mitzunehmen.

„War alles in Ordnung? Guter Flug? Warst ja ganz alleine. Blöd, oder? Es ist so viel passiert. Ich muss so viel erzählen und ... ach später. Du wohnst natürlich bei mir in einem der kleinen Pavillons. Es wird dir gefallen. Und heute hab’ ich ab jetzt Zeit für dich. Kina, sie ist Schwedin, macht den Rest für mich.“

Wieder war ich verblüfft. Dass wir zusammen sein würden, hatte ich nicht erwartet, vielmehr mich auf Gelegentliches eingestellt, wenn überhaupt. Ein Mann, wohl Europäer oder Amerikaner, Mitte dreißig, mit einer kleinen Brille auf der Nase, kam aus einem Gang auf uns zu, sah freundlich von Saya zu mir und streckte eine Hand aus.

„*Nice to meet you. Finally I meet Saya’s boyfriend. I’ve heard so much about you. My name is Brian.*“

Ich schüttelte seine Hand und schon war er weg. Wir gingen hinter dem Haus schnell unter ein paar Bäumen und durch einen kleinen Park, in dem es trotz des Regens nur so von Menschen wuselte. Die einen gruben mit umgedrehten Plastiktüten über ihren Körpern Löcher in die Erde, andere zimmerten an den Bungalows.

„Alles wird grade fertig gemacht. In knapp zwei Monaten kommen die ersten Gäste. Wir machen sozusagen den Probelauf mit dir.“ Ihr Deutsch klang wie in ihren ersten Tagen. Sie lachte, umarmte mich und schaute zu mir hoch. Mein Blick sicher verräterisch. Alles ein Widerspruch zu den manchmal knappen Nachrichten von ihr. Ich erwartete ein böses Erwachen.

Der kleine Bungalow hübsch und wertig eingerichtet. Gerade groß genug für zwei Betten, die nebeneinanderstanden. Auf einem saß Blue und schaute mich drollig an. An der linken Wand ein Schrank, daneben ein Schreibboard und zwei Stühle. Dazwischen ein großer in Holz gerahmter Spiegel. Ich grinste und wurde rot, man konnte sich vom Bett aus darin sehen. Eine kleine Kommode auf der einen, ein Nachttischchen auf der anderen Seite des Bettes. Alles aus einem hellen rötlichen Holz mit kleinen Schnitzereien. Der Boden dunkles Parkett. Die Wand über dem Bett in einem freundlichen Beige, ähnlich dem in unserem kleinen Flur.

„Ich zieh mich schnell um und dann gehen wir was essen. Okay?"

Ich nickte und stellte den kleinen Koffer ungeöffnet neben die Kommode.

„Vielleicht sollte ich vorher noch schnell duschen, ich müffel sicher schon", sagte ich und zog mich schon im selben Moment aus, verfolgt von ihrem Blick.

Das Bad blitzsauber und modern. Die Duschkabine großzügig genug für eine nasse Fantasie. Ein Gedankenspiel, weil ich mit einem Mal Lust auf Saya hatte. Tatsächlich auf sie. Doch sie kam nicht, zog sich nebenan um. Aber ich war hier. Ich war bei ihr. Das war das Wichtigste. Und so standen wir nur eine Viertelstunde später vor dem Bungalow. Ihre Haare wieder offen. Ohne eine Klammer oder Band. Sie in einem neuen weiten und weißen Kleid mit großen knallig bunten Blüten, die ein Wind auf dem Stoff verteilt hatte. Ich kannte es noch nicht.

„Gibt es hier ganz preiswert“, sang sie.

„Sieht super aus.“

Mit einer Hand strich ich langsam über den dünnen Stoff an ihrer Seite und spürte sie. Strich mit einer Hand über eine Brust, dachte wieder nicht an Scarlett und sie meinte lächelnd:

„Später, okay?“

Wie so oft nickte ich nur und drückte sie an mich.

Saya hatte von zu Hause ihren E-Scooter mitgenommen. Sie legte einen breiten Karton darauf, weil es spritzen würde. Ein spannender Balanceakt für uns beide. Sie stand vor mir auf der kleinen Trittfläche, ich hielt mit einer Hand einen riesigen Schirm über uns, mit der anderen mich an ihr fest, während sie lenkte. So fuhren wir mit höchstens zehn, maximal fünfzehn Stundenkilometern, weil wir zusammen sicher viel zu schwer für das kleine Ding waren, durch den Regen, eine Ansammlung von vollgelaufenen Schlaglöchern und schanzten über ein paar Bodenwellen in den nächsten Nachbarort, eher eine Siedlung und ich war froh, als wir gründlich durchgeschüttelt vor einer hellblauen Hütte mit ein paar Tischen davor anhielten. Darüber ein Schild, das so aussah wie das bei uns zu Hause über der Tür. *Sa Dagat*, stand in blauen Buchstaben ungelenk drauf. *Am Meer*, lächelte Saya und funkelte mich an. Ihr Kleid war ab den Knien trotz des Schirms nass. „Halt ihn nicht so tief, ich seh ja gar nix“, lachte sie beim Fahren von vorne, ihre immer etwas dunkle Haut darunter schimmerte verführerisch durch. Meine Hose so gut wie trocken, da sie bei der kleinen Tour ja vor mir stand. Wohl der Wirt, ein nahezu zahnloser und älter wirkender Mann, begrüßte Saya wie eine alte Bekannte. Sie wechselten lachend ein paar Worte und sie nickte. Wahrscheinlich hatte er ihr gesagt, was es zu essen gäbe.

„Normalerweise gibts hier die besten Burger weit und breit“, meinte sie und schüttelte ihr Kleid, als wollte sie gleich Rock ’n’ Roll oder so etwas tanzen, „sogar in allen Veggie-Variationen. Heute aber nicht. Es gibt auch keine Speisekarte, sondern das, was er bringt. Sicher auch superlecker. Kostet alles zusammen umgerechnet meist nicht mehr als fünf Euro pro Person“, sie deutete auf mich, sagte wieder was und er begrüßte mich mit einer Verbeugung, die ich erwiderte.

„Magandang gabi! Salamat! Ako ay si Guido. Guten Abend! Danke! Ich heiße Guido.“ Sicher darin, dass Saya von mir erzählt hatte. Er und sie schauten mich lächelnd an und Saya flüsterte leise:

„Du kannst ja immer noch ein bisschen Filipino.“

„Ich glaub’ eher nicht. Aber im Flieger hatte ich Zeit genug, alles zu wiederholen“, grinste ich.

Der Mann setzte uns an einen kleinen Tisch unter dem Vordach. Auf der Plastikplane darüber trommelte leise der Regen. Die Plane und das Vordach waren dicht, so groß wie die Hütte und wirkten ebenso wackelig. Saya wechselte mit ihm ein paar Worte. Die beiden lachten und er schlug mir auf die Schulter.

„Wir sind öfter abends hier. Unsere Küche im Hotel startet erst nächste Woche ihre Versuche. Noch ist nicht alles angeschlossen. Aber er macht unglaublich leckere und preiswerte Sachen. Lass dich überraschen.“

Schon stellte er uns zwei Flaschen San Miguel hin. „Trink es besser aus den Flaschen, man weiß nie“, meinte Saya und nur wenige Minuten drauf zwei tönerne Schüsseln, wohl mit einer Gemüsesuppe.

„Die heißt *Pancit lomi.* Eigentlich eine Nudelsuppe. Verdammt lecker. Da ist auch ein bisschen Schweinefleisch und Hühnchen drin. Aber keine Innereien. Ich weiß doch, dass du die nicht magst.“

Die Suppe war köstlich und Saya erzählte gutgelaunt mit vollem Mund weiter, was sie alles im Hotel machte und lernte. Ich hatte den Eindruck, sie absolvierte im Schnelldurchgang alles, was eine Hotelkauffrau wissen und jemand für Marketing, Controlling und Management machen musste, während sie denen beim Einrichten half. „Es macht Spaß und passt alles superperfekt zu meinem Studium." Meine Schüssel war leer. Keine Minute später stellte er einen angestoßenen blaubunten und vollgefüllten Teller vor mir ab und sagte wieder etwas zu Saya. Wieder lachten beide und ich fragte. Sie beugte sich zu mir rüber und grinste.

„Für einen Filipino bist du zu dünn, meint er."

Auf dem Teller Reis, klein geschnittene Tomaten und vermutlich Hackfleisch, dunkel angebraten. Darüber ein paar Kräuter und Blüten gestreut.

„Das ist eine *Chorizo pudpud*. Eine gemahlene Chorizo. Achtung, etwas scharf. Aber er bringt dir sicher gleich das nächste Bier."

Sie bekam das Gleiche, aber nur die halbe Portion. Ihr Teller ein anderes Geschirr mit einem grünen Muster, aber genauso angestoßen. Wieder mit vollem Mund sah sie mich an.

„Stell dir vor. Schon in sechs Wochen komme ich wieder zurück. Ich freue mich so. Aber … aber." Plötzlich wurde sie ernst, machte eine kleine Pause, ließ ihre Hände neben dem Teller ruhen und sah mich an. Mit einem Mal schien sie blass zu werden. Tatsächlich wurden ihre Augen feucht. „Hier im Hotel … Brian … er … sie haben mir ein Angebot gemacht. Nach meinem Studium soll ich für ein Jahr zurückkehren und ihnen wieder helfen, zur Seite stehen, sie unterstützen, wie auch immer ich es nennen mag. – Und ich weiß nicht, was ich tun soll."

Das war es also. Ein Angebot. Kein anderer Typ. Kein Surfer. Auch kein Marvin. Keine Ahnung, wie sie es mir oder Mommy hätte vorher beibringen oder erklären können. Mein Kopf war auf einen Schlag leer. Ein Jahr ohne sie. Liebe bedeutet auch Gleichmaß. Liebe bedeutet aber auch keinen Besitz. Liebe ist ein Miteinander, Vertrauen, immer der Wunsch nach Glück für den anderen. Drei Dinge, die schwer zu mischen sind, wenn andere Menschen dazwischenkommen. Ich war derjenige, der sie betrogen hatte. Ich legte mein Besteck neben den noch halb vollen Teller und schaute hinaus auf die Straße. Das knatternde Leben ging trotz des Regens dort ungerührt weiter. Ein paar gelbe Trikes, Fahrräder und Autos fuhren an dem Restaurant vorbei. Immer wieder hastete jemand mit bunten, übergestülpten Plastiktüten als Regenschutz die Straße, eigentlich matschige Piste entlang. Manche sahen zu uns hin, ohne etwas von dem wahrzunehmen, was sich bei uns abspielte. Ein Jahr warten kannte ich. Einen Teil dieses Wartens hatte Saya mitbekommen. Sie war es gewesen, die sich dann neben mich gelegt und gemeint hatte, sie wolle nicht nur Schwester, sondern eine Freundin sein. Irgendwie war ich mir sicher, dass sie eine und nicht deine gesagt hatte. Ich wies sie darauf hin.

„Ich hab' schon mal ein Jahr gewartet, und es hat mir eine neue Liebe gebracht, weil die alte sich anders entschied. Wie soll es aber mit uns dann weitergehen? Wir lieben uns. – Sagen wir. Behaupten wir. Aber ich weiß nicht, ob ich ein solches Jahr noch mal aushalte, weil ich Angst habe, dass wieder etwas passieren wird. Vielleicht kannst du es auch nicht aushalten."

Ich starrte auf meinen Teller, sah an ihr vorbei, kaute auf der Unterlippe herum. Sayas Lippen nur eine dünne Linie, vollständig grade, ohne Konturen, auch sie sah an mir vorbei, nickte bedächtig, legte ihr Besteck beiseite, seufzte dann und bevor sie etwas erwidern konnte, sah ich von meinem Teller hoch und fügte leise hinzu:

„Vielleicht haben wir uns doch zu früh kennengelernt. Vielleicht waren wir zu jung. Der Erste wird nicht der Letzte sein. Hat das Mommy nicht mal gesagt? Andererseits ...“, ich stockte und schluckte, „... musst du diese Chance vielleicht auch wahrnehmen. Es wird später dein Beruf sein. – Scheiße! Aber schon wieder ein Jahr warten?! Und in diesem werde ich dich nicht alle paar Monate besuchen kommen können. Vielleicht solltest du dir das überle...“

Ich brach ab. Warum sollte sie es sich überlegen? Ich ließ den Satz unvollendet und zwang mich, weiter zu essen. Würde sie das Angebot nicht annehmen, wäre es wegen mir. Womöglich hätte ich ihr damit eine Chance genommen und sogar eine erste Karriere verbaut. Reiseveranstalter brauchten sicher gerade solche Leute, die Erfahrungen im Ausland sammelten. Ich konnte die Möglichkeiten, die sich dadurch für sie ergaben, einfach nicht gut genug einschätzen. Die Portion auf meinem Teller schaffte ich nicht mehr.

„Ich warte die folgenden beiden Semester ab“, sagte sie leise, überraschend ruhig und hypnotisierte dabei ihren Teller: „Wer weiß, was in einem Jahr sein wird. Ich hab’ ein wenig Bedenkzeit. Aber ich wollte es dir nicht am Telefon oder erst zu Hause erzählen. Kaum angekommen, hätte es doch schon wie Abschied geklungen. Ich hoffe im Übrigen nicht, dass wir uns zu früh kennengelernt haben. Und ... entschuldige ... irgendwie bist du ja auch nicht der Erste. Lass uns schöne zehn Tage haben. – Ja?“

Sie lächelte mich ehrlich, traurig, verliebt und bemüht zugleich an.

„Ich dachte, du hättest keine Zeit!?“

„Irgendwie krieg ich das hin. Wir haben viel zu tun, aber Kina und Brian und all die anderen wollen mir helfen. Voraussichtlich hab’ ich zumindest die Nachmittage und das nächste Wochenende frei. Ich hab’ dir schon genug wehgetan.“

„Ich dir leider auch.“

Es war plötzlich aus mir herausgerutscht. Sie stutzte nur kurz, rollte wieder die Lippen ein und sah mich über den Tisch mit einem prüfenden und wie ich glaubte ahnenden Blick an.

„Deswegen nur zehn Tage?“

Das Blut schoss mir ins Gesicht, der Regen trommelte über uns, die Luft war schwülwarm, ich begann noch mehr zu schwitzen und nickte bloß. Als könnte ich dadurch etwas verstecken, begann ich wieder zu essen. Es schmeckte widersinnig köstlich. Sie schluckte, räusperte sich, kämpfte gleichzeitig mit den Tränen, dachte sicher daran, was ich getan hatte, und schob langsam eine Hand zu mir rüber. Die mit den beiden Ringen. So, dass ich sie sah. Dann legte sie ihren Kopf etwas schief und bemühte sich zu lächeln. Die Lippen allerdings immer noch aufeinandergepresst.

„Scheiße! Du hast seine Karte gefunden, stimmt’s? Und du dachtest ... Logisch! Ich hab’ sie aber sofort weggeschmissen. Es ist vorbei. Das mit ihm, das war ... ich weiß nicht ... vielleicht ... das war nichts anderes als dummer Sex. Leider viel zu oft. Ich weiß nicht, warum. Aber es ist vorbei. Ehrlich.“ Sie schluchzte beim Durchatmen leise auf, flüsterte ein paar Mal *Fuck!* und ich bekam Angst, dass sie aufstehen und weglaufen würde, weil sie an ihrem Stuhl rummachte. Dann holte sie abermals tief Luft. „Ich lieb dich. Glaub mir – bitte! Und bleib bei mir – bitte! Und bitte lass die zehn Tage uns beiden gehören. Und mindestens die zwei kommenden Semester in Heide. Okay? Und wer weiß, was alles noch dazukommt?"

Sie sah es an meinem Blick, ich musste nicht *Ja* sagen. Jetzt weiter darüber zu philosophieren, wäre auch Blödsinn gewesen. Ich würde Scarlett schreiben, dass ich doch nicht kommen könne. Es sei vielleicht schade für Hannah, aber sicher besser so.

„Für die Zeit, die noch dazukommen könnte, habe ich dir mal eine Frage gestellt." Auch mit Tränen in den Augen ergriff ich die Hand mit den Ringen. „Wirst du die noch beantworten?"

„Sicher in diesen zehn Tagen."

Reinemachen

Sie roch durch die Maschen des Mückengitters das nasse Laub, die nasse Erde, den Jasmin vor dem Fenster und den Duft des sicher über zehn Meter hohen Ylang-Ylang-Baumes direkt daneben, an dem sie nach ihrer Rückkehr und bevor sie zu Bett gehen wollten, immer wieder hatte riechen müssen. Es erinnerte sie an den kleinen Garten hinter ihrem Häuschen, wenn nacheinander die Taglilien und Rosen blühten.

Nach dem Essen waren sie durch das dunkle Foyer des Hotels gegangen, nur vom hohen, hell erleuchteten Kühlschrank für Getränke in ein schummriges Licht getaucht. Sie blieb vor diesem stehen und Guido sah den Schattenriss ihres Körpers unter dem durch den Regen transparent gewordenen dünnen Stoff ihres Kleides von ihren Füßen bis zum Schritt. An den Seiten glühten die Blüten auf dem Weiß des Stoffs im Licht und schienen aufzublühen. Was für ein Bild! Sie suchte durch die Scheiben nach ein paar Getränken. „Nee, kein Bier und kein Cola", flüsterte er von hinten, als könnte man hier jemanden wecken und fotografierte sie mit dem Handy. Dunkle Saya vor leuchtender Fläche. Der Sperrbildschirm des Handys brauchte ein neues Bild. Sie hörte das Geräusch der Kamera-App, drehte sich um, grinste und hielt zwei Flaschen Wasser in einer Hand.

Nun hing ihr Kleid hinter ihnen an einem Bügel unter der Veranda ihres kleinen Bungalows zum Trocknen und sie saßen dort noch für ein, zwei Stunden vor dem Zubettgehen ungestört und geschützt vor dem immer noch fallenden Regen. In den anderen Bungalows war niemand. Kina, Brian und eine Handvoll anderer übernachteten in den Zimmern des Hotelbaus. Deshalb und wegen der schwülwarmen Hitze lagen sie beide nur im Slip auf den Klappliegen und redeten miteinander. Darüber. Es fiel vielleicht deswegen leichter als gedacht.

„Und? Wirst du ... wieder zu ihr gehen, wenn du zurückfliegst?" Sie musste sich zwar immer wieder räuspern, wunderte sich aber, wie gefasst sie die ganze Zeit war, seitdem er es im *Sa Dagat* zugegeben hatte. Da glaubte sie, schlagartig den Boden unter sich zu verlieren, zerbiss förmlich ihre Unter- und Oberlippe, sah zu der Plastikfolie auf dem Vordach hoch, auf den der Regen unablässig weiter prasselte, strich sich mit fahrigen Fingern ein paar Strähnen aus dem Gesicht und versuchte nicht laut aufzuschluchzen oder gar das Heulen anzufangen. Sie wunderte sich ohnehin, dass sie noch atmete. Nein, sie wollte nicht wissen, ob es schön oder wie Scarlett *dabei* war und stellte sich dennoch seinen Körper, den sie doch so gut kannte, auf ihrem vor. Scarlett drückte seinen Hintern gegen ihren Schoß, so wie sie es machte, kurz bevor sie kam. *Shit! Shit! Shit! Scheiße!*, durchfuhr es sie jetzt, als das Kino im Kopf doch die Bilder abspielte und sie spürte die ersten Tränen kommen. Sie riss sich zusammen und er sah es.

Zwischen ihnen eine riesige Duftkerze, die angeblich die Moskitos vertreiben sollte. Gestochen wurden sie tatsächlich nicht. Dafür fabrizierte die flackernde Flamme ein verführerisches Licht auf ihrer Haut und züngelte in diesem Moment außen an einem ihrer Schenkel entlang.

„Nein." Seine Antwort kam schneller, als sie ihren Mund schließen konnte, und sie rollte ihre Lippen ein. „Nein", wiederholte er leise und fuhr im gleichen Flüsterton fort, „ich hab's ihr schon geschrieben. Ich denke, wir werden uns eine lange Zeit nicht wiedersehen. Wenn überhaupt. Das Kapitel ist zu Ende. Definitiv."

Sie griff mit einer Hand rüber, suchte eine von ihm, verfehlte sie zuerst, drückte sie und schüttelte sie dann gleichzeitig ganz fest. Die Tränen fingen schon wieder an zu fließen. Verdammt!

„Sie ist jetzt sicher … enttäuscht." Sie musste schniefen und zog die Nase laut hoch.

Stumm nahm er das Handy und zeigte Saya Scarletts Antwort. Ein weinendes, ein nachdenkliches, ein küssendes Emoji und als viertes die Faust mit gestrecktem Daumen. In der nächsten Zeile nur ein paar Wörter. *Alles in Ordnung. Danke dir für alles! Du weißt, was es mir bedeutet. Liebe Grüße von Hannah.*

„Ich hab' dich lieb." Beide gleichzeitig in Stereo.

Für ein paar Sekunden Stille. Dann schob Saya den Tisch mit der Kerze zur Seite und ihre Liege dicht neben seine. Umarmte ihn gleich darauf, so gut es ging, küsste seinen nackten Bauch und meinte:

„Du hast mir eine Frage gestellt. Also … ich glaub … jedenfalls wird unser gemeinsames Leben ab jetzt tatsächlich sicher spannend werden."

Sie stand nochmals auf, blies die Kerze aus, zog ihn aus seiner Liege hoch, ihn in den kleinen Bungalow, dort seinen Slip und ihren aus und schob ihn küssend und mit fahrigen, nervösen und überall fahndenden Händen auf seiner Haut zum Bett.

***

Guido war neben ihr eingeschlafen. Sie betrachtete ihn glücklich und zufrieden, gab ihm behutsam einen Kuss auf die Schulterspitze. Alles in Ordnung! Sie hoffte, er träumte von ihr oder etwas änderem, hoffentlich Schönem, das auch mit ihr zu tun hatte. Nur kurz horchte sie noch mal in sich hinein und befand ihre Antwort auf seine Frage richtig. Sie und er konnten zwar keine Garantie aussprechen, aber wer konnte das schon? Was nach dem Jahr hier in Suriago wäre, würde man sehen.

Mit einer Hand legte sie vorsichtig die dünne Decke über seinen Körper und mit der anderen fischte sie ihr Handy vom Nachttischchen, rückte anschließend etwas hoch zum Kopfende und suchte in der Galerie nach dem verborgenen Album. Nacheinander rief sie die Bilder darin auf. Immerhin über vierzig Stück. Die meisten Selfies. Das letzte, sie etwas breitbeinig nur in ihrer Unterwäsche auf einem Bett kniend. Weißer Slip, gelbes Hemdchen, das sie mit einer Hand bis über den Nabel hochgezogen hatte, als wollte sie überprüfen, ob etwas schiefgegangen sei. Das Handy in der anderen Hand verdeckte ihr Gesicht. Nicht zu erkennen, ob sie lachte, weinte, sich schämte oder sonst was machte. Am Morgen nach Marvin aufgenommen. Der Spiegel am Fußende im Hotel *Titanic* in Berlin. Also war das Kopfende des Bettes im Hintergrund zu sehen. Ungefährlich.

Das nächste kein Selfie, sondern eines von ihr, das Marvin am zweiten Wochenende gemacht hatte. Sie in Jeans, mit offenem Reißverschluss schon halb auf den Po gerutscht, auch der Slip dadurch ein wenig verschoben. Über ihrem Oberkörper nur ein enges Hemdchen. Ihre Haare durch eine Streichelattacke von ihm völlig zerzaust. In einer Hand hält sie hinter ihrem Rücken eine Flasche Rotwein versteckt und grinst frech in die Linse seines Handys. Keine Minute später lässt sie einen großen Schluck aus ihrem Mund in seinen fließen, während sie ihn ein wenig streichelt und daraufhin mit dem Mund befriedigt. Sie gefällt sich auf dem Bild, weil es sie an die Aktion mit der grobmaschigen Strumpfhose zu Hause erinnert. Sie zögert kurz und drückt dennoch Löschen.

Das dritte Foto wieder ein Selfie. Sie trägt lediglich eine weiße Männerunterhose, die ihr nicht gehört, sondern Marvin. Er im Hintergrund bestens zu erkennen. Ausgestreckt auf dem zerwühlten Bettzeug auf der Couch in Berlin und gänzlich nackt wie Guido jetzt. Sie sieht sogar sein noch fast steifes Glied auf dem Unterleib und die glitzernde Spur eines Rests seines Ergusses. Wahrscheinlich aus ihr herausgetropft. Neben ihm beleuchtet ein Lämpchen die Szene und beschert ihr selbst einen verlogenen Heiligenschein. Marvin fotografiert sie im selben Moment grienend von hinten, somit durch den Spiegel sich selbst und auch sie von vorne. Seine blonden Haare wieder wild durcheinander. Neben ihm an der Wand ein Bild von ihr, ein vergrößerter Screenshot, den er von einem Profilbild von ihr gemacht hatte. Wieder seufzt sie leise auf und drückte auf Löschen. *Wie kann man das wissen?*

Das vierte. Sie mit nichts anderem als dem roten Trikotkleid. Wieder breitbeinig, wieder mit dem Handy vor ihrem Gesicht, dieses Mal auf dem Teppich vor dem offenen Kleiderschrank, an dessen Tür innen ein großer Spiegel. Das Ganze in ihrem Häuschen. Ihre Haltung ganz aufrecht. Ihre Höfe und Brustspitzen zeichnen sich dadurch ein wenig unter dem dünnen Stoff ab und ihr Schoß wölbt das Rot gut sichtbar. Eine Stunde später sitzt sie so auf Guidos Schoß. Sie löschte es nicht.

Selfie Nummer fünf. Schon älter. Sie nackt im Bad in der Wohnung von Marvins Eltern. An dem Nachmittag, als seine Mutter beim Aldi arbeiten war. Er lachend hinter ihr in der Dusche. Alles an ihnen ist zu sehen. Er wartet auf sie. Der Vorhang klebt dann auf seinem Rücken, weil sie sich gegen die Kacheln lehnt, als er in sie eindringt. Ohne Gummi, weil eigentlich ihre Tage bevorstanden. Die kamen aber nicht und sie schlief an den folgenden zwei Abenden mit Guido. Auch ohne Schutz. *Ich krieg bald meine Tage.* Und wenn nicht, sollte das Kind gefühlt von ihm sein. Die nächsten zehn Tage wurden ein stilles, nicht mitgeteiltes Gefühlschaos. Ihre Seele sprach ihrem Körper sozusagen eine Warnung aus. Gelbe Karte. Grobes Foul. Da nahm sie noch nicht die Pille. *Am Ende sind es wir Frauen, die alles bezahlen müssen,* hatte einst Mommy gesagt. Doch es war gut gegangen. Eine Sekunde drauf gelöscht.

Nummer sechs. Falsche Reihenfolge, ging ihr durch den Kopf. Aber dann fiel ihr ein, dass sie ja auch schon Wochen zuvor einmal bei Marvin gewesen war. Im Bild liegt sie auf dem Rücken, hält mit ausgestreckten Armen das Handy über sich und fotografiert sich selbst. Sie trägt das T-Shirt mit dem Snoopy-Aufdruck, *Thank you for taking care of me,* etwas verrutscht und dadurch faltig und Snoopy verzerrt. Ihr Gesicht tränennass. Die Augen verquollen. Die Haut total verschwitzt. Die Haare völlig zerzaust hinter ihrem Kopf auf dem Kopfkissen verteilt. Sie fühlt sich schlecht und verdorben und als Betrügerin. Minuten zuvor hatte sie gekotzt.

Das nächste war das mit Nils, das mit dem Kuss vor dem Fummeln hinter der Disco, von ihm an sie geschickt, eigentlich vor langer Zeit schon gelöscht, aber dann doch aus dem Chat in WhatsApp noch mal runtergeladen. Seine Nummer und der Chat inzwischen schon lange gelöscht. Nun auch endgültig das Foto.

Immer noch siebenunddreißig Bilder. Langsam dämmerte ihr, welche noch folgen würden. Keines davon wäre mit Guido. Keines hätte mit ihm zu tun. Ausnahmslos Fotos aus dem Internet heruntergeladen, von Marvin in den verschiedensten Handballposen oder anderen, zum Teil nackten Männern oder Selfies von ihr in Unterwäsche, manchmal lasziv verschoben oder auch gänzlich nackt. Bis auf eines – schwarz-weiß, sie entblößt auf ihrem Bett, eine Hand von ihr in ihrem Schoß – löschte sie alle nacheinander.

Vier Bilder waren übrig geblieben. Das Schwarz-Weiß-Bild, das im roten Trikotkleid, das mit Snoopy-Shirt und das im Hotelzimmer in Berlin. Der Ordner war bereinigt, sie hoffte, ihr Leben nun auch. Sie hob den Status des Ordners auf und ließ die vier Bilder in ihrem normalen Fotoordner wieder sichtbar werden. Anschließend zog sie Guido die Decke wieder weg und machte von ihm und sich selbst ein Foto im Spiegel. Es war nicht viel zu sehen. Aber immerhin. Es waren ja auch noch ein paar Tage Zeit.

Dann rutschte sie neben Guido, schob ein Bein über seine und betrachtete ihn in seinem Schlaf. Von draußen wehte ein warmer Wind eine Wolke Jasmin herein. Süß und betörend. Guido hatte also mit Scarlett geschlafen und sie mit Marvin, sicher ein Dutzend Mal, wenn es reichte. Sie hatte keine Lust mehr, es jetzt noch zu bewerten. Als sie die Augen schloss, fiel ihr ein Gespräch ein. Vor vielen Monaten mit Guido.

„Scheiße, warum machen wir es uns oft so schwer?“, hatte sie ihn gefragt.

„Weil ein leichtes Leben langweilig ist.“

„Du kannst doch nicht immer alles vergessen und vergeben.“

„Ich kann vielleicht nicht alles vergessen, aber ich kann dir alles vergeben.“

Sie hoffte, es bliebe dabei. Auch von ihrer Seite.

Warum fiel ihr das als Erstes ein und nicht die beiden Nächte nach dem zweiten Mal Berlin, nachdem er sie zum ersten Mal, seit sie zusammen waren, mit drohendem Ton fragte, was los sei, und sie keine Antwort geben konnte. Nur kurz darauf nahm er Decke und

Kopfkissen und schlief unten auf der Couch. Sie blieb wie erstarrt liegen. Nicht fähig zu reagieren oder etwas zu sagen. Fast wäre alles zu Ende gewesen.

Kein Wunder, dass er zu Scarlett gegangen war und *es* mit ihr gemacht, quasi *es* nachgeholt und ihr damit eines ausgewischt hatte. Hannah wahrscheinlich in ihrem Bettchen nebenan und Scarlett unterdrückte ihr Stöhnen, weil die Kleine schlief. Sie angeblich nur dieses eine Mal, sie – Saya schüttelte sich – tatsächlich mehr als ein Dutzend Mal, wenn sie daran dachte, wie oft Marvin und sie *es* miteinander gemacht hatten. Kurz war ihr schlecht. Mit einem Finger rieb sie über die drei kleinen, inzwischen unscheinbaren Narben an der Seite unter ihren Rippen. Reste einer Lüge.

Sein Paps, längst auch ihrer, hatte sie am zweiten Tag nach der Sache in Berlin zur Seite genommen und ihr etwas über Guido erzählt. Eigentlich alles, was sie schon längst wissen müsste. Danach stellte er ihr nur zwei Fragen. Wohin willst du? Wen oder was willst du zurücklassen? Zwei simple Fragen, die sie nun endlich beantworten konnte.

Strich drunter. Und noch einen. Und noch einen.

Tür zu. Die Vergangenheit kann uns nicht sagen, was wir tun, wohl aber, was wir lassen müssen. Den Spruch hatte sie am zweiten oder dritten Tag, schon hier im Hotel, im Internet gefunden und natürlich in ihr Oktavheftchen geschrieben.

Sie mussten einander also nichts mehr vergeben.

Er nicht ihr.

Sie nicht ihm.

Schlicht gefragt, liebst du ihn mit deinem Herz oder mit deinem Körper. Spätestens seit sie hier in Surigao war, wusste sie, dass sie Guido mit beidem liebte. Vom ersten Tag an hatte sie Sehnsucht nach ihm. Das mit

Marvin war bloßer Sex gewesen. Eine dumme Ausrede. Viel zu oft. Gut für wortlose Nächte. Schlecht, wenn es darum ging, über ein gemeinsames Leben zu reden. Das hatten sie zwar getan, als es um ihr Auslandssemester ging und er sogar zugegeben, dass er sie mochte, aber *wenn es um Liebe geht, versperrst du den Weg zu dir.* Von ihr kam keine Antwort. Danach wollte er *wenigstens noch einmal mit ihr pennen.*

Am Morgen fühlte sie Guidos Glied nahe an ihrem Schoß steif werden. Angeblich normal bei Männern. Marvin hatte in Berlin darüber einen derben Spruch gemacht und sich zwischen ihre Schenkel geschummelt. Schläfrig und über diese morgendliche, so begründete Zärtlichkeit grienend ließ sie es zu und war über die Heftigkeit ihres eigenen Höhepunkts danach dennoch verwundert. Nun brauchte es nur eine kleine Bewegung von ihr und sie ließ Guido, natürlich längst aufgewacht, mit einem Grunzen von ihm und einem Glucksen von ihr in sich hineingleiten.

***

Etwas mehr als eine Stunde später stand sie an dem wandhohen Fenster, um die beiden blickdichten Gardinen zur Seite zu schieben. Ihre Haare hatte sie beim Aufstehen schnell zu einem lustigen Dutt auf ihrem Kopf zusammengebunden. *Ich muss jetzt leider los. Heute üben wir einchecken. Aber ich bin spätestens am Nachmittag zurück. Dann könnten wir hier an den Strand. So etwas hast du noch nicht gesehen. Obwohl voll dicker Kiesel fast weiß.* Draußen hatte es aufgehört zu regnen. Vielleicht aus Versehen trug sie das T-Shirt falsch herum. Snoopy bedankte sich nun auf ihrem Rücken. *Thank you for taking care of me.* Gerade als sie ihre

Arme hob und dabei das T-Shirt mit hochwanderte, sah er, dass sie keinen Slip trug. Das Licht kreierte so etwas wie eine silbern schimmernde Aureole um ihren Körper. Er griff neben sich, nahm sein Handy und aktivierte die Kamera. So etwas Schönes hatte er zuvor noch nie gesehen. Seit einer Stunde wusste er, was er immer geahnt hatte. Mit ihr war immer etwas anderes auch dabei. Etwas, was er wie so vieles nicht erklären konnte. Innigkeit. Harmonie. Wärme. Selbstverständlichkeit. Vertrauen. Aufeinander eingehen können. Natürlich auch pure Lust. Aber trotz allem nicht der geringste Zweifel. *Wenn der Start danebengeht, verändert sich nicht das Ziel, nur unter Umständen die Reihenfolge bei der Ankunft. Man sitzt aber schon im Auto und aussteigen will man dann auch nicht. Das Ziel vor einem ist einfach zu gut. Zweiter zu sein ist auch gut.* Hatte irgendein Rennfahrer gesagt, komisch, was ihm alles im Kopf herumspukte.

Gerade legte sie ihren Kopf zur Seite, hielt mit angewinkelten Armen die beiden Vorhänge zur Seite und schaute etwas breitbeinig durch die Lücke hinaus in den Morgen. Links von ihr der blühende Jasmin. Daneben der Ylang-Ylang-Baum. Ihr Po nicht mal zur Hälfte bedeckt, zwischen ihren Schenkeln glitzerten im Schritt ein paar Härchen. Er drückte mindestens ein Dutzend Mal auf den Auslöser. Eines der Fotos würde er vergrößern, passend einrahmen und daheim über seine Betthälfte hängen.

Katja L. Schlegel
Andreas Heßelmann

Saya – Auf der Suche
nach dem Leben

Band 1
Lebens- und Liebesge-
schichten
287 Seiten

Das Leben weiß manchmal nicht, was es tut. Das Leben hat keine Ahnung von sich selbst. Das Leben lebt manchmal vor sich hin. Das Leben ist, wie man so sagt, unerbittlich.

Aus dem kleinen Radio auf dem Tisch schnulzte Robbie Williams - *thoughts running through my head and I feel the love is dead* - Und sie seufzte. Die Liebe ist tot. Nun denn.

„Ungewöhnlich! Kurzgeschichten, die sich langsam zu einem Roman verbinden. Nach der ersten Hälfte war mir klar, warum es zumindest noch einen zweiten Band geben wird."
(Carolin Ehmann, Hannover)

Katja L. Schlegel

Zwischen der Liebe

Roman

228 Seiten

Laura lässt sich auf ein spezielles Abenteuer ein.
Love and Beach.
Die unverbindliche Beziehung mit Michael ist Basis
für grundsätzliches Vertrauen, der Rest eine Reise ins
Ungewisse. Am anderen Ende der Welt erlauben sie
sich anders zu sein, loszulassen, Grenzen zu über-
schreiten, sich auszuprobieren.
Frivol, sexy, ohne Tabus, kompromisslos offen zu sich
selbst verbringen sie die Tage ...
Lang unterdrückte, fast vergessene Träume tauchen
auf ...
Diese Reise ist nur ein Weg dorthin, nicht das Ziel.

„Manchmal muss man gehen, um anzukommen ... und
ich könnte wetten, dass viele, wie ich, diesem Weg mit
Vergnügen folgen und dabei selbst auch so manche
gut vergrabene Sehnsucht entdecken ...“
(Brigitte Bausch; Lektorin)